一不小心成了白月光

| 纪婴 | 著 |

四川文艺出版社

在数百个轮回变幻的时空里，
在亿万个彼此交错的灵魂中，

明明相隔了那样遥远的距离，
她却以几近于零的概率，最终遇见裴寂。

第一卷·玄虚

第二卷·小重山

目录

『我落在医馆的书——』
『你知道去哪里了吗？』

第一卷·玄虚

第一章　恶毒女配上线

远山还未将夕阳吞噬殆尽，冷月便已悬在梢头。暮色将倾未倾，黑云裹挟着绯色薄霞，好似晕开的点点墨团，逐渐把宣纸浸透。

残阳洒下的血光漫天遍地，染红房檐下的斑驳白墙，以及墙边少女精致的侧颜。

宁宁孑然立于一处低矮房屋之前，迟疑半晌，用极其轻微的语调低低道了声："那我……进去了。"

没有人对此做出回应。

包括她脑子里那个说完任务就装死消失的系统。

行吧。

宁宁在瑟瑟夜风里拢了拢衣襟，接着伸出手去，掌心轻按在虚掩着的褐色房门上。

之所以会走到今天这一步，前因后果对于她来说，完全是个意外——毕竟穿进曾经看过的小说里这种事儿，无论如何都称不上是"意料之中"。

那本小说名叫《剑破苍穹》，单从这四个朴实无华的汉字里，就能让人感到一股单纯不做作的爽文气质。而它的行文与剧情也恰恰照应了这个题目，如果要给此书取个副标题，和茴香豆的"茴"一样，大概有四种写法——

其一，《转生剑仙会梦见本命剑吗》。

本文男主裴寂为上古剑道大能转世，仙剑入体，潜能非凡。

虽然没有了身为剑尊的记忆，但还是凭借这个无比粗壮的金手指一路开挂，终成当世剑修第一人，羽化成仙。

其二，《千年孤独》。

众所周知，为了方便打脸逆袭，爽文主角在前期往往是怎么惨怎么来，什么出身贫苦、修为尽失、沦为替身，这本书也不例外。

裴寂为魔修与凡妇之子，老爹一夜春宵后便不见踪影，直到全书完结都没出现过。

生下所谓的“贱种”后，裴寂生母自然不会多么待见这个毁了自己清誉的小孩，于是常常将他当成魔修的替代品，施以各种责罚与虐待。

这种畸形的童年直接导致了男主孤僻冷漠、阴鸷恣睢的性格，后来即便离开母亲拜入剑派，也始终独来独往，没什么朋友。

其三，《后宫成员们想让我告白：天才的不恋爱头脑战》。

裴寂是匹独狼，但这并不妨碍书里百分之九十九的女性角色都对他颇有好感。

据说男主长相俊美非凡，无论是清冷出尘的剑宗大师姐，还是娇俏妩媚的魔道妖女，见了他的脸都会“不自觉地脸颊一红、心跳加速”。

究竟因为他是个自带温度的火炉，还是那些女性角色都患有不同程度的心脏疾病，这个问题宁宁不得而知。她唯一可以确定的是，裴寂亲手把所有桃花碾得稀碎，在结局时忘却尘缘独自飞升，完美诠释什么叫“我很高贵，你们不配”。

跩上天了都。

其四，《工具人 X 的献身》。

这是个无比悲伤且沉重的话题。

宁宁只想抹一把心头纵横的老泪，说了这么多，终于来到属于她的快乐老家。

按照爽文套路，总会有无数龙套工具人上蹿下跳，有的给主角送机缘、送兵器，有的指点他剑法精进，而宁宁属于第三种角色：不断作妖的恶毒女配。

原主也叫宁宁，是门派长老天羡子的亲传弟子，由于出生在富贾之家，从小被家里人娇养长大，逐渐养成了唯我独尊的坏脾气。

如今皇朝盛世，武、道、儒、修仙之术百舸争流，宁宁拜入的玄虚派，就是其中的剑道第一大宗。

她天资卓绝，在收徒大会上被天羡子一眼相中，认作亲传弟子。这位师尊实力高深却独来独往，算上宁宁，亲传弟子也不过寥寥四人。

原主一路顺风顺水，在师门受尽宠爱，不承想在今天却陡然生了变故。

玄虚派每年惊春之日都会举行一次大比，供弟子之间相互切磋技艺。原主心高气傲，全然不把其他人放在眼里，不承想，恰好分到裴寂作为对手。

裴寂血脉不纯，剑意被魔气压制大半，因此在当年入山测试中表现平平，被分配做了外门弟子。

但主角毕竟是主角，一时的落魄只是打脸逆袭的前奏，通过不断修习，裴寂渐渐学会了收敛魔气，展现出无比凌厉的剑意。这个秘密无人知晓，只有他自己能感受到身体的变化，等待着有朝一日扮猪吃虎。

原主就是那头老虎。

如果她全力一战，理应是不会输的。

但那姑娘看不上一个普普通通的外门弟子，只用了五成左右的力道，等察觉对手实力不俗，已经陷入难以招架的死局。

输给他，小姑娘直接炸了。

宁宁就是在这时候穿过来的。

按照剧情，她要一步步走好恶毒女配的老路，不仅得在男主身边持续作死，还必须厚着脸皮折腾身边其他角色，一直到故事大结局的时候。

这作死的第一步，就是在比试结束后前往裴寂住处，当面羞辱他。

把她带来这儿的系统是这么说的："你想想，这就类似于你是全班第三，结果期末考试被倒数第三给反超了，你说气不气，想不想报复？"

宁宁没试过。

宁宁常年稳居年级第一。

而且她从小到大连脏话都没怎么讲过，更别提欺负人了。

"你不用有太大的负罪感。"系统安慰她，"反派也是剧情里必要的一环啊！你想想，如果你不欺负男主，他就不会为了超过你而拼命修炼；如果不拼命修炼，他的修为就不可能一日千里。以他那性格，修为提不上去，哪能在修真界苟活啊，不知道什么时候就翘辫子了。"

最后系统还加重语气，一锤定音："天之骄子啊！全文男主啊！就因为你不肯欺负他而陨落了，你怎么忍心！"

这番话虽是歪理邪说，宁宁却无法反驳。按照剧情，原主的作死行为不仅不会给男主带去任何实质性伤害，还能让他阴差阳错地得到各种机缘、宝器。反倒是她自食恶果，每次都狼狈得下不了台。

以至于当初看原著时，只要女配一开始作妖，宁宁就会不由自主地想：好，不错，男主又可以装 × 打脸了。

见她态度有所缓和，系统继续道："最重要的是，等任务结束，我自会助你假死脱身，在这个世界开始新生活——上辈子那么轻易地死去，你很不甘心吧？"

这句话出来，宁宁便噤了声不再反驳。

在原本的世界里，她是重病去世的。

十七岁，绝症晚期，浑身剧痛地躺在床上，动不了也说不出话，连呼吸都是负担。

系统说得没错，她是真的不想那么早就白白死掉。

宁宁不是个矫情的人，当即点头应下："好的老板，谢谢老板，我会努力工作的，老板！"

于是她最终还是来到了男主角裴寂的住处。

与亲传弟子们独立的小院不同，外门弟子居住在三人一间的弟子房中。这也直接导致在很长一段时间内，裴寂都遭受着室友们肆无忌惮的欺凌。

他的出身实在贫苦，从小在小村落长大，见识浅薄得厉害。更何况裴寂体内有魔气，是魔修的子嗣，修仙界也存在血统歧视。

他们笑他是不干净的杂种，时常对他拳打脚踢，直至裴寂今日在大比中脱颖而出……

这会儿正值晚宴，大多数人不在宿舍之中，宁宁站在门口，隐隐约约听见从里面传来的声音。

“快说，你到底用了什么下作手段？不过是个废物，怎么可能一夜之间有这种长进？”

“咱们搜一搜他的衣服，准能发现不入流的东西！”

“臭小子敢打我？看我不弄死你！”

之后声音渐弱，她便听不清了，只能依稀辨认出类似于拳打脚踢的窸窣声。

听着屋子里没了动静，宁宁担心男主被打个半死，来不及细想太多，当即掌心发力，把木门轻轻推开。

随着吱呀一声响，门外铺天盖地的绯色一同涌进来，当真有几分像是潮水一样的血迹。在昏黄烛光与残阳碎影之下，她看清屋里的景象。

一共有三人。

一名白衣弟子背对着她站在一边，不知为何浑身剧烈发抖，回过头时满目惊恐，仿佛见到了会吃人的洪水猛兽。

黑发黑衣的少年持剑而立，剑锋正好对准另一个人的咽喉处。推门而入时，宁宁恰好听见他未尽的余音，冰冷得瘆人：“……我不介意杀了你。”

他说完便抿着唇转过头来，漆黑眼瞳戾气十足，难掩杀意。

被长剑抵着的那位靠坐在墙角，显然刚被揍过，右侧脸颊高高肿起，衣衫与发丝都凌乱不堪。

他似乎疼得厉害，从嗓子里发出几声低哑喘息，尾音颤个不停。

弟子房一共住着三个人，另外两个的确会结伴欺辱裴寂。

她知道其中一个名叫聂执的喜穿白衣，那么拿着剑的便是另一个反派龙套沈岸桥，至于角落里惨兮兮的家伙——

男主居然也有这么狼狈的时候。

所以，宁宁想，作为一个合格的恶毒女配，她现在应该说些什么？

务必让我也加入？

放开那个男主，让我来？

她已经大致适应了自己的人设，因此那三人一齐扭头朝这边看来时，她也并未觉得惊慌，而是故作镇定地挑眉一笑："怎么停了？继续啊。"

这盯垃圾一样的神情，这高高在上的语气。

满分！

宁宁与他们同年入门，加之又是天羡子亲传弟子，当即被聂执认出身份："你是天羡长老的……"

许是因为霸凌行为被同门当场发现，脸上一时间挂不住，聂执面色惨白，露出几分恐惧的神色，倒是那持剑的沈岸桥面色如常，蹙眉一睨，眼底戾色尽显："你来做什么？"

够跩，够冷酷，一看就是这里的不良少年头头。

其实这人长得还挺好看，眉目俊朗，鼻骨挺拔，就是看上去好凶。

宁宁与他对视一眼，指了指倒在地上的男主："我来找他。"

察觉到对方片刻的愣怔，她迈步轻快地上前，走到少年身边。

那张传闻中绝色的脸已被打得鼻青脸肿，看不清原本模样。她暗自惋惜一声，十分认真地想：原著里那位宁宁是怎么说话的来着？

"哟，被揍得挺惨呀。

"你心里清楚我是为何而来。也不看看自己的身份，一个外门弟子，居然敢招惹到我头上！

"同属玄虚一派，你却行此等折损同门之事。若不是念及师出同门，今日我便杀了你这心怀不轨之人。

"老实交代，你究竟做了哪些手脚？"

原主不相信自己会被外门弟子打败，理所当然地认为裴寂用了阴招，靠作弊才拥有与她一战的力量。

宁宁只截取了她话里最不伤人的几句，像其他什么"废物""杂种"和莫名其妙的脏话一概省略，说出来嫌嘴脏。

她一鼓作气地背完台词，说完不忘很符合人设地冷哼一声，莹白下巴微微一抬，瞥向身旁身着黑衣的沈岸桥："到你了。"

宁宁的嘴炮也就图一乐，真要论恶毒，还得看这位非常有反派气质的大兄弟。

然而或许是因为她演得太逼真了。

黑衣少年薄唇还没张开，靠在墙角的男主便发出一声撕心裂肺的鬼哭狼嚎，眼泪一下子从肿起的眯眯小缝里滚出来："是……都是我的错！饶了我吧！"

宁宁缓缓地打出一个问号。

等等。

男主你在做什么啊，男主！书里不是写你“即使被炼狱之火焚身三天三夜，也未曾求饶一声”吗？怎么现在只不过被她训了几句，就哭成这副德行？

她有那么可怕吗？

宁宁被他的反应弄得有点儿蒙，又听对方继续呜咽着说道：“我全都招，求你别告诉长老！裴寂的剑是我偷的，害他只能用一把破铁剑去参加宗门大比……都是我的错，饶了我吧！”

裴寂的剑。

是他偷的。

这人不是裴寂？？？

宁宁终于体会到什么叫作心里有一万匹疯马奔腾而过，惊悚得快要窒息。

如果这个被揍的不是男主，那……

她勉强保持着一个尴尬而不失礼貌的微笑，侧过脑袋，近距离地看一眼那持剑的黑衣少年。

棱角分明的侧脸呈现出漂亮的冷白色泽，被罩上血一样的残阳余晖时，像极了无瑕白玉被血光浸染，平添几分阴冷乖张。

视线所及是一双眼尾上翘的漂亮丹凤眼，黑沉沉的瞳孔里满含阴鸷，犹如深不见底的寒冷幽潭。

在右眼眼尾下方，是一颗在小说里被无数次提起的，独独属于男主角裴寂的……

深红色泪痣。

宁宁心——肌——梗——死。

天要亡她。

她也许，大概，可能，认错人了，坐地上的那个，才是反派龙套沈岸桥。

难怪她推门而入时，会见到聂执那样惊恐的眼神。人家并不是怕她，而是在怕突然之间执剑反抗、貌如修罗的裴寂。

所以现在是个什么剧情？

男主终于不再隐藏实力，当场打脸了试图欺辱自己的同门，还非常有反派作风地用剑指着人家脖子。

而她，作者钦定的恶毒女配，在男主被人羞辱时挺身而出，冷言冷语教训了那个欺负他的臭小子。

这是男主和恶毒女配应该干的事儿吗？

眼看她神色不对，站在一旁的聂执心惊胆战。

他和沈岸桥嫉妒裴寂在宗门大比中崭露头角，认定那小子用了下作手段，于是将他堵在弟子房里，像往常一样欺负他。

没想到裴寂居然中途反抗，瞬间就将沈岸桥打倒在地，更没料到，天羡子的亲传弟子会突然之间推门而入。

久闻这位大小姐性格乖张跋扈，如今竟然屈尊来为裴寂出头。这叫什么？绝对是爱情啊！

痴心少女剑道失意、情场逢源，对打败自己的陌生少年情有独钟，不但一路追来人家住处，还毫不犹豫地训斥了欺辱过他的同门。

早听说这种天之骄女会对打败自己的人情有独钟，看来话本子里所写确实不假。

聂执又惊又怕，在脑袋里构思了一整个宁宁苦恋裴寂而不得的门派虐恋故事，然而身为故事女主人公，宁宁本人对此一概不知。

她只觉得，完蛋了。

她曾经答应过系统要好好完成任务，结果开局就天崩地裂，剧情碎得连亲娘都认不出来。

这不成啊。

答应别人的事情就一定要做好，就算是恶毒女配，也要有职业操守的！

“我不是特意来帮你的。”

原主见过裴寂，她自然不能用“认错人”作为借口。宁宁咬牙说出这句话，由于悔恨交加，耳根有点儿烫。

她所言皆是事实，然而传到另外几人耳朵里，全然不是那么回事儿。

瞧见少女莹白耳垂上的一抹绯色，聂执瑟瑟发抖。

说着说着就脸红，还急着要和裴寂撇清关系，一开口就知道是老傲娇了。既然不是特意来帮他，何必对沈岸桥说出那番话？

裴寂面无表情，聂执若有所思。

宁宁总觉得气氛不大对劲儿，迎上前者戾气未消的漆黑眼瞳，不服气地补充道：“你听好了，今日在大比中被你打败，只因我用了不到一半的力气。不要太得意，我迟早会赢过你！”

这是原主在书里说过的话，然而此话一出，聂执就露出了“原来如此”的神色。

本以为宁宁是在输给裴寂之后才看上他的，但从这段话来看，这位小祖宗对他早已情根深种。

为了让那小子赢下大比，她居然只用了五成功力，五成啊！为了爱情，连剑门荣誉都可以置之不顾，这是何等的牺牲奉献精神！

亲传弟子不愧是亲传弟子，连追人都这么清纯脱俗。

要是让她知道，自己也曾狠狠地欺负过她的心上人……

被裴寂用剑指着的沈岸桥已经哭得泪流满面，聂执担忧自己会重蹈覆辙，心想，不如趁那两人打情骂俏，赶紧离开这个是非之地。

于是他思索片刻，压低声音讨好地一笑：“叨扰了，我能否先走一步？”

为讨宁宁开心，他说罢还不忘加上一句：“二位天造地设，郎才女貌，着实叫人羡慕不已。我继续留在这里，只怕打扰两位增进感情。”

他说得声情并茂，却不知这是对人家业务能力最大程度的否定，堪称雷区蹦迪，还笑得灿烂如菊，马上就能飞上天与太阳肩并肩。

宁宁又气又委屈。

拜托，请尊重一下她恶毒女配的身份，谁要和男主增进感情啊！

聂执说得直白，宁宁不傻，立刻明白过来对方话里的意思。

她如今的所作所为的确很容易让人误会，要是多嘴解释，恐怕只会越描越黑。

在既定剧情里，原主辱骂完裴寂便转身离去，这会儿场面尴尬，她也不想多做停留，但为了断绝男主不切实际的自作多情，还是在临走前补充一句：“我真的不喜欢你！”

裴寂看她的表情……

好吧，他脸上没有任何表情，狭长凤眼淡淡一瞥，声线冷如冰屑，还残存了些杀气：“我没说过你喜欢。”

宁宁哽了一下。

男主你是狗吧！不怼这一句你会死吗！

这下反倒变成她在自作多情了。

“还有你们，”裴寂是块硬邦邦的铁，她不会傻到去硬踢，把目光转到在场的另外两人身上，“不许胡思乱想！”

聂执满脸“好的好的，我们都懂，大小姐就是会玩”的神色，像招财猫的手那样不停地点头：“是是是，绝对不胡思乱想。”

宁宁气得头发蒙，奈何百口莫辩，只能咬牙对上裴寂的视线，念出那句系统强制规定必须说的、原著里恶毒女配的最后一句狠话：“我们还会见面的，你等着瞧吧。”

宁宁：“……”

连她都觉得这一套操作下来，自己分明就成了个暗恋男主又不好意思表明心意的傲娇大小姐好吗！

“还会见面”这种话在原文语境里的确很让人不寒而栗，但搁在她身上，为什么像是迫不及待要和心上人再见面的那种感觉啊！

宁宁被这场乌龙折磨得快要窒息，毫不犹豫地转身离去，没挥挥衣袖，更没带走一片云彩，留下弟子房里神情各异的三人。

聂执干巴巴地笑了一声，怯怯地望一眼跟前的裴寂：“看来她对你情根深种，恭喜恭喜。”

那位小祖宗走了，留下疯狗一样的裴寂，他觉得自己要玩儿完。

当年入门测验，裴寂不过是个灵力微弱、体内残存着魔道血脉的穷小子，没钱没势更没力量，正好成了他和沈岸桥的出气筒。

这小子也是厉害，即便力量微薄，每回被揍居然都会拼命反抗，惹来更为剧烈的殴打。无论伤得多重，他都未曾开口求饶。

像只还没生出爪牙的狼崽子，双眼猩红如血。

裴寂的剑术……究竟是在什么时候精进至此的？

这个疑问空落落地打在心头，在逐渐蔓延生长的夜色里，聂执听见一声几不可闻的轻笑。

夕阳的残影与月色交辉，混沌光影如流水潺潺淌下，勾勒出眼前少年人棱角分明的轮廓。

裴寂乌沉沉的眼瞳盛满绯光，嘴角虽然勾起极细微的弧度，目光却冰冷得好似朔风冰河，不带丝毫温热。

他语气淡淡，带了点儿懒散与嘲弄的意味，眼底泪痣犹如凝固的血迹，令聂执下意识地脊背发凉：“拔剑。”

男主那边究竟发生了什么，与此时的宁宁一点儿关系也没有。

他爱收后宫就收后宫，想入秘境就入秘境，她压根儿不在乎。宁宁唯一关心的是，她终于又可以在地上走路啦！不仅走路，连御剑飞天都简简单单欸！

她上辈子被病痛折磨得苦不堪言，病重时只剩下一口气，连下床的力气也没有，只能安安静静地躺着等待死掉。

仔细想来，她已经很久没有自由自在地行走过了。

现在真是超超超开心的！

宁宁几乎是小跑着离开弟子房，来到山头开阔处，凭借记忆单手捏了个诀。随着腰间剑光一闪，长剑应势出鞘，横亘于半空之中。

此剑名为“星痕”，剑身细长单薄，轻盈如燕，于月华之下显露出淡淡寒光。

剑柄缀以数颗小而精美的广寒幽珠，灵光毕露，晃眼望去粲然生辉，倒真有满天星痕的三分颜色。

原主很爱惜这把剑，或者说，在每个剑修眼里，自己的佩剑都是举世无双的宝物。

人在剑在，唯剑唯我。

劈山斩长河，碎地破苍穹，踏遍诸天玄境，浮名全作身外事，唯有一人一剑尔。

要钱做什么，有剑就行；要名做什么，有剑就行；要老婆做什么，有剑就行。

或者说，剑，就是他们的老婆。

宁宁将长剑端详片刻，不甚熟练地踏上剑身，随着一道微弱剑鸣，御气升天。

残阳被夜色吞噬殆尽，空留一轮莹莹天上月。薄云有如被墨水浸染的棉絮，轻轻柔柔地游弋于漆黑穹顶，掩不住浓浓月华。

宁宁垂眸往下看，不由得哑然。

她所在的玄虚剑派建于昆吾群山境内，位列灵气浓郁的七大洞天之一，正所谓“精象玄著，列宫阙于清景；幽质潜凝，开洞府于名山”。

正中央的太玄主峰拔地而起，凌霄、开阳、玉衡、天鹤四座山峰罗列近旁，其余的小峰重峦叠嶂，翠色幽然。

峰峦耸立之间气象参差，缥缈风烟彼此勾缠，山间白雾若聚若散，宛如轻纱灵幔笼罩其上，此时被莹白月光浸透，便更显空寂灵动。

再细细看去，便能望见星罗棋布的座座楼宇。铸剑台、剑阵、观星台与学宫灯火通明，四周天梯石栈相钩连，御剑遥遥望去，好似置身世外仙境。

这真的是一幅十分美好的景象。

所以宁宁发誓，她绝对不是故意想让肚子叫。

等空空如也的小腹第三次发出不满，宁宁终于来到饭堂。

原主为了找裴寂的碴儿，居然错过了门派规定的晚餐时间。宁宁很没出息地想，她这分明是伤敌八百、自损一千，报仇哪儿有吃饭重要？

饭堂里的锅和她的肚子一样空空如也，大概是看小姑娘实在可怜，做饭的女修从橱柜里拿出一只剥了皮的死鹅。

然后两手一拧，直接从中央把鹅一分为二，将其中一份递给宁宁。

真·酥鹅解体。

可是你的动作为什么会这么熟练啊！

“本月以来，你已是第七名前来讨要吃食的弟子。如今存货不多，小道友你省着点儿吃。”

女修一气呵成地撕鹅关柜，用十分娴熟的语气说：“生活还有希望，千万不要因为一时的没钱而想不开。只要命还在，那些身外之物迟早会来。”

宁宁：“？”

等等，你是不是误会了什么？她为什么会是第七个来要饭的，这个门派的人都有晚餐迟到的癖好吗？而且这跟钱有什么关系，不会真有人吃不起饭吧，不会吧、不会吧？

宁宁满腔疑惑，顺口接话：“第七个？”

女修幽幽叹气：“以往更多。咱们门派是什么样，小道友难道还不懂吗？”

……她真的不懂啊！

那女修到头来也没把话说清，宁宁就这样满头雾水地提着鹅回到了自己的小别院。

出乎意料的是，原主的房间放眼望去居然十分清爽，没有想象中能把人眼睛闪瞎的金银铜器。

这里自然不会有烹饪用的锅炉，烧烤的柴火暂时也没办法寻到。宁宁有些苦恼地把房间上上下下打量一遍，目光最终停留在角落里摆着的炼丹炉上。

这不就是了吗！

丹炉以灵气为引，不需要木柴便能把火点燃，加之体形与高压锅有异曲同工之妙，当作烤鹅的器具再合适不过。

当然，以上行为极度危险，什么高压锅，全是她的一派胡言。如果玄虚派的列祖列宗知道有人拿炉鼎烤鹅，或许会气得直接从仙界下凡。

把鹅放入丹炉，再以灵气御火，宁宁一边等着肉熟，一边很冷幽默地想：她是第七个从厨房里讨到鹅肉的，那按照顺序，自己就是妥妥的“尝鹅七号”，哇，这就很舒服。

叫“尝鹅仙子”也不错。

唯一想不通的就是……女修的那番话，到底是什么意思？

她还没来得及想出这个问题的答案。

比答案更先出现的，是一声震耳欲聋、无比贴近的爆破声。

滚滚热浪扑面而来，好在宁宁体内仍存有防身本能，当即捏诀护在跟前，虽然被热浪逼得后退几步，但终归没受太重的伤。

尘埃灰烬飘荡在眼前，透过模糊的视线，她勉强看清屋内的模样。

书桌被炸飞了两条腿，身残志不坚地倒在一旁；白净的墙面像是被送去非洲度了个假，黑乎乎一片；至于她烤鹅的炉鼎——

丹炉不堪耻辱以身殉职，为了捍卫自己身为炉鼎的尊严，无比光荣地炸了。

不就是让你烤个鹅，至于吗？至于吗？

肚子里的饥饿感时时戳弄神经，宁宁顾不得太多，屏住呼吸上前几步。

丹炉已成凌乱不堪的碎片，轻烟混着黑气缭绕四周，她的烤鹅静静地躺在地上。

那黝黑的肤色如同非洲盛放的鲜花，宁宁总算是明白了，她成不了“尝鹅仙子”，顶多变成个“鹅没仙子”。

这片乌烟瘴气的景象还没消停。黑烟未尽，宁宁便听见一阵轻缓的敲门声：“小师姐？”

叮，任务发布！

门外正是天羡子新收的亲传小徒弟林浔，身为师姐，你一直妒忌他抢走师尊宠爱，欲要狠狠报复。

请为其开门，并按照原文剧情展开引诱！

宁宁：“？”

就她现在这副披头散发满脸灰的模样还想勾引人？演恐怖片里的女鬼还差不多。

系统的提醒声回荡在耳畔，她是记得林浔这号人物的。

东海龙宫的小皇子，万众瞩目的剑道天才，由于从小生长在宫殿之内，很少与外人交流，渐渐养成了害羞内向，一碰女人就脸红的性格。

简称社恐。

他拜入天羡子门下后，抢走了原主最小徒弟的身份，加之剑意凌厉，修行飞速，更是让她心生嫉妒。

林浔出身尊贵，原主自然不会明着欺负他，而是采取了另一种隐晦的做法——色诱。

她的本意是骗取林浔的信任，再慢慢压榨他的利用价值，让其变成为她所用的工具人，没想到这位小公子天生恐女，原主越是接近，他就越是抗拒。

今夜，就是他们俩第一次正面交锋的时候。

宁宁暂时敛了心神，低声应道：“进来。”

于是当林浔推门而入，见到的便是以下这幅画面——

整个房间像是被人入室抢劫后放火一烧，以防万一，还来了场惊天动地的大爆破。烟雾升腾之间，他小师姐的鼻尖上沾着浅浅灰黑，手里那坨漆黑的不明物体泛着诡异的光。

林浔被结结实实地吓了一跳：“小师姐，你没事儿吧？”

“没事儿。”宁宁丢给他一个安慰性质的笑，挥了挥手里黑不溜秋的不明物体，“我在烤鹅。”

林浔又是一愣，神情复杂地将那物端详一番。

这玩意儿……恐怕拿着这个去倒斗，僵尸都得以为是黑驴蹄子。

但这并不是最值得在意的点。

芝兰玉树的俊秀少年微微蹙眉，把目光放在支离破碎的炉鼎残尸上，声线不自觉地沙哑几分：“小师姐，这是你的丹炉？”

“嗯。”宁宁不明白他的反应为何如此激烈，抬手摸了摸鼻尖，“你知道哪里可以重新买一个吗？”

气氛诡异地沉默了好一会儿。

小师弟清澈的少年音再度响起，如同地狱里夺命的丧钟：“可是……小师姐，你不是还欠着许多外债吗？”

宁宁瞳孔地震。

眼见她露出难以置信的神色，林浔低头避开宁宁的视线，继续小声道：“师尊告诉过我，你为锻造星痕欠了不少钱，现今还没还清。这一个炉鼎是一万灵石，损毁居所的赔偿是五千灵石，还有你那檀木香桌，是——”

“等等！”宁宁一时间难以承受这么大的信息量，“这些家具不是门派批量生产的便宜货吗？”

林浔有些怕她，攥紧袖口：“是小师姐说喜欢檀木香，炼丹也要用最好的。”

“那那那我家呢？我家不是大富大贵吗？”

“师尊禁止弟子挥霍家财。”

宁宁双眼越睁越大：“锻炼不应该由师门出钱吗？”

“小师姐你清醒一点儿。”林浔有些急了，“我们是剑修啊，没钱的！”

一语点醒梦中人。

宁宁大彻大悟。

对哦。

她是剑修。

普罗大众眼里的剑修什么样？清高冷漠，杀伐果断，一剑断空。

真实的剑修又是什么样？直男，一根筋，暴力狂。

最重要的是，他们穷啊。

所有门派里，剑修永远拿着最好最拉风的剑，带着最凌厉的剑势，身上衣服却从来是最便宜的。

原因无他，钱全花在“老婆”身上了。

不说在剑匣、剑饰上的巨额支出，单是为佩剑进行维修保养，就足以花光一大群人的私房钱。

对于剑修来说，头可断，血可流，要想让自己的剑受苦，那万万不可能。

为了省钱养剑，辟谷不吃不喝已是司空见惯，像什么自学缝纫、街头卖艺，同样屡见不鲜。

最让宁宁印象深刻的，是原著里的一位贺姓师兄。

传闻他为了攒钱，竟然去花楼竞争头牌，被人发现是一名剑修后，还大言不惭地谎称自己是万剑宗的弟子，最后被万剑宗当场揭穿。

——万剑宗是剑道第二大派，和玄虚剑派是明争暗斗的死对头。

她总算知道饭堂里那位女修话里的意思了。

两相沉默之间，一段文字在脑海中适时浮现，正是系统为了让她顺利完成任务，调出来的原著段落。

只见标题是六个大字：“宁宁夜诱林浔。”

月色西沉，门前如积水空明，影影绰绰。

宁宁娇柔一笑，纤纤细指拂过林浔衣襟，引得少年脊背僵硬，耳根泛起红潮。

月影婆娑，打湿少女柔软的樱唇。她轻轻张口，吐气如兰：“今夜月色媚人，师姐心情甚好。我们一同出去赏赏月，如何？”

赏月。

宁宁心头苍凉，她以后天天都是“尝鹅”，还赏月。

月色西沉，门前如积水空明，影影绰绰。

古有范进中举，今有宁宁炸鼎。

直到很久以后，林浔还能回忆起被那个场景支配的恐惧。

小师姐立于一片废墟之间，面上残存着蒙蒙灰烬，不知怎么，忽然慢慢朝他靠近。

她语气如癫似狂，分不清是笑意还是哭腔，声线飘忽得像是山野女鬼，和那双微微泛红的杏眼堪称绝配：“今晚月色不错，师姐心情甚好，要不……咱们出去赏赏月，如何啊？哈哈。”

最后那一声“哈哈”最为精髓，简直生动形象地诠释了什么叫作乐景衬哀情，上翘的尾音如同冷箭离弦，哧溜一下就插在他耳膜中央。

林浔的第一反应是：救命啊！小师姐她被自己穷疯啦！

龙宫小皇子脸色发白地后退一步，浑身瑟瑟发抖。

身体被触碰的地方像在发烫，灼得林浔浑身不自在，下意识地想要挣开她的手。

可、可是，如今正是小师姐最为悲伤的时候，她负债累累，又炸毁了最为珍贵的丹炉，为何还能笑出来?

小白龙微微一怔。

她笑得那样勉强，连嘴角的弧度里都满藏着悲凉，摆明了是在强颜欢笑。此地唯有他们二人，小师姐自然不会是因自己发笑，那她如此这般的原因……

莫非是为了他?

是了。

少年微微张开薄唇，深吸一口气。

他终于明白了。

之所以微笑，是因为不愿叫他担心；之所以邀请外出，则是为了避免让他见到满室狼藉。小师姐自尊心那样强，即便自己吃苦挨饿，也不会想让别人为她担心。

怎么会有这样温柔的人啊。

小白龙眼眶微微一热，强忍着难受，声音又低又模糊，难以抑制地轻轻颤："小师姐别难过，我……我陪你去看月亮。"

宁宁没想到林浔会答应和她一起看月亮。

毕竟林浔刚拜入师门没多久，他们俩仅仅停留在只有几面之缘的同门关系上，连话都没说过几句。

在原著里，原主刚碰到他的手就被毫不犹豫地躲开，哪像现在，小白龙非但没对她的触碰表示嫌弃，居然还应下了赏月的邀约。

"不过小师姐，比起外出赏月，我们是不是应该……"林浔支吾片刻，下垂的长睫遮住黑眸，再开口时，声线糯得像是白团子，"把你的房间好好整理一下？"

他说话时低着头，宁宁便能肆无忌惮地将小师弟细细打量一番。

小白龙算是原著里的重要角色，由于天性善良，与独来独往的裴寂关系不错，戏份儿也就自然而然多了起来。

和裴寂浑身戾气、阴晴不定的大魔头气质相比，小白莲人设的林浔要显得清润出尘许多。

翩翩少年，琼枝玉树。长明灯灯光潺潺如流水，一滴滴浸染出白皙精致的面庞。

他年纪尚小，眉眼之间稚气仍存。一双琉璃般的黑眼珠盛满温柔夜色，轻颤的长睫如蝶翼扑闪，洒下一层薄薄阴影。

单薄白袍勾勒出少年人挺拔瘦削的身形，在寂然夜色之间，好似一把笔直锋利的长剑。

然而看他刻意闪躲的眼神与悄悄泛红的耳根，比起千年难得一遇的剑道天才，他更像是邻居家内向害羞的小弟弟。

宁宁看看他，又看看自己身后那堵非洲墙，用不太确定的语气问："你愿意跟我一起，打扫房间？"

林浔没抬头，也没说话，脑袋轻轻点了一下。

事实证明，林浔是真的不太像娇生惯养出来的皇家子弟。

当宁宁还在跟满地的丹炉碎屑做斗争时，他已经清扫完了缺胳膊断腿的桌子兄、脑壳整个儿被炸飞的椅子兄，以及在爆破冲击下碎落一地的书籍残页。

他实在是太熟练了，熟练到宁宁不由自主地开口："你在家里经常做这些吗？"

"是入山后才学会的。"林浔不好意思地笑了一下，"师尊告诉我，这是剑修的必修之道。"

他才刚来这儿没多久啊，看把孩子都逼成什么样了！

宁宁不禁发出灵魂叩问："明明我们赚钱那么难，为什么人家赚我们的钱就这么容易？"

"小师姐，"正在吭哧吭哧地帮她搬书柜的林浔闻声停下，迟疑一瞬后继续道，"我有个朋友，教给了我一些节俭之道——这只是我朋友的做法，我、我没试过的！"

感受到宁宁直直望来的视线，小白龙有些慌张地乱了呼吸："大致就是……如果门服损毁，不需重新购置，只要寻块白布加以裁剪，再用金色颜料描绘出云纹图案便可。"

宁宁目光惊恐地看一眼他的衣袖。

暗金纹路歪歪扭扭，如帕金森患者所画，本应绣有蛟龙的地方，画着条龇牙咧嘴、脚比头大的诡异大泥鳅。

"还有，"林浔垂着脑袋补充，"雨天的雨水一定不能浪费，可以接下来烧开洗澡，比池塘里的水干净；吃完西瓜、南瓜后的瓜皮也可以保存下来，在下一顿饭时清炒，这样又能多一道菜。"

宁宁惊了。

宁宁真的很想问他，你说的这个朋友，是不是就是你自己？

可是这个问题好伤人，顾及小皇子的自尊心，她强忍着没说。

天将降大任于斯人也，必先苦其心志，劳其筋骨，饿其体肤。

原来这就是天下第一大剑宗，其他门派都在教授术法剑诀，只有玄虚派清新脱俗，要是出了教科书，怕不是这种画风——

必修一：《论一个穷光蛋的自我修养》。

必修二：《家务活与母鹅的产后护理》。

必修三：《我的一个盗菇朋友——关于身无分文时偷菜的心得一二》。

绝了，整个就一穷光蛋进阶指南。

“对了，小师姐。”林浔见她脸色更白，以为宁宁还未从破产的事实中缓过来，小心翼翼地朝她迈近一步，从怀里掏出颗光华四溢的洁白圆珠，“我此次离开东海没带多少钱财，只有这夜明珠勉强算是值钱，如果不嫌弃，收下它换些灵石吧。”

他哪是“没带多少钱财”。

林浔压根儿是一穷二白地出了家门，只因为师尊告诉过他，剑仙从不拘泥于身外之物。

他后来发现师尊本人也曾经吃过爆炒瓜皮，甚至发展出一种全新的菜色，叫“落英百香萃”。

就是炒花瓣和树叶子。

这颗夜明珠是他浑身上下仅有的值钱物件了，本该好好保管，可是……

涉世未深的小白龙鼓起勇气，极快地瞥一眼宁宁惨白惨白的脸，心里暗下决心。

既是同门，就理应相互帮扶。如果他的身外物能换来小师姐继续生活的信心，牺牲这颗珠子，便算不了什么。

他可是个顶天立地的男孩子啊！大不了再去喝露水、吃树叶，小师姐要是疯掉，她的一辈子可就全完了！

宁宁心情复杂。

在原著里，林浔的确是个毫无心机、心软至极的小白莲设定，路见不平时，就算害羞得满脸通红、结结巴巴，也要上去匡扶正义。

有读者一针见血地指出，作者之所以把他设定成这种性格，就是为了突出男主角裴寂的杀伐果断，阴冷恣睢。

说实话，在以上帝视角看这部小说时，宁宁也觉得这位小皇子实在同情心泛滥，但当她自己成了被他同情的那个——

这就是个小天使吧，呜呜！明明自己都穷成这样了，居然还能拿出最后的资产送给她！双标又怎么样？林浔他怎么可以这么好！

“不不不，我不用。”宁宁赶紧摆手，“你不是也没有多少灵石了？”

她说得隐晦，特意略过了林浔吃瓜皮、洗雨水的那些事儿，从而保全小朋友单纯脆弱的自尊心。

没想到地主家的傻儿子嘿嘿一笑："没关系，上回大师姐带我去万剑宗偷了好多瓜，瓜皮够吃好几——"

话没说完，林浔就停住。

他自尊心强又非常容易害羞，之前刻意隐去了自己的身份，谎称那些事情都是"一个朋友"所为。如今这句话……

不正是在大大咧咧地宣告，那个朋友就是他本人吗？

热气腾地上涌，白玉般的脸庞霎时笼上一层绯色，如同晕染开的墨团越来越浓，最终变成遍布整张脸的通红。

太、太丢人了。

他本来想在小师姐面前留个好印象的。

他从小就不善与人交流，之前几番遇见小师姐，都羞怯得说不出话。今日听见她房中有异，没多想便进了院子，未承想居然会闹出这样的笑话。

林浔支支吾吾说不出话，只觉得脑袋一片空白，恍惚间忽然听见宁宁的声音，语气和之前没什么不同："带回来的瓜够吃好几天？你和大师姐偷了多少瓜？万剑宗没逮住你们吗？"

她莫不是听岔了。

他说的可是"瓜皮"。

他心情忐忑，小师姐却面色如常，想来她是真的没听清，也没把他跟"那个朋友"联想到一起。

林浔抿着唇笑了笑，耳边红潮退了一些："不少。小师姐想听我们偷瓜的事情吗？"

宁宁："你说。"

于是话题成功转向了大师姐与万剑宗的那片瓜田，听说师姐有言：偷瓜不能算偷，剑修的事，能算偷吗？

林浔说得认真，还顺手帮忙打扫了满地的碎屑，全然没注意到身边的宁宁悄悄吐了口气，如释重负。

呼，好险。

看小白龙那副眼眶通红、小脸发白的模样，还好她反应快装糊涂，不然恐怕还真得哭出来。

第二日，宁宁是被系统叫醒的。

还好床与丹炉相隔甚远，没受太多影响，与林浔道别之后，她便很快拖着疲惫的身体倒头就睡。

第二天刚睁开眼，她就看见脑袋里悬浮着几段大字：

叮！任务发布！

剑宗大比正在进行，你记恨于昨日败在裴寂手下，誓要给他一点儿教训。

请立即前往比武场，在暗处对比试中的裴寂发动攻击。

这段剧情终于来了。

宁宁从床上迷迷糊糊地坐起来，摸了摸满脑袋的乱发。

这是裴寂逆袭的起点，原著中十分令人印象深刻的情节。

玄虚剑派的门内大比采取淘汰制，昨日裴寂胜了宁宁，还得在今天与其他弟子继续比试。

不知道该说他的运气好还是不好，这次遇到的对手，居然是名金丹期的亲传弟子。

那位弟子名叫陈钊，在清虚真人门下修习，实力十分了得。见识到昨日裴寂与宁宁的战斗后，他自知不可轻敌，以防万一，甚至动用了暗器。

——剑宗大比，暗器自然是禁用之物。

但他的摄魂钉细如蚊足，发动时不会被灵力察觉，加之观众席位与比武台相隔很远，因此他在用它重创裴寂后，并未有人发现猫腻。

除了这位从中作梗，原主也十分尽心尽力地在搞事儿。

她主修的剑法名唤“星罗”，讲求出剑迅如风，剑势密若星，总的来说就是快准狠，在无影无形之间打敌人一个措手不及。

没错，原主生动形象地诠释了什么叫作死没有下限，在裴寂与陈钊比试之时动用剑意，从背后偷袭了他。

暗器与剑诀双重夹击，裴寂无路可躲。他注定被重创得奄奄一息，然而身临绝境，也恰是绝处逢生之时。

念及此处，宁宁一气呵成地下床穿衣洗漱，拿起星痕剑时忍不住想，反派果然都是给主角送经验的工具人，实锤了。

多亏御剑飞行，她很快就抵达了比武场所在的开阳峰。裴寂与陈钊的对决正值惊心动魄的时候，台上一片刀光剑影。

清晨的开阳峰云蒸霞蔚，日光破开层层白雾凛然而下，犹如千万剑影，有形无痕。峰峦上下烟波迭起，云卷云舒，好似千里画廊，晕开重重水色。

以寻常人的视角，只能望见台上两人转瞬即逝的残影，凌厉剑意于日影之下映出雪亮白光，两剑相拼斩开徐徐雾气，如同霜雪浮天，奔雷寂然。

一袭黑衣的裴寂眉眼淡漠，身为默默无名的外门弟子，竟未在比试中居于下风。眼看陈钊已有不敌之势，宁宁知道自己是时候出手了。

她能再清楚不过地看见台上二人的动作，因此也明白该在怎样的时机动手。

白雾升腾之间，宁宁单手捏诀，朝裴寂身后稳稳一压。

雨打飞花诀，疾剑无痕。

无形剑意顺势而下，然而宁宁还没来得及露出一个“工具人只能帮你到这儿了”的微笑，嘴角的弧度就僵在脸上。

糟糕。

她还不善用诀，这剑意……

好像歪了。

裴寂很快便感受到了朝自己逼来的剑风。

与陈钊杀意凛然的重剑不同，这股剑意轻盈灵动，几乎不会被人察觉，他对这样的感觉再熟悉不过，正是昨日对阵的那名女弟子的。

一阵喑哑粗犷的男声在脑海中嗡然响起，让他下意识地微微蹙眉：“糟糕，有人偷袭！”

这声音自他出生以来便留在体内，除了裴寂，其余人一概无法听见。

声音自称曾经是把剑，但它究竟叫什么名字，以前的主人又姓甚名谁，这些全都是未知的——它失忆了。

如果宁宁听见他们的对话，一定会了然地说上一句：“啊，原来这就是承影剑的声音。”

她当然是知道这道声音的。

裴寂乃上古剑神转世，曾经的佩剑承影也随之入了他体内。只可惜岁月已久，他如今的实力也无法驾驭神剑，承影的记忆与力量被尽数封印，成了个只能在男主脑子里唠唠叨叨的中年大叔。

“这剑气……正是昨日那女修。”

承影低声轻喝：“她究竟安的什么心，我就知道那女人不怀好意！”

宁宁的剑气迅捷如雷电，带着势不可当的凶戾杀机，裴寂忙于应付陈钊，只能侧身闪躲。

不承想，他刚露出这短暂的破绽，便瞥见陈钊冷冷一笑，指尖微动。

摄魂钉细小难辨，悄无声息地靠近他时，传来一股森然冷意。前狼后虎，加之陈钊预判了他的行动，裴寂无处可退。

他今日必中这一击。

承影已经忍无可忍，疯狂叫嚣：“可恶啊臭女人！看我不好好收拾你——”

话音未落，变故陡生。

雨打飞花诀的轨迹居然并非笔直，而是向如今裴寂所在的方位偏转了一些，想来那少女打从一开始就并非瞄准他之前站立的位置，而是此时这边。

毒钉来势汹汹，剑诀如流风回雪，电光石火之间——

居然刚刚好地，笔直相撞。

两力相交无声无形，却又惊涛骇浪般潜藏于暗潮之下，掀起汹涌波澜。

诀灭，钉碎。

承影：“……”

承影惊了。

那女人、那女人怎会知晓摄魂钉的路径？！这恰到好处的力道，这命中注定般严丝合缝的相交，一切都正好将那暗器粉碎殆尽……

难道一切都在她的掌控之下吗？

它无比惊骇地用神识望一眼看台，毫不费力便见到那白裙少女。

还有她脸上尚未退去的微笑。

她居然在笑。

也就是说，难道她当真……是有意而为之？

先是察觉到那陈钊心怀不轨，试图动用暗器，然后用剑诀逼得裴寂侧身闪躲，这时陈钊必定会预判他的动作，发动毒针。

但陈钊那厮万万不会想到，她居然预判了他的预判！

这手法，这心机，还有这颗全心全意为裴寂着想的心——

她是个仙女吧！

“我悟了！”

承影当即改口，把满嘴的“臭女人”全部吞回去，语气激昂得有些颤抖。

“那位仙女不仅在暗中帮你……

“她还是个绝顶高手啊！”

剑诀与摄魂钉相撞的瞬间，宁宁嘴角扬起的弧度还凝固在唇边。

她是真没想到，自己那道歪了的剑气会误打误撞碰见陈钊的毒钉，一阴一阳两相抵消，竟同时消弭于无形之中。

闹了这么大的乌龙，她脑袋里的系统居然没出一点儿声音。

之前她把别人跟裴寂弄混时也是这样，好像它只需要督促宁宁去“做”，至于她究竟做得如何，就与它毫无关系了。

像极了拼命完成暑假作业时的宁宁本人，只要把空全填满，管它答案到底对不对，做完就行。

陈钊眼见摄魂钉没了效力，心里更是恐慌。

那道剑气又快又准，精确无误地打在摄魂钉之上，在那样电光石火的碰撞里，能做到这一点的人必然实力高超。

要么是裴寂的力量深不可测，要么是有高人在暗中相助，无论哪一种，对于他而言都是大大不利。

昨日听闻天羡子门下的宁宁败在一个外门弟子手上，他在心里暗暗鄙夷了不知多少回，并暗暗下定决心，要在今天的大比上好好灭一灭那小子的威风，不承想……

陈钊神色一凛，握在剑柄之上的指骨微微发白。

既然这样，那就休怪他下死手了！

巨剑顺势而起，拨起千钧狂风。暗金色剑影与日光遥相交辉，只不过瞬息之间，高大魁梧的青年便欺身而上，袭往裴寂所在的方向。

身着黑衣的少年凝神以待，眉宇间隐约浮起黯然杀气。

宁宁双手环抱在前胸，一言不发地注视着场上越发激烈的争斗。外行看热闹，内行看门道，身为内行的宁宁不由得打从心底感慨一句——

“男主真好看哇。”

其实裴寂长得很不像个正派男主，性格和所作所为就更是差之千里。

因为从小被母亲厌恶着长大，还时常被当作负心汉老爹的替身疯狂毒打，他理所当然地没长成新青年，性格孤僻又古怪。

不但极其抗拒与旁人接触，还兼有毒舌、阴戾、黑心莲等一大堆匪夷所思的属性加成，比反派更像反派，让反派无路可走。

所以这部小说的人气……

委婉点儿说，实在不是太高，也不晓得作者是怎么做到孤军奋战写下洋洋洒洒那么多字的。

话题回到裴寂。

他长了张漂亮得惊人的脸，上挑的凤眼自带几分媚意，却又被他眼中浓墨般化不开的狠戾神色冲散大半。

嗜血杀气与勾人媚气浑然相融，丝丝交叠。眼底一颗深红泪痣最是巧妙，如同朱砂一点、凝血一滴，搭配紧抿的苍白薄唇，竟要比他身后的水墨河山更让人挪不开视线。

更不用说那袭黑衣勾勒出少年人修长挺拔的轮廓，被剑气伤及的地方划开几道破口，露出内里白得不自然的皮肤与猩红鲜血——

宁宁不合时宜地想，难怪会有那么多配角喜欢他。

此时交战已至尾声，两方皆是伤痕累累。

与得到亲传的陈钊不同，裴寂身为外门弟子，只能在剑堂之上修习门派基础剑法——但他居然就是凭借这些人人都会的招式，硬生生地在这场较量中占了上风。

没有师传，便没日没夜地自行摸索；没有固定剑招，就审时度势，步步为营，不拘泥于剑势的手法，遵循心中本意而动。

这是天赋的巨大差距，陈钊输得有够彻底。

打到这里，明眼人已经能看出二人孰胜孰负。宁宁心如明镜，知道男主即将迎来人生中的第一次重大转折。

疾光剑影间，人群中忽然传来数道惊呼，宁宁心知时机已到，顺着众人的目光望去。

比武台上方悬着把寒气四溢的幽蓝古剑，在日光下映射出冰晶融化般璀璨夺目的光辉。

剑上立有两名青年，皆束发白袍，俊逸超然。

其中一人星眸带笑，神色颇有玩味之意，略显懒散地勾着唇角；另一人轻裘缓带，神色淡淡，斑驳日影流淌于白衫之上，飘然若仙。

有人讶然开口："是……是天羡长老和孟诀师兄！"

宁宁逆着光眯了眼睛，望见那始终笑着的青年朝自己挥了挥手。

虽然不太想承认，但这位很像是吊儿郎当纨绔子弟的剑修，正是她的师尊；而旁边那位仙气飘飘的，才是她的大师兄孟诀。

从"天羡子"这个狂到不行的名号就能看出，他们这位师尊向来我行我素。

他算是玄虚剑派里的一个神奇人物，为了学遍天下剑式，一年三百六十五天有三百天在游历诸国八方。平日大会小会他基本不会参加，不是外出没了踪影，就是在埋头苦练新学的剑招。

除此之外，这人还是个不折不扣的剑痴，见到喜欢的剑就迫不及待地想买下来，几百岁的人了，至今还是个月光族。

据原著所说，天羡子刚回剑派，就听闻宁宁败在一名外门弟子手下的消息。此人尤其爱凑热闹，当即御剑来到比武台，看见了裴寂苦战陈钊的一幕。

然后他一拍脑门儿，很符合人设地决定：这是个天才啊！以后就是我徒弟了。

于是裴寂由外门弟子扶摇直上，一跃成为天羡长老的亲传弟子，人生也从此天翻地覆，不再任人欺凌。

台上传来巨剑落地的闷响，陈钊终于失去意识躺倒在地；他身侧的黑衣少年微喘着气，单薄胸膛轻轻起伏。

鲜血顺着衣物潺潺淌下，侧脸被剑气划破的地方晕开一片血红，映衬着黑发白肤，摄人心魄。

裴寂虽然狼狈，脊背却挺得笔直，似是心有所感，抬起混浊幽黑的眼瞳。

正好与御剑的天羡子四目相交。

宁宁知道，成了。

“不错啊。”

剑上的青年人天生笑唇，眉眼不过轻轻一勾，便无端生出几分春风轻拂、冰雪消融之感，语气一如既往地玩世不恭：“想不想当我徒弟？”

这一刻的他是多么道骨仙风、风度翩翩、翩然若仙，新徒弟一定会对此般丰神俊朗的模样念念不忘，从此把“师尊天下第一”当作口头禅。

只可惜那句“想不想”刚出口，台上的裴寂便体力不支，撑着剑半跪在地。

眼睛还闭上了。

天羡子：“……”

给个耍帅的机会，哥。

名不见经传的外门弟子居然被长老一句话收为亲传弟子，比武台一片沸腾。

外门弟子是什么？有微薄灵气但天资平平，连内门都没有资格进，一生中能和长老说句话都是幸运。

仅仅经历一场比试，就一跃成为亲传弟子？

简直匪夷所思。

裴寂没了意识，天羡子对他体内磅礴的剑气十分感兴趣，屁颠屁颠地跟着去了天鹤峰的医馆。

宁宁眼见一切尘埃落定，正打算回小院休息，毫无防备地见到身旁一袭白衣。

是她的大师兄孟诀。

论剑道，师兄出神入化；论实战，师兄多年未尝败绩，是门派当之无愧的首席弟子。

比起整天没个正形的天羡子，性格沉稳温和的孟诀更像是师父一些。

听说这位师兄清风霁月，嘴角从来都带着笑，只有宁宁知道，这人是朵不折不扣的黑心莲。

孟诀未入仙门时，是富商之家的庶子。娘亲早亡，他在家中身份低下，自幼便养成了冷淡疏离的性格，后来生父更是受妖修蛊惑，在孟诀十二岁那年，全家惨遭灭门之灾。

他虽然对所有人都礼貌得体，却从未付诸真心，无形间保持着难以触碰的遥远距离。

与你微笑谈天时有多温柔，来日发觉你背叛之时，一剑毙命的手法就有多么果断从容。

可想而知，在原著后期，他对于不断作死的原主有多么深恶痛绝。

宁宁看一眼他含笑的双眸，敛了思绪叫一声："师兄。"

如今他们接触不多，孟诀只当她是个娇纵蛮横的小师妹，虽无好感，却也称不上厌恶。

于是他回以一笑："宁宁师妹，师尊临走之前托我转告你，务必勤修苦练，争取早日剑术精进。"

是在说她输给外门弟子那件事儿呢。

宁宁乖乖点头，估摸着又到了她的作妖时间，果然脑海中嗡地一响。

叮咚！

孟诀剑术高超，境界有成，你虽知他不喜你刁蛮任性的性格，却拿他毫无办法。不如来一出美人计，等他倾心于你，秘法宝器岂不是手到擒来？

请对孟诀说出以下台词——

然后便是一串没眼看的黑字，宁宁恨不得捂住眼睛大叫一声：眼睛！我的眼睛！

原主，这种想法是不好的。

为什么总想从别人身上捞好处呢？你这有胳膊有腿的，还是个万众瞩目的剑道奇才，怎么偏偏想不开，非要去抱人家大腿呢？真讨厌他们，凭借自己勤学苦练，把那些人打得满地找牙岂不是更爽？

宁宁想不通。

但系统不管她能不能想通，台词必须念。

"师兄，"说这段话时本应该做出柔弱悲切的模样，但她实在没那么厚的脸皮，全程面无表情一动不动，宛如背台词机器，"输给裴寂，我好伤心。"

孟诀："嗯。"

"现在连师父也要收他做徒弟，我没有别的依靠，只有师兄你能帮我了。"

孟诀不说话了。

宁宁深吸一口气，用几乎是视死如归的语气继续说："所以，今晚亥时，你有空吗？"

她神情呆滞，声如洪钟，说完时脸色白了好几度。按照既定剧情，孟诀会当即明白小师妹是在邀请自己幽会，毫不犹豫地一口拒绝。

——更别说原著里描写了一大段她的动作神情，什么“声线媚若游丝”“手指轻轻扯上孟诀衣摆”“幽香四溢”。连宁宁这个妹子都觉得把持不住，孟诀却能气定神闲地说“不”。

如今她满脸的不情愿，声音僵硬如机器人，一副壮士赴死的模样，他一定会更加嫌弃。

宁宁本来已经做好了被直白拒绝的准备。

没想到孟诀迟疑片刻，居然弯了弯漂亮的桃花眼：“好。”

宁宁：你说啥？你疯了还是我疯了？

更疯狂的还在后头。

孟诀说着笑意更深，竟然透露出了一丝若有若无的怜惜：“不如让我教你一些……你这个年纪以外的事情，如何？”

宁宁惊了。

如果瞳孔可以地震，她整个人早就被彻底震碎了。

啊，不是。

师兄你说话这么直白的吗？你是这种人设吗？快清醒一点儿啊，师兄！

子时，小别院。

月影婆娑，薄雾暗生，静谧夜色自天幕蔓延而下，静悄悄融进每一寸土地。

星点与月色洒下朦胧光影，随风潜入宁宁所在的院落，照亮少女薄红的脸颊。

“师兄。”

宁宁没想到孟诀言出必行，居然当真在亥时来了这座小院。如今已至午夜，她的后背紧紧靠着他的胸膛，被汗珠打湿的漆黑发丝彼此交叠，被月光映出几分暧昧。

浑身都笼着层难以忍耐的热气，她咬唇忍住溢到嘴边的喘息：“这样真不行。”

孟诀与她贴得格外近，手轻轻捏住少女纤细的腕。他含着笑低声开口，带着清新竹香的热气便萦绕在最为敏感的颈窝：“小师妹可是累了？”

宁宁已经没了点头的力气。

废话啊！

要是你连续练三个小时的剑，难道你不累吗？居然这样对待同门的美少女，孟诀你没有心！

白天大师兄说完就走，完全不留给她一点儿反悔的机会，等宁宁心惊胆战地等到深夜，那人不仅真的来了，还带了本剑谱。

没错，孟诀口中“她这个年纪以外的事情”，就是一套难得惊天地、泣鬼神，一遍下来累得她半死不活的，高阶剑法。

还真是她这个年纪所不能承受之重呢，呵呵。

算你狠。

你们剑修脑子里整天都在想些什么东西？能不能来点儿阳间人的脑回路？她说的那番话像是迫及不待要学剑法吗？啊？

但孟诀就完全不像她这么想。

在小师妹开口时，他的确下意识地觉得宁宁存了不轨的心思，本来是想拒绝，可是她的表情，真的，实在太难看了。

你见过用一副死人脸来邀请男人夜半相约的吗？你听过用慷慨赴死的语气来献媚的吗？你见过有谁眼睛瞪得像铜铃、脸色白得有如女鬼再世，还用这样的表情去诱惑人吗？

孟诀没有。

他见过不少女子设计接近自己，无一不是温声软语，眼波流转，恨不得化成一摊水，扑进他怀里。

可小师妹不是。

她的表情充满了耻辱、羞涩与愤懑，其中最明显的，是视死如归的决心。

——这分明是她败给外门弟子后心有不甘，想要来讨教剑术啊！

输给裴寂的羞耻与愤懑、第一次主动向他开口的羞涩，以及知晓他教起人来绝不手软，即使可能累个半死，也要坚持求教的视死如归。

这样理解，一切都解释得通了。

这，就是剑修！

想不到天性蛮横的小师妹竟然如此上进，孟诀很感动。

“师兄，”连续练了三个小时的宁宁双目如死鱼，只觉得一个年幼的剑修在今夜失去了她的梦想，“我学不会了，真的。”

所以求求了，放过她吧！！！

被丹炉炸，被剑术折磨，被人误会是个跟着小男生回宿舍的痴女。

她只是一个普普通通的恶毒女配啊！这是恶毒女配应该承受的命运吗？宁宁觉得她比祥林嫂还冤，她真傻，真的。

她觉得这整个师门都不正常。

而除了已经见面的这三位，居然还剩下好几个攻略对象，鬼知道那群人里还藏着哪些妖魔鬼怪，要变着花样地折腾她。

耳边传来大师兄清越出尘的嗓音，温润如玉，贴心备至：“小师妹，这剑法你已学会小半，只需多加练习，定能有所突破。修道之人最忌半途而弃，不如自信一些。”

宁宁深吸一口气，点点头。

她从来没有像现在这样底气十足地说出过哪一句话，一字一顿，每个音节都蕴含着不容置喙的笃定，信心十足：“师兄！我真的学不会！学不会啊！”

够自信了吧臭剑修！

宁宁在上辈子就是个运动废柴。

她会钢琴，会素描，会书法，唯独体力差劲儿得一塌糊涂，要说从小到大什么时候锻炼过，大概只有练形体那会儿跳过美丽芭蕾和天鹅臂操。

结果别人是漂漂亮亮的小天鹅，她到一半就被累得半死不活，活像只即将被端上餐桌的扑棱蛾。

后来形体没练成，脸上肌肉倒是差点儿抽筋——因为宁宁跳死亡芭蕾时的面部表情总是特别丰富。

被累的。

所以综上所述，她理应极不爱动弹，对于孟诀提出教授剑法一事，也是打从心底拒绝的。

可耐不住它实在是太香了。

修道之人的体质与她上一世的截然不同，被灵气浸润的肌体练精化气，练气化神，剑心、剑意、剑骨在拔剑时凝于一掌之间，星痕出鞘的瞬间，浑身血液都为之亢奋叫嚣。

剑修的挥剑不是单纯地为了“挥剑”做出的动作，而更像是听从于一种来自本心的本能，身姿变换之中，天地灵气前所未有地充盈于其间。

这并不是一种让人厌恶的感觉。

所以宁宁虽然累如老狗地喊了句“再也不练”，却还是在短暂休息后，继续在孟诀指导下学会了一式又一式的动作。

开玩笑，她曾经可是打算征服高考的女人。

练剑和学习其实没太大差别，人人天赋各异，修行全靠苦练，离不开拜师学艺，有人天才陨落，也有人从底层一步步往上爬。

更不用说那些大考小考，就和仙门里的秘境试炼没什么两样嘛。

她能在史地生数理化的题海战术里屹立不倒，难道还会怕这个不用怎么动脑子就能学会的剑法？

“金蛇剑法源自苗疆，讲求变幻莫测，倒劈斜戳，皆可在瞬息之间大败敌方，不拘泥于固定格局。这一招金光蛇影最为致命，凭借剑势分化，可形成一人御百剑之势，你且看好。”

孟诀矫正好她的姿势，把双手从宁宁肩上松开，亲自拔剑为她演示。

宁宁听着他的话，自动脑补成课堂上英语老师的经典语录：“这个表达一定要记住，写作时再加上倒装句和定语从句，不要拘泥在固定用法上。凭借句式分化，可以让一篇作文里有好几种高级表达，肯定能拿高分。”

太接地气了。

金蛇剑法变化万千，断然不是一朝一夕能学会的。好在孟诀剑心大成，算得上同辈中最为优秀的老师；宁宁的这具身体亦是天资卓绝，不到三日，便已能大致将其掌握。

最最最重要的一点是，孟诀在一众穷困潦倒的剑修中鹤立鸡群，是个吃得起食堂的有钱人，跟着大师兄，她有肉吃。

“玄虚剑派？穷？”

孟诀闻言轻笑一声，真真可谓翩翩公子温雅如玉，一双桃花眼如沐星河：“小师妹，玄虚乃剑道第一大派，自然不会克扣钱财。穷的不是师门，而是用钱的人——纵观上下，像师尊那般倾尽所有追求剑道的可不多。”

宁宁偏着脑袋一想，对哦。

他们那个吊儿郎当的剑痴师父成天满世界地乱飞，见到宝剑和剑谱，不管三七二十一就买下来。

原主娇生惯养，花钱不知节制，变成穷光蛋那是命中注定。

小师弟也是个用钱大手大脚的祖宗，更不用说身为皇家子弟不识人间疾苦，被人骗走了不知道多少灵石。

至于那个她还没见过面的大师姐，根据原文里的描述，也是个今朝有酒今朝醉的酒鬼，人生中唯有剑与酒与美人最珍贵。

原来穷困潦倒的并非整个剑宗，而是他们这奇葩的亲传师门。

不是一家人，不进一家门，一堆穷光蛋聚在一起，也真是没谁了。

跟着孟诀练（吃）了三天剑（肉），宁宁收到了师尊天羡子发来的通讯符，邀她去府上聚一聚，见见新收的小师弟。

就是男主裴寂。

纸鹤状的通讯符被她拿在手里轻轻揉捏，宁宁斜倚着门扉，蹙眉露出一个极淡的笑。

之前都是小打小闹，这接下来的剧情，对她可就不太友好了。

据天羡子所言，山顶萧索，山脚没排面，把居所建于山腰之间，才是真真正正的赛神仙。

书里从未描写过他居所的详细模样，所以当宁宁赶到玉衡峰山腰时，忍不住愣了一下。

乍一看去是栋雕梁画栋、赏心悦目的仿园林建筑，丹楹刻桷，雕栏玉砌。未经修剪的灵植盘旋而上，翡翠枝叶缠绕着楼宇之上的飞龙石雕，颇有几分绿意掩映的生机盎然之感。

但细细看去，很容易便能察觉猫腻。

龙眼睛里的珠子，被摘了。

有几处精致华美的木雕，被抠走了。

墙上隐隐有挂画留下的痕迹，至于那幅画，被拆了。

空空荡荡的大厅什么家具都没有，如同蝴蝶破茧离去，空留一个偌大的壳。

宁宁："……"

这人是真穷。

听说他曾经为了买下一把上清剑，居然在门派里高价拍卖自己的这栋房屋，结果被其他几名长老合力制止，每人凑了些钱给他，才终于作罢。

毕竟堂堂玄虚剑派的天羡长老居然穷到卖房子，这事儿传出去怎么都不好听。

"哟，宁宁！"

身着白袍的青年轻易察觉到她的气息，转身笑嘻嘻地挥手："听说你三日便参透了金蛇剑法，后生可畏啊！也不亏我当年卖了裤子才把它带回剑派。"

谁想听你卖裤子的事情啊！所以你当年难道是裸着回来的吗？

宁宁觉得整个金蛇剑法都不太好了。

她一想到"金光蛇影"，就会情不自禁地开始脑补自家师尊手握剑谱御剑飞行时，那些随风乱飘的腿毛。

"多谢师尊。"

宁宁应声笑了笑，抬眸望去，发现还有另外两人在大厅里。

林浔一袭蓝衣，墨发束在身后，见到她时弯起圆润黑亮的狗狗眼，笑着叫了声"小师姐"。

如今正值晌午，有熔金般的日光从窗外涌进来。他站在潺潺光影之下，连睫毛都被笼罩了层金粉似的薄光，看上去温暖而明朗。

另一边的裴寂，则整个立于阴影之中。

他还是和以前一样的淡漠神色，眼尾带了几分若有若无的嘲弄。黑衣在黑暗里更显阴郁，也衬得他毫无血色的脸越发苍白。

"这是你新的小师弟，名叫裴寂——你们俩应该算认识。"

天羡子大概真没意识到人与人之间有种感情叫"嫉妒"，心大得没边，也难怪原主敢那样肆无忌惮地作妖："他之前虽是外门弟子，如今却已入了金丹二重境，更可贵的是剑心难得，你们以后多加切磋，彼此一定收获颇多。"

宁宁朝他淡淡地一笑："小师弟。"

"哦哦哦她笑得真好看！快回她啊裴寂！这姑娘居然是你师姐，这就是缘分吧！"

承影的剑气在他体内扭来扭去，少年蹙眉用灵力将它按住，仍是面无表情："师姐。"

刚刚见面就皱眉头，看来这人的确挺讨厌她。

宁宁没再说话，把视线转向天羡子。

"今日叫你们过来，目的有二。"青年懒散地一笑，比了个手势，"其一，同门嘛，终归要见面认识认识；其二，看看你们的实力精进如何。"

林浔的脸白了一霎："师尊莫不是要我们三个……拔剑比试？"

天羡子义正词严："我是会让宝贝徒弟们打架受伤的人吗？"

师尊居然如此关照他们！

小白龙受宠若惊地吸了口气，还没来得及露出感激的笑，就听他继续说："要是你们受了伤，医药费岂不是得由我来出？不可不可！"

林浔不说话了。

"所以呢，为师想了个更好的点子。"天羡子嘿嘿一笑，"你们去浮屠塔里走上一遭，如何？"

浮屠塔，乃玄虚剑派弟子历练场所。

塔有百层，每层皆设一处幻境，只有闯过幻境，才能进入下一层。百层之间难度层层叠加，困了不知多少魍魉修罗的残相魅影，剧情之精妙，幻象之真切，与下山亲自历练的感受没什么不同。

"层数我已选好，能破格为你们直接打开。"天羡子道，"四十层，夜访摘星阁，恰好适合金丹期修士，不知各位可有兴趣试上一试？"

听见"摘星阁"三字，宁宁眉心兀地一跳。

原著里，原主就是在这个鬼地方……

被打了个头破血流，当场被丢出幻境，在床上躺了整整半月。

幻境，摘星阁。

月影星光如点点碎金点缀江上，花船依江而过，歌女的靡靡之音散在风中，叫人酥了骨头。

临江的楼宇不知多少层数，雕甍绣槛之间，琉璃瓦映着皎洁月色，点亮高高翘起的檐角。有暗淡灯光从镂空的雕花窗棂中缓缓淌出，为整栋高楼笼上一层柔和光晕，有如轻纱薄雾，天上人间。

听闻摘星阁顶端可摘星揽月，阁前门庭若市，车马流转。

宁宁独自站在门前，身旁传来女郎娇柔的笑：“姑娘此番前来，可有心仪的对象？”

身旁是幽幽脂粉香，暗香疏影簇拥着灯笼里明灭不定的火光，还有女人们的妖冶身姿。

摘星阁是座花楼。

天羡子真会挑地方。

他们三人虽是同时入了幻境，进入幻境后却并不在一起。宁宁还没来得及出声回应，便听见一阵喧哗。

“贱人！不就摸你一下，在这里装什么清高！”

“对不住啊，这位爷，她刚来不久，不懂规矩——你！快来道歉！”

啊，多么老土的剧情，宛如二十年前的言情小说文艺复兴。

她对情节心知肚明，悠悠转过身去，恰好对上一双梨花带雨的眼瞳。

身着黄袍的青年男子横眉冷目地不停咒骂，白裙少女掩面而泣，倔强地把头扭向另一边，在撞上宁宁的目光时，双眸微微一动。

宁宁面无表情地转身移开视线。

烟花楼阁，英雄救美，都这么老土的桥段了，那群妖魔居然还来玩大放送。

——这是幕后 boss 设下的局。

被欺凌的少女是假的，嚣张跋扈的男人也是假的，如果有人路见不平，便会被那少女以“报恩”的名义带去房间。

然后看着她一层层剥开人皮面具，露出内里扭曲狰狞的怪脸。

摘星阁看似是平平无奇的烟柳地，实则在此处的女子们尽是妖魔，由幕后的白骨夫人统一约束，恩客在她们眼里，不过是顿热腾腾的食物。

幻境主线其实并不难，白骨夫人虽然难缠，凭借他们三人的实力却也不在话下。唯一叫人意想不到的是，这场幻境里出现了百年难得一遇的奇遇。

或者说，高难度彩蛋。

众人拼尽全力击败白骨夫人，幻境却并未崩塌，直到这时才发现，原来楼里还藏着个更为可怕的怪物。

原主就是在精疲力竭之时，被那位打了个半死不活。

宁宁当然不能重蹈覆辙啊！

她虽然要兢兢业业当个恶毒女配，但那只是有系统强制规定的情况。原主受的伤、吃的苦可不少，她是一个都不想去尝试。

这也是宁宁拼尽全力去学习金蛇剑法的原因。

她不想像原主一样，依靠攀附别人的手段在修仙界勉强立足。有了这样优异的天赋，她理应凭借自己的力量破开重重绝境。

比如这一次，她绝对不会被浑身是血地丢出幻境。

少女见她刻意别开视线，捏着嗓子委屈地道：“小姐，帮帮我吧！”

宁宁淡淡地睨她一眼。

如果路见不平拔刀相助，就会被那群妖魔当作内定的食物，时时刻刻受到监视，不利于她在摘星阁中自由行动，暗中破局——

听说正道之人的血肉，总是格外美味香甜。

既然这样……当个坏人不就好了？

她本来就是恶毒女配嘛。

“凌波一介歌女，卖艺不卖身，要是被那位公子……”少女说着掩面而泣，“莫非小姐嫌弃凌波出身低微，不愿出手相助？”

宁宁毫不犹豫：“是啊。”

对方的脸狠狠抽搐了一下。

对不起，恶毒女配没有道德，不会被道德绑架。

在场几人的表情同时僵住。

不对劲儿吧，这姑娘浑身散发着一股子剑气，理应是仙门剑道弟子，怎会如此……

如此不当人？

更令他们吃惊的还在后头。

只见那腰间佩剑的紫裙少女微微一笑，顺手便揽过身旁一位女子的腰身：“我要这个。”

说罢她又环视四周，颇为满意地指点江山，居然一把拉过黄袍男子身旁的女人：“这个姐姐也不错。”

“小、小姐，”女人试探性开口，“我今夜已经跟了那边的公子……”

“这有什么！”宁宁当即接话，语气似曾相识，“不就摸你一下，装什么清高！”

女人双眼含泪看向黄袍男子：“公子，帮帮我吧！”

黄袍男子义愤填膺：“你这可耻小人！居然强迫——”

话说了一半就整个人愣住。

呸！他义愤填膺个鬼啊！他才是反面人物不是吗！而且眼前这小丫头片子就是直接挪用的他的台词吧！

天底下居然有如此厚脸皮之人！

有个类似于管事的女人上前一步，笑得尴尬："姑娘……更青睐哪一位？"

"啊？"宁宁双眼一抬，握了握右手，"我全都要！"

师兄对她说过，剑修就是要自信一点儿！

白裙少女："……"

管事女人："……"

林浔赶到摘星阁，比宁宁晚了一些。

他听其他师兄师姐说过，摘星阁里有段英雄救美的剧情，是要在某个行为不端的浪荡子弟手中救下一名歌女。

他满怀忐忑地来到剧情触发地，却看见……

那个左拥右抱，满脸笑嘻嘻的浑球儿——

那个拉着其中一名姑娘的手，大言不惭地说着"别怕啊！我不给钱，就不算嫖啦"的浪荡子弟——

那个即将被自己狠狠教训一顿的反派角色——

为什么会是他的小师姐？？？

宁宁见到他，很有礼貌地回了个笑。

她对于小白龙的所思所想并不感兴趣，心里唯一的念头，是如何毫发无损地制伏那个终极大怪物。

或者说，把这鬼地方搅个天翻地覆。

第二章　天羡宅邸求学

幻境之外，天羡宅邸。

一袭白袍的青年慵懒地靠于庭院榕树下，树叶的间隙将日光分割成点点碎影，如万点金华落在他俊美侧颜。

铜黄色玄镜悬浮于半空之中，倒映出浮屠塔之内的景象，不知看见什么，天羡子有些惊讶地微微扬眉。

“师弟！”庭前兀地响起一道中气十足的男音，凛冽剑气吹得树枝哗哗作响，连空气都滞了一瞬，“拔剑！”

“别别别。”天羡子舍不得把目光从玄镜上移开，抬手挥退席卷而来的剑光，“我在看小徒弟们历练呢，咱俩改日再战。”

来人正是玄虚派六大长老之一，他的亲亲师兄真霄剑尊。

除了穷和嗜剑如命，天羡子没有哪一点儿像剑修。

剑修应该是什么样？刚正如剑，锋芒如剑，凛然如剑，遇到看不顺眼的人和事就打，从来不多说废话。哪像他，一张小嘴成天吧啦吧啦，吃喝赌样样精通，最擅长耍滑头。

真霄就不一样了。

他是最传统的那一类剑修，时时刻刻抱着把剑不说，还继承了剑宗一言不合就开干的优良传统，口头禅就一句：拔剑。

强者最爱与强者较量，所以真霄最大的爱好，就是来这里找天羡子拔剑比试——花钱的那种。

他得了快意，师弟得了钱，都不亏。

“历练？”真霄冷哼一声，抱剑立于他身边，“摘星阁这种蝼蚁之地，也需要你劳神费心？”

天羡子笑笑：“不不不，这次摘星阁和往常不一样。”

疾风如剑，划破一丝树木的影子。

真霄迟疑半晌，拧眉道："莫非——"

剑尊深不见底的眼瞳略微下移，终是落在那黄铜玄镜上："你的弟子们不过金丹期吧？撞上那样一个大怪物，恐怕凶多吉少。"

"那倒不一定。"白袍青年俯身垂眸，指尖划过镜面，勾起一片清亮涟漪，恰好荡漾在紫裙少女瑰丽的脸庞，"那怪物固然凶险，我的小徒弟……也有叫人意外的操作。"

画面上是摘星阁正门，车如流水马如龙，张扬明丽的少女笑得放肆，活脱脱一个放浪形骸的纨绔子弟。

真霄淡淡地道："我记得在门前作恶的是名男子，浮屠塔何时将他改成了少女模样？竟还如此左拥右抱，设计幻境的那群人真是恶趣味。"

天羡子嘿嘿一笑，不以为耻，反以为傲："这是我徒弟，没想到吧！"

剑尊常年云淡风轻的脸上终于出现了一丝裂痕。

你徒弟怎么比原来那恶徒更过分？而且她绝对是在强抢吧？连那个黄袍男都看不下去了喂！

现在年轻人都玩得这么开？

"摘星阁最喜正道人士的血肉，这样一来，那群女妖怕是对她嫌恶得不得了，不会多加注意。有趣有趣！不愧是我徒弟！"天羡子咧着嘴喝了口茶，"也许宁宁已经发现不对劲儿了，你觉得她下一步会怎么做？"

真霄剑尊：不关心，不想看，与他无关。

真霄："我陪你看完，等他们出来，去峰顶比剑。"

天羡子一双眼睛忽闪忽闪："师兄，我今日倍感疲乏，恐怕——"

"一万灵石。"

"得嘞！粉身碎骨浑不怕，要为师兄在人间！"

"姑娘请入座。"

随黄衫女子上了楼，宁宁便来到摘星阁内的雅间。

她左拥右抱完，才被管事妈妈出言提醒，楼里客人每夜只能挑选一个姑娘，美其名曰"以免争风吃醋，坏了姑娘们的关系"。

宁宁含糊应下，心里悄悄想，恐怕这"坏了关系"是真，"争风吃醋"却是假。

——两个妖怪争一块人肉，能不闹矛盾吗？

带她上楼的女人名为朝颜，着一袭鹅黄轻纱长裙，走的是水乡美人那一挂，吴侬软语，楚腰卫鬓，杨柳宫眉。走起路来灵幔微垂，勾勒出盈盈不足一握的纤细腰身。

宁宁很不合时宜地想，如果她是个男人，一定天天泡在这幻境里。那么多绝色佳人任君挑选，哇，简直是人间仙境。

只可惜摘下她们脸上那层面具，就彻底变成鬼故事了。

幕后 boss 白骨夫人为摘星阁主，居于楼阁顶层。

她与手下的女妖们以生人血肉为食，借此精进修为，由于长相与人类迥异，清一色套着层人皮面具，只有在张开血盆大口进食的时候，才会露出庐山真面目。

可白骨夫人不会想到，她满心以为操控在手的女妖们，其实早就换了主人——

她们真正的主人名为“阴山鬼母”，藏身于阁楼之底的暗道中，拥有常人难以匹敌的力量，由于被剑宗长老重创，才不得不来到此处汲取精元，休养生息。

那怪物需要摘星阁里源源不断的血肉与力量，却又自知身受重伤，一旦与白骨夫人产生冲突，只会两败俱伤，于是思来想去，得了条妙计。

身为鬼母，自然拥有操控生灵的力量，能将修为平平的人与妖化作傀儡听其摆布。

她无法与白骨夫人硬碰硬，对付小妖们却绰绰有余，不出半月，摘星阁中的妖女们便有大半成了傀儡，汲取到的精元被她占去大半。

白骨夫人只当人类灵力低微，万万没想到，自己居然为别人做了嫁衣。

根据原文里的叙述，众人打倒白骨夫人后忽闻地底一声狂啸，摘星阁应势坍塌。

从沉睡中苏醒的阴山鬼母破土而出，在汲取了多日精元后，已恢复全部实力。

她实力凶悍，众人拼死抵抗却落得下风，原主甚至因重伤被送出幻境。最终是裴寂爆发了体内暗藏的汹涌剑气，在九死一生间倾尽全力，才终于将其击败。

不能表现得正义凛然，否则会被女妖们当成美味唐僧肉。

不能直接把女妖们杀掉，要是碰巧杀死的正是傀儡之一，阴山鬼母会有所察觉。

更不能和那两个怪物硬碰硬，裴寂和小白龙都有主角团光环护体，如果出了事儿，她绝对是最先翘辫子的那个。

生活不易，宁宁叹气。她只是想平平安安当个恶毒女配而已，为什么会这么难？

阴山鬼母，我该拿你这个调皮的小妖精怎么办？

“姑娘在想什么？”朝颜为她倒了杯茶，笑声轻柔，“莫非是觉得朝颜无趣？”

宁宁眼神放空：“是啊。”

身边的黄裙女子嘴角抽了一下，很快便换上笑脸：“朝颜对姑娘一心一意，姑娘却只想着那几位没来的姐姐，着实让人伤心。”

“既然选了朝颜姑娘进房，那我必然是中意你的。”

宁宁还在思考应该怎样对付鬼母，敷衍着对她讲垃圾话。身旁的黄裙女子闻言露出微笑，然而在下一瞬，笑容便陡然凝固。

只听那没脸没皮的浪荡子弟面色不变道：“但我喜欢你，和喜欢那几位姐姐并不冲突啊！我乃修道之人，追求心中大爱，你与姐姐们都是世间万物的一种，我喜欢你们所有人，岂不是理所当然？”

玄镜旁的天羡子差点儿一口茶直接喷出来，只听她继续说：“我喜欢你们，是无私，是大道。既然这样，为什么姐姐们不能反过来无私地爱我呢？”

黄裙女子面目扭曲，勉强露出一个笑：“我对姑娘的喜欢，的确不含私心啊。”

“骗人。”宁宁看她一眼，说得毫无停顿，一气呵成，“既然你喜欢我，就要想办法让我开心。不能和其他姐姐一起，我就不会开心——这不是和你的话自相矛盾了吗？姐姐，看来你还是不懂我们剑修的大爱。”

这番话一出，连自认是个女魔头的朝颜都彻底愣在原地。

要脸吗，啊？要脸吗？这算哪门子的大爱？居然把脚踏几条船说得这么清新脱俗……你们剑修都是些什么东西？！

朝颜被她说得无法反驳，一时怒从心起。

这小丫头片子虽然自称“剑修”，但看她那弱不禁风的小身板和吊儿郎当的性格，应该不是多么难缠的狠角色，与其听她在这儿吧啦吧啦，不如趁早解决了吃掉。

她下定决心正欲动手，忽然又听宁宁道：“告诉你一个秘密。”

少女说着离她近了一步，压低声音小声开口：“我乃玄虚剑派弟子，早就看出你是个妖怪。”

其实宁宁也不想直接暴露身份。

这女人明显是要对她出手，如果在这时打晕或杀掉对方，一定会被鬼母察觉。

可她还没想到解决那怪物的具体策略，只能先自暴身份，以此来拖延时间。

更何况，她需要更多情报，必须从这女妖身上套。

朝颜极为短暂地愣怔一下。

然后她干脆不再伪装，满脸杀气地哑声开口：“你胡说！玄虚剑派之人皆剑修强者，怎会是这样一个小姑娘！”

宁宁单手捏诀，毫不费力地打开她刺来的罡风：“胡说？我的实力远胜于你，用不着撒谎浪费时间。”

她灵气深厚，修为的确高朝颜许多。

朝颜的攻击被轻而易举挡下，心知自己不是这姑娘的对手，奈何此处没有旁人，没办法向同伴求救。

妖魔落入剑修手中，必定走投无路。她暗自一咬牙，在心里想了个法子。

小姑娘看上去涉世未深，她这副人皮面具又长得柔弱不堪，要是编一编谎话，声称自己是受了白骨夫人胁迫——

朝颜说干就干，当即从眼眶里挤出几滴泪：“姑娘救我！我也是被逼无奈，才会行如此罪孽深重之事。你有所不知，楼顶的白骨夫人杀人饮血无恶不作，我要是不听从她的命令，只有陈尸街头的下场，呜——！”

她说罢便哀声呜咽起来，二八佳人梨花带雨，没有谁见了会不心软。

果然那剑修愣了一愣，正气凛然地应声道：“我就知道！姐姐，我看你弱不禁风又这般温柔，定不会是恶人。你放心，我一定替你主持公道！”

幼稚，年轻。

这白痴见她花容月貌、楚楚可怜，居然相信了这则柔弱少女惨遭强迫的故事，真是愚昧无知。

十年前的江湖话本子都不会这么写了，醒醒吧。

人生在世全靠演技，朝颜对自己的演技很有信心，足够把对方骗得团团转：“多谢姑娘！只要姑娘愿意对付白骨夫人，无论有何需要，朝颜都定会鼎力相助。”

宁宁果然露出十分开心的表情。

哼，这笨丫头自以为看破楼里猫腻，便高兴成这副模样。

她以为自己在第二层，殊不知眼前的女妖胜她一筹，已经到了第三层境界。

只要先行将她稳住，再趁机离开房间去外边通风报信，到时候整栋楼的妖物一拥而上，朝颜不信这丫头还能活。

宁宁思索片刻，仍是十分懵懂的模样：“这楼里究竟怎么回事儿，姑娘可否告知一二？”

“我们本是山中妖魔，被白骨夫人胁迫来此，吸取凡人灵气精血。”朝颜道，“楼里姑娘的脸皆是美貌人皮，以便骗得客人倾心。”

不愧是初出茅庐的天真小弟子，少女眼中出现几分恐惧之色：“面具可是直接扒下人面所制？”

“人面由灵力化形所得，并非人类血肉。如果有美貌的女客，我们亦会幻化出与她们一模一样的脸，以供来日使用。”

为安慰吓坏了的小姑娘，表现自己的善良体贴，她说着指尖一动，手中凭空生出一张与宁宁长相相同的面具：“就像这样。”

“这样啊！”

宁宁小心地将它接过，凝神思索半晌，朝颜唯唯诺诺不敢打扰，在心里盘算着用什么借口离开。

有风拂过窗台，带来刺骨凉意。

不知为何，她身旁小姑娘的杏眼中惊惧不再，竟像是极为惊喜一般喃喃低语：“我想到了。”

朝颜好奇：“想到什么？”

“我想到……”紫裙少女眉眼弯弯，声线温软轻柔，从双唇里吐出的话语却让她不由得脊背一寒，“应该怎么把这座楼踏平了。”

宁宁说罢勾起嘴角，声线甜如蜜：“谢谢姐姐，再见啦。”

话音落地，凌厉剑光闪过，划破浓郁夜色。

在星痕剑刺入身体的那一刻，女妖满脸的难以置信，心里骂了不知道多少句脏话。

有病吧！说好的人与妖之间的信任呢！这是在做什么，做什么啊！

“浑蛋，我杀了你！”深受重创的女妖拼死挣扎，绝色容颜狰狞不堪，“我早就该吃了你！”

“啊？”那剑修居然露出了有些受伤的神色，“你怎么这么凶！不是说吃人是受到胁迫？难道……你骗我？”

朝颜整只妖都震惊了。

她曾经以为这是场自己飙戏的单人秀，没想到是演技巅峰大赏，对面这位比她演得更像。

捅了她一剑，居然还能摆出这么无辜的表情，你为何如此不当人？

再联想到她之前那番关于“大爱”的言论，朝颜头一回见到有人能坏得如此纯粹，坏得这么彻底。

坏得让她甘拜下风。

谁能想到呢？

她拿宁宁当白痴，结果人家早有谋划，把她看作套取情报的工具人。

她自以为想到了第三层，而那白痴居然在第五层。

一片乌漆墨黑的真心，终究是错付了。

“答应我，”宁宁轻轻拂过她脸上的面具，神色认真而温柔，“以后少一点套路，多一丝真诚，不要再骗人了，好吗？柔弱少女惨遭强迫的故事，十年前的江湖话本子都不会这么写了。”

女妖从口中吐出一缕白烟，嘴角抽搐。

这应该是她的台词。

杀妖诛心，你 × 的。

阴山鬼母的巢穴藏匿于摘星阁底，宁宁从顶楼向下而行，盘旋的楼梯仿佛没有尽头。

此地飞阁流丹，瑶台琼室，男男女女的笑声随着晚风肆意蔓延，端的是一派玉宇琼楼笙歌繁华之景。

然而独自行于其间，总是有股阴沉沉的杀意如影随形，叫人无法安生。

楼道两旁的灯笼中烛火明灭，如同万千魑魅魍魉悬浮其中，橘黄色的暗淡光线温暾如流水，将少女纤细的身影全部吞没。

光点摇晃不定，照着墙边古意盎然的雕梁画栋，一张张或痴醉或狂笑的木雕人脸若隐若现，不像在行乐，倒似一团团狰狞饿鬼。

宁宁顺着阶梯缓缓下行，阴山鬼母应该已经察觉有傀儡身亡，定会派其他傀儡前去一探究竟。

她早就出了雅间，楼里人流如织，处处嘈杂，对于鬼母来说，想找到罪魁祸首并不容易。

——宁宁决定先去找她。

地洞藏在一楼的某处密道之下，宁宁对照着原文摸索，终于将那处无比隐秘的通道找了出来。打开暗门的瞬间，她便从洞里闻到一股扑面而来的血腥气。

她微微蹙眉，并没有表现出多么厌恶的表情，在轻轻呼吸一口后，翻身进了地道。

地道起初极为狭窄，两旁昏暗得瞧不见丝毫光亮，好在剑修五感惊人，即使在伸手不见五指的情况下，也能勉强看清前方道路。

随着越走越深，地洞居然豁然开朗起来。

几盏长明灯悬挂于通道两旁，好似暗夜流火，点点萤光。周围漆黑的色泽虽被驱散殆尽，摇曳不定的灯光却更令人心惊胆战，平添几分杀机四伏的不确定感。

逼仄通道兀地被放大，在尽头形成一个宽阔的圆形洞穴，如同水滴逐渐饱满的形状。而在洞穴中央，立着个上半身是人、下半身是蜘蛛的怪物。

那就是鼎鼎有名的阴山鬼母。

听见来人的脚步声，鬼母双目无神地睁开眼眸。脑袋随之抬起时，发出类似于骨头碰撞的咔嗒声响。

这是个体形极为庞大的怪物，虽说上半身妖娆的女人形象与常人无异，可下半部分身躯占据了小半个洞穴，显得诡异而臃肿。

黑发顺着苍白肌肤蜿蜒而下，像极了扭动着的漆黑水蛇；细长的八条蛛腿锋利如刃，蕴藏着见血封喉的剧毒，任何人被它们稍微一伤，就能马上去见阎罗王。

更不用说她实力强劲，吸收了摘星阁里多年的精元后，伤口已恢复。

“……你？”与她媚气横生的女人面孔不同，阴山鬼母说话时沙哑如破锣，如同命不久矣的老妪，“剑修？”

宁宁毫不避讳地露出自己腰间的星痕剑，微微一笑：“正是。”她抬眸与之对视，“听闻阴山鬼母力量强横，怎么沦落到偷人精元的地步？这摘星阁似乎并非阁下所建，不怕被真正的主人发现吗？”

鬼母凄声冷笑，盘踞于洞穴中的万千蛛丝应声而动：“精元我想用就用，摘星阁想来就来，难道我还会怕楼顶那废物不成！”

“哦？”宁宁挑眉，“阁下身受重伤，只怕无力还击吧？”

“笑话！如今我才是楼里真正的主人。那妖女自以为掌控全局，殊不知阁中大半小妖已成我的傀儡，待我实力大成，便将这摘星阁从她手里夺过来。”

宁宁的话显然将对方激怒了些许，蛛丝如万千雨落，悬浮半空：“怎么，一个小小的剑修，莫非还想收了我不成？”

蛛丝应声而下，每一根都尖利如针，密密麻麻织成雪白的网，径直朝洞穴入口的少女冲去。

宁宁明明并未闪躲——

却有股无形的力量挡在她跟前，击退那气势汹汹的蛛网。

“想收你的，可不是我。”

她勾唇轻笑，向右侧挪开一步，语气里多了几分恭敬的意味：“夫人，您都听到了吧？”

阴山鬼母浑身一震。

在光线无法照射的狭窄通道里，在浓郁深沉的暗影之中——

一道身着白裙的人影缓缓上前，刺眼的纯白色泽好似划破黑暗的利剑，将之前静谧诡谲的氛围倏然斩断。

或者说，让局势更加剑拔弩张。

黑发白衫的白骨夫人形如绝世女郎，冰肌玉骨，酥胸半露，风鬟雾鬓如长瀑飘洒，在柔暖的长明灯下轻盈似梦，当真有如画中之人。

然而当她冷声开口，便又是另一幅景象。

只见白骨夫人柳眉微蹙，从喉咙里发出一声轻嗤：“我说近日睡不安生，原来是有只山里来的野鸡在丢人现眼。偷老娘的精元你配吗？小嘴叭叭叭地倒是好听，在这儿学狗叫呢？看老娘不把你的烂腿打断！”

偷东西当面被人戳穿，实在不是件光彩事情。

饶是阴山鬼母也愣了一愣，继而加重语气：“怎么，莫非你想和正道剑修一同来对付我？”

那剑修分明是存了鹬蚌相争、渔翁得利的心思，等她俩精疲力竭地打完后坐享其成。

只要白骨夫人不傻，就应该先与她联手，把那小姑娘解决掉。

哼，想和她斗？

没门。

今天她就要先取那剑修的项上人头！

这边阴山鬼母势在必得地说完，那边白骨夫人面无表情地听着，居然纹丝不动。

倒是宁宁轻声笑笑，一把撕下脸上的皮肤，露出藏在面具之下真正的模样。

居然是……一个她隐隐有印象，却叫不上来名字的楼中女妖。

对方身上没有傀儡的气息，但阴山鬼母也不确定自己究竟有没有把傀儡种在她身上。

毕竟她控制的妖魔实在太多，记不住名字也认不清模样。

失算了。

原来剑修只是个幌子，她们真正的目的……

只是为了诈她坦白真相！

“不可能！”阴山鬼母气急败坏，“你身上分明有剑修的佩剑，而且我的傀儡是被剑修所杀，绝对错不了！”

“今日楼里的确来了几名剑修，谁知道杀妖的是哪一个！”朝颜动作笨拙地把剑拿起，像小孩那样饶有兴趣地端详上面的纹路，“我接待的那剑修喝多了酒，无意间告诉我，他们此番前来是为铲除阴山鬼母——说起来还真要感谢她，否则我们也不会知道，楼里居然藏了个小偷。”

她顿了顿，毫不在意地耸了耸肩：“至于这把剑，我为了做戏做全套，特意把她灌醉后偷了佩剑，否则怎么骗过您的火眼金睛呢？阴山鬼母阁下。”

“你这……”居然被这种修为低下的小妖骗得团团转，阴山鬼母气得浑身打战，用尽全身力气，也不过从口中挤出几个字，“我杀了你！”

说话间风声大作，腥气四起。盘在洞穴墙壁上的蛛丝倾巢而出，露出被覆盖的层层血迹。

腥臭味道映着浓郁血色，长明灯忽明忽暗，一阵疾风刮过。

朝颜满脸难以置信地后退几步，被击飞在一旁的石壁上。

“可恶，这一击……”她连起身都没了力气，像条死鱼瘫在一边，颤抖着举起右手指向阴山鬼母，“看似不经意却暗劲深藏，毒风已经浸入我的五脏六腑。

不愧是阴山鬼母，有够狠毒！”

阴山鬼母：“？”

居然还自己开始了解说，不愧你个大头鬼啊！她这一下根本就没用力好吗！什么叫“看似不经意却暗劲深藏”，这真的只是一道风而已啊！

朝颜不顾她震惊的目光，说着又把头转向白骨夫人，气若游丝：“夫人，请你务必铲除这……还我们楼里姐妹……啊！好痛！”

朝颜话没说完就脑袋一偏，眼睛一闭。

人没了。

阴山鬼母惊了。

绝对是在故意演啊这个贱人！你还可以再不要脸一点儿吗！世上怎会有如此厚颜无耻之人！

偏偏白骨夫人那白痴却信以为真，扇形统计图般的眼睛里有六成愤怒和四分悲悯，末了厉声轻喝：“夺我精元，害我姐妹，受死！”

阴山鬼母：×。

大战在即，阴山鬼母只能应战。

蛛丝层层叠叠，每一根都蕴含着杀意重重的毒性与血气，宛如漫天银针倾泻而下，直攻白骨夫人头颅。

白裙佳人冷然一睨，身后与跟前竟凭空浮现具具骸骨，如同拥有意识的军队，将正中央的主人牢牢护住。

蛛网千结，白骨生烟。

一时间洞穴被刺目的雪白浑然占据，石壁上的猩红鲜血黏腻不堪，更显出怪诞诡谲之感。

浩浩荡荡的白骨大军皆为惨死于白骨夫人手下之人，哀号着一拥而上，空洞的眼眶好似深渊。

原文中没有详细描述过这两人对上的场面，毕竟她们俩属于葫芦娃救爷爷，一个接一个地往主角团身边送。

但按照设定，阴山鬼母的力量要高出一筹——

毕竟都吃了别人家里这么多兵线，再不发育一下，实在有点儿说不过去。

白骨指节划破层层蛛丝，蛛网则展开了大面积绞杀，将骨人碾为碎屑。

两个女妖之间的正面交锋亦从未停止，白光暗影之间，白骨夫人吐出一口鲜血，被击倒在地。

阴山鬼母虽然还存了点儿力气，却也称不上太好，此时勾出一个狰狞至极的笑，喘着气道：“没想到吧？你这个废物！今日是我——”

她话没说完，便猛地一惊。

角落里那个本应该不省人事的小妖居然睁了眼睛，带了点儿笑意地盯着她看。

“朝颜！”白骨夫人哈哈大笑，“快用神行散带我出去！”

这是她们商量好的计策，如若白骨夫人落于下风，便让朝颜动用神行散，让她们在电光石火之间逃走。

那阴山老妖以为今日能干掉她，万万不会料到她还留了一手，哈哈，没想到吧——

忽然，白骨夫人的表情也愣住了。

空气里充满了快活的气息，一时间多少有点儿尴尬。

只见朝颜顺手摸上鬓角，轻轻一拉。

那张面皮居然也随之落下，露出的……

啊！为什么还是那剑修的脸？！

宁宁笑得温柔，说出了那句她们俩都没来得及说的话：“哈哈，没想到吧，我准备了两张脸。”

阴山鬼母如遭天打五雷轰，像是网恋被骗去八千万。

白骨夫人翻着白眼，又从嘴里吐了口血。

你 × 的，为什么？！

一切要从一炷香前说起。

那两位师弟不晓得去了哪里，如果浪费时间去找他们，说不定反而会打草惊蛇。如今宁宁能依靠的只有她自己，要想赢下这一局……

楼顶不是还住着个白骨夫人吗？原著里主角团是一个接一个地打，可不代表她不能耍点儿小聪明，让她俩窝里斗啊！

白骨夫人，免费工具人，太香了。

除掉女妖朝颜后，宁宁毫不费力便得到了那张与自己模样相同的面具。

除此之外，自然不能忘记，那女妖脸上原本就贴着张人面。

这样一来，她便有了两副伪装。

一副是玄虚剑派弟子宁宁，用来套取鬼母的话；一副是摘星阁中的女妖朝颜，用来换取白骨夫人的信赖。

朝颜身死，阴山鬼母必定会有所察觉，派遣其他傀儡来此查探——

然而阴山鬼母知道，白骨夫人却对这件事儿一无所知呀。

楼里虽然有两个实力强劲的大妖，彼此却是处在对立状态。

阴山鬼母就算知道了傀儡被杀，碍于她偷偷窃取精元的行径和见不得光的身份，也绝不可能告诉白骨夫人。

她只能憋着一口气，自己操纵傀儡慢慢查。

殊不知在这时候，宁宁已经找上了白骨夫人的老巢。

只要合理利用两个大妖之间的情报差异与认知错位，这个局就不成问题。

要说服白骨夫人，并不是件困难的事情。

她不是阴山鬼母，无法通过傀儡来辨认眼前之人究竟是真是假。剑修的身份不便接近，宁宁只需要顶着朝颜的脸前去拜见，再火急火燎地引出阴山鬼母的存在……

就算对方之前还有一点点怀疑，被窃取精元后的愤怒，也足以转移所有注意力。

当时宁宁怎么说来着？

“夫人！我今夜待客时遇一剑修，酒过三巡，竟称摘星阁底藏有百年大妖阴山鬼母。听闻阴山鬼母也靠食人精血修炼，几年前被正道所伤，行踪不明，莫非……阁中精元日益稀少一事与她有关？”

白骨夫人还没傻透，犹豫着问了句：“剑修？”

“正是！那人声称是玄虚剑派弟子，朝颜不敢轻举妄动，便先行将她灌醉，再来向您禀报。”

这理由有因有果，逻辑合理，简直无懈可击。

更何况宁宁还悄悄捏了个诀，把早就藏在袖口里的人面变在手心上：“这是那剑修的模样，若您不信，待朝颜以这副人面前去试探她。那毒妇必会承认恶行。”

变幻人面，是楼里妖魔独有的法子。

如此忠心，如此细心，如此贴心，还能顺手变出张人皮面具。

这必然就是朝颜本颜啊！有什么好怀疑的吗？

于是白骨夫人就被她带到这儿来了。

白骨夫人悔啊。

她以为自己带的是个忠心耿耿的小跟班，结果是心肠黑成煤炭的二五仔，不但从头到尾把她当工具人，还毫不犹豫地就把她给卖了。

阴山鬼母恨啊。

她以为自己足够深思熟虑，对付这两人必定不在话下，结果却着了人家的道，当着正道剑修的面，把唯一能成为自己同盟的家伙打得半死不活。

阴山鬼母厉声尖叫：“居然把剑修引来我巢穴，你个白痴，脑子被驴踢了吗？”

奄奄一息的白骨夫人咬牙切齿：“明明是你这妖婆夺我机缘！臭婆娘还在这里狗吠，我打烂你的嘴！”

“蠢货！”

“小偷！”

这两位怎么跟小孩儿似的？

宁宁听她俩吵了一会儿，迟疑着开口：“那个……”

阴山鬼母、白骨夫人：“闭嘴，你这臭剑修！”

阴山鬼母怒从心头起，咬着牙默念法诀。

血迹斑驳的石壁上竟生出数只深红色毒蛛，遍布的蛛丝上亦浮现起幽幽血光：“你以为这样就完了？我乃阴山鬼母，号令幽冥毒胎千万。如今一息尚存，凭你一个小小剑修能奈我何！”

“哦。”宁宁摸了摸手里冰冷的星痕剑鞘，抬眸轻笑，“那我也自我介绍一下好了。”

星痕应声出鞘，明珠生光，如沐星河。

剑气如潮，转瞬之间便盈满幽暗洞穴，抑制住扑面而来的腥风。

“我乃玄虚剑派天羡子之徒，今日特来此除妖。你们可以叫我——”她顿了顿，用了半开玩笑的语气，“千层饼子。”

“哈哈哈哈哈千层饼子！”玄镜旁的天羡子笑得浑身打战，指着幻境中的宁宁满脸嘚瑟，“师兄看见没！这我徒弟哈哈哈，太可爱了吧！”

真霄：“……”

真霄看一眼身旁青年打满补丁的白袍，以及乐得合不拢嘴的模样。

多么朴实无华，多么返璞归真。

多像个好几百岁、智商不那么高的穷孩子。

真霄：“不愧是你徒弟。”

以及，女人之间的心思好可怕。

还是他的剑最好了。

赤色炼狱，白骨生香。

摘星阁中鸾歌凤舞，灯火流光，寻欢作乐的男男女女不会想到，楼阁地底正蛰伏着两只令人闻风丧胆的妖物。

星痕剑剑光四溢，在室内昏黄的长明灯下，如同笼上一层朦胧如纱的月华。毒蛛肆力而来，瞬息之间皆被斩于剑下。

阴山鬼母吃了一惊。

她原以为这丫头虚张声势，然而看后者应敌的动作，修为已经到了金丹期二重境以上。

如果她仍是全盛状态，解决宁宁算不得费力。但与白骨夫人的一番苦战耗去她四成功力，即便拼尽全力，两者也不过五五开。

万万不可心急。

她在心里安慰自己，正道剑修的招式大多直来直往，单打独斗或许能占上风，但面对四面八方而来的毒蛛，必然不会有还手之——

忽然阴山鬼母不动了。

她感觉有个巴掌狠狠地拍在自个儿脸上，疼得她有点儿蒙。

那剑修使的……到底是个什么剑法啊？！

只见星痕剑的指向倏然一变，剑身的轨迹诡谲莫测。剑光分化成几道莹白残影，竟像是腾空而起的狂蛇乱舞，出其不意间刺向迎面而来的毒蛛。

出剑之快，剑气之狠，身法之奇诡难辨，莫说是她这妖物，就连邪修见了，估计也要大呼一声说这剑修活像个魔教中人。

这是正派应该学的剑法吗？！

玄镜外，真霄剑尊微微颔首："卖裤子剑法。"

他还是没忘记自家师弟卖裤子买剑谱那一茬。

"是金蛇剑法！她才学会没几天，居然能用得如此熟练！"天羡子不理他，看得乐呵呵地直拍手，"应势而变，不错不错。看来鬼母的蜘蛛要全被毒蛇吃掉啰。"

"耐心看。"真霄仍是神色淡淡，"鬼母有动作。"

阴山鬼母不傻，自然明白不应该在此时与宁宁发生正面冲突。如今后者的注意力被毒蛛吸引大半，正是她出其不意背后突袭的好时候。

妖魔没有正道那些道貌岸然的规矩，只要能赢，他们愿意用尽一切手段。

一抹转瞬即逝的笑意在女人唇边闪过，身下的八条细长蛛足蓄势待发，在短暂准备之后，猛地发力。

阴山鬼母的动作快得难以分辨，等宁宁察觉到身后有一阵阴风闪过，匆忙回头时，阴山鬼母已逼近她身旁。

剑式的转换需要时间，以她的修为，不可能在转瞬之间使出另一套剑招。

金蛇剑法虽然变幻莫测，着力点却极为分散，适合以一敌多，要是与实力非凡的敌人一对一迎面撞上，力道便显得太轻。

这一战，是她赢了。

阴山鬼母势在必得，然而出乎意料地，宁宁并没有露出她想象中那样惊诧恐惧的神色。

那小姑娘似是早有预感，朝她略一挑眉。

而后手中剑光腾起，直逼阴山鬼母头颅。

女人混浊黯淡的瞳孔骤然缩紧。

这剑法……！

黄铜玄镜外，天羡子激动得倏然起身，任由长衫撞落水杯："这……这是金蛇剑法中不曾记载过的招式！宁宁竟已悟出了基本剑式之上的剑法！"

真霄双手环抱而立，少有地做出了回应："不错。"

在此之前，他对于宁宁的印象仅仅停留在"一个聪明人"。懂得审时度势，脑筋转得飞快，能凭借心计谋略打败远胜于自己的阴山鬼母，很有她师尊天羡子的风格。

但也仅此而已。

作为根正苗红的剑修，其实他并不太喜欢这种弯弯拐拐的法子。

在他看来，真正的剑修理应拔剑而上，用单纯极致的暴力降伏妖魔，就算赢不了，能够酣畅淋漓战斗一场，总是不吃亏的。

此时此刻，大名鼎鼎的真霄剑尊却神情微敛，忍不住扬起唇角。

玄镜中的少女裙裾纷飞，撩起一阵与周遭环境格格不入的柔风。

而在这软玉生香间，星痕剑发出一声清脆嗡鸣，分化的星光剑影在此刻凝聚成形，汇聚为一体。

灵蛇出洞，蛇影万千，一同凝聚在剑身之时，夺目金光昂然而上，竟有了苍龙抬首之势。

千万条小蛇不足以吞吃巨兽。

但苍龙轻而易举。

"此招名为灵蛇化龙。"

长剑破开重重蛛丝，准确无误地刺入鬼母心脏。宁宁朝她微微一笑："我不练剑，大师兄就不给东西吃。你得怪他。"

原著中，原主就是被她的毒蛛重伤，宁宁心知那些玩意儿不好对付，在向师兄学习金蛇剑法时，便格外认真。

至于这最后一招，是她吃了烤鸭烤鱼后乐得不行，精神亢奋之下领悟到的。大师兄在那之后指点了一二，让发力能更加集中。

这个宁宁不强却过于谨慎，怎么会在原主跌倒的地方摔第二次跟头？

阴山鬼母满脸难以置信地摔落在地，渐渐没了呼吸。一颗翠绿色的小圆珠从她心脏位置慢慢浮起，被宁宁一把握在手中。

既然是百年难得一遇的彩蛋，那必然会出现十分特殊的奖励。这颗凝聚了阴山鬼母修为与毒性的阴山鬼珠，便是此次通关的战利品。

随着主人的陨落，地下洞穴中的结界开始摇摇欲坠，随时都可能轰然崩塌。

宁宁拿上珠子便往外赶，走进摇摇晃晃的狭窄通道时，听见身后传来震耳欲聋的闷响声——

洞穴顶端的石块全部坠落在地，四周墙壁应声陷落，颓然无力的蛛丝与满墙血迹遥相辉映，有种说不出来的诡异。

她所在的通道同样危机重重，四周的石块如同倒塌的积木，一块接一块毫无预兆地往下掉。好不容易终于见到了入口处橘黄的光，与之一同闯入视线的，还有一抹似曾相识的黑色影子。

忽然罡风一动，凛冽剑气朝她所在的方向袭来。

——随即便是石块被击飞炸裂的巨响，原来那人击碎了一块马上要落在她头顶的石头。

“小师姐，你没事儿吧？”

又有一抹白影出现在洞口，赫然是好一会儿没见的林浔。见到安然无恙的宁宁，她下意识地伸手握住她胳膊，将其迅速从隧洞里拉出来。

小白龙在意识到这个动作似乎有些亲密之后，头顶小小的龙角忍不住悄悄一热，红着耳朵迅速把手松开。

宁宁没注意他龙角上的浅粉色，惊魂未定地拍拍胸脯：“吓死我了！多谢小师弟。”

顿了顿，她又转眼望向救了自己一命的裴寂：“你也是，谢谢。”

裴寂还是一副拒人于千里之外的模样，漆黑眼瞳里盛了点儿杀伐之后的戾气，声线有些哑：“不用。”

他答得冷淡，宁宁倒并不在意，因为她心里有另一件更重要的事情。

如果她不插手，按照原本的剧情，诛杀阴山鬼母得到阴山鬼珠的理应是男主角裴寂。

阴山鬼珠虽然毒性强横，却正好可以克制裴寂体内暗藏的魔族血脉。他深受魔气侵蚀多年，不仅身体常有剧痛，心性也变得格外阴冷狠戾，要是有鬼珠在身，会好受许多。

……更别说她是钻了剧情的空子，这法宝理应不是她的。

偷来的机缘，宁宁也不想要。

“干吗一副死人脸，看不起人吗？本小姐也不是白让你救的。”宁宁冷哼一声，十分敬业地模仿出原主的语气，把怀里的碧绿色圆珠丢给他，“楼底藏着阴山鬼母，已经被我解决了。掉了颗珠子，当作谢礼——我才不要欠你一条命。”

她说完了忍不住在心里给自己疯狂鼓掌，什么叫雷锋精神，什么叫做好事不留名！

就算男主永远不会明白她的苦心也无碍，谁让她是雷锋的接班人，看他那副可怜巴巴的模样，就当养了个儿子。

毕竟男主前期实在太苦了。

裴寂一愣："我不用。"

"让你拿你就拿着，我才不稀罕这破珠——哎哟！"

宁宁话没说完，就被人重重地敲了一下脑袋。

再睁开眼，跟前的玉宇琼楼皆作烟云散，三人居然又回到了天羡子穷酸的小院子。

"这哪儿是什么破珠子？它叫阴山鬼珠，凝聚了阴山鬼母大半生的修为，算是上品宝器。"天羡子笑得无奈，"你这丫头，本来还想夸夸你今日的表现，怎么到头来这么不识货？活该没钱。"

宁宁皱眉鼓了鼓嘴。

明明师尊你才是最没资格说这句话的人！

"摘星阁一行，我与你们真霄师伯都看在眼里。"天羡子道，"林浔性子还是软了些，剑气心生，剑意也就难免不那么强横；裴寂心思缜密，剑骨天成，是个天生的剑修苗子，只可惜杀心过重。宁宁嘛——丫头，你是如何看出了摘星阁中的端倪？"

宁宁摸摸鼻子，信口胡诌："我察觉到地底有妖气，但是听去过的师兄师姐说，摘星阁不存在地下室。再联想起《浮屠秘闻》里关于机缘的记载，便猜测是阴山鬼母。"

天羡子哈哈大笑："不错！胆大心细，还悟出了金蛇剑法的变式，今日你是最佳。"

他说着弯起眼睛，把手伸进另一边的衣袖："我特意为你准备了个小礼物当作奖励，师尊这里没太多好东西，希望宁宁不要嫌弃——拿上这个，去吃任何你想吃的东西吧。"

宁宁的双眼马上亮起来。

任何想吃的东西！那得是多大一笔钱啊！不对，也许不是钱，而是某种超级高级，一拿出来就风云变色的令牌，食堂阿姨见了纷纷称之为绝活，臣服在她的石榴裙下！

谢谢师尊！师尊最好了！穷人之间也有真情真爱！

然后宁宁的笑容僵在脸上。

只见天羡子嘿嘿一笑，右手微动，便从袖口中掏出了一双……

一双筷子。

宁宁瞳、孔、地、震。

拿上筷子，去吃想吃的东西。

好的，逻辑满分，不愧是你，师尊。

天羡子送完筷子后略做点评，便被师伯拉去比剑。

垂头丧气的林浔先行回房揣摩剑意，一来二去，院子里只剩下宁宁和裴寂。

裴寂打算把阴山鬼珠还给她。

他从来没接受过别人的东西，也没谁愿意送给他东西。之前宁宁以为这是颗毫无用处的破珠子，丢给他还算情理之中，如今天羡子一语道破，这般贵重的东西，想必她也在暗暗后悔当时的莽撞。

黑衫少年眉头微蹙，有些不自然地低声开口："师姐。"

叫她干吗？

宁宁一回头，就看见裴寂那双阴沉沉的黑色凤眼。明明是带了媚色的眼形，却被硬生生染了几分阴鸷的冷意，他像匹静静盯着她看的狼。

男主应该并不喜欢她这个娇纵又傲慢的小师姐，此时突然来这样一出，莫非……

宁宁赶紧把手里的筷子往怀里收："你、你看我干吗？羡慕我得了筷子啊？不给不给。"

开玩笑，恶毒女配可不会那么大方。男主一定是不开心她得了师尊赏识，一双筷子都要看个不停。

她不是都把阴山鬼珠送他了吗！

裴寂："……"

他手里就攥着那颗价值连城的珠子，她怎么能只看到那双木筷子？

然而宁宁没给他解释的机会，转身一溜烟，直接跑得没了影。

"我的天，阴山鬼珠啊，好几百年的珍宝，她就这样给你了？我觉得这姑娘要么是傻，要么是喜欢你。"承影倒吸一口冷气，语重心长地下结论，"但人怎么可能傻成那种德行？那也太不像人了吧。所以她肯定喜欢你。"

裴寂没出声，垂眸看一眼手中的阴山鬼珠。

指甲盖大小的圆润珠子翠色欲滴，在阳光下无端生出几分蛊惑之意。碧绿色泽夺目而娇媚，仿佛能一下子蹿进人的心里。

他自记事起，便生活在娘亲的打骂与冷落中。

附近的孩子都知道他是魔修之子，出于对魔族的忌惮，没有人愿意与他做朋友，反而时常聚在一起，将他围在墙角拳打脚踢。

这是第一次，有人愿意送他礼物。

更何况是如此珍稀之物。

就像从未吃过糖果的小孩儿突然得了甜头，纵使那糖再香，对于不知道什么是甜味的裴寂来说，最多的感受还是困惑与茫然。

他不明白宁宁为什么要对他好。

尤其……他还是这副不堪的模样。

耳边继续传来承影的叽叽喳喳：“这丫头多好啊！模样漂亮，心肠好，还变着花样地帮你，我要是你，早就沦陷在仙女的裙摆下了——喂，别走啊！裴寂你去哪儿？”

唇红齿白的少年将珠子收好，眼底仍是一片化不开的阴影：“练剑。”

宁宁在小院里休养几日，便又得到了系统的任务提示。

叮咚！

摘星阁一役后你百无聊赖，无所事事间，打算前往清虚谷散心，不承想却偶遇修为尽失的玄虚长老温鹤眠。

请按照既定剧情，对温鹤眠进行羞辱。

噢噢噢！终于到了这位的戏份！

在原著里，除了男主，宁宁对这位温前辈最为印象深刻。

温鹤眠，天生剑心，少年天才，是玄虚剑派历来最年轻的长老。可惜十年前仙魔大战，他虽与另外几名高手共灭魔尊，自身却也遭受重创，灵骨折损，识海破灭，修为尽失。

在那之后，他便一直居于清虚谷中。弟子们都知道那里住着位前辈，很识趣地不再前往。

偏偏原主在摘星阁受了伤心情不好，凭着一股初生牛犊不怕虎的冲劲，居然硬闯了进去。

说起温鹤眠与原主，两人其实颇有渊源。

原主自出生起便展现出了惊人灵气，恰逢一日温鹤眠路过宁府，出于爱才之心，坦言有朝一日等她长大，若有心踏入仙途，可随时前往玄虚派拜他为师。

然而原主好不容易长大，旷日持久的仙魔大战便拉开序幕，再然后，便是天才陨落，居于清虚谷闭门不出。

如果没出意外，温鹤眠理应才是她的师尊。

或许也正是因为这样，原主才对温鹤眠格外恶劣——

她认为自己的师尊理应居于高位，这样一个没了用处的废人，连提起都觉得是笑话。

万万没想到温鹤眠在剧情中后期得了机缘，意外恢复实力，她那时再去喊人家师尊……

宁宁当初看得尴尬癌都要犯了。

清虚谷乃仙家休养生息之地，远处的高峰隐匿于流云之中，穿过狭道一线天，便是一处绿意盎然的幽谷。

清风环绕，水波不兴，花香树影遥遥相映，苍绿枝头盛满了摔碎的阳光。窈窕春色被莺声燕语衔得遍地都是，点点落花随风而下，荡开一汪淡粉。

宁宁听见一道琴音。

她学过乐理，在音乐上颇有天赋。听出这琴声虽悠然绵长，清雅脱俗，却藏匿着幽幽哀思，犹如化不开的浓愁。

这是书里她长大后与温鹤眠的初见。

温鹤眠郁郁不得志，在谷中奏乐弹琴，原主早就对他心生鄙夷，不但出言不逊，还直接用一块大石头砸碎了古琴。

真是没有最作死，只有更作死。

她招惹的每个人都在日后成了惹不起的大人物，以这运气，堪称彩票反买，别墅靠海。

宁宁面无表情地抱起一块大石头，朝着琴音传来的方向走。

她走得慢，不知怎么，忽然毫无征兆地停下。

宁宁："？"

宁宁试着右腿用力，没动。

左边也不行。

她的整个身子都像没了力气，一动不动地愣在原地。

"等等等等，这是怎么回事儿啊！"

宁宁在心里狂戳系统，那道万年装死的声音终于不情不愿地出现：

你中了迷魂花的毒。此花聚集于清虚谷中，元婴之下的修士闻到香气，皆会身体麻痹一炷香时间。等慢慢适应，便自行解除。

啊，不是。

让她在这儿站一炷香时间，温鹤眠不会直接走掉吧？怎么原主就没撞上这种事儿？难道她的运气比原主还差不成？

不就是食堂排队菜刚好被前一个人打完，只有保底才能抽到SSR，每回作死都把自己弄得很惨吗？

宁宁的心里充满了小问号，很快，小问号们开始聚集，成了个大大的感叹号。

她手里还抱着块石头。

可是她已经没力气了。

意识到即将发生的事情，宁宁选择笑着活下去。

曾经有一个完美的作死机会放在她面前，她没有珍惜，等失去的时候才后悔莫及。如果上天能够给她重来一次的机会，宁宁会对那颗石头说——

原来你降落的速度，不是秒速五厘米。

石块落下，正中脚背。

瑟瑟发抖的五根脚指头蜷缩在一起，一起颤抖，终于明白了什么是温柔。

清风徐来，云开雾散。

于是当温鹤眠抬头，恰好望见远处一道清丽的身影。

面貌姣好的少女独自立于千年古树下，身边是盛开的悠悠白花。

她立得笔直，彷徨在寂寥的谷底，任由清风拂过漆黑发丝与洁白裙边，撩动一片疏影暗香，默默彳亍之时，冷漠凄清又惆怅。

他们相顾无言，在由他弹奏的琴音里，一滴泪从少女眼底滑落。

温鹤眠不由得微微一愣。

这首曲子潜藏了无尽哀思，却并未轻易表露，旁人听后，皆言悠然自得，神清气爽。

唯有她，听罢掉了眼泪。

这、这——知己莫过于此！

宁宁见他看见自己，也顾不上其他，挣扎着用尽全身力气挪动嘴唇，用唇语挤出几个歪歪扭扭的字："师尊救我！快来拜托！"

温鹤眠静静地看着她，努力分辨口型。

逝去旧梦……快快摆脱？

多么善解人意、知书达礼的小弟子，连说话都如此温声细语。她定是知晓他的遭遇，以此作为安慰。

但往日的梦魇，哪能轻易脱身而出。

温鹤眠朝她轻轻摇头，以琴音作答，手中力道加重，琴音便越发如泣如诉。

见他坐在原地摇头，宁宁恨不得从心里吐出一口血，哭得更厉害了。

这老狗贼！非但不来帮她，弹琴还弹得更欢了！！求求你做个人吧！！！

不就是当初不做你徒弟了吗，不就是性格娇纵了一点儿吗？她还只是个孩子啊，呜呜呜！

琴音渐重，激起草动风吹。

温鹤眠长睫低垂，紧抿的苍白薄唇勾出一丝轻微弧度。

那姑娘果然心有所感，听出他琴声中越发凄切的内核，不但露出了更加忧伤的表情，眼泪也在不停地流。

已经不知道有多久了。

终于有人愿意来看看他这被天下遗忘的废人，终于有人听得懂他的琴声。

知音难逢，一曲难断。

孤寂许久的青年为答谢那不知名的小姑娘，毫不吝惜自己的乐音，拂手继续弹奏。

女孩一直在哭，想必是想起了什么伤心的往事，触景生情。

每个人心里都藏着见不得光的秘密，他不愿前去打扰，便静静坐在原地，极有耐心地等她哭完。

于是宁宁的脚趾一直肿着。

心里骂他的话串成了 rap，也随琴声吭哧吭哧一直骂着。

温鹤眠，号将星，玄虚剑派六大长老之一，当年一剑惊天地的剑道天才。

只可惜在仙魔大战中身受重伤，他从那以后退居清虚谷不问世事，整日与山野琴音为伴。

更有传闻说他冷心冷情，待人疏离如高岭之花，简直是教科书级别的美强惨人设。

此时山雾被琴音吹散大半，透过轻纱般缥缈不定的白烟，不远处男子的身影悄然浮现。

长发未束，于轻盈风中飘拂，如倾泻而下的黑色瀑布，掠过白皙纤细的侧颈与一尘不染的白衣。

他坐在与宁宁相对的另一棵古树之下，深褐根系盘根错节，掩映着葱葱茏茏的翠色，为青年笼罩下一层厚重阴影。

有阳光从树叶缝隙里漏进来，打在他琉璃般莹润的黑眸、精致的眉峰与高挺的鼻梁上，轻抿的薄唇则是毫无血色，如同单薄苍白的纸片。

日光四溢，连带着冷白的肌肤上也隐隐有光泽流动。白雾缠绕着黑发，清风撩起白衣一角，恍如神祇降世。

要是他人见到这一幕，定会为此般仙人之姿由衷惊叹，宁宁却从心底发出一声冷笑。

比被人见死不救更气人的是什么？

是那个人一边放任你自生自灭，一边偶尔抬头看看你，眼神中居然还带了点儿欣慰的神情，估计随时都有可能憋不住地笑出声。

将星长老受过专业训练，不会轻易发笑——

除非真的忍不住。

这么好笑吗？啊？不就是她搬起石头砸了自己的脚吗？

笨蛋！坏人！小气鬼！不帮就不帮，一炷香后她还是一条好汉！

这是宁宁脑袋里最狠毒的骂人词汇了。

明明在原文里，温鹤眠不是这样的黑心肠。

裴寂生来就黑得彻底，大师兄是朵不可亵玩的黑莲花，只有他和小白龙林浔自始至终保持着纯然道心，是十足正派的角色。

——林浔那是地主家的傻儿子，温鹤眠则是真正的道心长存，凛然正气。

他少年时期顺风顺水，没经历过太多人心险恶，后来功成名就，虽然养成了清冷淡漠、不爱搭理人的性子，心底却清澈如明镜。

不屑欺辱小辈，不愿攀附高位，从来都孑然独行，哪怕遭到原主一而再，再而三的挑衅与侮辱，也还是选择冷漠相待，不屑于报复。

怎么现在就成这样了？

她后来疼得麻木，干脆面无表情地站在原地，任由冷冷的风在脸上胡乱地拍。不知过了多久，遍布整个身体的麻痹感终于渐渐消退。

宁宁咬了咬牙，尝试着迈动右腿。

凝固的血液在此刻猛地一抽，如同痉挛般四处乱窜，一股麻酥酥的电流从脚底一直蔓延到膝盖，她力气还没完全恢复，整个人脚下不稳，当即摔倒在地。

抚琴声骤然停下，温鹤眠无言皱眉——

看来她悲伤过度急火攻心，竟生生哭昏了过去。究竟是怎样的遭遇，才会让一个善解人意的姑娘悲伤至此？

他虽不喜外人，但今日难得觅一知音，还是没做多想地靠近宁宁，俯身向她伸手："道友？"

清冷如远山冰雪的声线，不带丝毫感情。

宁宁从散发着青青草原芳香的草地里抬起头，第一眼便看见近在咫尺的手。

手指修长，莹白如玉，生了剑修们都会有的薄茧，但仍很是好看。

温鹤眠识海虽毁，浑身无比丰厚的底蕴却并未消失。迷魂花香对他而言不起作用，他自然也不会意识到，周遭那些星芒一样的小白花，竟是种威力不小的毒药。

这时候倒来装好人。

宁宁暗自腹诽，很有骨气地应声："我自己来。"

她没了力气，说话声有如蚊鸣。虽然用了不容置喙、有些生气的口吻，但在这细弱声线下，每个字句都不自觉软化成绵绵的柔音。

再搭配脸颊上被气出来的绯红与来不及擦拭的点点泪痕——

温鹤眠内心了然，看来这位小弟子生性内向害羞，羞于与他这个陌生男子多做接触，便红着脸温声拒绝。

是他许久未与旁人接触，过于唐突了。

迷魂花的毒素估计还在体内残余了一些，宁宁为了维护自己这恶毒女配的脸面，费了好大力气才终于从地上爬起来。

然而还没来得及站稳，双腿绷直的刹那，脚底又传来那股无比熟悉的电流感，刺得她倒吸一口冷气，整个人再度朝一旁跌去。

这次她总算没摔在地上。

一只骨节分明的大手握住少女手臂，将将止住她向前扑倒的身体。淡淡的檀木香气萦绕在鼻尖，宁宁听见青年冰凉清澈如雪水的嗓音。

“道友站立不稳，应是急火攻心，伤及四肢经脉，切不可随意活动，”他顿了顿，轻轻咳嗽几声，苍白面颊上浮起一丝病弱的浅粉色泽，“否则经脉碎裂，恐怕肢体大伤。”

什么急火攻心，什么经脉碎裂，宁宁被他唬得一愣一愣的，差点儿就真以为自己倒了血霉。

可她转念一想，又觉得不对劲儿。

她一个修道之人，真能闻一闻毒花、罚一罚站，就崩溃成那副模样？那她不该是个剑修，她应该去演合家欢的芭比公主大电影。

宁宁半信半疑，怀揣着一颗怦怦狂跳的心脏，小心翼翼地动了动脚趾。冰凉的身体渐渐回暖，伴随着灵气注入，不适的电流感终于尽数消散。

可恶。

真的只是脚麻了。

还经脉碎裂、急火攻心，一动不动站了这么久，你踩你也麻。她差点儿就被这卖拐的神棍给忽悠瘸了，臭剑修！

“不愧是将星长老，”宁宁认定对方是在逗弄自己，便发挥恶毒女配应有的特长，针锋相对地出言讽刺，“这眼力见儿，真是举世无双。”

温鹤眠停顿一下。

紧接着耳郭居然浮起一抹淡淡的红，有些拘束地抿了抿唇，低声应道：“温某一介废人……不配此等赞誉。”

宁宁：“……”

温鹤眠你在干什么啊，温鹤眠！都这么明显地讽刺了，你居然还听不出来？你倒是生一下气呀！害羞脸红算哪门子的事儿啊！

绝世无双的将星长老说着轻轻垂眸，略带迟疑地冷声开口："我见小道友闻琴落泪，却不知其中缘由。在下虽然能力微薄，但或许能够帮上些忙。"

宁宁又缓缓地打出一个问号。

不知道是眼前的男人不对劲儿，还是她本人不正常，跟他在一起的时候，她简直要变成一个没有感情的问号机器。

这人上辈子拿了奥斯卡大满贯吧？明明当时看见她哭还弹琴弹得那么欢，这会儿居然恬不知耻地来装好人，问她为什么哭。难道他还能真的不知道——

等等。

温鹤眠或许，真的不知道她为什么哭。

山谷中雾气弥漫，他们俩又隔着一段距离，石块被杂草一盖，很难被其他人发现；她说话时只能用唇语，偏偏那唇语还因为脱力十分不标准，他看不懂也是理所应当。

再加上他方才说的"闻琴落泪"……

温鹤眠琴音中的自厌与怅然之情藏得很深，旁人乍一听来，只会觉得悠然绵长，潇洒自在。

这人不会以为，她是听出了更深层次的意思，被琴声感动哭了吧？

这这这……这怎么行！这样一来，他们俩岂不就是酒逢知己千杯少，芙蓉帐暖度春——宵——

呸！

总而言之，听出曲中之意并共情流泪，这绝对不是恶毒女配应该拥有的剧情。

脑袋里的系统传来"请尽快完成任务"的指示，宁宁把心一横，挣脱温鹤眠的手掌："我才不是因为你弹的曲子伤心，我、我最讨厌这种凄凄惨惨的音乐，以后也不想听！"

她说着咬了咬牙，捡起被踹到一旁的石块，像原著里那样狠狠地砸向古琴。"我不喜欢，你以后也不许再弹！"

由于不习惯对别人说狠话，她脸上像是在被火烧，几乎用尽全身勇气，才终于一口气说出原著里的那句话："堂堂剑仙竟心甘情愿龟缩于此地，沦为一介毫无用处的废人。我看你这一辈子，也只能与这破琴为伍了！"

啊，杀了她吧。

这种话也太过分了。

宁宁悄悄吸了口气。明明这段话不是在骂自己，作为说话的那个人，她反而差点儿内疚得哭出来。

弦断嗡鸣，金楠木碎。

刺耳的琴音如利刃划破谷中寂静，惊起飞鸟一片。薄雾也仿佛被划开了条口子，在若隐若现不断聚合的白烟里，温鹤眠看见那小姑娘通红的脸颊。

以及同样泛红的眼尾。

竟像是快要落泪。

她……不喜欢这种凄切的音乐。

也不想再让他弹。

自从修为尽失，门派里的诸位长老都曾来找过他，无一不是欲言又止，安慰他莫要在意，静心休养便是。

只有这个小姑娘直白地说，不要再弹这么伤心的曲子。

否则他便只配被束缚于此，一生与悲切琴音相伴。

她还真是傻。

就算砸了这琴，也没办法破除心魔，让他走出来啊。

他已经无可救药，修为尽失的废人，根本没有可以希冀的未来。

温鹤眠不善与人交流，亦不知道应该如何安慰眼前这个因为他而红了眼眶的女孩子，踟蹰着正要说话，却听见宁宁硬邦邦的声音："我走了！"

她说着还不忘添上一句："我讨厌你，也讨厌你的曲子，我哭是因为……是因为被石头砸了脚！"

她来得突然，去得也快。

少女的身形最为轻盈，不过转瞬的工夫便不见踪影，留下一阵徐徐清风。

白衣青年独自立于破损古琴前，下垂的长睫在瞳孔中落下一层阴影，隐约划过一丝苦笑。

被石头砸了脚。

亏她能想出这么笨的借口。

宁宁睡不着觉。

宁宁寝食难安。

宁宁虽然知道自己是个恶毒女配，之前也在兢兢业业地做任务，但那几次都完成得稀里糊涂，没对别人造成任何实质性伤害。

可这回不同。

她居然对一个本来就郁闷得快要猝死的可怜人说了那么过分的话，就连原文里也讲，温鹤眠被原主讽刺之后，变得更加自卑阴沉，郁郁寡欢。

明明他还很温柔地问她，为什么会无端哭泣，需不需要帮忙；明明那人只是个连嘲讽都听不出来的傻白甜。

而且……她真的很喜欢他弹的琴。

结果却说了那么过分的话，真是太糟糕了。

从小到大都没吵过架的宁宁心有愧疚，思来想去，决定当个做好事不留名的修真版雷锋叔叔。

温鹤眠独自住在清虚谷，与其他长老的关系不算亲近；由于谷中算是半个禁地，更不会有弟子敢去找他。

一个人孤孤单单地待了这么久，还要承受诸如“废人”“天才陨落”之类的流言蜚语，心里一定挺难过，感到伤心是在所难免的事情。

这种时候要是能有人陪在他身边，大概会好受很多。

所以她决定冒充一个不知名的小弟子，偷偷写信鼓励鼓励他。

玄虚剑派内，信息传递一概使用通讯符，就像现代社会里的信件，虽然可以被准确投递给收信人，但如果寄信的那位不署名，便不会被知晓身份。

这样一来，她就可以毫无障碍地冒充成一个不知名小迷妹，在温鹤眠最难熬的这段时间力所能及地安慰他。

她可真是个小机灵鬼！

宁宁说干就干，当即从书桌上拿起一沓通讯符，大大咧咧地开始写字。为了不被发现，她甚至很机智地换了字体。

赌她一年的零花钱，这一拨必不可能被发现。

通讯符如同生有翅膀，在灵力加持下瞬间被传到温鹤眠宅邸门前。

深居简出的青年已经许久未曾收到消息，满怀疑惑地打开，看清内容后，霜雪般寒冷的眉眼不由得微微舒展开来。

那上面用狗爬一样的草书写着：

将星长老您好哇！

我是新入门派的弟子，一直都特别特别崇拜您，如果您能看见这封信，那我可就太开心啦。

我听闻长老在大战中受了伤，正在闭关休养，不知过得怎样？好期待有一天能与您相见，为了这个目标，我会一直一直努力的！

知您境况艰涩，但请不要妄自菲薄。

我和其他许许多多的人都不曾将你忘却，回霜剑虽多年未出鞘，剑圣却一直留于我们心中。对于我来说，您永远是指引前路的火光。

虽然力量薄弱，但我一定会努力修炼，等有朝一日找到重塑识海的办法，让您再度拔剑。

请务必要耐心等到那一天！

祝将星长老天天开心呀！如果不高兴的话，我会经常把快乐分给您哦。

请不要在意我的名字，等兑现承诺的那天，我们就能见面啦。

言语稚嫩，却满篇尽是赤子诚心。

青年苍白的指节握在纸页之上，不知怎的，忽然从嗓子里发出一道喑哑的笑。

这通讯符……

修为高深之人，能够感知每个人身上不同的灵气。那姑娘一定不会想到，他虽然修为尽失，却还是能就此分辨一二。

通讯符上的灵气温婉柔和，却带了股凛冽剑意，即便她在信中说得再隐晦，温鹤眠还是能一眼认出信件的主人。

要不是他感知到熟悉的灵气，减轻了清虚谷中的禁制，这通讯符打从一开始就不可能进得来。

还说期待着有朝一日能亲眼见到他。

倒是装得不错。

温鹤眠向来不爱与别人有所牵连，这次却不知出于什么原因，拿笔俯身，利用她传来的通讯符写了回信——

只要使用同一张符咒，信件便能自动前往寄信人的住处。

承蒙错爱。

今日有名弟子闯入清虚谷中，白裙绾发，腰间佩剑缀有明珠，看剑气，理应是金丹期修士。不知小道友可知她姓甚名谁？

宁宁很快便将回复看完，晶亮的杏眼里盛了些许惊讶。

哇，温鹤眠居然咻的一下就回了消息！将星长老这么平易近人的吗？而且他好像非常理所当然地接受了这个小迷妹的身份，没产生一丢丢怀疑，真是超高级别的幸运！

她满心欢喜地以为自己成功将温鹤眠蒙在鼓里，却压根儿没料到早就着了他的道。

第二封信件很快就寄进清虚谷，仍然是龙飞凤舞的小字。

那是天羡子长老手下的宁宁师姐，她可凶啦！我们都超怕她的！如果她今天做了什么让您不高兴的事情，我代替她道个歉。

别在意，她的脾气一直不好。

拜托了，千万不要伤心！

这丫头居然还弯弯拐拐地向他说对不起，可她并没有做错什么。

青年漆黑的眼瞳里如坠星辰，仿佛漫天冰雪消融殆尽，终于露出苍茫纯净的天空。

他静静地将那封信看了许久，指尖微微一动，极认真地在白纸上缓缓落笔。

原来是叫这个名字。

温鹤眠久违地嘴角含笑，垂眸望着纸上的字迹，在心里低低念出来。

宁宁。

傍晚，揽月峰。

不知不觉已入夏夜，薄暮冥冥，掩映出漫天流动的霞彩。将歇未歇的阳光下，是周遭山峰接天般的连绵黑影，偶有清风拂过，衔来仙鹤悠长的啼鸣，以及掷地有声的男声——

“裴寂胜！”

趴在桃树上的宁宁听着这道声音，懒洋洋地打了个哈欠。

和21世纪的各种学科竞赛一样，修仙界的宗门之间也存在着统一比试。

与之对应地，只有在本门门派里表现优异的弟子，才有资格参与宗门间的竞赛比拼——比如此次的小重山秘境。

小重山秘境五十年一开，内含无数珍稀灵植与魔兽，无论是抢夺资源还是实战历练，都不失为一个好去处。

然则此处秘境极为脆弱，只能承受金丹及其之下境界的修士进入，且可容纳的人数十分有限。一来二去，这里便成了宗门金丹期优秀弟子之间相互较量的绝佳场所。

如今玄虚剑派内举行比试，就是为了挑选前去秘境的人选。

参与比试的多为金丹期弟子，偶尔也会见到筑基大成弟子的身影。宁宁第一轮撞上的对手不算难缠，没费多大力气便赢下一局，反观裴寂，运气就实在有些糟糕。

经过近段时间的修炼，他已然步入金丹三重境。这几乎是飞一般的进阶速度，奈何爽文讲究一个以弱胜强，绝境反击，他这回遇见的对手，很不巧是金丹四重境。

修道等级划分严明，即便只有一小重境界的差距，两人之间的实力也是天差地别。裴寂能赢下这一把，其间艰涩可想而知。

方才充斥整个揽月峰的凛冽剑光倏然消散，随风潜入寂静无声的落日余晖。

少年修长的身形被斜阳拉得笔直，浓郁如墨的黑影之上，滴落着骇人的猩红色血迹。

“小小年纪便能将归一剑法领悟得如此通透，厉害厉害。”看台上站着个十二三岁、粉雕玉琢的男孩，漆黑眼瞳有如古井无波，在此时荡开一缕浅笑，“另一位虽然败了，但剑气里纵横的力道不容小觑，同样值得称道。”

白衣负剑的天羡子靠在石柱上，笑得肆无忌惮：“那当然，我徒弟能差劲儿吗？”

“徒弟不差，师父可就不一定啰。”

一旁款款而立的美貌女子随手拈一缕青丝，绕在指尖打转转。

她看上去不过双十年华，媚意横生，一双摄人心魄的桃花眼潋滟生光，带着点儿嘲弄的笑：“哎，不过那小弟子着实生了副好相貌，要是能早日见到他，也不至于被穷鬼拱去。”

天羡子佯装受伤地睁大眼睛，看一眼身旁的真霄：“师兄，她笑我！”

真霄：“……”

真霄满脸严肃，犹如教导主任查房：“静漪，你是玄虚剑派长老，不是魔教合欢宗女修，见到英俊弟子，还需保持身为长老的矜持。”

女子冷哼一声，朝男孩靠近些：“你管我！”顿了顿，又懒洋洋地娇笑道，“你说，咱们的真霄剑尊是不是听见我念及别的男人，忍不住吃醋了？掌门。”

男孩沉静地笑笑：“是吗？”

真霄剑眉一横，不知道是气还是羞，耳根有点儿红：“师静漪，跟我比剑！”

真霄剑尊的人际交往能力一塌糊涂，遇到朋友、知音要比剑增进感情，被人惹怒后要比剑殴打小朋友，平日里无所事事了，居然还要天天花钱找天羡子比拼。

要是不知真相的人一眼看去，断然不会想到，那媚眼如丝、绝色近妖的貌美女子竟是玄虚剑派首屈一指的长老师静漪。

而她身旁豆丁大小的男孩，则是掌门人纪云开。

——纪云开在仙魔大战中修为大伤，躯体化为十二岁的孩童模样。至于师静漪，她的颜狗属性天生地发自真心。

“之前有个叫宁宁的小姑娘也很漂——厉害。”师静漪笑道，“赢得毫不拖泥带水，颇有我当年的气势。要是能跟随我修炼——”

别了别了。

想起这女魔头曾经把小半个剑派的弟子玩弄于股掌之间的经历，天羡子忍不住把脸皱成一团苦瓜。千万别祸害他家可可爱爱的宁宁，那小姑娘连男孩子的手都没牵过。

“如今年青一辈里英才辈出，听说万剑宗、梵音寺和流明山中，也都出了很有意思的小徒弟。”纪云开眯起眼睛，幽暗深沉的眼眸中，满是与这具稚嫩身体格格不入的云淡风轻，“看来，这次的小重山必然不会无聊了。”

“先不说这个。”师静漪轻轻勾唇，声线清澈如桃花春水，“我的一名弟子从山下回来，带了许多小食。奶黄包、糖纸人、糖葫芦，不知掌门可有兴趣？”

小豆丁欢呼一声：“我要吃糖葫芦！”

对于长老们的交谈，身处话题中心的裴寂自然一无所知。

他拒绝了医修疗伤的提议，比试结束便回到房中。原因无他，只因魔气横行，即将冲破禁锢。

身为魔修之子，裴寂体内难以避免地继承了十分厚重的魔气。这股力量与人的血脉彼此勾缠交融，相互冲撞之间，很难得到控制与束缚。

这也就导致他的魔气不时外涌，如汹涌浪潮般侵蚀身体与理智。每到那时，他便会无法抑制地浑身剧痛，想通过杀戮缓解痛苦。

等黑衣少年狼狈地关门，已经没了再往前行走的力气。

沉睡在血脉里的反骨与暴虐一下又一下撕裂神经，催促着他大开杀戒，裴寂背靠着木门，闭上眼睛深吸一口气。

他还没有沦落到要为此屈服的地步。

更不想变成只懂得杀戮的魔物。

被剑气伤及的地方还在淌血，他自虐般地用手按住伤口。

然后狠狠发力。

破开的血痕在压迫下裂得更凶，血液争先恐后地涌出来。

裴寂却仿佛习惯了这种撕心裂肺的痛苦，脊背微颤着立在原地，只有被紧紧咬住的下唇与额角的冷汗悄然彰显着痛苦。

他不愿杀人，便每每在魔气肆虐时，用小刀在自己身上划开一道又一道的口子，以痛止痛，压抑那股强烈得快要破开脑袋的欲望。

四周悄无声息，只能听见少年人沉重的喘息。暮色一点点从西山生长，逐渐吞噬整个庭院。

毫无防备地，裴寂听见一阵脚步声。

那人步子轻轻快快，对于他而言，甚至没有自己的呼吸大声。

除了师尊天羡子来过几次，没有人踏入过他居住的院落。

紧接着是一串敲门声，伴随着某个熟悉的声线："小师弟，你在房间里吗？"

心里的承影微微一动。

房间里没有点亮灯烛，在黑蒙蒙的夜里，宁宁只能透过窗纸，在月下见到一个站立着的模糊影子。

她听无人应答，在迟疑片刻后又敲了敲："师尊让我给你送些药。"

小姑娘的手指莹白细腻，指节敲打在门板之上，发出清脆声响。

敲门的力道惹来木板一阵极轻微的抖动，那震动透过门，一直传到裴寂贴在门上的后背上，带来微不可察的麻意。

隔着一道薄薄木门，宁宁的指节正好敲在他心口附近的位置。

裴寂微仰着头，终于把牙齿从下唇移开。他几乎用了浑身力气才发出声音，沙哑得怪异："放在门口。"

门外的宁宁应该愣了一下，略带迟疑地回应他："不能开门吗？有样东西我得亲手交给你。"

喉头上下无力地滚动，裴寂用手掌按住门板，蜷起的指节因为用力而泛起白色。

到了这种时候，他理应是没有耐心的。

脑海里的痛楚与身上刺骨的剧痛无时无刻不在对他进行着折磨，让他来不及去思索其他。裴寂脾气不好，要是在往日，绝不会再出声回应对方的任何一句话。

但不知怎的，他忽然想起那日在外门弟子房里，少女破门而入时的身影。

心乱如麻间，他竟是哑声问了句："什么？"

这回轮到宁宁犹豫了。

她顿了顿，似是不好意思说出那东西的名字，有些泄气地压低声音："也不是什么重要的东西……我还是和药箱一起放在门口吧。"

裴寂没说话，按在门上的手指更加用力。

门外好一会儿没再发出声音，他估计着那女孩已经离开，没想到猝不及防间，又听见她轻声道："我送给你的阴山鬼珠有好好带在身上吗？"

宁宁看过原著，知道他有时会魔气外泄。

裴寂怎么说也不至于小气到连为她开门都不愿意，之所以拒绝比武台上医修的治疗回到房间，也一定是出于这个原因。

阴山鬼珠虽然不能根治魔气，但终归可以缓解一些痛苦。要是他得了宝物却放在抽屉里，简直是暴殄天物。

她这句话说得一气呵成，说完了才意识到，好像有点儿不大对劲儿。

裴寂不知道阴山鬼珠能抑制魔气，在他眼里，她送了珠子，还死皮赖脸地叮嘱他一定要带在身上……

简直像是让他佩带定情信物一样嘛！

宁宁兀地红了耳根，匆忙解释：“我听闻阴山鬼珠可治病痛，若是小师弟外出历练不慎中毒，可以凭借它化险为夷。”

承影平时绝不会在魔气涌动时出声烦他，这会儿啧了一声：“人家小姑娘是要你记得定情信物啊裴寂。”

什么定情信物？

少年嘴角划过一丝嗤笑，似是觉得身上的剑痕不够深，从怀里掏出把小刀，刺进手腕。

世上没有无缘无故的情与爱，他和那位心高气傲的师姐几乎毫无交集，她怎会倾心于他？

就算当真有好感，也不过是看上这张没什么作用的脸，过不了多久，这份廉价的情感就会烟消云散。

他不傻，不会让自己陷进去。

裴寂一边把小刀往右划，一边漫不经心地回应她，神情似笑非笑：“多谢师姐。只是这阴山鬼珠实在贵重，裴寂无福消受，还是归还于你吧。”

他不愿亏欠人情，上次宁宁话一说完就转身跑掉，完全不留拒绝的机会，这回终于能把话说开。

门外的小姑娘似是急了，音量放大好几倍：“你救我一命，我理应报答。那颗珠子——”

她的话刚说到这里，耳边便响起吱呀响声。

裴寂打开了门。

他的模样狼狈得厉害，眼白上的血丝如藤蔓般疯狂生长，占据大半眼睛。

他浑身上下都带着血气，黑衣黑发融进夜里，只有苍白脸颊被月色浸染，白皙得像在发光。

浓郁的夜色阴沉如墨，把月光静静往下压。

裴寂眼底的阴鸷却要更甚，凶戾得像是要将她一口吞进去。

“总之！”

宁宁却不怕他，把手里层层裹住的手帕迅速打开，露出里面一个淡黄色球形物体，在裴寂张嘴拒绝她的瞬间踮起脚。

然后把那东西毫不犹豫地塞进他嘴里。

入口是柔软得不可思议的触感，软绵绵、圆滚滚的小球有一半被塞进他口中，少年瘦削的脸颊陡然被撑得鼓鼓囊囊，像包子那样鼓起来。

裴寂脸上的戾气渐渐消融，取而代之的是满目错愕与茫然，他不知所措地眨眨眼睛。

就连残余的微弱魔气也倏然一停，仿佛有些惊愕和害羞，悄悄在半空打了个旋儿，钻进黑黝黝的影子里。

“不管你说什么我都不要听。我让你带着珠子，你就得带着珠子，不然我——”她想了好一会儿也想不出狠话，只得瞪着双眼看他，“不然我会特别特别生气，我生气很可怕的。”

裴寂没说话，他也说不出话。

“药箱给你。”她从地上捡起药箱，不由分说地塞进裴寂怀里，又指了指他嘴里的东西，“这是我从别人手里买到的奶黄包，必须趁热吃，所以我才说要尽快亲手给你。”

她说着又加重语气：“不许吐！快吃掉！知道我花了多少钱吗？十分之一的家当欸！我很穷的，你知不知道！吐掉的话就是在割你师姐的肉！”

裴寂：“……”

在开门之前，他体内的魔气便已经消退大半。此时嘴里充斥着的软糯浓香的气息，竟长驱直入五脏六腑，似乎能把积攒已久的血腥味洗涤一清。

大概是怕他吃完后又说胡话，宁宁说完就道了别转身离开，留裴寂一人站在门前。

这算哪门子事儿？

他准备了那么多绝情的、讽刺的话语，却被她堵得一个字也说不出来，只能发着愣站在原地。

……真没用。

连凶她一下都做不到。

他想勾出一个自嘲的笑，却发现嘴角僵硬得没了力气。嘴里的香气萦绕在舌尖，裴寂用手握住奶黄包底端，牙齿轻轻一咬。

暖洋洋的内馅犹如浓稠香甜的暖流，转瞬之间充满整个口腔。冰冷残破的身体因为这股温度重新回暖，他动了动血肉模糊的僵直指尖，侧身倚在门边。

月色下沉，树影阑珊。

魔气缠身的少年鼓着腮帮子，舔了舔甜甜腻腻的奶黄包。

裴寂不会知道的是，宁宁送完奶黄包回到自己房间，第一件事便是拿出通讯符，给一间外门弟子房寄了封信。

上书十几个大字：“明日晚饭时间，裴寂别院，务必动手。”

宁宁实属被逼无奈。

系统好久没发任务，今天一发，就来了个特别过分的——

原主看出长老们对裴寂的赏识，心中嫉妒之意越发强烈，存了心思想要报复。

外门弟子中鱼龙混杂，很多人开展了形形色色的副业，比如帮忙代课、帮忙写作业，以及帮忙揍人。

都穷成这样了，原主居然还能坚挺着作妖雇人，榨干自己的最后一点儿私房钱，真可谓恶毒女配之模范，宁宁自愧不如。

总而言之，她要联系外门弟子房，进行一番业务交流后，雇用一伙人去裴寂院子里找他麻烦。

虽然故事当然是以裴寂的以一胜多告终，但他在今天比武台的战斗中受了伤，无论结果如何，明日的反抗都会使伤口破裂，让伤势更为严重。

所以宁宁才会倾家荡产地买了个奶黄包，作为暗地里赔罪的小礼物。

对方的信件很快传来，言简意赅：

收到。

但宁宁同样也有不知道的事情。

她万万不会想到，在今夜的某间房屋里，有人也像她一样寄出了一封信。

内容如出一辙，宛若复制粘贴：

明日晚饭时间，裴寂别院，务必动手。

于是，第二日，裴寂用餐后回到住处时，首先便看见围在门前的七八个人。

他们清一色筑基中期修为，目光不善，脸上蒙着面罩。

“你一定就是裴寂。”为首的那个阴冷地一笑，“算你不走运，有人雇了我们来教训教训你。”

他的语气势在必得，然而话音刚落，还没等裴寂有所反应，不远处便响起另一道中气十足的男声：“裴寂在哪儿？”

循声望去，居然又有八名高大男子从小径缓缓走来，同样是筑基中期修为，蒙了面罩。

两队人马面面相觑。

小小的眼睛里是大大的疑惑，一样的面罩、一样的架势，犹如复制粘贴出来的葫芦娃兄弟。

“那群人来这里是要干吗？难道我们之中有人走漏风声，让裴寂提前做了准备，特意找人保护他？”

不知是谁悄悄念叨了这样一句话，站在门口的人心中顿时警铃大作。

他们刚把这姓裴的小子团团围住，不远处就出现了另一队气势汹汹的家伙，看那凶神恶煞的模样，想必来者不善。

几人一时间交头接耳，细小的嗡嗡声此起彼伏。

“哟，英雄救美啊？都什么年代了，还玩这一出！”

“问得还挺狂，怎么，就算知道裴寂在哪儿，他们能护住他吗？”

于是为首的那个冷哼一声，音量洪亮如钟：“在这儿！你想干吗？”

他说得又凶又狠，仿佛不容许身旁的少年遭到别人染指，甚至一脚迈向前方，将裴寂整个挡住。

这是一种代表占有的动作。

可在其他人看来，就完全不是这回事儿了。

——哪儿来的老母鸡在护蛋呢？

站在小径边、被宁宁请来的外门弟子同样摸不着头脑，用只有自己人能听见的音量小声交流。

“怎么回事儿？为何那小子身边聚了那么多人？”

“难道裴寂知道我们要来，特意找了人保护他？”

“他真以为我们打不过那些人，以为让别人挡在面前就奈何不了他了？小爷我今天就是要把他们打个头破血流！”

“我们想干什么？”他们之中的首领同样上前一步，语气不容置喙，“识趣的话赶紧从他身边离开，否则休怪我们不客气！”

“嚯！蒙面变态男！有本事上前来单挑啊！这小子，我们今天要定了！”

两队人彼此对立，剑拔弩张，不知是谁擦枪走火，迸出一道明显的杀气。

如同平静的湖面陡然掀起层层涟漪，僵持的场面像是被打碎的玻璃，狼狈地散了一地。

所有人同时发出一句怒喝，抡起拳头往前冲。

所有人心里都怀有一个再清晰不过的信念，它是那样坚定，那样璀璨生辉——

裴寂你这臭小子看不起谁呢！真以为我们打不过那群蒙面男吗？等解决掉你请来的保镖，就是你的死期！

他们不会知道，本应该成为众矢之的的裴寂究竟是在什么时候转身回房，无事一身轻。

更不会知道，明白真相后，自己的泪滴会像倾盆大雨，碎了满地，在心里清晰。

这世上，多的是大家不知道的事儿。

宁宁面无表情地看着账单。

医药费、雇用费、精神损失费……居然还有个同行友谊修补费？你们两拨人打得难舍难分，结果裴寂本人直接回房睡觉，这件事儿难道还得怪她？

不如直接去抢。

怎么会有两拨人？

宁宁一个头两个大，写字飞快：

另一拨人是谁派过来的？

对方很快回复：

我们是有职业道德的，一般不轻易透露雇主信息。

算你狠。

握笔的手，微微颤抖。

再动笔时，小姑娘的每个字都满含着血与泪：

加钱。

通讯符很快便出现在宁宁窗前。

不过要是你执意坚持，也不是不可以啦。虽然我们有职业道德，但你也知道，我们没道德的嘛，哈哈。

她面无表情地继续看，视线麻木地落在最后那三个字上。

贺知洲。

这是个有些熟悉的名字，宁宁下意识地皱了皱眉，努力从脑海里搜寻关于他的信息。

不想不知道，一想吓一跳。

这位贺师兄在原文里不过是个被寥寥提过几次的路人角色，宁宁却对他颇为印象深刻。

印象来源主要有三件事。

其一是他不但爱剑如命，变着花样地锻剑买剑，还整日在山下寻欢作乐，吃吃喝喝，花钱如流水，贫穷程度与天羡子如出一辙。

此人脑回路非同一般，在穷困潦倒，被高利贷追债之际，竟用身上仅存的一万灵石买来一堆石头与颜料——

亲自造了一千的假灵石。

这顿操作已经够低智商、反人类的了，结果还被债主当场揭穿那一千灵石不是真的。

问他为什么要造假，那憨憨答曰：因为真币造不出来啊！

其二是此人性子贼直，遇到不合心意的人就直接拔剑，不管对方是谁。

结果某天不知怎么回事儿，居然与梵音寺里七岁的小和尚起了争执。

佛家人讲究清心而为，敌不动，我不动，那小和尚停在原地打坐静候，他不愿先出手欺负小辈，又不想就此作罢，便拿着剑与对方在烈日炎炎下对峙。

然后在三个时辰后直接中暑昏倒，他一边口吐白沫一边神志不清地对那小和尚说："为什么欺负我？为什么？"

至于其三……

其三就是那件震惊全宗门的事情，玄虚派弟子贺知洲穷困潦倒，竟不惜前往花楼卖身赔笑，最后还成了花魁。

有人称他身怀剑气，理应是个修道之人，那厮脸不红、心不跳，口出狂言："我乃万剑宗弟子，阁下好眼光！"

万万没想到，现场恰有一位万剑宗亲传弟子，毫无怜香惜玉之情地破口大骂："我呸！你明明是玄虚派那个假币哥！"

于是一代花魁就此陨落，玄虚派贺知洲名扬九州。

回想完毕，宁宁目瞪口呆。

世上竟有恐怖如斯之人。

和人沾边的事情，他是样样不做啊！

贺知洲虽然惊世骇俗，在原文里却戏份极少，基本没和主角团有过什么接触。这会儿忽然心血来潮地作妖……

太奇怪了。

不行。

宁宁想，她得去会会贺知洲。

“你问贺师兄？”

白裙绾髻的少女放下手中长剑，侧身看宁宁一眼。她看上去不过十六七岁，却时时刻刻板着脸，显出与年龄格格不入的成熟与严肃。

贺知洲乃云中客李忘生之徒，与另外几名亲传弟子一同居于丹云峰。

站在宁宁跟前的女孩名叫秦姝，年纪轻轻便突破了金丹期，听传闻讲，这姑娘一天有大半时间都在勤修苦练，是小辈中当之无愧的佼佼者。

“他在与人斗诗。”少女的声线温润柔和，几个字被她例行公事般干巴巴地念出来，多了几分说不清的呆萌，“我可以领你前去。”

宁宁笑着点头：“多谢！”

夏天的丹云峰古柏森森，竹树环合，茫茫林海汇聚成一片接天碧色，遮掩住天空的痕迹。

穿过亲传弟子们居住的幢幢楼院，便来到一处古树下。树木葱葱茏茏的枝叶遮天蔽日，挺拔树干之下，则是盘虬卧龙般苍劲有力的根须。

根须上坐着三三两两的少年人，清一色白衫束发，周身萦绕着若有似无的剑气。他们讨论得热火朝天，宁宁不便上前打扰，便和秦姝停在不远处等候。

其中一人哈哈大笑：“我这首诗不赖吧？要是没人敢来挑战，今天就算我赢了。”

他说完后，场上迅速响起一片窸窸窣窣的交谈声。有人拔高音量喊：“着什么急？知洲都还没答呢。”

知洲。

宁宁被这两个字吸引了全部注意力，心脏悄悄一动。眼看那人正望向什么地方，她赶紧全神贯注地循着他视线看去。

视野尽头坐着个相貌俊朗的少年，正懒洋洋地靠在树干上。一双桃花眼十分惬意地微微眯起，映衬着满林青葱，像极了含苞待放的花。

他模样懒散，天生笑唇，嘴角带着与生俱来的上翘弧度，此时笑意盈盈地勾起，就更显得优哉游哉。

看其他人的反应，这贺知洲写诗应该不错。

“既然今日的诗题是丹云峰，那我就献丑来上一首。”

他星眸熠熠，说话时身子坐直了些，清隽挺拔有如翠竹。

宁宁在剑宗这么久，剑招剑式学了不少，听人谈论诗词歌赋还是头一遭，于是也生出一些兴趣，耐心地等他开口。

只见贺知洲抬头望一眼远处的层峦叠嶂，悠悠地一晃头：“众鸟高飞尽——”

嗯？

宁宁愣了一下。

这诗很是熟悉，正是李白《独坐敬亭山》中的第一句。

修仙界完全架空，与她曾经所在的世界并无交集，理应不可能出现同一首诗。哪怕贺知洲再有才，他的脑回路也不应该和李白一模一样。

也许只是第一句相同，恰好出现了巧合？

宁宁轻轻皱眉，按捺住心底困惑，又听他继续道："——孤云独去闲。相看两不厌，只有丹云山。"

好的，不是巧合，《独坐敬亭山》实锤了。

只不过是把原诗里的"敬亭"改为"丹云"，高仿程度类似于 adidas 和 adadas。

可贺知洲怎么会知道这首诗？难道他……

他也是穿越过来的？

"相看两不厌，只有丹云山。好诗，好诗！"

不明真相的吃瓜群众两眼放光地鼓掌，俨然一副小迷弟形象："这首诗看似平淡恬静，实则动静相衬，情景交融，三言两语就勾勒出极致的寂静与寂寥，比我们那些一味写景的诗词高出许多。"说完了还不忘夸上一句，"不愧是你，贺师兄！"

宁宁："……"

九泉之下的李白笑了。他笑得好大声。

"贺师兄下山历练之后，整个人都成熟了许多。"

他身旁的另一个少年满脸好奇："师兄，我听说凡世的江湖潇洒肆意，你觉得怎样？"

"江湖？"贺知洲低笑着摇头，"只要有人的地方就有恩怨，有恩怨就会有江湖。人就是江湖，我们玄虚剑派自然也是。"

好深奥！好透彻！不愧是贺师兄！

话音落，又收获一堆迷弟迷妹的星星眼。

宁宁："……"

任我行和令狐冲分分钟从棺材里蹿出来，一脚踹在你脸上信不信？

她算是明白了。

难怪贺知洲的作风会那么鹤立鸡群，只因为他很可能也是一位穿越者，不但把"穷到吃土"这个现代概念发挥到了极致，还凭借另一个世界的诗词语录斩获无数小粉丝。

"贺师兄的诗词一向不错。"秦姝瞥见宁宁不太对劲儿的神色，以为她是惊讶于贺知洲的文采斐然，于是没多问，而是脆生生地叫了句："贺师兄，有人找。"

贺知洲转过脑袋，正好对上宁宁复杂的目光。

站在不远处的陌生小姑娘十足漂亮，杏眼朱唇，青丝慢束，被树木阴影笼罩的脸庞瓷白如玉，一抹细碎的阳光落在眼尾，勾出纯然却撩人的弧度。

一袭淡紫色长裙勾勒出娇俏身姿，只需站在那处一动不动，就足以吸引绝大多数人的目光。

贺知洲迅速回想了一下，觉得自己的的确确没见过这张脸。

他骚操作多，在剑宗里名气不小，虽然的确会有人慕名而来看上一眼，但像她这么好看的，还是头一个。

少年迟疑刹那，从树干上下来，走向宁宁在的方向："姑娘可是来找我的？"

要是来讨债的，他二话不说直接就跑。

好不容易见到一位同类，宁宁努力放平声调，尽量不表现得过于激动："我听说贺师兄博学多才，在对诗作词上颇有天赋。不如我出个上联，师兄试着对一对下联，如何？"

这句话一出来，差点儿把贺知洲直接送走。

老天爷，他虽然用古诗词糊弄了不少人，但那些都是现代社会人人都知道的常识，和真才实学压根儿搭不着边。

身为素质教育的漏网之鱼，背一首《独坐敬亭山》和《静夜思》已经是他最后的温柔。

他本想以身体不适为由快快溜走，没想到对面那姑娘嘴皮子快得很，根本不留一丁点儿机会，便再度开口："我的上联是——"

贺知洲听见她说："奇变偶不变。"

奇变偶不变。

他愣在原地，差点儿没反应过来这五个字究竟是什么意思。

过了好一会儿，他才终于圆圆地睁大眼睛，嘴张得几乎能塞下一个鸡蛋。

——是奇变偶不变啊！！！

老乡见老乡，两眼泪汪汪！

在短短的一瞬间，宁宁见证了人类史上的变脸奇迹。

贺知洲的神色如同被玩坏的万花筒，在经历了呆滞、震惊、困惑与尴尬后，最终停留在无以言表的兴奋上。

他激动得后背抖个不停，颤抖着伸出双手握住宁宁的手掌，无比虔诚地说出那句人类圣经："奇变偶不变，符号看象限。"

这一握，如同火星撞地球，神舟八号和天宫一号成功对接，绝对有资格被载入贺知洲个人史册，永生难忘。

贺知洲双目含泪，语气里带了点儿哭腔："一个幽灵，现代主义的幽灵，在欧洲徘徊。"

宁宁双眼一眨不眨地与他对视，掷地有声地回答："富强民主，文明和谐。自由平等，公正法治。爱国敬业，诚信友善。"

多么动听的二十四字真言，好美的文字。

贺知洲眼眶泛红，激动得就差当场掉眼泪："同志！我等你等得花儿都谢啦！"

宁宁点了点头："别怕，我给你倒一杯卡布奇诺，咱们决战到天明。"

"所以说，"宁宁喝了口水，"你也是被系统带到这儿来的？"

"对对对！不过我的情况跟你不一样。"贺知洲听完她的叙述，露出了然的神色，"你说你是看了本小说，直接变成那本书里的女配，要根据剧情不停作妖——但我从来都不知道有那本小说存在。"

见宁宁有些困惑，他低声解释："我就是直接来到这个时空，胎穿。从出生起，脑袋里就有个声音在不停告诉我，它叫'磨刀石系统'。为了让这个世界的天命之子在苦难里得到磨炼，我必须按照它的指示不停地干坏事，充当一块磨刀石。"

那和她其实差不多。

贺知洲说着表现出饶有兴趣的模样："如果你看的小说真能预知整个故事，那我的结局是什么？有没有变得特别狂霸炫酷跩，每天从五千平方米的大床上醒来？"

"你几乎没在小说里出现过。"宁宁顿了顿，若有所思，"你是被系统意外带来这个世界的不确定因素，那么在原本的故事里，贺知洲这个角色戏份很少也理所当然——毕竟如果没有系统，你就不会特意招惹主角团，在文章里露脸的机会自然不多。"

贺知洲眼睛睁得圆鼓鼓，活像个不太聪明的人工智障，哪还有一丝一毫斗诗时的气定神闲？

过了半晌，他忽然又恍然大悟地开口："所以这次雇人去打裴寂的是你啊！"

此言一出，两人皆是满目沧桑，眼角含泪。

恶毒女配宁宁双眼无神："你还有钱付医药费吗？"

男性反派角色贺知洲捂住心口："榨干了我做花魁时的最后一块灵石。我真的好不懂，为什么明明是要祸害裴寂，到头来受伤的却是我们？我们是灰太狼、红太狼，还是火箭队啊？惨都惨得这么典型。"

对哦。

两个罪大恶极的反面角色面面相觑，苍白无力的微笑里，是鸭蛋一样圆润的0业绩。

“不过我的下一个任务特别强势，百分之百能成功。”贺知洲叹了口气，信誓旦旦地握紧拳头，“系统不让我透露信息，等今天傍晚过后，我再一五一十地告诉你。一切都准备得那么妥当，裴寂必不可能秒我，这次行动要是再失败，我就当场把这个水杯吃下去！”

宁宁点点头：“你当反派好认真。有什么决胜的技巧吗？”

“我上辈子可是学表演的，入戏很快。”贺知洲嘿嘿傻笑，有些不好意思地挠挠头，“技巧真没有，只能说这次的任务很简单，我想失败都难。”

哦。

宁宁想了会儿，又问：“那你有什么赚钱的办法吗？”

贺知洲的眼睛倏地就亮起来：“你要是唠这个，我可就不困了！我听厨房里的姐姐说，除我以外，还有个女孩也去讨过饭，那女孩是不是你？”

宁宁：“对对对！就是我！”

于是全文前中期最大的两个反派角色凑到一起，讨论了很久很久应该怎样还清债款，过上阳间人的正常生活。

从灵石到比特币，从省吃俭用到恩格尔系数，最后说得执手相看泪眼，就差拍一部《逐梦富豪圈》。

——祸害男主算什么，鼓囊囊的钱袋它不香吗？

傍晚，裴寂院前。

贺知洲暗暗握紧手里的物件，没等多久，便见到晚归的裴寂。

他虽然穿越后就被绑定了系统，但之前那么多年连裴寂的影子都看不到，真正开始做任务，其实是在最近。

宁宁说裴寂是玄幻爽文的男主，贺知洲百思不得其解。

以他看文的经验，男频文的主角通常样貌清秀、性格稳重，哪像裴寂这样，浑身上下都散发着生人勿近的戾气，还漂亮得近乎妖孽。

别说男主了，让裴寂去当终极boss都有人信。

但是，不管裴寂有多么可怕，身为优秀“打工人”的他都不会轻易退缩的！正道的光永远照在大地上！

“裴寂师弟，”贺知洲在心里做好思想建设，发挥自己表演专业的特长，努力做出一副不得志的阴险小人形象，“我叫贺知洲，今日来见你……是想给你看一样东西。不要乱动，受伤可就不好了。”

好样的！保持这个作风继续，贺知洲你就是修真界的奥斯卡影帝！

裴寂淡淡瞥他一眼，没有多做理会，径直走向院落大门。

贺知洲当然不让，一把拉住他衣袖：“我出身于降魔世家，对魔族拥有天生的感知能力。近日路过此地，竟察觉了十分浓郁的魔气——不知裴寂师弟能否解释一二？”

他说完了忍不住想，这副做派真的是“24K纯剑人”，不说裴寂，连他都忍不住想给自己来上一拳。

一脚踏入门里的黑衣少年闻声回头，黑沉沉的瞳孔中满是阴鸷，仿佛聚了潭幽深的水，随时都会把他吞噬殆尽。

贺知洲很没出息地凤了一下。

紧接着他故作镇定地仰起头，从怀中掏出一把纯黑色长柄小刀，嘴角僵硬地笑笑：“这是我贺氏的传家之宝，名曰破魔刀。若是沾染魔族的鲜血，便会发出清脆嗡鸣。”

他瞥一眼系统给出的台词：

我注意你很久了，真是做梦都会梦见你身边的魔气啊，裴师弟。想不想知道当它没入你体内，品尝到血液之时……究竟会是多么美妙的景象？

他说完便猛地拔刀，朝裴寂白皙的手腕刺去。

这就是贺知洲的任务。

以驱魔世家传人的身份察觉魔气，并把破魔刀刺进裴寂身体。按照系统给出的剧情，此时此刻魔气潜伏于裴寂体内，不会被检测到分毫，于是他只得狼狈认错，心有不甘地离开这里。

简简单单，一气呵——

行吧，贺知洲收回上面的那几个字。

虽然梗概对了，但裴寂不是任人宰割的绵羊，而是匹凶残至极的独狼啊！系统你个狗东西！居然坑他！

破魔刀尚未出鞘，他的手便被裴寂用力抓住，然后猛地一扭。

骨头差点儿错位，贺知洲疼得倒吸一口冷气，手中的小刀随即摔落在地，发出清脆的一声响。

“想动我，也得有那个能耐。”

身着黑衣的少年人冷然一笑，眼瞳中却不带丝毫笑意，如同霜雪连天的凛冬。他语气嘲弄，慢条斯理：“贺师兄，不要多管闲事儿。”

贺知洲想哭。

他前世因车祸身亡，为了再活一次，才接下了磨刀石任务。那时他还年轻，满心欢喜地想，不就是磨炼一个小可怜吗？跟养儿子差不多。

然而裴寂哪是他的崽崽？

这臭小子比他家列祖列宗的幽灵还吓人，和裴寂对线，简直生不如死。

偏偏他还要跟着系统给的剧情走，十分邪魅狂狷地挑一挑眉："是吗？今日我必要看个明白！"

——系统你有必要在"邪魅狂狷"那四个字上打着重符号吗！有必要吗！

那边的贺知洲与裴寂缠斗在一起，在太玄峰的清宵殿内，掌门与诸位长老已然聚集。

前往小重山秘境的比试告一段落，通过观察各位弟子的灵力与剑术，玄虚派需要从中选出十几名佼佼者，代表门派前往秘境中历练。

现在正是挑选的时候。

天羡子悠然而坐："我的小徒弟表现都不错，你们慢慢挑，我的票全给他们。"

师静漪瞪他一眼："胡闹。"

长老之一的李忘生成天游山玩水见不到人，今天代替他来投票的，是亲传弟子秦姝。

面对众多前辈，秦姝居然没露出丝毫胆怯的神色，而是沉声随口道："说起天羡长老门下的弟子……贺师兄似乎正在与裴寂比试。"

天羡子扬眉："贺知洲？他那副德行，居然会主动找人比试？"

"我练剑后路过裴寂院前，看见贺师兄与他在一起。"秦姝正色应声，"师兄手里握着个又长又粗的黑色条状物，一边晃一边喃喃自语，说今日必然让裴寂屈服于自己。"

天羡子一口茶水差点儿喷出来："啥？你说什么玩意儿？又长又粗的什么？"

"师弟，别想歪了。"纪云开神色微敛，努力把某个不太好的念头从脑袋里移走，语气平和缓慢："除了那物件，你还看见了什么吗？"

"贺师兄将裴寂堵在门口，"秦姝努力回忆，"说不要乱动，否则会受伤。"

长老们的脸色白了一阵。

"还有他注意裴寂很久了，夜夜做梦都会梦到。这回终于可以带着那个东西来找他，若是没入他身体后见了血，不晓得会是多么美妙的景象——之后我便离开了。"

长老们的脸色由白转青。

秦姝满身正气，问得毫不遮掩："师伯，那物件我从未见过，是什么法器吗？

为何贺师兄会想用法器征服裴寂？怎样征服？见血后的景象又为什么会美妙？”

长老们：“……”

“别说了，小姝儿！”师静漪听不下去，护犊子般上前捂住秦姝嘴巴，一把将她搂在怀里，“忘掉那些画面吧！让你受苦了！”

秦姝：“？”

“停停停，不可能吧。”天羡子把热茶一饮而尽，“贺知洲和我是穷友，我了解那孩子的品行，断然不会做出这种事情。”

“是与不是，窥天镜一看便知。”师静漪轻轻抚摩秦姝脑袋，“小姝儿已经受了害，要是裴寂也……”

掌门人纪云开沉默半晌，点了点头。

窥天镜为玄虚剑派法器之一，能显现剑宗属地内每一个角落的景象。如今窥天镜开，直接被转向裴寂院前。

在场诸位同时吸一口冷气。

只见贺知洲衣衫不整地倒在门口，一旁的裴寂神情冷厉，正欲转身离开。

前者显然被揍过一顿，狼狈地撑着门板站起身子，表情却是十足狰狞：“这次算你走运……以后可别被我逮着了，否则有你好果子吃！”

师静漪咬了咬牙，捂住秦姝耳朵。

居然还有下一次！

见裴寂没搭理自己，他又不服气地喊：“不过是个山里来的野种，就算我治不了你，我背后可是整个贺家！”

天羡子啧啧叹气。

还要动用家里的势力让他小徒弟屈服？看你爹娘不打断你小子的腿！

“贺家又如何？”裴寂对此不过冷冷一笑，眼底的阴影织成浓云，“无缘无故伤及无辜，世家大族就是这副德行？”

出身于世家大族的纪云开硬了拳头。

当然不是！只是贺知洲那小子脑袋有问题而已！

被毫不留情地回撑后，贺知洲脸色一红：“叫你今天反抗我……迟早有一天，我要让你跪在我面前求饶！裴寂你给我记好了！”

窥天镜里夜色昏沉，裴寂迈进院子里，在关门之前微微侧身，嘴角勾出一丝懒洋洋的弧度——

“你先把裤腰带系上吧，贺师兄。”

贺知洲这才发现腰带在之前的厮打中落了下来，裤子松松垮垮，很不像样。

——但哪有反派在对峙时扯裤子的啊，那也太没排面了。

于是他冷哼一声，张开快要笑僵的嘴唇，很有霸总气质地挑起眉头：“怎么，裴师弟这都不敢看？”

好一个人间油物，有够下饭。

清宵殿内寂静得有如坟墓。

好几双眼睛共同凝视着镜面，看见贺知洲被无限放大的脸。

他的笑容是那样邪魅狂狷，声音响彻大殿：“你是我的猎物，永远都逃不掉。哈哈，哈哈哈哈！”

这也太变态了。

长老们集体沉默，没人再说话。

最后是掌门纪云开打破寂静，迟疑着出声：“孩子还小，不懂事……别直接打死了。”

当夜，李忘生门下弟子贺知洲被传入清宵殿。

与此同时一则消息不胫而走，流传全门派。

震惊！贺知洲私下找裴寂对决不成，竟遭无情忽视！这究竟是道德的沦丧还是人性的扭曲？没眼看，没耳听！

——听闻被路人发现时，贺知洲的赤色鸳鸯裤腰带，还挂在那狂徒的头上！

从八卦通讯符上见到这则消息，宁宁愣了好一阵子。

不会吧。

贺知洲他、他说的“不可能失败的任务”……

就是这个？

小重山秘境位于流明山中，玄虚剑派的浮空仙舟抵达山门，正是晌午时分。

流明山乃仙门大宗，与玄虚派专注于剑道、梵音寺潜心修佛不同，流明山里融汇了为数众多的修仙派别，类似于一所综合性大学。

山中仙云缭绕，湖泊遍布，阳光落进湖水之中，荡漾出晶莹明朗的点点微光，如同太阳被打碎后跌落凡尘，空山流明。

山林之间仙鹤悠然，琼楼玉宇矗立于层层山峰上，粼粼水波倒映着白墙琉璃瓦，好似人间仙境。

“这地方也太大了吧！”贺知洲从仙舟上跳下来，为抒发内心激动，直接来了串 21 世纪直男三连，“厉害！无敌！六六六！”

这厮被长老们叫去清宵殿后，费了九牛二虎之力才解释清楚，自己只是察觉出裴寂身上的魔气，试图调查他的身份，而所谓“又长又粗的东西”，只是把小小的破魔刀。

纪云开听了会沉默，师静漪听了会落泪。

听说后，长老们集体沉默许久，最后是天羡子佯装无事地咳嗽一声："对啊，对！我们叫你来就是为了说这件事——咱们不能歧视魔族血脉嘛！裴寂他又没做错什么事儿，摊上那么一个老爹，谁能有办法？知洲，你要明白我们的一番苦心哪！"

于是此事就此揭过，贺知洲向宁宁诉苦时的评价是，那群人不应该吃饭，吃去污粉就够了。

"玄虚剑派来了！"立在山门前的中年男人朗然一笑，跨步迎上前来，身后跟着好几个修为不俗、蓝衣束发的弟子，"咱们许久不见了，有失远迎！"

来人正是流明山掌门人何效臣。

他话刚说完，耳边就响起一道波澜不惊却暗藏兴奋的男声："掌门何时有空与我比剑？"

何效臣居然也不推托，当即看向发出约战的真霄，黑眸里亮光一闪："就现在！走，我带你去个好地方！"

"掌门。"身后有弟子开口，"如今正是迎接各大门派的时候，您要是走了……"

何效臣大手一挥："就说我迎客迎得走火入魔，人快没了，在房间静养。"

他说罢又扭头对真霄道："走！"

两道剑影化光而去。

看何掌门那副温文尔雅的书生模样，没想到也跟真霄一样是个战斗狂。

"请诸位不要在意。"之前说话的蓝衣弟子笑得尴尬又不失礼貌，侧身一抬手，让开一条宽敞壮阔的山道，"在下流明山谢峻明。秘境于明日开启，今天门派里为诸位准备了宴席，请随我往这边来。"

玄虚剑派来了十五名弟子，宁宁认识的有林浔、裴寂、贺知洲与秦姝。

宴席布置在璇玑峰峰顶，云气蒸腾间，珍馐美馔目不暇接，颇有几分九天之上的仙家盛宴之感。

宁宁和林浔这俩倒霉孩子吃惯了土，已经好久没见过这么多美味佳肴。尤其是宁宁，从另一个世界穿越过来，看每种食物都觉得格外新奇，她没做多想地大快朵颐。

谢峻明略微一怔。

秘境之前的宴席，虽然名曰"休养生息"，但对于各大宗门的弟子来说，最大目的还是探听情报，斟酌对手们的实力。

哪有这样当真一股脑儿地扑在食物上的？

宁宁吃得嘴角带笑："柔软冰凉，细腻丝滑。一口咬下去，甜丝丝的凉气好像化成水，一股脑儿地流到了胃里。白玉糕天下第一！”

林浔眼角泛红：“这鱼汤鲜嫩可口，应该使用了上等清露去除腥气，乍一尝来浓香四溢，无与伦比。”

谢峻明：“……”

你们怎么还做起美食测评了喂！还有，喝了口鱼汤就感动得眼角发红，这位道友你是认真的吗！

“年轻人。你们难道不知道，这宴席压根儿不是用来吃东西的吗？”

终于来了个明白人。

谢峻明朝说话的那人看去，只见贺知洲一袭白衫，五官俊朗，举手投足间尽是潇洒肆意，毫无疑问是位风度翩翩的小郎君。

从来到璇玑峰起，他便一直神色凝重地打量着在场所有宗门弟子，想必心思缜密，在心里暗暗准备着计划，只等秘境开启后一鸣惊人。

贺知洲说罢停顿片刻，随即瞪着眼睛加快语速：“这里有好多帅哥美女啊，我的天！还不赶快饱一饱眼福！”

谢峻明：“……”

好，真行，不愧是你们玄虚派。

林浔性子害羞至极，连在大庭广众之下端详别人都不敢；只有宁宁很老实地抬起脑袋，疯狂点头：“真的真的！好多漂亮姐姐！”

她说着又拿起一块甜点，眼睛里像是闪着光：“那边蓝裙子的姐姐真好看，要是能跟她说上话就好了。”

谢峻明顺着她的视线看过去。

宴席角落坐了个身穿水蓝色长裙的少女，凤目朱唇，肤如凝脂，此时浑身笼了层淡淡的日光，便越发白得近乎透明。

那少女眉目如画，孑然坐在一边时，仿佛连身边的风都为之放慢了脚步，安静得不可思议。

“那是我们流明山的云端月师妹，想和她说话，估计挺难。”谢峻明诚实地道，“也不是说她有多么恃才放旷、难以接近，只是云师妹生性怕人，除了面对身边亲近的朋友、亲人，其余时间一概不会出声。”

那岂不是社恐症状比林浔还要严重？

宁宁点头道了谢，把视线往另一边挪。

在来来往往的人群里，同样引人注目的还有一个。

与独来独往的云端月不同，此人身边围了不少宗门弟子，看起来人缘十分不错。

那是个少年和尚，生得格外俊朗。

小和尚着了白袍，身形高挑，一双桃花眼里时刻含着笑，高挑的鼻梁之下，浅粉色唇角向上勾起弧度。

他模样出众，眉心一点艳丽红痕，笑起来却宛如天山遥不可及的雪莲，气度不凡。

“那是梵音寺的明空。”谢峻明的目光跟着她的走，很有耐心地解释，“少年天才，慈悲为怀。”

他话音刚落，身旁便响起一阵清澈少年音，带着懒散的笑意，如同猫爪轻轻挠在耳膜上：“在场的哪一位不是少年天才？”

这声音很好听，宁宁嘴里包着糕点，圆溜溜的黑眼珠骨碌一转。

然后听见身旁的贺知洲“哇”了一声。

来人是个十六七岁的少年，漂亮程度竟丝毫不逊于明空——

若以“撩人”的程度来说，还要更胜一筹。

少年红衣似火，在各大门派以黑、白、蓝为主色调的门服里尤其突出。

如墨长发披散在身后，衬得脸庞瓷白如玉，薄唇红得惊人，狭长眼眸里充满笑意，看似漫不经心，可只需眼尾轻轻那么一挑，便有了万种风流艳色。

更不用说他的嘴角微微上扬，好似揉进了千般暧昧，媚色天成。

谢峻明冷哼一声：“霓光岛的媚修。”

他们这些大宗门的弟子，许多都不大看得起这种不太入流的修仙之术。

媚修者，姿容越美，天赋越高。这少年以小小年纪跻身金丹期，可想而知模样有多么出色。

他没理会谢峻明的态度，朝宁宁勾唇一笑：“姑娘想必是玄虚剑派的弟子。我是霓光岛容辞。”

“我叫宁宁。”宁宁把糕点咽下，眉眼弯弯，“我第一次见到媚修，你们在岛上修炼吗？霓光岛景色如何？你这么好看，一定很强。”

这回轮到容辞几不可察地愣了愣。

宗门弟子遇见他们，要么冷眼相待，要么羞红着脸不知所措，像她这样打完招呼后大大方方夸他一句的，还是头一回见到。

有点儿傻乎乎的。

“霓光岛景色如何……”

媚修性情直爽，看准猎物就会主动出击，绝不犹豫。他笑意更深，朝身边的小姑娘靠近一步：“随我一起去看看不就知道了？宁宁姑娘姿色过人，若是能与我双——”

宁宁很认真地听他讲话。

双什么？

“师姐。”

奈何话到一半，便被人出言打断。

裴寂不知什么时候出现在不远处，微微拧了眉。

男主不愧是男主，即便与容貌惊世的容辞相比也丝毫未落下风。

裴寂本来就是极为漂亮的长相，黑衣衬托得少年人挺拔如风中翠竹，又像是陡然出鞘的凛然长剑，带着势不可当的锐气。

淡漠的戾气被揉碎在眼角，凝聚成眼尾一颗深红色泪痣，此时似笑非笑地看着红衣媚修，莫名地透出几分危险气息。

他似乎挑了挑眉，有些挑衅的意思。虽然是在对宁宁讲话，视线却落在容辞脸上：“师尊马上要带我们去今夜歇息的客房，你再不来，就赶不上了。”

容辞眯眼笑笑，一言不发地回应他的目光。

“哦！我马上！”

宁宁说完望一望容辞，后者在她扭头看向自己的瞬间，又换上之前那副人畜无害的微笑，只听她轻声道：“那我先走啦！聊天下次再继续吧。”她顿了顿，“不过我们下一次见面，应该就是在秘境里了。”

“是啊。”红衣媚修语气淡淡，含着一点儿若有若无的期待，“到那时候，我们就是竞争对手了。”

流明山不愧为仙家大宗，连客房都修筑得格外精致华美，每间房子里还配备了一个炼丹炉。

一见到丹炉，宁宁就想起某段不太美好的回忆，忍不住肉疼——

但自己岂是能被这样一点儿小挫折打败的！从哪里跌倒就要从哪里爬起来，她还就不信，自己治不了一个炉子。

“啥？用丹炉做吃的？”贺知洲愣怔一瞬，很快颇以为然地咧开嘴角，“可以啊！这炼丹炉吧，其实就相当于一个修真版的微波炉，不但可以自行控制火候，做出来的东西还自带灵气。要是拿来做吃的，说不定还真能弄出什么惊世骇俗的大作。”

用丹炉烹饪，其实并没有任何技术与理论障碍。

只不过在修真之人的视角里，炉鼎一向是用来炼制珍贵丹药的，若是用来煮熟食材，未免过于大材小用。

但宁宁就完全不这么想。

她在曾经的世界里，经常会自己做些小甜点。来到这里以后，不但很少有机会前往厨房，生火洗锅一类的事情也实在麻烦。要是能把丹炉变成一个便携式小烤箱装进储物袋——

那她就可以顺利拥有修真版本的绿豆糕、桂花糕、蛋黄酥，甚至寿司啦！

两人说干就干，由于目前食材匮乏，只有宁宁储物袋里的糖浆、淀粉、食用油和客房桌上的苹果、香蕉、梨，经过一番谈论，他们决定把今天的目标定为拔丝香蕉。

和宁宁同房的秦姝抱着剑看他们上下忙活："拔丝香蕉是何物？"

"人间美味！师妹，你今晚有口福了！"贺知洲竖起大拇指，"糖浆凝固后包裹在被切好的香蕉外面，趁热吃一口，糖块滚烫，口感酥脆至极，里面的香蕉则柔软鲜嫩，由内而外地散发出一股甜丝丝的热气——绝！"

秦姝"哦"了一声："那为何林浔道友见了我便脸色发白，直接跑进了房间？"

宁宁应道："我师弟害羞，最怕跟陌生人待在一起。我已经给他买了个假人，让他在房间里练习对话，看能不能改善一些。"

第一块裹了油和淀粉的香蕉被放进炉子里，宁宁被烟熏得轻咳一声，险些没握紧手里的筷子。

正值这个当口，她忽然察觉眼前闪过一缕黑影，把烟气全挡在后头。

原来是裴寂抬起左手，用衣袖为她遮住浓浓白烟，另一只手则不由分说地拿过她手里的筷子："我来。"

两只手的接触只在很短的一瞬间。

裴寂的手心冰凉如玄铁，偏偏她的手背又十分柔软暖和，乍一触碰到，把宁宁冰得仓促地眨了眨眼睛。

对了，他天生体寒，身体是不太好的。

裴寂聪明，看一遍就知道了制作拔丝香蕉的流程，修长的手指熟稔地翻飞拢捻，不一会儿，一整个被切块的香蕉就被全部放进丹炉。

贺知洲不像宁宁，只有在系统发布任务时才会作恶作妖，她平时和裴寂的相处算得上友好。

身为曾经梦想着拿到奥斯卡小金人的表演系学生，他很有职业素养地保持恶毒人设，冷冷哼了一声："看不出来，你小子剑术不行，手艺还不错。"

那当然。

宁宁想，裴寂娘亲向来不管他，要是不学会自己做饭，估计早就饿死了。

香蕉全部下炉，现在面临着一个非常重要的问题。

宁宁挠了挠脑袋，满脸严肃："所以……我们应该等多久出锅？"

"……刺探敌情？"

傍晚，流明山客房。

一身素衣的少女坐在木桌前，虽然在与身旁的人说话，视线却直直下垂，全神贯注地看着手里的《太清剑九式》。

正是万剑宗亲传弟子，苏清寒。

"对啊！秘境开启在即，反正闲着也是闲着，不如去看看其他门派的弟子都是些什么人。"一侧的少年道，"师姐，这小重山秘境多年一开，不少金丹期修士都把它当作试炼竞争之地。俗话说得好，知己知彼，百战不殆，不如我们——"

"许曳，身为剑修，怎可对此等歪门邪道动心思？"苏清寒声音很淡，听不出丝毫声调起伏，"无论是谁，只要在我等剑下，都并无差别。"

言下之意，割草的时候，每棵草都一样。

这大小姐够狂。

被称作"许曳"的少年碰了一鼻子灰，只得道别退出房间。可苏清寒毫不犹豫地拒绝，不代表他会中途放弃。

师姐总说他鬼点子太多，不像个剑修。但许曳觉得吧，这不叫鬼点子多，叫战略战术。

——他被师姐照顾了这么久，明天一定要让师姐对自己的战前准备刮目相看。

小重山秘境开启在即，不少门派弟子都在潜心钻研秘境规则。

有的花重金买来了秘境里的情报，此刻正在加班加点地加强背诵，颇有种期末考试来临时，山雨欲来风满楼的架势。

许曳看了一圈，最后来到玄虚剑派的客房。

前几处房屋都很正常，弟子们要么练剑看书，要么无所事事地消磨时间，到某一间时，少年忽然震惊得睁大眼睛。

只见那房间窗户微开，从一条小小的缝隙里，他看见一名男子的侧影。

那人生有一对龙角，眉目隽秀温润，正对着跟前的什么人低声开口，语气十足害羞："姑娘，我叫林浔，是玄虚剑派的弟子。不知姑娘姓甚名谁？"

没有人回应他。

他却仿佛得了应答，低着头，红着脸笑了笑："是吗？真好听。姑娘来此处是做什么？"

然后是一阵漫长的沉默。

偏偏那个叫林浔的龙族居然做出了认真聆听的模样，还时不时地点头表示赞同。

许曳心下疑惑，换了个方向，正好能见到他对面人的模样。

这一看，头皮直接炸开。

他、他他他——

他正对着说话的不是人，而是一个、一个简单画着人类五官的稻草人！

这也太恐怖了吧！为什么会有人对着个稻草人讲话，还讲得有来有回？！这位道友是不是精神不太对劲儿，这样子去参加秘境真的没关系吗？

然而这还没完。

屋子里的林浔皱了皱眉：“不对……这样不行。”

许曳不会知道，这个稻草人只是宁宁特意准备，让自家小师弟练习交谈的工具。

更不会知道，此时的林浔只是觉得对空气说话太不真实，没办法起到锻炼的作用。为了更加有效，他决定自己模仿对方的动作。

他唯一知道的是，那个精神不正常的龙族梅开二度，又说出了那句梦魇般的台词：“姑娘，我叫林浔，是玄虚剑派的弟子。不知姑娘姓甚名谁？”

然后许曳亲眼看见他顿了顿，转了个身。

接着他娇羞地一笑，温声细语道：“奴家名唤小花，不知公子来此处，有何用意？”

场面诡异得超出想象。

许曳翻了个白眼，差点儿被吓吐。

他听见冷冷的笑声从房间里传来。

林浔面目扭曲，还没来得及换好表情，歪鼻子斜嘴地嘿嘿一笑：“我来此地，是为除魔。”

这人的病情越来越重了啊啊啊！已经开始自己对自己讲话了！大哥，求你正常一点儿，他只是个孩子，他真的好害怕啊！

这是在干什么！干什么！

屋子里没有妖气，唯一的解释，是这人脑子有问题。

许曳被吓得仓皇逃窜，匆忙来到另一间房前。

经历了刚才那出惊心动魄的情景，他现在看哪儿都亲切，看哪儿都像家。

如今他的家窗子大开，毫不费力就能看见里面的情形。许曳迫不及待地想要看点儿正常画面洗洗眼睛，毫不犹豫地抬起双眼——

然后表情彻底僵硬。

屋子里一共有四个人，两男两女。

一股他从未闻过的怪味从房间里飘出来，其中一位白衣少年拿着筷子，从炼丹炉里夹起一块不知名的东西。

——不，许曳还是能大概猜出它的名字。

圆柱体，深棕色，散发着诡异的气息。

怎么会有人把这玩意儿放进炼丹炉里？

他幼小的心灵受到了强烈冲击。

宁宁连连摇头惊叹：“真是惊艳了时光，颠倒了众生。以这副卖相，当之无愧成为修真界第一美食。”

贺知洲忍住恶心反胃的感觉：“这不像是吃的，像是吃完东西后消化得到的那玩意儿——《返老还童》看过没？没有年轻过，刚生下来就直接是个老头儿了，跟它一样。”

秦姝面色不变地后退一步，慌不择路地蹦出一句：“阿弥陀佛。”

坚强如她，都承受不住这样的视觉冲击。

裴寂：“……”

“可能是炼得太久，颜色有点儿深。”宁宁拍了拍贺知洲的肩膀，“味道一定没问题的。我们是整个修真界第一个做它的人，出现一点儿小差错很正常。”

那你们的确是第一个做这玩意儿的人了。

许曳瑟瑟发抖，真的好想问一句，哥哥姐姐，你们图什么？

“不明白你们如此大费周章的意义。”秦姝道，“这和直接吃有什么区别吗？现在这样，叫人完全没有食欲。”

直接吃难道就有食欲？

你们玄虚剑派那是真的无敌。

在那之后，少年见到了足以在他脑海中铭刻一生的画面。

来自玄虚剑派的白衣剑修夹起那块柱状物体，满脸纠结地一口吃了下去。

许曳亲眼看见他的表情由一开始的厌恶与排斥到慢慢缓和，逐渐露出浅浅的笑意，最终成了无与伦比的享受。

没错，他居然在享受。

“本来吧，我觉得没人会吃这玩意儿的。”贺知洲慢慢竖起一个大拇指，“它虽然长得丑，但心灵美啊！”

这已经不是长得丑的问题了，好吗！它从本质上来讲就有问题，有问题！

谁能想到呢？

作为剑道数一数二的大宗门，玄虚剑派的弟子们要么恐怖地自己跟自己说话，不时发出很诡异的笑声；要么仿佛一堆魔教中人，聚在房间里用丹炉炼食物。

许曳快哭了。

心灵受到双重打击，他一个人真的承受不来。

怀里的通讯符微光一闪，他看见一位师兄发来的消息——

“探听结果如何？玄虚剑派是我们的死对头，不知他们的情况怎样？”

许曳被吓得梨花带雨，用颤抖着的右手从储物袋拿出笔，写下歪歪扭扭的几个字。

最后的三个感叹号，每一个都蕴含着他无穷无尽的血泪史。

“恐怖如斯，切勿靠近！！！”

第二卷·小重山

第一章　开启秘境探险

第二日辰时，小重山秘境准时开启。

参与历练的弟子们被随机送入秘境中各个地点，门派里随行前来的长老们则围坐在几面玄镜前，时刻关注着里面的影像。

此时此刻，正中央的镜面投射出两道相对而立的身影。

一人左手执剑，身着淡黄色长裙，冷风撩动三千青丝，平添几分萧索决然的冷意。

另一人立于巨岩之上，蓝白相间的道袍被扬起轻飘飘的一角，手里把玩着一张天雷符。

“苏道友，”年轻的符修苦笑一声，“你我无冤无仇，何必在秘境中互相残杀？我还要去小重山深处寻那银丝仙叶，不如咱们改天再战？”

苏清寒神色淡淡，语气也是淡淡的：“这是你第十二次告诉我改天再战，白晔。”

说罢，一瞬剑光划破迎面而来的疾风，龙鸣般的剑啸嗡然作响，道道雪白剑影涌动如潮，直刺向符修所在之处，后者笑容里无可奈何的意味更深，默念口诀发动符咒，顿时雷霆万钧。

疾光剑影，雷影激荡，玄镜外有人哈哈大笑：“苏清寒不愧是万剑宗弟子，和她那战斗狂师尊如出一辙。”

“白晔的水平也不低。”一名红裙女修掩唇低笑，“这五行咒语被他参得够透，只不过今日遇上清寒，也算是终于碰见了对手，不晓得会缠斗多久。”

“他们还在斗，这边的明空已经直接往小重山最深处走了。”来自流明山的一位长老若有所思，“他定是想要拿到银丝仙叶，只不过驻守在那里的怪物……恐怕不太好对付。”

“银丝仙叶百年难得一遇，此次在小重山现世，自然要去争抢一番。”天羡子斜倚在一棵古树旁，随手拿了块小糕点，“不止梵音寺，流明山、踏雪楼、御兽宗……哪个门派不想去试上一试？”

他说着顿了顿，似是来了兴致：“不如咱们打个赌，看谁家的弟子能夺得银丝仙叶，如何？”

“怎么，天羡长老又没钱了？”红裙女修抬眸睨他，眼底盛满揶揄的冷笑，“一万灵石，押我万剑宗。”

何效臣抿了口茶：“那我也出一万，押流明山——天羡长老，看在我这么支持你生意的分上，要不待会儿陪我比比剑？”

廉价劳动力天羡子：“得嘞！”

秘境外的长老们谈论得热火朝天，秘境里的宁宁则陷入了深思。

小重山秘境数年一开，人留下的痕迹少之又少，奇珍异兽、珍贵灵植多不胜数，是一处极为优越的资源宝库。

但就是因为资源太多，反而让她犯了难。

流明山给每个人都发了张秘境地图，大致标注了常见灵植、矿石的位置，除此之外，还罗列着不少小重山里可遇而不可求的宝物。

宁宁看过原著，知道一些机缘和秘宝的所在地，但要是凭借剧本抢了本应该属于别人的机运，总觉得像是种另类的偷窃，让她不太过意得去。

她思来想去，最终挑了个原著里未被提及、传闻能入药解百病的天心草作为目标。

天心草属于难得一遇的珍品，在地图上并没有标注位置。不过此时最重要的事情并非如何找到它，而是——

宁宁抬头看一眼身边嶙峋的石块与深不见底的洞穴，在心底叹了口气。

她在这山洞里迷路了。

洞穴之内极为幽异，潮湿的水汽浸润石壁，滋生出片片青苔，数目众多的岔路有如肆意生长的藤蔓，每一条都望不到头。

头顶倒吊着的钟乳石不知为何竟在荧荧发光，黯淡的浅绿色光线沉甸甸地压下来，虽然视线总算亮堂一些，但不得不说，这种恐怖片特效一样的光线真是十足地吓人。

四周没有声音，也没有动物活动的迹象。空荡的通道里回荡着轻轻的脚步声，连呼吸都清晰可辨，像一只冰凉的大手拂过耳膜。

猝不及防地，宁宁忽然听见一串狂奔带来的嗵嗵响声。

她扭头想一探究竟，身子刚侧到一半，就与那人狠狠地撞在一起。

“啊！”

突然出现的少女修士像是吓破了胆，带着哭腔惊叫一声，在看清宁宁的模样后，火急火燎地拉住她衣袖："快跑，山洞里有魔物！"

魔物？

这两个字重重地落在耳边，宁宁缓了缓神色，轻声安慰她："别怕。那魔物什么模样，实力如何？"

"那、那是一只特别大的毒蝎，长了张女人的脸。"少女打了个哆嗦，"我刚来这里就碰见了它。它大约是金丹二重境的水平，见了我竟没有直接杀掉，而是提出要和我玩躲猫猫，一旦被它找到，我这条命就——"

她是个医修，来自人丁稀少的小门小派，没经过门内选拔就来到了这里。

本来只是想在秘境中采集些稀有灵植，没想到直接被丢来这个地方，撞上了那只藏在阴影里的怪物。

少女话音刚落，洞穴深处便传来一阵极为沙哑的女声。

那声音古怪得瘆人，让宁宁想起指甲挠在黑板上的难听音效。

嘶哑却尖锐的嗓音飘荡在暗绿色空间里，像毒蛇沁出毒汁，却又带了点儿癫狂般的笑意："你在哪儿，你在哪儿？嘻，快找到你啰！"

医修脸色越发惨白，说话时颤抖不已："就是这个声音！它一直跟着我，越来越近，越来越近……它会杀掉我们的！"

在她说话的间隙，如同浸了毒的沙哑女声再度响起，音量比之前大了一点儿，应该是在朝她们慢慢靠近。

"你在哪儿？你在哪儿？一定要藏好，我来找你啦。"

这的确过于吓人了。

尤其是那道异常惊悚的声音隐匿在黑暗里，叫人完全不晓得它真正的模样。

不过……她想知道天心草的位置所在，而声音的主人恰好能与人类交流沟通，更不用说它长期生活在小重山秘境，对巢穴附近一定了如指掌。

宁宁的眼睛倏地亮了起来。

过了这个村，就没这个店，那个跟她们玩躲猫猫的是怪物吗？分明是她的人工导航仪啊！

前仆后继，雪中送炭，还一直发出声音暴露自己的位置——

这不是摆明了在告诉她"我就在你附近，快来"吗！

天下竟还有这等好事儿！

"你先走吧。"念及此处，宁宁朝身旁的少女笑了笑，"我是剑修，留在这里没问题。"

对方这才发现她腰间带了把剑，白裙上的云纹掩映着仙鹤，赫然是玄虚剑派门服。

听闻大宗门里进入小重山的多为亲传弟子和内门弟子，这个看上去平易近人的漂亮姑娘……

竟是玄虚派的精英弟子。

少女对她的实力大概有了猜测，道谢后便匆忙离开。宁宁摸了摸星痕剑冰凉的剑鞘，再度听见那道阴冷扭曲的嗓音："你在哪儿，你在哪儿？"

她的嘴角却勾起一抹笑。

感谢人面蝎能如此有奉献精神地不停播报位置，听声音，应该距离不远了。

这是它自己送上门来的，不怪她。

人面蝎剧毒无比且坚硬如磐石，由于生性狡诈恶趣味，遇见猎物并不会直接捕获，而是享受着逃亡与追逐的乐趣，先给予他们一点点希望，最后亲手把希望碾碎成绝望。

洞穴里的这只也不例外。

它很久没见过人类，对这种多年一遇的食物格外青睐。

今日恰逢心情不错，它便假意让那女修逃跑，实则早在她身上做了标记，只要循着味道找去，就能不费吹灰之力地吃掉她。

然而人面蝎走到一半，在路过某个山洞拐角时，居然毫无防备地看见了另一道身影——

同样是个人修小姑娘，看上去比之前那个更加年轻美味，正站在洞穴中央，一动不动地看着它。

那副好整以暇的模样，就像是在特意等它似的。

不可能吧。

她看上去弱小不堪，理应像上一个那样狼狈逃窜，至于为什么见了它还愣在原地……

或许是被吓傻了？

人面蝎嘴角扯出一个狞笑，诡异的女人脸白得吓人，随着这一笑，皮肤如同摇晃的海草泛起层层褶皱，口中发出恶魔般嘶哑的低语："找、到、你、了。"

它万万没想到，对面的女修还是没露出害怕的神色，而是点点头，颇以为然地附和它："嗯。我也终于等到你了，顺着声音找你，真的好辛苦啊。"

人面蝎："？"

等、等等，她说什么，顺着声音找它？

这个念头才刚刚浮上脑海——

它便感受到一股冷冽入骨的剑意。

白光乍起，剑气横生。宁宁的身法快得几乎看不清晰，星痕剑势如游龙，破开层层静谧的空气，发出嗡然铮鸣。

剑身之上的明珠连缀成线，留下一串冷然残影，凝聚成风樯阵马般的剑风，直直刺向人面蝎。

她并未动用杀招，下手的力道也并不重。然而层层叠叠的剑风冲撞在人面蝎身上，还是让它被击飞出一段距离，发出刺耳哀号。

这是个金丹期的剑修！

在所有修士之中，剑修是最具攻击性的一种。

一剑破万势，哪怕他们修为境界相同，人面蝎取胜的机会都少之又少，更别提以方才的剑气看来，宁宁要比它高上几个小境界。

——它一直追着那医修跑，绝不会料到黄雀在后。

那些吓唬人的狠话，竟全都成了她确定它位置的线索，守株待兔，只等它自投罗网。

人面蝎气得快要吐血。

但它又拿对方毫无办法，纵使恨不得将其千刀万剐，也只能压着满肚子怒气咬了咬牙，立马转身逃走。

它对这个洞穴了如指掌，加上身手敏捷，移动迅速，没过多久便将宁宁甩在身后。

那剑修似乎并不急着追赶，很快连灵气都遥远得无法感应。人面蝎在心里松了口气，然而一颗怦怦直跳的心脏还没有所缓和，便又兀地提起来。

在空荡狭窄的洞穴里，忽然响起一道女声。

那声音含了笑，不急不缓地在它耳边响起，犹如轰然炸开的雷鸣，让它心肝都震了一震。

人面蝎听见她的声音，犹如鬼魅回旋于石壁之上，差点儿直接把它送走——

“你在哪儿？你在哪儿？你在哪儿？”

人面蝎：我 ×，为什么？

你有病吧！这不是它的台词吗！有趣吗？啊？这样有趣吗，你这臭剑修！

仿佛来自幽冥的女声越来越近，好似针尖狠狠地扎在耳膜，洞里的回音一震，就更显得诡异骇人，恐怖非常。

人面蝎快疯了。

如此弱小可怜又无助的它，到底是造了什么孽，才要被命运如此挫骨扬灰？随意乱跑反而会被对方察觉踪迹，人面蝎决定藏在一块磐石之后，安静如鸡地听着那一串越来越嗨的“你在哪儿？你在哪儿？你在哪儿？”，在心里吞下一口老泪。

那个剑修是没有心的。

她现在说话连停顿都不带了，还各种花式变调，跟唱歌似的。

只不过这一晃神，连绵不断的声音忽然断了。

在寂静的幽暗空间里，一切都显得格外阴森可怕，让它忍不住打了个哆嗦。

本应该平静如死水的洞穴里，忽然掠过一阵冷冷的风。

毫无防备地，有股淡淡的热气笼上它耳根。

然后是贴着耳朵，近乎耳语的呢喃，犹如恶魔的低语，克苏鲁的呼唤："找、到、你、了。"

和它当时的语气一模一样，跟双胞胎似的。

还有比这更恐怖的事儿吗？

人面蝎面无表情地转过脑袋，正对上一张笑意盈盈的脸。

这一笑，它差点儿直接就去了。

"贸然打扰，还请原谅。"近在咫尺的宁宁眉目弯弯，杏眼含笑，慢声细语地开口时，语气既温柔又轻快，"我不会杀你，只是想知道天心草的位置。"

呸。

这臭剑修诡计多端又心狠手辣，它就算死，从悬崖上跳下去，也绝不会向她透露一点儿消息！

人面蝎刚要拒绝，却听她继续道："你能告诉我吗？拜托啦，漂亮姐姐。"

人面蝎："……"

可、可恶！

看在你嘴这么甜的分上……！

宁宁打从一开始就没动杀心。

小重山秘境里的许多灵兽魔物虽然会无差别地攻击人类，但归根结底，不过是为了捍卫领地，驱逐入侵者。

对于它们而言，突然出现的修士才是蛮不讲理的那一方。

因此，除非身处生死攸关的紧要关头，其余时间她都不打算直接下死手。

她一顿天花乱坠地夸，没想到人面蝎居然十分受用，别别扭扭地冷哼一声后，不但指明了洞穴出口，还在宁宁的地图上标出天心草所在的位置，便于她前去寻找。

等离开那绿惨惨、阴森森的溶洞，宁宁才算是真正入了小重山。

洞穴位于半山腰上，放眼望去，能见到四周层层叠叠的山峦。

天与云与山与水，上下皆是一片悠然碧色，远处浓雾掩映着青山如眉，近处鸟语花香，莺莺燕燕四处鸣啼，衔来树叶淡淡的香气。

人面蝎指的地方离洞穴很近，只不过半炷香的工夫，宁宁便顺利抵达目的地。

这是悬崖边一处被巨石挡住的小角落，石块与旁边的山壁紧紧贴合，留出仅容一人通过的狭小缝隙。

缝隙被藤蔓与枝叶遮挡，不留心观察便难以发现。扒开植被透过缝隙看去，另一边也不过是块十分狭窄的小空地。

寻常人见此大多没了兴趣，却万万不会想到，如果穿过缝隙朝右侧看去，会发现被巨石遮挡的角落里，生了株通体雪白、拥有四片心形叶子的灵植。

——传说每一片叶子都能解百病的天心草。

宁宁没料到的是，当她掀起巨石旁边厚重的藤蔓，居然在石头后面听到了一道陌生的女声。

那声音极为轻柔，不知是出于害怕还是出于紧张，说话时轻轻发着抖："前辈，我家人生了重病，若是没有天心草救命——"

她没说完，就被另一道明丽张扬的嗓音毫不客气地打断："你这借口我见得多了，与其费尽心思骗我，不如想想该如何接下这个对子。"

这么隐秘的地方，居然有两个人？

宁宁心下生疑，把脑袋探进去。

巨石后面还真站了两道身影。

其中一个她有些印象，正是流明山里那位从不和陌生人讲话的云端月；另一名女子二十多岁的模样，五官平平却气质超尘，似笑非笑地靠在身后石壁上。

察觉到生人的气息，两人同一时间转过头来。

云端月像受了惊的兔子，在极其短暂的对视后立马垂下眼睫；倒是那女人一副主人做派，大大咧咧地笑了笑："也是来取天心草的？"

见宁宁点头，那女人立马粲然道："我乃石中之灵，在此陪伴天心草已有百年，要想带走它，得先问问我的意思。"

她没有表现出明显的拒绝意味，宁宁明白有戏，很上道地说："前辈的意思是……"

"这破地方很是无趣，这么多年，我唯一接触到的人间物件，就是本不知谁落在这儿的《拈花对》。"石中灵对她的配合很是满意，扬起唇边，"可惜我看了那么多年的对子，却找不到人来对。今日我出上联你作答，要是能对上来，便将这株草拱手相让。我不欺负你，平仄与意境皆不深究，只需字到即可，如何？"

这居然还是个非常文艺的妖怪，大概算是孙悟空的远房亲戚，都是石头生的。

宁宁点点头，看向身旁的云端月："你先来的，我不插队。"

云端月还是低头没看她，仅仅是被搭了句话，耳根便涌起不自然的薄红，抿了抿唇。

"这姑娘对不出来。"谈话间，一本泛黄的旧书出现在女人手中，在书页翻动的沙沙声里，石中灵不紧不慢的嗓音响起，"先来个简单的，魑魅魍魉。"

宁宁脱口而出："馅饼馄饨。"

她清楚感受到，石中灵嘴角的笑僵硬了一下。

但对方好歹是块被文学熏陶长大的石头，很沉得住气，顿了顿，又道："小道西风瘦马。"

宁宁不知道想起什么画面，摸摸肚子，低低笑了声："大盘东土肥牛。"

石中灵："……"

石中灵气极反笑："你这丫头，怎么句句离不开吃的？"

宁宁一本正经："不是说好平仄和意境都不深究吗？只要对上字不就得了？"

她倒还挺理直气壮。

石中灵许久没与人吟诗作对，这回好不容易遇上一个，结果却是个刺头。

既然这样，那她就加大些难度。在更高级的对子里，她不信这姑娘还能在对仗工整的前提下，继续摆出一堆吃吃喝喝的玩意儿。

"我的第三对，寒塘渡鹤脚。"

对方果然愣了半晌。

想来这姑娘也只是有点儿小聪明，一旦遇上难一点儿的句子，就难免原形毕——

这个念头刚刚划过脑海，还没完全浮现出来，耳边便响起少女清脆的嗓音："热锅炖猪蹄。"

石中灵的脸抽搐了一下。

热对寒，炖对渡，猪蹄对鹤脚，不但偏旁字形相对，词义、词性居然也十分合拍。虽然乍一听来没什么问题……

但她总觉得，自己的上联脏了。

——怎么想都有股炖猪蹄的味儿啊浑蛋！你上辈子是个锅吗？！脑子里成天都是吃吃吃！

"你这丫头！"石中灵咬了咬牙，"平仄意境皆是错，倒像是在玩无情对！"

所谓无情对，是对联中一种极为特别的格式，不要求上下联内容相关、语法结构对称，只要求单字对仗，因此看上去难免别扭滑稽，产生一种奇诡莫测的落差感。

比如曾国藩作过“公门桃李争荣日，法国荷兰比利时”；民国时期亦有“三星白兰地，五月黄梅天”。

归根结底，这只是对联中的末流技法，一种咬文嚼字的文字游戏。

“无情对怎么了？无情对多好玩儿啊。”宁宁承认得大大方方，“赤贫对乌有，借口对还嘴，水手对火腿，木耳对花心——你不是说字对上就行？”

石中灵被她说得哑口无言，等深呼吸缓和了胸中无可奈何的闷气后，才继续道：“再来！映山红映山红。”

映山红乃植物名，“映”字亦可单独作为动词用。

她说罢抬眸瞪一眼宁宁：“不许说炖猪蹄炖猪蹄，烤鸭掌烤鸭掌！这联意境得一样。”

“……哦。”

宁宁台词被抢，一时间有些失落。看她站在原地神色低迷的模样，石中灵不由得从嘴角勾出一抹得意的轻笑。

这回要不了小聪明，她总该无计可施了。

“这联很有意思，只是我才疏学浅。”

宁宁的声音如她所料轻轻传来，女人笑意更深。

其实这小姑娘还算有趣，无情对虽是末流，但能被她玩得字字带食物也不容易。要是待会儿嘴巴甜一些，要想得到天心草，也并非不可能。

她想着，颇以为然地点点头，没想到同一时间，还是那道声音在耳边响起：“我只想出来两个，不过都有些纰漏。”

石中灵猛地抬头。

“首先是‘迎春花迎春花’，以花入对，从意象来看，符合上联山花烂漫的景色。只可惜‘春花’与‘山红’的词性不是很搭，成了一处败笔。”

宁宁慢条斯理地说：“其次是‘虞美人虞美人’，‘虞’字通‘娱’，以花取悦美人，虽然也有灵动活泼之感，但比起上一联，还是差了一些。”

石中灵微微张了唇，缓声道：“不错。”

“既然前辈这么爱对对子，恰好我家乡的一位先生写了个对子，被称作下联难寻的绝对。不知前辈想不想试上一试？”

见女人眼眸发亮，宁宁笑了笑：“上联是，‘小偷偷偷偷东西’。”

这一联看似是简单大白话，实则是场极有意思的文字游戏。四个“偷”字包含了三种词义，更不用说还要考虑叠词和句子的连贯性。

在宁宁原本生活的世界里，数百年间的后人千对万对，也不过对出个“史书书书书古今”。

上联一出，石中灵果然神色收敛，蹙了眉垂头深思。

然而她左思右想，怎么也答不出来，沉吟片刻后大笑一声："妙哉……妙哉！我本以为熟读《拈花对》，便不会再被对仗烦扰，结果还差得很远。也罢，今日算是你胜了我，天心草你就拿去吧。"

宁宁被夸得红了脸，连连摆手："这对子不是我写的，更何况我也对不来，只是借用了前人的东西，谈不上赢的。"

石中灵面色不改，指尖悠悠一指，角落里的天心草便凭空浮起，直直飘往不远处的小姑娘手中。

宁宁总觉得受之有愧，又向她讲了几个类似于"烟锁池塘柳""游西湖提锡壶，锡壶掉西湖，锡壶惜乎"的千古绝对，听得女妖啧啧惊叹，眼睛瞪得像铜铃："小友故乡的先生们真乃神人！"

宁宁比自己受了夸奖更开心，连连点头应和："那当然啊！我家那边的人都很好的，大家都超级超级厉害！"

石中灵得了许多上联，心满意足地回到巨石中，刹那间便无影无踪。宁宁低头打量一眼莹白的天心草，没有察觉身旁少女异样的眼神。

云端月眸光一黯，下意识攥紧裙边。

她来小重山秘境，唯一目的就是取得天心草，好不容易问遍山中懂得人言的灵兽，才终于来到此处。

没想到石中灵考验人的方式竟是她完全不擅长的作对，更不曾料到，天心草会被另一个人抢先拿去。

都是她技不如人。

可是……

蓝裙少女暗自咬紧下唇，压抑住狂跳不止的心脏，用几不可闻的声音开口道："姑娘，天心草——"

她话音未落，便见到一只突然伸到自己面前的莹白小手。

握在手中递给她的，竟是两片晶莹剔透，仍然沾有朦胧露水的……

天心草叶。

饶是向来面无表情的云端月，也不由得瞳孔骤缩。

她这是……要把一半的天心草拱手相让？

在云端月的认知里，这种事情纯属天方夜谭。

她所知道的修道之人，无一不是为争抢资源斗得头破血流，甚至做出各种伤天害理、夺人机缘的丑事。天心草乃有价无市的珍宝，而她们只不过第一次见面，眼前的剑修居然……

居然毫不犹豫就送给她了？

“我听见你和那位前辈的对话了。”素未谋面的陌生小姑娘眸光真挚，晶亮的杏眼像颗黑色葡萄，单纯得不含杂质，“希望你的亲人平安无事。”

居然是因为那番话。

可就连石中灵都说过，那种借口她已经听了不知道多少次，早就不信了。这姑娘看上去是个聪明人，怎么就毫不怀疑？

“我听说你不会主动跟人讲话，要是为了它出言相求，一定是形势紧迫。”宁宁看出她心中疑惑，咧嘴笑了笑，“就算你在说谎，我也没亏啊。反正已经得到了天心草，一两片就够了，要是因为怀疑而耽误了你家人治病，那才是真的糟糕啦。”

眼前的天心草又向她靠近了一些。

云端月忍住眼眶泛红的冲动，指尖轻颤着将它接下，几乎用尽了身体里的所有勇气低声开口：“多谢。”

没人会知道，她这段日子有多么煎熬。

虽然被称为流明山百年难得一遇的天才乐修，云端月的童年其实狼狈不堪。

身为大族庶女，又偏偏得了不敢与人交谈的心病，爹爹冷落，娘亲只当她是个毫无用处的工具，只有奶奶愿意像对待常人那样与她相处，教小孙女识字、弹琴和女红。

如今奶奶病重，唯有天心草有续命之效。她满心憧憬地来，在见到宁宁握住天心草的瞬间，所有希望都被揉碎成绝望。

如今却有两片小小的叶子，出现在她手心之中。

像在做梦。

一股热流涌上眼眶，云端月低垂着脑袋，轻吸一口气：“救命之恩，定当涌泉相报。”

她说着正欲俯身拜谢，却被宁宁一把扶住肩膀：“不用不用！你这样，我反而不好意思了……反正帮你也不是为了拿什么报酬。”

云端月极迅速地抬眸望她一眼，轻颤的睫毛像扑闪着翅膀的黑色蝴蝶。她眼眶微红，脸颊也泛着浅浅粉色，没有再说话应声，四周便陷入了一片沉寂。

然而这份沉寂还没持续多久，就被一声满带着愤怒的少年音陡然打破：“还我剑来！”

紧接着是另一道更加放肆的喊叫：“妖孽！让你们尝尝我无敌双龙剑的厉害！”

这无比熟悉的声音，无比羞耻的台词。

宁宁感到了一阵窒息。

“抱歉，好像是我认识的人。我出去看看。”

她匆忙向云端月解释完，从缝隙里来到豁然开朗的巨石另一侧，正巧对上一双满是红血丝的眼睛。

贺知洲头发乱糟糟的，用拿枪的姿势举着两把未出鞘的长剑，胡乱扫射。

在他身后跟着个气喘吁吁的少年，宁宁有些印象，似乎是万剑宗的人，名叫许曳。

她被吓了一跳，试探性地叫了声：“贺知洲！”

眉目如画的少年人呆了呆，忽然朝她很是亲切地笑起来：“你来啦！明日就是我登仙的册封大典，要记得去参加啊！”

宁宁：“？”

“这人、这人中毒了！”

跟在他身后的许曳停下来喘气：“我和他一起被传到丛林里，贺师兄随手采了树下的白蘑菇给我吃，结果突然之间就成这样了。”

他气喘完了，又恶狠狠地指了指贺知洲：“快把剑还给我！”

“剑？”没想到对方沉吟片刻，邪魅一笑，“尔等宵小之辈，竟胆敢觊觎本座的双龙剑！”

这明明是他的东西！

许曳一口气憋在喉咙里，差点儿没上来。

贺知洲没再搭理他，而是看了宁宁一眼，大手一挥，豪气冲天，对着空气一通乱砸：“宁宁，拿着你的意大利炮跟我冲啊！今晚咱们就灭了这群妖孽，看它们还敢不敢为祸人间！”

虽然知道毒蘑菇会让人神志不清，产生幻觉，但是——

这中毒也太深了吧！你家降妖除魔用意大利炮吗？

宁宁来不及说什么，就见贺知洲环视一圈，毫无预兆地纵身一跃，趴倒在地。

与此同时两手双腿并用，双颊鼓起，像青蛙那样开始不断蠕动。

没错，蠕动。

宁宁实在没眼看，把视线转到许曳那边。

没想到上一秒还正正经经的少年，忽然也佝偻着腰低着头，两手在脑袋两边不停地摆动，偶尔侧过脑袋与她对视一眼，居然在大张着嘴巴换气，白眼翻得老高。

宁宁理智值剧减，小心翼翼地问：“你们两个在干什么？”

“废话，游泳啊。”许曳理所当然，一脸看白痴的表情，“你坐在船上就是舒服——小心！那边打来一道巨浪！”

哪里来的巨浪，哪里来的船？

结果你也吃蘑菇中毒了啊，大哥！！！

合着你们这俩陆游器都不正常！

另一边的贺知洲继续手脚并用地蛙泳，不时转过头来朝她嘿嘿笑：“册封大典，册封大典！”

许曳：“啧。这河怎么这么宽，什么时候能游完？”

两人你说你的，我说我的，用不同的姿势晃动着身体和四肢，场面一度十分诡异。

宁宁愿将其称为修真版本的《丧尸出笼》、新版《釜山行》或《生化危机》大结局。

正不知如何是好，耳边忽然传来一道从未听过的青年嗓音。

那声音带着毫不掩饰的侵略性，想必是为了争夺天心草而来：“我看道友包裹中灵气四溢，莫不是寻到了传闻中的天心——”

那人话没说完，就直挺挺地愣在原地。

他追踪着灵气而来，直到此时此刻，才终于看清这里的情形。

两名宗门弟子如同走火入魔，一人趴在地上蠕动前行，另一人像极了被吸干精血后的活尸，双手在头顶如花枝般乱颤，摇摇晃晃地一步步朝他靠近。

……这是在干吗？

青年抖了一下，后退半步。

他认出趴着的那个穿着玄虚剑派门服，听闻万剑宗许曳传出小道消息，这个宗门里的人都十分不正常，最好能避开就避开，否则后果自负。

而像极了活尸的另一个——

夭寿啊！居然就是许曳本人！

他慌了，慌得像个未经世事的小孩，一瞬间手足无措。

——莫非这玄虚剑派的疯病，还存在人传人现象！

目睹了这一堪比《丧尸出笼》景象的，正是来自浩然门的符修邹武。

刚见到他的门服，贺知洲与许曳便同时陡然一惊，竟忘记了吭哧吭哧地游泳，像是终于清醒一般，凝神做出防备的姿势。

“小心。”贺知洲用传音入密低声道，“他是浩然门的三师兄邹武。浩然门和霓光岛并称秘境两大毒瘤，前者见到秘宝就抢，后者善用心计，不知道骗走了多少人的东西——我和许曳之前在林子里，就被浩然门里的其他几个人抢过一次，不过归根结底，所有计划其实都是这家伙一手设计的。”

宁宁愣了愣："仗势欺人，抢夺财物，外面的长老们不管？"

在秘境里，有两个尽人皆知的规则。

一是若没有正当理由，不得恶意伤害其他弟子，只能通过正当比武决胜负。

二是为了防止有人大量搜刮，小重山中不允许带入储物袋，所有人用来装盛物品的，都是锦囊或包袱。

若是见别人得了宝贝，以多欺少将它抢夺而来，出去必然会受罚。

"他们当然是钻空子啊。当时我们俩找到了珍品级别的野生玉灵菌，好不容易打败看守的灵兽，刚要把它摘下来，就被他们抢先拿走了，还口口声声瞎编乱造，说他们才是先来的那一方。"

贺知洲的脸皱成一块大苦瓜："我们不服也没辙，因为的确是他们先拿了玉灵菌，要是再去抢，反而成了我们不讲道理。"

见宁宁露出了然的神色，他继续解释："后来许曳才告诉我，原来他们经常在珍宝附近守株待兔，等别人解决完难缠的灵兽后突然出现，不费吹灰之力把它们抢走。"

宁宁点了点头。

所以说，计谋阴毒一些没关系，说不准秘境外的那群观众就喜欢看弟子之间斗来斗去。只要不越界得太厉害，就不会受到惩罚。

邹武面色不善，还直接指出了她身上有天心草，想必就是为了这一稀世珍宝而来。

"在下浩然门邹武。"邹武朗然一笑，"实不相瞒，我之前就发现了天心草，然而去驻扎地告知完师兄妹，再回来时，居然发现它不见了踪影——这先来后到的道理，姑娘应该明白吧？"

玄镜外的天羡子冷笑一声。

这种话，连傻子都不会相信。

宁宁不紧不慢地应声："你见到的天心草，之前生在哪里？"

对面真不愧是厚脸皮，居然一本正经地答："不巧，欣喜若狂之下，我给忘了。"他顿了顿，做出无可奈何的神色，"天心草由秘境中天地灵气涵养而成，珍贵非常。如若姑娘执意将它据为己有，那邹某恐怕只能……"

话未出口，便陡然停下。

——不远处那个看上去人畜无害的漂亮小姑娘眯眼笑笑，只不过刹那之间，竟有千钧剑气从她身旁汹涌而来，直冲他识海！

"你想干吗？宁宁师妹可是我来罩的！"贺知洲两把大剑身上扛，脚下晃悠了一下，挡在宁宁跟前，"你这妖精，再敢胡闹，当心我在登仙大典上让你坠入畜生道！”

许曳翻了个白眼，很不屑地瞥他：“你傻了吧？明天不是我和师姐孩子的满月酒吗？咦，我女儿呢？”说着瞧了瞧自己的右胳膊，欢天喜地地抱着右臂，美滋滋地亲了口手肘，“乖乖乖，和爹爹抱抱！”

玄镜外，某位万剑宗长老噗地喷出一口水来。

宁宁。

邹武听过这个名字。

剑骨天成的天才，不但得了玄虚剑派将星长老的青睐，而且刚入山门便被天羡子收为亲传弟子，修为突飞猛进。

她生得乖巧温和，之前又收敛了剑气，很容易让人以为不过是个刚突破金丹期的普通修士，没想到——

邹武暗自咬牙。

他如今是金丹三重境，应该与她差不多，但如果当真打起来，自己很可能是吃亏的那一方，更何况她身边有另外两个剑修。

——虽然那两人之所以长了脑袋，可能只是为了让自己看上去高一点儿。

“原来是宁宁师妹。”邹武展颜一笑，瞬间变了脸色，要是搁 21 世纪，或许能成为鼎鼎有名的川剧变脸老艺术家，“听闻师妹天资过人，久仰久仰。也罢，命里有时终须有，命里无时莫强求，这天心草虽然被你抢了去，但也不失为一个好的归处。”

他真是演戏演到底，用了一个“抢”字。

贺知洲的火噌地就上来了，半勾着嘴角冷冷一笑：“哟，还在这儿装清纯小白莲花呢？也不知道弟弟几岁了？可曾读过书？吃的什么药？脑瓜子怎么这么不清醒呢？”

邹武：“你……！”

“你什么你！”

贺知洲完全不给他说话的机会，也不知道是毒蘑菇的作用，还是本性使然，一张小嘴叭叭叭地没停下。

“没见过你这种脸皮比城墙还厚的人，离你八丈远，脸皮居然直接弹到我这儿了。要我说，你这人不去当厨子真是可惜了，甩锅甩得那么厉害，再胡说八道，本仙君让翠嘴打烂你的果！”

不说邹武，连一旁的许曳都听愣了。

毒蘑菇的毒性在脑袋里横冲直撞，居然让他高举着双手喊了句：“仙君吉祥！仙君万岁万岁万万岁！”

贺知洲大手一挥："许公公不用客气，带着你女儿退下吧。"

许曳："喳——！"

他说完了才意识到，不对劲儿啊。

以他这副残破的身躯……是怎么跟师姐生下女儿的？

苍天啊！

许曳跪倒在地仰天长啸，抱着自己的右手臂号啕大哭："师姐！你还有多少惊喜是我不知道的？！"

贺知洲长太息以掩涕兮，用播音腔缓慢为他朗诵："触电般不可思议，像一个奇迹，划过你的生命里。不同于任何意义，它就是绿光，如此的唯一。"

……无论如何，这两位的戏终于串到一起了。

他们俩那边一片混乱，出乎邹武意料的是，位于事件中心的宁宁居然并没有太多表情变化，甚至望着他轻轻笑了笑。

"邹师兄这样说，倒让我有些愧疚了。"她似乎有些害羞，低头抿着唇笑了笑，"虽然天心草不能给你……但我之前在山洞里寻了个宝贝，名唤金玉炉，不知师兄可曾听过？"

金玉炉？

邹武摇头。

"洞里的人面蝎告诉我，此鼎阴阳调和，登峰造极，乃上古仙人所做，能够将珍品及以下的灵植复制成双。虽然天心草无法复制，但如果师兄有其他珍稀灵植，大可前来找我。"

宁宁说得滴水不漏，邹武却并不相信："天下竟有此等好事儿？"

"金玉炉复制灵植需要时间，若是珍品，需要一到两个时辰，但若是随处可见的花花草草——"

她说话间从包袱里拿出个巴掌大的金色小鼎，弯身一采，把一朵朝阳花放入炉中，低低念了声诀。

邹武满眼好奇，连大气都不敢喘，没过多久便看见宁宁伸手入炉，竟当真拿出了两朵朝阳花。

邹武大惊："这……！"

"我要是欺瞒师兄，又能得到什么好处？报酬没有不说，还要自己倒贴灵植，岂不是很不划算？"

宁宁把炉子紧紧抱在怀里，避开了邹武妄图触碰它的手："提前告诉邹师兄，不要打它的主意。金玉炉有独特的催动口诀，除了我，谁也不知道。"

邹武虽然贪心，却也不是个傻子。要是直接把珍稀灵植给她，这人拿着宝贝一声不吭地就溜掉，他连哭都没地方哭去。

眼前的场景只能打消他心里一半的疑虑，思索片刻后，他从口袋里掏出几株灼火葵：“我的东西都在营地，身上只有这个。”

灵植分为凡阶、地阶、天阶、珍阶、圣阶。天心草属于举世罕见的圣阶，灼火葵则是天阶，属于不上不下的品相，正好用来做测试。

“天阶炼制时间长，师兄还请少安毋躁。”宁宁将它一手接过，“我还要照顾身边这两位朋友，你不如一个时辰后再来这里找我，如何？”

这是很明显的逐客令，邹武虽然半信半疑，但就算遭了骗，丢掉几棵天阶灵植也不算太亏。

如果这事儿是真的……

那他就赚大了。

“我知道！这是投资骗局！”眼看青年的气息消失得无影无踪，贺知洲终于没忍住笑出声，“就是那个——先用蝇头小利骗他上钩，然后等他深信不疑加大投资，再连人带钱一起消失，对不对？”

“你们不是被邹武算计，丢了份珍阶灵植吗？”宁宁把灼火葵拿在手里，轻轻旋了个圈，“等他亲手把珍阶灵植送上来，我们就跟他说拜拜。”

贺知洲挠挠脑袋，似乎发了一阵疯，终于正常起来：“你刚刚怎么变出的另一份朝阳花？之后他送来的灵植，你又怎么确保一定能在小重山里找到？”

“那朵花本来就在炉子里，我觉得好看，就随手装进去了。至于邹武的灵植，他把大部分物件放在营地，那身上带着的，肯定就是不久前在附近采到的东西——难道我们还愁找不到？”

她很耐心地解释：“还有这炉子。咱们不是要在秘境里待两天两夜吗？我专门带它来煮吃的。”

“我也有个问题！”许曳哭完了，还是有点儿晕乎乎的，“要是他一直不给珍阶灵植，不停用天阶的来这儿占便宜，那该怎么办？”

“嗯。”宁宁笑着点了点脑袋，“让他主动把珍阶送上来的办法，这儿可是有很多哦。”

宁宁怎么也没想到，会在灼火葵盛开的斜坡上见到一张熟悉面孔。

灼火葵形如太阳花，有个非常独特的特性。

若是周围一片漆黑没有光线，花瓣就会逐渐褪成白色，等见了光，才会通体变为火焰般浓郁的红。

这种灵植不算罕见，加之颜色十分显眼，她没费多大力气就找到了灼火葵花丛。

正午的阳光如阵阵火焰，灼火葵鲜艳的花瓣像是染了血，绮丽得不似凡间景色，宁宁正摘下其中一朵——

却在散发着淡淡幽香的花丛里，闻到一股血腥味。

小姑娘微微一怔，循着气息往前。

在大片灿烂如夕阳的嫣红里，躺了个身着红衣的少年。

他似乎受过袭击，苍白如纸的脸上眉头紧锁，狭长漂亮的眼睛紧紧闭合，看不出有任何苏醒的迹象。

一袭红衣淹没在花丛中，手臂与胸口都有被利齿啃咬的痕迹，露出内里莹白如玉的肌肤与斑斑血迹。

只是那张绝色的脸，倒是比花更诱人。

正是霓光岛的容辞。

“……容辞？”

宁宁小心翼翼朝他靠近一步，少年周身的幽香与血气凝结在一起，莫名生出几分糜烂的美感。

见对方没有反应，她放轻动作，慢慢在容辞身边蹲下，伸手试探他的鼻息。

手指刚刚放在他秀气挺拔的鼻下，忽然有阵微风拂过。

火焰般的花朵随风摇曳，带来一阵迷梦般浓郁的花香，宁宁被风眯了眼，微微眯起眼睛，见到一片飘落在她眼前的花瓣。

花瓣无声飘过，再抬眼看他时，便赫然对着一双黑曜石般的眼睛。

容辞不愧是媚修年轻一辈中的天才，不但生了张媚色天成的脸，看人时的神色也十足勾人。

他的眼睛在五官中最为漂亮，上扬的弧度里总是带着若有若无的笑与媚意，眸子里仿佛含了水，在阳光下荡漾出潋滟波光。

宁宁被他不加掩饰的眼神看得有些不好意思，把视线挪到容辞身体的伤口上：“你的伤好像很严重。”

“遇见只魔熊，打了一架，不碍事儿。”

容辞毫不在意地勾起嘴角，似乎打算强行撑起身子。然而刚站起一半，便被骤然裂开的伤口疼得脸色一白，低低地吸了口冷气。

——以至于身体不受控制地向前倾，落在宁宁怀里。

不对，不是“不受控制”。

这家伙绝对是故意的。

“看来我走不了了。”容辞居然还在笑，声线懒散，像颗等待着被人剥开的糖，呼吸落在她脖子上，“宁宁姑娘一介正道修士，一定不会放任我不管吧？”

温热的呼吸带着香气，像毛茸茸的小爪子在挠，一只柔软的手慢慢攀上她的脊椎。

宁宁从没跟同龄男生有过这么亲密的接触，当场被吓得屏住呼吸，耳根滚烫。

“我住的山洞里放了药，你、你把手放下，我就带你走。”

她的声音小了好几倍：“就算是受了伤，也不能这、这样。”顿了顿，又毫无底气地补充一句，“男女授受不亲。”

耳边传来容辞毫不掩饰的笑。

宁宁心里的小人则在疯狂呐喊，救命，这是什么妖女和正道大侠之间才会有的滥俗台词!

总而言之，她就这样把容辞带进了和贺知洲、许曳一起暂住的山洞。

毒蘑菇要是得不到解药，症状可能会持续好几天。贺知洲那尊大佛还没缓过来，见了容辞后惊讶地瞪大眼睛：“哇，宁宁，你怎么捡回来一朵比你还大的灼火葵！”

许曳稍微清醒了一些，本来正在哄他的右手臂女儿睡觉，见到容辞后立刻皱眉：“霓光岛的人怎么来了？”

霓光岛和浩然门一样，名声都不算太好。

“容辞受了伤，没地方去，我带他先来这里避一避。”

宁宁似乎完全没这方面的顾忌，把少年安置在山洞角落，从一旁的包里拿出伤药递给他。

“他还没地方去？他可是霓光岛近来最受宠的弟子！”许曳冷哼一声，“你如今得了天心草，不知道有多少人在暗中觊觎，这种来历不明的家伙没必要带回来——还嫌死得不够快？”

“天心草？”容辞笑得张扬，艳丽至极的眉眼里满是嘲弄与冷意，他笑时大概扯动了身上的伤口，蹙眉咬了咬牙，“怎么，难道在万剑宗眼里，我霓光岛就必定会做偷鸡摸狗的事情？”

一时间剑拔弩张，没有人出声。

最后打破沉寂的，居然是另一道似曾相识的男声：“这……我来得是不是不是时候？”

许曳怒气冲冲地回头，看见满脸尬笑的邹武。

“我来取灼火葵。”他把洞穴大致打量一番，轻咳一声，“不知宁宁师妹的金玉炉……”

“没问题了。”

宁宁努力笑笑，拿起一旁巴掌大的小炉子，在一瞬迟疑后，领着邹武走出洞穴。

没有人注意到，男人黝黑的瞳孔中闪过一丝得意扬扬的笑。

他不是傻子，为了探明那炉子是真是假，早就在灼火葵花丛附近埋伏好，果不其然，在不久后便见到了前来采花的宁宁。

那小姑娘涉世未深，还真以为这种伎俩能骗到他。想来她是放长线钓大鱼，等他自愿献上高品阶的灵植，再连人带宝物一起消失。

那他就偏偏不干，一直递给她天阶的小玩意儿，享受天阶灵植无限翻倍的快乐。

小丫头，就这还想跟他斗？

再次拿到一堆天阶货色，宁宁的神色果然黯了黯，但还是承诺不久后能双倍还给他。

两人很快就道了别，邹武正欲离去，却猝不及防听见身后传来一阵脚步声。

猛然回头，竟是在洞穴里与宁宁起了冲突的许曳。

“许师弟。”邹武端详一番他阴沉的脸色，猜不透这人忽然追上来的用意，“有事吗？”

许曳冷冷一笑，居高临下地看他：“你还不懂？他们是在骗你。”

对了，那伙人都以为他是个上当受骗的大傻子。

邹武眉头一挑，用传音问他：“所以呢？”

眼前的少年见他神色如常，终于露出一丝慌乱的神色：“你……你难道早就知道了？”

“这还不容易。”他得意扬扬地嗤笑道，“倒是你，忽然把这件事告诉我，估计是想从我这儿得些什么好处吧？”

“不愧是浩然门的师兄。”许曳浑身放松了一点儿，下意识握紧拳，“我想跟你合作，一起把天心草弄到手。”

邹武有些惊讶：“天心草？”

“宁宁究竟把它放在哪里，连我也不知道。软磨硬泡都不行，要想得到它，只能通过暴力途径。”他中了毒，说话时有些晕晕乎乎，但眉宇间的戾色依旧锋利如刀，“虽然长老们规定不允许以多欺少，但那只是通常情况下——要是我们有了正当理由对付她，一切就另当别论了。”

“正当理由？”

“这炉子不过是个陷阱，她真正的计划，是等你送来珍品灵植后直接跑路。小重山这么大，就算你没日没夜地找她，也不一定能寻到，但如果有我，一切就都不同了。”

许曳的声音很冷：“我会用通讯符告诉你她的位置，让你和浩然门其他人一起去拦她。到时候宁宁成了骗取灵植的那一个，你作为受害者……不就有了充分的理由做出任何事情？”

这是邹武目前听过最靠谱的办法。

如果不与许曳合作，他充其量只能拿到一堆天阶灵植，比起天心草，那些不过是随处可见的垃圾。

“不过……”他停顿片刻，语气里多了几分揶揄和探究，“你怎么会想要跟我合作？”

“谁不想要天心草？宁宁手上只有两片叶子，我绝不可能分到，要是与你合作，咱俩对半分，我还能拿到一片。”许曳耸耸肩，“而且你也看到了，我和那两个人认识还不到一天，她能为了一个来路不明的媚修与我争执，想来也就是个年轻小姑娘，脑子里没什么东西。”

在一阵短暂的沉默后，剑修少年倏然垂眸，露出一丝柔和的神色：“最重要的是，如果能把它送给师姐……她说不定就会对我刮目相看。”

“我呸！去你的刮目相看！”玄镜外，一群人正拉着个暴跳如雷的女人，“苏清寒要是知道你干出这种事儿，非打死你不可！我怎么教出你这么个徒弟！哎哟，我的老腰！”

她说完看向在一旁悠哉喝茶的天羡子：“徒弟被坑了，难道你就一点都不生气？”

天羡子吃了块白玉糕，咧嘴笑笑：“咱们继续看，好戏还在后头。”

容辞从浑浑噩噩的梦里醒来，恍惚看见不远处的两道人影。

一道模糊的男声传入耳畔：“那就今晚？没问题。反正许曳那小子不知道去了哪儿，只有我们两个的话，反而放心一些。”

然后是宁宁的声线：“许曳不会出事儿吧？我没想到他会生那么大的气……要是遇到危险就糟糕了。”

“还是你的运气好。”贺知洲笑了，“这洞里居然藏着天河石的分布图，其中一块还就在附近。我听说那石头对锻剑很有用，是千年一遇的宝——”

大概是看见他睁开眼睛，对方被吓了一跳，没说完的话全被咽回喉咙里。

“你醒啦！”宁宁比贺知洲的反应正常许多，容辞能看出来，她是真的在高兴，“伤口应该没之前那么痛了吧？你睡了好长一段时间。”

容辞勾唇笑笑：“抱歉，我是不是打扰到你们了？”

洞穴里出现了一阵尴尬的沉默。

“没、没有啊！”贺知洲干笑，“我们在讨论灵兽的产后护理，是吧，宁宁？”

宁宁摸了摸鼻子，低着脑袋点头。

看来她实在不习惯撒谎，摸鼻子是心虚时才会有的动作。

贺知洲大概觉得有些尴尬，一边往洞穴外走，一边支支吾吾地开口：“那我去找一下许曳，你们慢慢聊。”

他说完就溜，容辞抬眸望一眼同样不知所措的宁宁，眼底含笑：“怎么，那个很讨厌我的剑修走掉了？”

宁宁耳根儿一红，慢吞吞在他身旁坐下来：“这不是你的问题。我也不知道许曳怎么了，从今天中午起，他就一直怪怪的。”

洞穴里没了贺知洲与许曳的声音，就显得格外安静。幽幽的黯淡光线从洞外渗进来，咬住黑暗的尾巴，连风的呜咽都能听见。

红衣媚修眉目如画，在暮色里蒙上一层朦胧的绯色，即便一言不发，也能轻而易举地夺人心魄。

容辞静静地看她一会儿，忽然出声：“是我的错。等我明日伤势好些，便自行离开。”

他说得淡然，嘴角甚至勾了淡淡的弧度，神情却是落寞不堪。

媚修不为正派所容，向来最为孤单和不被理解，宁宁听罢蹙了眉，斟酌半晌，才终于低声道：“容辞，对不起。”

少年没说话。

心里却勾起一个小小的弧度。

鱼已经上钩了。

以他的修为，自然不可能被魔熊重伤至此。之所以故意受伤，是为了接近天心草。

他感应到天心草出世时陡然迸发的灵气，闻风赶来，刚好见到宁宁与邹武对峙的场面。单打独斗，容辞胜算不大，要想从她身边盗取天心草，最好的方式便是用苦肉计骗得信任。

先是从对话里得知宁宁会去寻找灼火葵，他随即故意被魔熊抓伤，倒在灼火葵花丛里被她带回洞穴，再装出孤苦无依、楚楚可怜的模样，就能把这个单纯的小姑娘骗得团团转。

现在嘛……虽然仍然不知道天心草的下落，但他们口中的天河石，也不失为一样有趣的宝物。

“我以前不知道，大家对你们的敌意这么大。但在我看来，修行之道没有高低贵贱，你和其他人没有不一样。”她说得吞吞吐吐，声音很轻，“我……我相信你。”

容辞的声音软了一些，像是在喃喃自语，带着些许茫然与错愕：“相信我？”

“其实我刚才，在和贺知洲谈论天河石的事情。”宁宁攥紧袖口，似是用了很大决心才说出这句话，“我们在洞穴里发现了天河石分布图，他不想让你知道，但是……我相信你对我们没有恶意。”

红衣少年低垂眼睫，声音如同最为醇厚的酒，悄无声息地浸着毒：“天河石？”

“是和天心草一样的圣阶宝物。”她笑得毫无城府，语气轻柔，没有其他人对待媚修时的冷漠疏离，像是在与普普通通的朋友日常谈心，“听说它会在每天的戌时正点发一次光，只要能捕捉到那道光线，就可以找到它。”

容辞又笑了：“所以你们打算今晚去？”

“对啊，就在离这里不远的幽兰坡。”宁宁用手撑着腮帮子，看一眼逐渐变暗的天空，“贺知洲不想让我告诉你，但你都受了这么重的伤，怎么可能去跟我们抢天河石！他总是想得太多。”

她说着打了个哈欠，似乎有些困，迷迷糊糊地问他：“容辞，你们霓光岛的人都在哪里驻扎啊？感觉你们总是神神秘秘的。”

不错，他的确不会抢。

红衣少年抿唇无声地笑，仍是极为乖巧柔弱的模样，眼底却划过一丝难以察觉的狠意。

他不会有动作……

可与他一直保持通信的霓光岛其他人，可就没有这么乖了。

幽兰坡。

霓光岛进入小重山的弟子本就不多，为了抢夺天河石，几乎全员出动。

入夜后的幽兰坡格外寂静森冷，野草和杂乱生长的兰花在风中犹如随风而动的嶙峋白骨，树的影子遮掩了月色，黑暗如墨。

如今即将入戌时，每个人的神经都格外紧绷。在一片死寂之间，忽然响起再清晰不过的脚步声。

为首的青衣小头目与旁人交换了眼色，身旁灵力骤起，化作一股汹涌却无形的力道，径直冲向来人。

那人很快发出一声怒吼，然而让他们始料未及的是，那并不是属于少年少女的声线，而是另一道粗犷的青年音。

青衣小头目暗道不好，收敛了周身杀气，抬眸一望。

在逐渐明亮的月光里，她终于看清了来人模样。

那不是宁宁，也不是贺知洲。

满脸暴怒的男人浓眉大眼、身形魁梧，竟是……浩然门邹武！

要想捋清真正的事件经过，需要把时间倒回今日下午。

容辞擦完药入睡的时候——

“我说宁宁，你还真就把那媚修直接留下来了？”贺知洲抱着金玉炉，用了传音入耳，“他长得是好看，但毕竟不知根不知底的，万一那小子是个坏人，对天心草图谋不轨呢？”

没想到宁宁笑了笑：“朋友，自信点儿，把‘万一’那两个字去掉。”

贺知洲吃了毒蘑菇，意识本来就不太清楚，这会儿听她冷不丁地说出这样一句话，不由得愣了愣：“啊？”

“看过《无间道》和《谍影重重》吗？”她用手弹了弹炉子，发出铮然一响，宁宁也随着这道声音勾起嘴角，“许曳说过，容辞是霓光岛新生代里的最强者，在门派里的地位和人脉自然不会差。霓光岛成群结队地行动，他受伤后却不寻求宗门帮助，而是和我们来了场‘偶遇’——

“更何况，偶遇的地点和时机还这么凑巧，正好是我得到天心草，不得不去采摘灼火葵的时候。”

贺知洲猛地睁大眼睛：“所以他是个间谍？”

“当然啰。邹武让我炼制灼火葵时，我就察觉到有人在暗处窥视监听，想必就是他听完了来龙去脉，所以才能准时出现在灼火葵花丛。”宁宁点点头，“当时我把容辞带回来，在包裹里给他找药时，偷偷往里面放了片灼火葵花瓣。如果他心怀不轨，一定会趁我们和邹武离开山洞后，在包裹里搜寻天心草。”

她打了个哈欠：“后来我回去查看包裹，灼火葵还真变成了很淡的红色。如果一直在包袱里，理应褪色成纯白的。”

“所以他在你离开期间打开过包裹。”贺知洲没忍住笑出了声，“容辞绝对想不到，你会将计就计反将他一军。这回非但没找到天心草，还把二五仔身份暴露得一干二净。”

“霓光岛和浩然门来者不善，必然不会善罢甘休。既然他们都把我们当成待宰的肥羊，倒不如……”她说着眯了眯眼，“咱们反过来利用一拨，把他们身上的羊毛给薅干净。”

贺知洲立马来了兴致：“怎么薅？”

“浩然门善武斗，脑子不太转得过来，碍于有人在秘境外面看直播，肯定不会兴师动众来明着抢。但单打独斗吧，又不一定赢得了我们。所以对他们来说，最好的方式是耐心等待，伺机寻找漏洞。”

宁宁往地上规规矩矩地摆了块小石子：“霓光岛善用计，派来了一个卧底。

虽然主要目的是天心草，但如果怎么也找不到它究竟被藏在哪儿，这时突然听见我们知道了另一样绝世珍宝的埋藏地——”

贺知洲抢答：“那他们肯定会转移目标，去那个地方直接开抢！”

“对。只要宝物还没归属于我们，霓光岛就拥有抢夺的权利，允许以多对少。为了打败我们，他们届时一定会出动许多人马，集体前往目的地幽兰坡。”

宁宁拿起另一颗石子，轻轻碰在之前那块上，发出一声脆响：“结果那里压根儿就没有宝物的影子，他们反倒和怒火冲天的浩然门直接撞上——那时候会怎样？”

贺知洲连连鼓掌，啧啧惊叹：“好莱坞看了会沉默，横店听了要掉眼泪。一出好戏啊！”

于是一张网逐渐拉开。

“容辞不蠢，要让他彻底相信我们发现了天河石的踪迹，必须欲擒故纵。”宁宁说，“警察审讯的时候有个套路，一个唱红脸，一个唱黑脸。到时候你一定要表现出非常反感的样子，而我呢，扮演被颜值迷惑的无知少女，一朵好单纯、不做作的白莲花，既让他从你的反对里确信情报属实，又能从我降智的操作中知道，所谓‘天河石’的大概位置。”

贺知洲乐得合不拢嘴：“然后呢？”

“然后啊，我们再装作‘哎呀，不是我们不信你，只是这玩意儿实在太过珍贵，把你带在身边真的不放心，所以你绝对不能跟着我们’，让他对消息的信任度最大化，立马把这事儿告诉霓光岛。”

她说得累了，拿起水壶喝了口水，抿了抿唇：“天河石只有在下午七点钟才会发光，霓光岛一定不会想到，在那儿等他们的不是天河石，而是浩然门的人。”

“浩然门？”贺知洲恍然大悟，“你是想用炉子当借口，让他们七点去那儿？”

谈话间，一阵风掠过树梢，吹得满树枝叶哗哗作响。

日光如流金般倾泻而下，静静地落在小姑娘精致无害的脸颊上。宁宁勾起嘴角，声音里带了几分神秘：“不只要骗他们去幽兰坡，我还能从邹武手里要来珍阶灵植。”

见贺知洲又满脸黑人问号，她调整好坐姿，抿唇轻轻笑了一下：“其实打从一开始，我就知道以邹武的智商，大概率会看破炉子的真相。炉子只是个表面的诱饵，真正的大鱼，是许曳。”

贺知洲彻底蒙了。

邹武恐怕做梦也不会料到，看上去把宁宁卖了个一干二净的许曳，其实是个究极大卧底。

被二五仔给二五仔，谁能想到呢？

“不管邹武有没有察觉炉子是假的，只要许曳能故作愤慨地告诉他，金玉炉其实是出骗局，再把我们表层的计划一五一十地告诉他——”宁宁伸手比了个数字，“邹武能信他个六成。”

“六成？那还有四成呢？”

“要让他从半信半疑到深信不疑，我们得有一次内讧。”她悠悠地倚着树干，用手指把发尾绕成圈，“一旦邹武在‘无意间’发现许曳和我们的关系并不好，敌人的敌人就是朋友嘛，下意识就会对他生出好感。”

贺知洲这回总算想通了：“所以你当时和许曳为了容辞闹别扭是故意的！真是绝了，既让容辞以为你偏心他，又能让邹武知道许曳跟我们不和！”

“我早就察觉邹武从灼火葵那儿就跟着我们，所以给了许曳一个传音，告诉他极力表现出反对容辞加入的模样，最好能和我吵起来。”宁宁点点头，眼睛勾出愉悦的弧度，“邹武一定会听从许曳的安排，给我一份珍品级别的灵植。一切完成后，只需要约那两个门派在同一个地方见面，稍微火上浇那么一点儿油——浩然门就会相信，霓光岛是和我们一伙的啦。”

她顿了顿，嘴角笑意更深：“再说了，邹武可是亲眼看见容辞和我们关系很不错的。我这个痴心少女可是能为他和朋友闹别扭呢。”

饶是容辞也绝不会想到，自己处心积虑地卧底，居然会成为一个可供利用的把柄，让浩然门以为霓光岛与宁宁一行人关系匪浅。

贺知洲只想大呼一声：“妙啊，妙！”

那两个宗门都胜券在握，一个以为能狠狠地敲他们一笔，另一个则为即将争抢到的绝世珍宝欣喜若狂，却万万猜不到，这一切都是场局。

经此一战，霓光岛与浩然门的人必定会元气大伤。

他们的总体实力本来就不强，再两败俱伤地打一场，更不可能有实力来找宁宁的麻烦。

这一出，可谓碟中碟中谍，反间计、卧底计、双面间谍、挑拨离间那是样样都有，精彩到不行。

贺知洲啧啧称赞：“你就是当代小汤姆·克鲁斯吧？”

“对不起。”宁宁很有默契地回答，“我是警察。”

傍晚，幽兰坡。

两队人马面面相觑，拿灵气轰了邹武一炮的青衣小头目脸色发青。

——不是说没别人知道天河石的消息吗？现在这群浩然门的人是怎么回事儿！

差点儿被炸开脑花的邹武同样表情阴沉，暗暗握紧拳头。

他听了许曳的话，在一个时辰前将一株珍阶灵植送给宁宁，并在不久前收到她跑路的消息，声称即将抵达幽兰坡。

然而当他赶来，人没见到，耳边还忽然响起一道传音入密。

那是贺知洲的声音，满带着嘚瑟和得意："许曳是不是把所有秘密都告诉你们了？抱歉啊，珍阶我们是真找不到。好在霓光岛说了，只要把灵植的一半分给他们，就能帮忙解决这个问题。"

那臭小子说着叹了口气，做作得不行："唉，一半就一半吧，反正本来也不是我们的东西。兄弟，保重啊！"

邹武杀人的心都有了。

而另一边，青衣小头目亦是目光一顿。

属于贺知洲的传音响在她耳边，一边叹气一边笑，当之无愧的人贱合一："在我们这儿安排卧底？早被发现了。浩然门的那群傻子说，只要把金玉炉送给他们，就愿意帮忙教训教训各位。谁叫他们傻呢，我们就答应了呗。"

浩然门这是被当剑使了！

青衣小头目握紧拳头，冷声开口："那金玉炉是假的，你们还不知道吧？"

邹武怒气更甚。

这群人早知道他们被骗得团团转，还跟玄虚剑派那伙人同流合污整他们，这会儿突然提起这一茬——

居然敢当面讽刺他？！

"格老子的，"邹武当即骂了句脏话，凶神恶煞地应道，"我早就知道！安插在那儿的卧底早跟我说了！"

青衣小头目大骇。

早就知道？早就知道还伙同玄虚剑派在这里堵他们！看来这人并非受了欺骗，而是本身就想把他们赶尽杀绝！

"对了，这次霓光岛来拿天河石，应该出动了八成左右的人吧？加上还待在我们那儿的容辞……"贺知洲嘿嘿笑了，"你们的大本营里，不知道还剩下几个？哦，不对，这个消息等宁宁回来，自然会亲口告诉我。"

由于抢夺天河石心切，他们只派了一个人守在大家的包裹旁边。

小头目差点儿喷出来一口老血。

她在不久前才终于想明白，这是场悄无声息的反间计，却怎么也没料到——

这居然还是出调虎离山计！

浑蛋啊！他们这群骗子全被骗子给骗了！

青衣小头目忍无可忍，浑身颤抖着脱口而出："王八蛋，我杀了你！"

然后正对上跟前男人狠戾的目光。

“杀我？”邹武冷笑一声，“不自量力！”

玄镜之外，一片沸腾。

“绝了！就凭一个小姑娘，居然把另外两个门派的人耍得团团转。这一出反转再反转真是精彩不断！”

“如今浩然门与霓光岛元气大伤，宁宁不但拿走珍阶灵植，还洗劫了一通霓光岛的包袱——纵使其他人再气不过，以如今满身是伤、修为大损的状态，也奈何不了她。”

“如今她坐山观虎斗，不晓得有多快活，哈哈！”

流明山掌门何效臣朗声大笑：“不愧是天羡长老的徒弟！这不走寻常路的做法，还真是有她师尊的几分神韵。”

方才差点儿气得打碎玄镜的万剑宗女修长吐一口气，如释重负地轻笑一声：“许曳那小子……万幸万幸。只是天羡长老之前怎会知道，许曳的叛变是场局？”

“啊？”天羡子吞下塞了满嘴的糕点，又狼吞虎咽地喝了口茶，故作神秘地嘿嘿一笑，“看你那徒弟的傻样，是能想出投敌叛变计策的人吗？”

女修嘴角一抽：“天羡子，比剑！”

天羡子晃身躲到真霄的身后：“师兄，她凶我！”

真霄没理会他，淡漠如风雪的眉眼冷冷扫过玄镜，声音亦是极淡：“身为剑修何必钩心斗角，若旁人不服，拔剑让他们服气便是。”

何效臣了解这位老朋友的脾性，摇头反驳：“那是你。宁宁一个小姑娘，前有狼，后有虎，饶是天资过人，也敌不过浩然门与霓光岛的合力围剿。”

有人附和着笑道：“久闻真霄剑尊乃当世剑心合一第一人，今日一见，果然不假，在力压群雄的剑技面前，所有心计都不堪一击。”

真霄沉默片刻。

真霄：“没有。只是因为如果斗智斗得太狠，我看不懂。”顿了顿，又扭头看向身后的天羡子，“师弟，方才宁宁到底干了些什么？你为我简单解释一下。”

差点儿忘了，这位举世无双的真霄剑尊智力水平好像不太高。听说他之所以一心苦练剑法，就是因为在学堂里课业考了鸭蛋，从此明白一个道理——

自己不是看起来傻，而是真的不聪明。对于丑人，细看是一种残忍；而对于笨人，让他考取功名是一种谋杀。

世人都以为真霄剑尊冷酷无情，以剑应万变，能不说话就绝不会多说一个字。

只有几个关系好的师兄弟知道，其实这人只是嘴笨不会讲话，脑子又转不过来，干脆遇事就打，这样总不会让自己吃亏。

“钩心斗角怎么了？小白花索然无味，还是这种带刺儿的吃起来有趣。”

一名身着白衣的女修抿唇轻笑，刚一出声，就引得在场好几个男人侧目相望。

她长相绝美，犹如九天之上不容触碰的缥缈谪仙。三千青丝被随意绾在身后，有几缕滑过白瓷般无瑕的侧脸，落在莹润纤细的颈窝，偶尔随着身体的动作轻轻一动，拂过脖颈下引人无限遐想的嫩肉。

这女修杏眼如星，樱唇不点而红，乍一看去清丽脱俗，有如美玉生光，不似尘世中人。

然而当她勾唇一笑，整张脸便凭空生了丝丝媚意，仙子成了摄魂夺魄的女妖。

此人正是霓光岛岛主，曲妃卿。

天羡子瞧她一眼：“怎么？看来岛主对我那小徒弟很是中意？”

“岂止中意？”曲妃卿掩唇低笑，只需眼尾稍弯，便有春水入眼眸，清波流盼，“见得多了霓光岛哄骗别人，反过来被利用的，这还是头一遭。宁宁着实有趣，如果天羡长老愿意，不如把她送去岛上做客几天，由我亲自服侍。”

让这位亲自服侍，宁宁再回来岂不成了具干尸——不对，就连她究竟能不能活着回来，都是个很严肃的问题。

天羡子被她这个提议吓得连连摆手：“不了不了，宁宁还小，求岛主高抬贵手，用您大慈大悲的雨露滋润别的土地吧。”

曲妃卿冷哼一声，嘴角仍带了势在必得的笑，口中却换了个话题：“经此一事，我霓光岛和浩然门的弟子恐怕都要伤心好一段时间。”

容辞是她近年来遇见过天赋最高的弟子，难免养成了心高气傲的脾性。

他的计策几乎从未失过手，玩弄人心的功夫更是一绝，没想到这回却碰上个不走寻常路的主，不但将他的目的看得一清二楚，还反过来玩了出反间计，让容辞成了被利用的工具。

他在山洞里与宁宁的那段对话，看似是容辞掌握了所有主动权，一步一步引导那小姑娘陷入他的温柔乡，在愧疚与同情之下泄露秘密。

结果却成了宁宁化被动为主动，乍一看去傻白甜地被牵着鼻子走，其实她才是暗地里掌控局势的那一方。

就连容辞的计策，都在她算好的计划之内。

亏他为接近宁宁还故意受了伤，等那孩子得知真相，一定会气个半死。

清雅如谪仙的女修笑意更深，看着玄镜里少女的面庞，眼底划过浓郁的期待之色。

玄镜外的长老们作何感想，宁宁一概不知道。她此时此刻关心的，是三人接下来应该去往何处。

虽然声称要薅光羊毛，但她毕竟不是什么丧心病狂的魔鬼，前往霓光岛驻扎的洞穴后，只拿走了几份解毒用的药草。

贺知洲与许曳服下药草后，疯疯癫癫、神志不清的状态总算好了许多。

想到曾经游泳登仙生孩子的种种剧情，两个顶天立地的剑修相顾无言，只有泪千行。

之前的山洞当然不会再回，经过一番讨论，三人决定前往山巅的古木林海，看能不能碰碰运气，找到一些年代久远的珍稀灵植。

“古木林海，听名字就知道，一定是个特别神秘的地方。”贺知洲手里拿着还没吃完的烤鱼和烤黄鳝，神秘兮兮地说，“我听说那里天阶以上灵植石矿的出现频率特别高，当之无愧是爆率超高的传奇手游，一刀999爆金武，炫酷装备打金天堂，不充值一样虐土豪。”

这人当古木林海是贪玩蓝月呢。

许曳听不懂他话里的意思，只当这人还没从蘑菇毒里缓过来，瞥了一眼他手里的黄鳝，直皱眉头：“上次是毒蘑菇，这回又是这光溜溜的玩意儿，你能不能吃点儿正常的东西？”

“你懂什么？这叫勿以鳝小而不煨，尽鳝尽美，鳝始善终，寓意多好啊！吃了会有好运气的。不像烤鱼，一看到它，我就想起那句经典名言，‘鱼眼里闪过一丝诡异的光’。”贺知洲摇头晃脑，满嘴跑火车，“还说我，你不是也蘑菇中毒了？”

“我、我可没吃你煮的毒蘑菇！”许曳顿时红了脸，“我那是吃了被毒蘑菇毒死的兔子后中了毒，不算乱吃东西的！”

贺知洲做了个暂停的手势：“朋友，禁止套娃。”

于是许曳不说话了。

玄虚剑派被七岁小和尚欺负哭的花魁哥，果然名不虚传，不是个正常人。

“对了！我有件事儿必须告诉你们。”贺知洲恍然之间似乎想起什么，吞掉最后一口烤鱼，“咱们待会儿不是要御剑飞行去古木林海吗？”

他有些不好意思地笑了笑：“就，那个吧，其实我恐高。”

“啊啊啊啊啊啊死了死了！玉皇大帝观音娘娘宙斯雅典娜耶稣基督！”贺知洲的惨叫犹如两岸猿声啼不住，极速狂飙成了海豚音，“富强民主文明和谐！妈妈救我！哈利路亚！”

许曳不耐烦：“你给我闭嘴！”

修道之人竟然惧高，更何况他还是个剑修！难道这人从小到大都没尝试过御剑飞行吗？实乃剑修之耻！

“我也不是不会御剑，但你知道吧，每回站在天上，都会觉得头晕想哭，下一秒就要死掉。”贺知洲做考拉抱树状，紧紧攀在他身后，“宁宁你快给我讲几个笑话，分散分散注意力，求求了！”

宁宁站在星痕剑上，被他逗得合不拢嘴：“笑话我不会，不如请贺大才子吟诗几句。”

“吟、吟诗。”贺知洲瑟瑟发抖，不敢睁眼睛，脑袋里一团糨糊，“美人卷珠帘，万、万径人踪灭……朕与先生解战袍，芙蓉帐暖度春宵。春宵一刻值千金，绝知此事要躬行……”

许曳的身形猛地晃了晃，作为一个在正道的光下长大的纯洁少年，很没出息地红了耳根：“贺知洲你闭嘴！”

在贺知洲的哭喊声与许曳的骂骂咧咧里，三人终于抵达了目的地古木林海。

古木林海位于小重山顶峰，传闻吸取日月精华而生，是当之无愧的灵气汇聚之地。

此时已然入夜，参天大树刺破苍茫天际，葱茏繁茂的树叶密密匝匝，被月光晕染出几分莹白冷色。

放眼望去，四周尽是苍劲挺拔的古树，盘根错节的根须像极了老者横生的皱纹，无端显出几分肃穆之感。

树叶将月光遮掩殆尽，好在树林里生了许多发光的灵植。

月光花如同繁星点缀在草地里，散发出淡白色辉光；荧珑草像是数目繁多的淡蓝色灯笼，静悄悄地挂在树梢上；有些不知名的树木叶子同样盈盈生光，乍一看去，仿佛镶嵌了满树翡翠。

宁宁毕竟是个年纪不大的姑娘，头一回见到这样的景象，不由得满眼小星星地左顾右盼，偶尔低头碰一碰月光花，纤细手指被照成雪一样的白色。

“这地方要是能被开发成旅游景点，流明山绝对大赚一笔。”贺知洲还没从御剑飞行的恐惧里缓过来，心有余悸地拍拍胸脯，脸色发白，“我记得这儿有月白石、鬼哭岩、水龙草和无垢仙泉。如果运气好点儿，说不定还能碰上珍品级别的七宝琉璃或大乘佛草。”

宁宁端详着地图，若有所思地点点头。

流明山虽然给了每个人地图和珍品以下的灵植分布，但都只是大概标记，并没有点明具体位置，需要每个人自行寻找。

至于珍品及以上的宝贝，可遇不可求，连东道主流明山都不知道能在哪里碰到，所以压根儿不会出现在地图之中。

古木林海是出了名的物产丰富，前来此地的修士自然也为数众多。

之前在半山腰上，除了最开始见到的医修、云端月和特意来找麻烦的霓光岛与浩然门，宁宁再没见过其他人。这会儿刚到不久，她便陆陆续续看见好几个穿着不同门服的男男女女走过。

其中有人似乎认出了贺知洲，扑哧一笑后侧身对同伴耳语些什么，大概是在说他的“光辉事迹”。

“大家都是冲着珍品到这儿来的，僧多粥少。”许曳冷静地分析局势，“古木林海面积非常大，我们可以继续往深处走，专挑人迹罕至的地方。听说在林海深处生有一棵万年的龙血树，就算没什么收获，去见见它也算是长了见识。”

“许曳好厉害啊。”宁宁眨眨眼睛，“你好像什么都知道。之前告诉我们容辞身份的时候也是，没多想就直接说出来了。”

许曳扯了扯嘴角：“来之前自然要做足准备。”

废话，他可是一个房间接一个房间慢慢扒的，几乎所有弟子的身份、性格和实力，甚至来到流明山的那个夜晚究竟做了什么，他都大概知道。

一想到那天晚上在玄虚剑派客房外见到的场景，再看看宁宁纯真无邪的笑脸，许曳心情很是复杂。

这么好的姑娘，怎么就……

唉。

“奇怪。”一声叹息涌上心头，许曳忽然听见贺知洲的声线，“你们觉不觉得……远处好像有什么怪怪的声音？”

怪怪的声音？

第二章　脱离原著剧情

古木林海以幽静雅致、物产丰富闻名，许曳不觉得一片平静的树林里会出现什么变故，因此只是懒洋洋地挑了挑眉，凝神倾听树海中传来的模糊声响。

似乎是好几个人奔跑时的噔噔脚步声，以及交织在一起的……

"救命"和"快逃"？

这个念头如利剑刺破神识，让少年剑修浑身的灵气骤然紧绷。

与此同时，他听见宁宁匆匆叫了声，满带着难以置信的惊讶："你们快看那些树！"

只见远处散发着莹绿光芒的树丛不知怎么猛然一晃，环绕树叶的绿光瞬间变为血一样骇人的猩红。

那浓郁且纯粹的色泽势如潮水，毫不懈怠地一个劲儿往前冲，所到之处，花草树木都被染成诡异至极的红，叠加着冷如寒霜的月色，让人联想起死气沉沉的灵堂。

他们三个所处的位置，自然逃不开这样的命运。

"这是怎么回事儿？"

猩红如泼墨般笼罩整片林海，连树叶都像是染了血，随风轻轻摆动时，如同刚从地狱里爬上来的嶙峋瘦骨。

贺知洲搞不清楚状况，抬眼远眺，见到向这边奔来的两个人。

"快、快跑啊！"左边的青年脸色惨白，气喘吁吁，"林子里出事儿了！"

许曳拔高音量："道友，究竟是怎么回事儿？"

"那些树、那些树像是活了一样……整个古木林海都疯了！"青年说着变了神色，指着许曳大喊，"道友，当心身后！"

话音未落，便见一条人臂粗细的藤蔓陡然腾空，以迅雷不及掩耳之势，猛然向许曳击去！

三人的所有注意力都在青年身上，听见他的呼声才匆忙回头。藤蔓已是近在咫尺，拔剑或躲避都来不及，许曳只得粗略捏了个剑诀，用力猛刺——

谁料那藤蔓坚固异常，在瞬间做出的剑诀威力不强，与藤身在电光石火的触碰后，竟被直直弹开，再无作用。

“许曳！”

剑诀被弹开，许曳亦被这股惊人的力道击飞很远，重重跌倒在地时，发出一声令人胆战心惊的闷响。

藤蔓竟然仍存了奋起直追之势，贺知洲见势不妙赶忙拔剑，用力劈砍在藤身之上。

这一砍，藤蔓才终于被截去大半，但残余部分非但没有退却的意思，反而像是被激怒一般，悬在半空拼命摇晃。

又是一道剑光闪过。

一根树藤径直攻向贺知洲脖子，被宁宁一剑斩断。

“里面、里面也是这样……不对，里面比这儿更吓人！”

青年慌乱得声音发抖，连逃跑也不敢。等众人处理了突然暴起的树藤，他神色才稍微缓和一些：“你们也快逃吧！寻个地势开阔的地方御剑飞行，这地方已经不对劲儿了！”

宁宁握紧手中的星痕剑，眸色微沉。

不对劲儿……这是个什么剧情？

她记得在自己看过的小说里，裴寂今夜应该也来到了古木林海，并意外得了宝贝。他的经历幸运到寡淡无味，在通篇的情节里，没有任何关于这场变故的描述。

——怎么可能出现与原著完全不同的情节？

宁宁稳住心神，心脏怦怦跳：“变故因何而生，两位有没有头绪？”

“最先不对劲儿的，是那棵万年龙血树。”青年身边的女修惊魂未定，毫无血色的嘴唇不停地抖，“它毫无征兆地流了满地鲜红树脂，枝条与树藤同时暴起，袭向一名玄虚派弟子，紧接着整个林子都……啊！看门服，你们也是玄虚剑派的人？”

玄虚派弟子。

宁宁眉心一跳，心里无端腾起一股异样之感：“姐姐，你能大致描述一下那名弟子的模样吗？”

“高高瘦瘦的少年人，眼尾生了颗小痣，黑衣上绣有玄虚剑派的云纹，模样十分漂亮。”女子与青年对视一眼，“他应该是一个人行动，身手很厉害。我们两人出逃之时，那少年仍在与龙血树缠斗，只可惜……寡不敌众，身受重伤，如今大概已经精疲力竭，难有还手之力。”

“不会吧。”贺知洲把许曳从地上扶起来，给他递了张手帕拭去嘴角血迹，闻言愣了愣，“穿黑衣服的……难道是裴寂？”

不对，不应该是他。

宁宁下意识咬紧唇，今夜的小重山本应该风平浪静，裴寂更不会出任何意外。

在原著里，身为主角的他从没遇见过任何危及性命的险境，像所有升级逆袭文一样，每每都能轻松化险为夷，怎么可能……

怎么可能精疲力竭、身受重伤，还是在这种原著从未提起的情节里。

“各位还是赶快逃离此地吧。这片林子邪门得很，不宜久留。”青年一把拉过女人手腕，心有余悸地看一眼身后血海般的树林，“我们二人先行告辞，保重。”

“保重！”贺知洲顺口道了别，鬼鬼祟祟地凑到宁宁跟前，满眼好奇：“这段是什么剧情？你看过原著，能剧透一下不？咱们应该不会有事儿吧？”

这是最奇怪的地方。

无论是裴寂的苦战还是古木林海的异变，原著都只字未提。她尝试了在脑海里呼叫系统，却没有得到任何答复。

宁宁看一眼被偷袭后疼得几乎无法动弹的许曳，又望一望满脸蒙的贺知洲，轻轻吸了口气：“你先带许曳御剑离开，我要进去看看。”

现在的局势完全超出了她的想象，如果不进去一探究竟，宁宁实在放心不下。

女修口中遇险的少年应该就是裴寂。

如果这是原著里省略的情节，那她身怀恶毒女配光环，不管进入林海深处怎样作死，应该都不会就此英勇就义。

如果现在的发展超出了原本的剧情……

裴寂生死未卜，身边没有可以依靠的人，作为师姐，她同样应该尝试去救他。

不管怎样，都有一份同门的情谊在。

更何况，往更深一点儿的层面想，万一男主角折在这儿，她的作死任务自然也就“中道崩殂”。

连执行任务的前提都不复存在，到时候她没有了利用价值，系统肯定不会继续留着她，同样死路一条。

宁宁不想让贺知洲担心，见他露出了困惑的表情，轻笑着安慰：“我的任务又来啦。一切按照原著走，我不会有事儿，你们先走吧。”

“哦哦！那你加油！”贺知洲了然地笑，点了点头，“我和许曳在之前烤鱼的地方等你，要早点儿回来啊！”

宁宁握紧手里的星痕剑，指节微微泛白：“……嗯。”

“你都这样了，还想御剑飞行？”贺知洲拒绝了许曳试图载人飞行的计划，望着对方的眼睛义正词严，“虽然我胆子小，但为了朋友，恐高症算什么？许曳，你身上的伤才是最重要的，这种时候就不用你费心了。”

他神情严肃，头一回表现出了认真可靠的模样。

许曳被巨藤甩得五脏六腑差点儿错位，疼得快要动不了，听见他的这一番话，咬着牙扯出一个微笑。

看来在关键时候，这人还算可靠。

于是贺知洲在前，等许曳踏上飞剑，便摇摇晃晃地开始启动。

一边是诡异至极，随时能把人送上西天的藤蔓，一边是有惊无险，顶多造成点儿心灵伤害的御剑飞行，贺知洲毫不犹豫地选择了后者。

他虽然不熟练，但对于御剑的大致步骤还是牢记在心。这会儿白虹剑颤颤巍巍得如同七八十岁的老大爷，抖了好一阵子，终于往前挪了一点儿。

然后又是一点儿。

太不容易了。

“我做到了！许曳，我做到了！”贺知洲两眼泪汪汪，“离合器踩到底，油门准备！加速超车，86 赢了，86 是真正的秋名山车神！”

许曳大概疼得厉害，没搭理他。

贺知洲的小飞剑像辆破三轮，慢悠悠地往前晃，晃悠了好一会儿，忽然听见耳边传来一阵笑。

一转眼，是个踏着拂尘的符修。

贺知洲看他笑得厉害，忍不住好奇地问：“朋友，你笑什么呢？”

“嗯？你问我？”那人笑得肩膀发抖，缓了好一会儿才开口，“那边有个人，大概本来是和朋友一起御器飞行，结果骨碌一下被直接甩了下来，一边喊一边追，但他那朋友压根儿没听见，摇摇晃晃地就跑了。那人的表情——哈哈哈真是太绝了，心酸至极，想一次笑一次！”

贺知洲脑补了一下那时的场景，也跟着哈哈笑：“那人不是最搞笑的，他朋友才最好笑！那蠢蛋估计还以为他在后面待着，兄弟情深呢。”

他吸了口气，接着又道：“你说，他会不会傻不啦唧地对着空气讲话，压根儿不知道身后没人了哈哈哈！”

符修笑得直抽抽：“得多倒霉才撞见这种朋友啊！那傻子刚刚估计已经飞没影儿了吧！还对着空气讲话，他脑子进锤子了哈哈哈！”

这样一想，是挺倒霉的。

贺知洲挠挠头："唉，许叟，我觉得被甩的那人挺可怜，要不咱们顺便捎一捎他，怎么——"

他恐高，不敢回头，只能脑袋稍稍偏转一点点，向身后的许叟搭话。然而他话说了一半，忽然听见那符修干巴巴的、带了点儿惊恐的声音。

"道友，你背后没人啊，在跟谁说话呢？"

天、雷、暴、击。

贺知洲："……"

符修："……"

两两相望，不需要言语，便同时明白了什么。

空气里快活的氛围戛然而止，飞行中的两人同时陷入尴尬。

贺知洲心里咯噔一下，面无表情地回头。

只见他身后只有自己被风吹得猎猎作响的白衫，哪里剩下别人的半点儿影子！

身旁的符修止了笑，轻咳一声，把视线幽幽地望向别处，加速飞走。

若无其事地离开，是他给予贺知洲最后的温柔。

天上下起了蒙蒙小雨，可贺知洲觉得，今天的雨，比依萍去找她爸要钱那天更大，比楚雨荨和慕容云海分手那天还要痛彻心扉。

他本以为剧情是朋友一生一起走，兄弟双双把家还。

却万万没想到，是他一路向北，离开有许叟的季节。

而在遥远的山头上，一道孤零零的身影摇摇晃晃。许叟被雨水糊了满脸，表情已经看不清晰。

眼睛里，闪着比死鱼更诡异的光。

一滴透明液体，从贺知洲眼角滑过。

贺知洲："叟啊——！"

"何掌门可从未说过，古木林海中会发生此等事情！"玄镜之外，一名白袍男子愤然起身，"如今闹这么一出，恐怕四成人都得折在那里！"

有人喟叹着出声："更何况小重山秘境只允许金丹期修士进入，我们插手不了分毫，只能等两日后秘境自行关闭，将弟子们送出来。如此凶险，这该如何是好？"

何效臣眉头紧锁，再没有之前气定神闲的姿态，凝神注视着玄镜中古木林海无比诡异的景象："小重山开启过多次，从未出现过这种情形。那万年龙血树不似成精成灵，倒像是……入了魔。"

场面一时间陷入僵局，在一片沉默里，忽然响起女人悠然轻缓的笑："诸位长老对自家弟子也太没有信心了吧？古木林海的异变纵然凶险，但送入秘境中的，都是各门派里实力拔尖的少年英才，要是连这件事都解决不了，往后离开宗门下了山，该如何找到立足之地？”

说话的赫然是霓光岛曲妃卿。

她声线懒懒，肤如凝脂的右手把玩着垂落的长发，神色间见不到丝毫慌乱。

女修说着勾唇一笑：“被困住的那些弟子目前并没有生命危险，我们倒不如静下心来，看看其他人会如何应对——我可是见到了好几位颇有意思的小朋友，很想知道他们接下来的表现呢。”

修真界中奇诡莫测，机缘与凶险往往如影随形。每个人在修道过程中，都难免会遇见危及性命的险象，应该如何应对脱身，全看个人造化。

古木林海的异变，同样是其中一环。

此话一出，众人脸上都浮现出略显犹豫的神色。

“不过啊，刚听见小师弟遇险的消息，宁宁就不顾安危地入了林海。”曲妃卿随手往嘴里送了颗葡萄，懒洋洋地倚在椅背之上，抬眸瞥一眼天羡子，“天羡长老门下的小徒弟们，关系还真是好。”

天羡子笑了笑，同样是满目期待的模样：“宁宁嘛，不能指望她按照常理出牌。”

女修颇以为然，低低“嗯”了一声。

古木林海之中，血气四溢。

浓郁的深红色血雾缥缈如烟，缠绕在静谧空气里。原本散发着淡蓝或浅绿幽光的植被如同浸了鲜血，虽然仍然吞吐着黯淡光线，却成了压抑的暗红。

宁宁仍在脑海里尝试着询问系统，后者却始终像是遭到了屏蔽，没有做出一丁点儿回应。

越往里走，景象就越发诡异骇人。

树藤上下翻飞，数道粗壮如儿臂的枝干映出群魔乱舞般癫狂的影子，像极了恶鬼狰狞的指节，不断鞭挞着土地。

不只是藤蔓，连花草也仿佛有了自我意识。花瓣肆无忌惮地张开又闭合，在绯红色光线的映衬下，让人想起藏在暗中偷窥、悄悄眨着的红眼睛。

经过仙魔大战，魔族势力便元气大伤，许久没有音信。而古木林海身为灵气汇集之地，如今却生出了源源不绝的魔气……其间缘由实在惹人深思。

宁宁再次挥剑，斩断一根从身后袭来的藤条。

身边不时能见到匆忙逃窜的各门派弟子，只有她独自逆着人流往里走。少女的身影纤细却坚定，如同一把锋利的剑，在红雾里破开一条与他人截然不同的道路。

——不对。

与她一同往里走的，还有另一名女修。

那是个穿着万剑宗门服的姑娘，模样清丽出尘、冷如冰霜，寒风般凛冽的眉眼之下，单薄嘴唇抿成平直的弧度，看不出喜怒。

她显然也注意到了宁宁，面无表情地转过脑袋："万剑宗，苏清寒。"

她们俩是第一次见面，这句自报家门来得猝不及防，但想起苏清寒的人物设定，宁宁便不觉得有多么意外。

身为万剑宗长老之女，这位大小姐从出生起就注定是名天之骄子，理所当然地养成了心高气傲的脾性。

她是个非常典型的剑修，人冷话不多，一言不合就拔剑，最爱找人单挑。

与人相处更是直来直往，对瞧不上的人不愿多看一眼；相反，如若有意结识，自然也会毫不犹豫地主动搭讪。

如今其他人纷纷逃窜，只有她们两人敢逆着人流往里走。仅凭这一点，无论对方剑技如何，苏清寒都愿意与之结交。

宁宁朝她笑了笑："玄虚剑派，宁宁。你好。"

苏清寒神色淡淡，点头致意："原来是天羡长老门下的宁宁师妹。不知师妹此次入林，是为何事？"

"我听说一位师弟被万年龙血树所困，想将他救出来。"她有些不好意思地摸摸鼻尖，"我是出于私情，没什么可说的。苏师姐一定是为了除魔吧？"

苏清寒摇头："宁宁师妹无须妄自菲薄。愿为同门以身涉险，非常人所能及。"

这姑娘说起话来文绉绉的，倒不怎么像个剑修了。

"如今古木林海陡生异变、魔气外溢，我听闻最先伤人的正是那龙血树，这场变故很可能与它脱不了干系。"苏清寒又道，"你为救人，我为除魔，想来殊途同归，都是要去往龙血树旁。"

宁宁点点头，应了声"嗯"。

林色渐深，魔气便渐浓。

直到两人已经能望见龙血树苍劲的枝干时，魔气带来的压迫感已经浓厚得如有实体，像沉甸甸的巨石压在心口上，叫人连呼吸都有些困难。

与林海曾经的景象相比，这里已成了一片惨无人道的炼狱。

蠕动着的树木枝条像极了粗壮的蛇，有些悄悄潜伏在地底，有些堂而皇之地悬浮在半空，血一样的红雾汇聚成片，让宁宁恍惚间有种错觉，仿佛自己正置身于一处猩红的海水里。

好几个修士被藤条层层裹住，包成了密不透风的茧。苏清寒低声告诉她，那是魔族吸取灵力的办法，被禁锢住的人不会死去，而是成为源源不绝的养料。

至于正中央的龙血树——

宁宁从没见过这么大的树。

高可参天，遮天蔽日的华盖蓊蓊郁郁，从叶子顶端渗出幽异的深红，仿佛受伤流了血。繁茂的树叶密不透风，没有一丝月光溜进来，龟裂的树干下是古树粗壮的树根，像巨大的爪子徐徐张开，一把攥住树下猩红的土壤。

魔气的浓郁程度超出了她的想象。

宁宁暗自皱眉，以这棵树的修为，恐怕即便她与苏清寒联手，也不一定是它的对手。

——毕竟人家都一万多岁了，总是有两把刷子的。

她屏息凝神，在看见离龙血树不远的一处景象时，心头兀地一跳。

身着黑衣的少年竟然还没被树藤全部包围，而是浑身是血地咬牙反抗。

那真的是裴寂。

裴寂如今的情况实在算不上好，几乎被逼向了绝境。

一根根藤条越挫越勇，浪潮般不间断地朝他袭去，虽然绝大多数被长剑斩断，却还是有几条残忍地划破皮肤，留下一串串深可见骨的狰狞血痕。

他的眉眼在血雾里看不清晰，宁宁只能看见他漆黑的影子，以及身体被破开时溅出的鲜血，比林海里蔓延的血色更浓。

裴寂应该已经体力不支，灵力更是所剩无几。即便如此，他仍在拼命反抗，剑光纷飞，脊背始终挺得笔直，让人想起瘦削却挺拔的青松。

数根毒蛇般的长藤从四面八方一起猛攻，然而裴寂的灵力已不足以使出剑光分化。

手臂、小腿与脖颈纷纷被藤蔓死死缠住，枝条上的尖刺刺破皮肤。他咬牙没发出声音，手依旧死死地握着剑，眼眶里的血丝汹涌如潮。

他已经快被藤条层层包围了。

“苏师姐，”宁宁沉思片刻，传音入耳，“对付龙血树一事还需从长计议，在那之前，你能不能帮我个忙？”

她说着又想了一会儿：“师姐，这种天然成形的精怪魔物灵智未开，是不是都不大聪明？”

龙血树好整以暇地处理着新的猎物。

蜿蜒的枝条紧紧扎进血肉，有更多藤条源源不断涌上来，犹如许久没有进食的恶犬，争先恐后地扑向食物。

伤痕累累的少年几乎成了个血人，手中长剑低低发出嗡鸣，却已再无力气反抗。

眼看藤条越来越多，即将把裴寂吞噬殆尽，忽然不远处闪过一道雪白剑光，将铺天盖地的血雾陡然刺破。

盘旋的枝条愣怔一瞬，集体转了方向。

龙血树生长万年，需要的灵气格外多，因此并没有太多树木在它身旁生长，以免被夺取养分。在周围一圈浅绿色的草地里，站着个年纪不大的姑娘。

宁宁抬了抬下巴，笑容冷傲："我还以为是多了不起的魔物，结果只是棵树。杀了你，异变是不是就结束了？"

黄口小儿！

匍匐在地的枝条藤蔓闻言骤起，尽数腾空做出进攻姿态。宁宁成了众矢之的，居然并不恐惧，而是神色淡淡地拔剑而出。

与裴寂的缠斗消耗了它的绝大部分耐心，这回藤条并未逐一进攻，而是汇聚成一张巨大的网，径直朝她冲去。

在即将触碰到她时，没想到宁宁勾唇笑笑，脆生生的声线沉沉落地："苏师姐，就是现在！"

——是诈！

藤蔓的动作陡然顿住，没经思考便将她的存在甩在一边，匆忙转身。

果不其然，另一名剑修女子手持长剑，朝某处迅速奔去。看她前行的方向……

正是它方才抓获的猎物！

这一出调虎离山对它可没用！

数十条长藤势如利刃出鞘，一齐攻向后来出现的那名剑修。苏清寒神色不变，心中默念剑诀，刹那之间罡气四起，剑光分成六道淡蓝色虚影，将她环在中央。

冷风现，剑光起。

剑气澎湃如江河，剑风所及之处，皆泛起若隐若现的粼粼水光，颇有水中蛟龙抬头之势，不过转瞬之间，便将藤蔓斩去大半。

龙血树被彻底激怒，叶子上的血红色泽更加明显。

然而正当它打算使出全力，给这不知天高地厚的小小剑修一个教训时，忽然毫无防备地感觉到，身体挨了另一道凌厉的剑势。

正是它新猎物所在的那个方向。

枝条倏地划破空气，看向疼痛的源头，发出一声类似于怒吼的尖啸。

——宁宁不知何时来到裴寂跟前，手中的星痕剑熠熠生光。

龙血树终于明白了。

当它满心以为破解了调虎离山计，把全部精力都集中在对付后来出现的剑修时，那个被弃之不顾的诱饵居然……

居然直接破开了裴寂身上的层层禁锢。

这是宁宁的计策，利用了人人都会有的惯性思维。

还有一点点天然精怪的智商缺陷。

以周围铺天盖地的魔气来看，龙血树的实力深不可测，这些藤蔓必然只是简简单单的开胃小菜，要是与它贸然发生正面冲突，恐怕这剧情就得改个名。

——叫《无人生还番外篇：古木林海》。

所以她先充当调虎离山计中诱饵的角色，等时机成熟就故意大叫一声，把龙血树的注意力转移到苏清寒身上。

龙血树自认为破了计谋，一定会下意识地将她当作没有威胁的饵，从而放松在宁宁身上的警惕，把苏清寒当作首要猎捕对象。

可它万万不会想到，头一个冲出来充当诱饵的那个，其实才是真正要去解救裴寂的人。

先让它尝到甜头，以为自己处在掌控局势的位置，这样一来，龙血树就会对这场骗局深信不疑。

可惜龙血树没玩过电子竞技，因此永远不会知道，这一拨，学名叫作“你们拖住，我偷家”。

裴寂用力咬破舌尖，涣散的意识总算清明了一些。

藤蔓已经覆盖住他两只眼睛，视线范围内一片漆黑，耳朵里则是绵长刺耳的轰鸣，什么也听不清。

被树藤划破的地方传来难以忍受的疼，每一次呼吸都会牵引出撕心裂肺的刺痛。少年黝黑的眼瞳深如幽潭，划过一丝决绝的狠戾。

裴寂对敌人从不心慈手软，对自己，同样能毫不犹豫地下狠手。

眼前的局势已入绝境，要想挣脱束缚，唯有拼死一搏，将余下的所有力量凝聚成形，一举把藤蔓刺破。

只是他如今的身体不堪重负，一旦用了那个法子，五脏六腑必然遭受重创，是生是死，听天由命。

口中的铁锈味越来越浓，裴寂勾起自嘲的冷笑。

他已经没有别的选择。

没有家人、朋友，亦没有能够倚仗的机缘秘法，他早就习惯了一个人在生死之间来回挣扎，勉强撑住这条千疮百孔的烂命。

像小时候在深山遇到狼群，被娘亲关在黑屋里不吃不喝三天三夜，前往玄虚剑派拜师的路上偶遇魔兽，他只能拿着铁剑以命相搏。

这条命哪怕丢了也不会有人在意，世界上从不存在拯救或奇迹，他只能靠自己。

眼底的血丝越来越浓，如蛛丝攀附整个瞳孔。裴寂神色冷厉，在心里默念法诀，感受到灵气逐渐上涌，途经残破不堪的经脉与皮肤。

浑身灼热，痛得快没了知觉。

识海震荡，目光冷戾的少年指尖微动，正要催动灵力，忽然见到眼前白光一闪。

那竟是一道浩然剑光。

——雪白剑光有如天河落下的阵阵银流，连缀成线的星点璀璨如明珠，一举破开将他牢牢绑缚的藤条，亦斩开了笼罩在裴寂身旁的寂静黑暗。

剑风大作，被碾碎的枝条纷纷应势而起。剑光与血光、与星河遥相辉映，在模糊的视线里，他看见少女被风扬起的黑发。

——以及比月色更加明亮的双眸。

裴寂沉寂许久的心脏，忽然猛地跳了一下。

“啊呀，小师弟。”宁宁抬头看他，心里暗暗松了口气，明面上仍然坚持着恶毒女配的人物设定，从嘴角挑起一抹笑，“还剩一口气，没死吧？”

“是、是宁宁啊呜呜呜！”他心里的承影剑差点儿激动得落泪，“她居然来救你了，裴寂！她她她居然……”

她——

裴寂头痛欲裂，她怎么会来这里?

分明之前异变发生的时候，他并未在附近见到这位同门师姐的身影。

这个念头还没消退，猝不及防地，少年陡然瞪大眼睛——

宁宁按住他后背，一把将他拉入怀中。

虽然是毫不旖旎、完全例行公事的动作，却还是让裴寂条件反射地屏住呼吸。

伤口上狰狞可怖的血污全部沾在她胸前，宁宁却并未表现出厌恶的神色，而是大大咧咧地对他说：“喂，我可不是特意来救你的，只是恰好看到有个可怜兮兮的家伙很眼熟，就打算顺手帮一帮——明白吗？”

她身上有股和血腥味格格不入的栀子花香。

说话时轻浅温热的吐息落在他耳畔，像一道细小的电流，从耳垂一直蔓延到心口。

裴寂垂下眼睫，轻轻“嗯”了一声。

龙血树察觉宁宁这边的动作，自知上当受骗，怒不可遏。

一时间林中风声大作，树干之上竟凭空渗出血红树脂，犹如怆然啼血，诡异至极。

上百条藤蔓腾空而起，不再把矛头对准苏清寒，而是誓要将那个把自己耍得团团转的剑修置于死地。

但她哪里会乖乖待在原地等着挨打。

察觉被偷家后，龙血树一定会放弃苏清寒，再度攻向她。

这点宁宁早就想到，因此嘱托苏清寒在引怪时尽量往远处奔逃，为她和裴寂逃离争取时间。

树木成精就是这点不好，木头脑袋，总是不大聪明。

“可能会有点儿颠，你小心抓稳了。”宁宁与远处的苏清寒交换一个眼神，双手按住裴寂后背，声音轻快又张扬，“走啰。”

话音刚落，脚下白光乍现。

好在龙血树周围植被稀少，能够毫不费力地御剑飞行。

风声和少女的声线一起灌进耳膜，裴寂听见她一本正经地开口：“别自作多情觉得我对你好啊，我救人是要收报酬的，多少灵石你自己斟酌。”

宁宁还在尽心尽力地立人设，另一道剑光便悄无声息地出现在身边。

立在剑上的，正是轻松脱身的苏清寒。

年轻的剑修把她和裴寂粗略打量一番，露出了然的神色：“这就是你就算冒着性命危险，也要执意来救的师弟？”

星痕剑猛地抖了一下。

然而身为钢铁直女的万剑宗师姐完全没发觉宁宁脸色不对劲儿，继续带了点儿羡慕地出声：“之前我还纳闷，宁宁师妹为何会不辞辛劳地特意赶来救他。如今一看，两位关系果然很好。不像我师弟，整天淘气得很，叫人不省心——”

说到这儿，苏清寒忽然有些困惑地拔高声音：“奇怪，师妹的脸为何这样红？莫不是中了什么毒？”

宁宁努力扯出一个尴尬而不失礼貌的微笑。

她只想挥挥手告别这个美丽的世界。

苏师姐，知道吗？

其实你这个磨人的小妖精，才是最有毒的。

万年龙血树的枝叶遮天蔽日，等逃开一段距离进了树林，宁宁才察觉下了雨。

淅淅沥沥的雨点穿过树叶之间的缝隙，争先恐后地跌落在地，碎成点点映了微光的明珠。

雨夜雾蒙蒙，花香绕树影。要是在以前，必定是幅引人入胜的绝美景象，然而整片古木林海被血色一罩，就莫名多了几分萧索且恐怖的氛围。

——跟泡在血池里，血滴子哗啦啦往下掉似的。

“这万年老树成了精怪，还莫名其妙染了魔气，以我们两个金丹期的力量，定然无法胜它。”

苏清寒一边感慨着别人家的孩子就是好，一边冷静地分析现下局势：“更何况你师弟受了伤，一旦打起来，我们也无暇顾及。不如先行撤离，去找——”

她这句话没来得及说完，剩余的言语就被卡在喉咙里。

不过转瞬的工夫，林中草木竟同时猛然一动。像是得到了某种指令，藤条与枝干纷纷腾空掠起，做出进攻的姿态。

“不妙。”苏清寒干笑一声，压低声音，“看来那棵树已经强大到能控制整片林子……除非放火烧了这儿，否则我们恐怕出不去了。”

她话音刚尽，视线所及之处的藤枝便一齐飞扑而来。

这是片郁郁葱葱的树林，而几乎每棵树都在此时成了龙血树的傀儡，惊险程度可见一斑。

粗壮的枝条坚固得不可思议，同时也灵活得可怕，在朦胧血雾的浸染下，完全有实力去报名参演《狂蟒之灾 3》。

就它们这身姿，恐怕连真正的蟒蛇见了，也要大呼一声“小东西长得真标致”。

要想应敌，自然没办法再御剑飞行。苏清寒正要收剑，却听宁宁叫了声：“苏师姐，等等！”

她心下疑惑，对方又急急补充道：“如果在这里纠缠不清，我们就真的没机会出去了！咱们往回飞！”

苏清寒眼角一挑，很快明白她的意思。

如今整片林子都受了控制，如果在这里与杂树杂草拼个你死我活，只可能落个精疲力竭、被枝条吞噬的下场。

擒贼先擒王，要想解决这场异变，只能从万年龙血树下手。

两道剑光倏然回转，裴寂虽然成了个血人，但由于绝大多数是外伤，咬一咬牙，也能替二人斩去企图接近的树藤——

当然，他的这个“咬一咬牙”，对于宁宁来说，属于可以两腿一蹬直接去世的级别。

他们没走多远，因此回得也快。

那龙血树的模样比之前更加骇人，树皮凭空裂开了好几道又长又深的口子，血浆一样的树脂缓缓往下落，竟然拼凑成了哭泣着的人脸形状。

简直离谱，像是误入了恐怖片片场。

察觉到生人的气息，古藤灵敏地转了个角度，在看清来人模样后，像是颇为意想不到般，得意扬扬地颤抖起来。

“宁师妹，看来我们真得以三人之力对付这棵树了。”

让宁宁有些惊讶的是，苏清寒非但没表现出丝毫恐惧的神色，反而有笑意从眼底溢出来，牵引着唇角微勾：“就我看来，龙血树虽然寿命很长，此时动用的却尽是魔气，而非万年积累的灵力——如果以魔气来看，它还远远够不上万年修行的道行，要是尽全力拼一拼，说不定我们能有胜算。”

她说着难以抑制地激动起来，胸脯上下起伏，眼睛里的笑意越发明显：“就算今日死在这里，能用剑技与鼎鼎有名的万年龙血树切磋较量，我们也不亏。我已经等了许久，终于能遇上个有意思的对手……幸哉！”

宁宁满眼惊恐地看她一眼。

虽然曾经的确略有耳闻，万剑宗的苏清寒是个不折不扣的剑痴，一心向剑不说，性子还狂得厉害，可今天亲眼见到，还是难免感到惊讶。

苏师姐，原来你不是个一根筋的钢铁直女，而是这样的苏师姐吗？

超中二，但也超帅的！

眼看树藤汹涌而来，宁宁与苏清寒同时收了剑。

她放心不下裴寂，刚抬头望向他，少年便在视线相撞的瞬间抿着唇移开目光，喉头微微一动，语气僵硬：“不劳烦师姐费心。”

宁宁之前被苏清寒毫不留情地直接戳穿，已经丧失了与裴寂正常交流的能力，于是“嗯”了一声，也懒得再去硬拗恶毒女配的人设：“你别担心，我会想办法带你出去。”顿了顿，又不甘心地垂死挣扎，“给我的灵石可别忘了。”

她说完便拿着剑往前走，龙血树底蕴深厚，不晓得蕴含着多么汹涌的灵气，而人修的灵力很容易消耗见底，要想赢，必须速战速决。

树干上那个哭泣的人脸中央，生了块琥珀模样的深褐色玉石，在血雾中散发着幽异鬼魅的光。

苏清寒颔首道：“那应该是魔晶，破坏它就能损毁魔物根基，类似于人类的心脏。我们主攻那里，如何？”

宁宁点点头，手中的星痕剑发出一声嗡响，自剑柄的明珠上溢出纯净白光。

既是“星痕”，讲究的便是一个“快”字。

剑光纷飞间，斩落数条强袭而来的藤蔓，卷起阵阵凛冽罡风。然而她越是往前，就越觉得不太对劲儿。

与外围的树藤相比，向自己袭来的藤枝变得越发坚固粗壮。仿佛之前的进攻不过是个幌子，真正目的是诱敌深入——

可究竟是出于什么原因，龙血树才想让她们靠近呢？

正想着，脚下忽然传来一阵微颤。

宁宁心跳一滞，侧目大喊："苏师姐，小心！"

与她的声音同时响起的，是另一道更为震耳欲聋的巨响。

只见龙血树周围的土壤仿佛受了震颤，剧烈抖动起来，有某样东西若隐若现，即将破土而出——

伴随着轰的一声响动，竟有条三人合抱粗细的树根从地底骤然腾起，径直朝宁宁猛扑而来！

原来是这样。

龙血树的树根无法随意伸长，之所以引诱他们上前，是为了守株待兔，让他们……成为树根赖以生存的养分。

宁宁心头一紧，正要挥剑应敌，没想到身后忽然闪过一道剑气，抢先将树根劈成两半。

她本以为是苏清寒，却闻到一阵十分浓烈的血腥气。

那股气味的主人越来越近，带着炽热的温度，还有一些隐隐约约的清新皂香，几乎要走到与她相隔咫尺的距离。

宁宁刚要回头，却被对方蒙上了眼睛。

少年人的手似乎刚被精心擦拭过，不像他身体其他地方那样血迹斑斑。恍惚间，她听见耳边传来一道声音。

那是属于裴寂的声线，凛冽淡漠，似乎正强行压抑着某种难以忍受的痛楚，却也暗藏了一丝可能连他自己都未曾察觉的柔和。

他说："闭眼，别看。"

宁宁愣了愣。

这一切发生在转瞬之间，裴寂很快便松开手。然而即便他松了手，宁宁也没办法看清周围的景象，眼前像是被蒙了层黯淡的雾，只能见到影影绰绰的影子。

树根破土而出的声音此起彼伏，身旁的血腥味更加浓烈，她皱了眉："裴寂！"

宁宁被他释放的魔气蒙了眼睛，看不清更远一些的场景，在场的苏清寒与玄镜外诸位长老，却看得一清二楚。

有人骇然起身，声音颤抖："这……这是……"

天羡子眉头紧锁，头一回放下了手里的白玉糕。

裴寂想要以命催力，玩命赌一回。

这一步棋，无疑会将他下进死局。

他本来就身负重伤，如今强行动用体内剩余的所有灵气破开识海，激发出最大的潜力，就算能战胜龙血树，自己也会遭到难以修补的重创。

更何况，他身旁笼罩着的那些黑气……

少年浑身都散发着浓郁的魔气，仿佛一面无形屏障将其笼罩其中。

如烟如雾的纯黑气息弥散在他清冷的眉眼间，把漆黑的瞳孔晕染得黯淡无光，令人想起波澜不惊的深潭，危险得无法靠近。

可偏偏，裴寂之前又把一个小姑娘小心翼翼搂在怀里。

本来就苍白的薄唇近乎毫无血色，他拧了眉，在心底默念口诀。

这是极为怪诞且诡谲的景象，魔气犹如从炼狱中逃离的恶鬼，如影随形地攀附在少年身后；浓郁血丝多如潮水，将眼白全然淹没；一丝鲜血从他嘴角缓缓淌下，衬得脸色越发白如薄纸。

裴寂一言不发地走到宁宁跟前，将她不着痕迹地护在身后，握紧手中长剑。

属于正道的剑气与势不可当的魔气一起涌动，聚成明暗交接的光华。

一层层剑光披荆斩棘，如同势不可当的闪电雷霆，一举劈开周围厚重的血雾。剑气有如风樯阵马，吹开树顶层叠的枝叶，一滴雨落下，打湿少年满是血渍的长睫。

裴寂凝神抬眸，乌黑的瞳仁里，冷光与血光凝成汹涌剑意。

光影无踪，疾剑无痕。

破开层层巨蔓，只需刹那。

只需这赌上性命的一剑。

另一边，唱月峰。

贺知洲回去把气得神志不清的好兄弟许曳捞回来后，便继续跌跌撞撞地往前赶。

可他怎么？

他恐高啊。

让一个恐高的人御剑飞行，身后还有双随时能用眼神把他戳死的眼睛。

这件事的困难程度，无异于让葫芦娃认蛇精当爷爷。

他浑浑噩噩地飞，今晚就要远航，可惜没飞去快乐星球，而是来到了一处不知道是哪里的鬼地方。

之所以在这里停下，纯粹是再往前就没了路，往前是一望无际的汪洋大海。

飞剑落地的刹那，贺知洲高兴得像个孩子，一把搂住许曳的脖子："曳啊，我们终于摆脱魔掌逃出来了！接下来只要等宁宁会合——等等，这是哪儿来着？"

许曳精疲力竭地指了指自己脸上的擦伤，语调虚弱："这是谁做的？"

贺知洲嘿嘿尬笑："对不起，我。"

"那这儿，"他面无表情，又指了指手臂上的血痕，"又是谁干的？"

贺知洲不敢说话，举起右手。

许曳："那你觉得，我现在算是逃脱魔掌了吗？"

"曳啊，话也不能这么说。"贺知洲小心翼翼地哄他，"贺知洲这种生物，和那里的异象比起来完全是小麻烦嘛。你看，我已经带你来了这个绝对安全的地方，哪会有比那片林子更恐怖的东——"

他话没说完就倒吸一口冷气，直勾勾地盯着许曳身后的某个方位，浑身像根被冷冻后的冰棍，顿时僵成一条直线。

许曳顺着他的目光，神色淡淡地回过脑袋。

许曳神色安详地闭上眼睛，被吓得晕死过去。

——在他身后的半空中，飞着一只足足有一幢房屋大的巨鸟。赤身长尾，橘黄色的眼睛竟是蛇一样的竖瞳，在蒙蒙雨雾中散发着幽幽光芒。

那是食肉动物见到食物后，自然而然露出的眼神。

眼看巨鸟俯身而下，尖利的爪子即将触碰到贺知洲的身体，忽然有一道佛光闪过，晃得它眯起眼睛。

巨鸟尖啸一声，又回到了半空之中，一双幽异的瞳孔却还是死死地盯着他们这边。

所、所以……

这这这到底是怎么回事儿？！

"施主不必担心，有此金刚罩护体，玄鸟暂时不会伤你分毫。"

贺知洲顺着这道声音看去，在不远处见到个打坐的小和尚。

和尚看起来不过十六七岁，虽然秃了头，但那张脸即使是身为直男的他看来，也称得上十分漂亮。明眸皓齿、面如白瓷，更不用说浑身散发着股不容冒犯的圣洁感，令人挪不开视线。

而在小和尚身边，居然还聚集了五个陌生的修士，同样处在金刚罩中。

"那是食人的玄鸟，特意守在此地。"和尚朝他微微一笑，少年音如沐清泉，"我们奈何不了它，只能藏身于此地。"

贺知洲差点儿一口老血吐出来。

先进狼坑又入虎穴，亏他还满心以为终于逃过一劫，结果遇上了个更大的怪物。

就像踢足球的时候好不容易进了球门，然而晃眼一看才发现，进的是自家的门。

贺知洲咽下一口苦水，苦着脸道谢："多谢。请问阁下是……"

"这是梵音寺的明空小师父，道友居然不认识？"小和尚没开口，倒是他身旁一位音修抢先出声，见贺知洲茫然摇头，又讶然道，"道友可知，当今梵音寺有三大绝世功法？"

贺知洲沉默了一下，试探性地发问："那个……大威天龙、世尊地藏、般若诸佛般若巴麻轰？"

"是万佛朝宗、无相劫和金刚护体神功。"音修睨他一眼，朝着明空呵呵笑了几声，颇有几分讨好谄媚的意思，"其中金刚护体神功难度最大，寻常佛修要想修到第三层，至少需要百年时间。而我们的明空小师父，只用了十年！"

十年。

那的确是个天才啊！

贺知洲化身星星眼小迷弟，好奇地继续追问："那其他的功法呢？"

现场陷入了一阵诡异的沉默。

明空双眸含笑地看着他，端的是一个清风霁月、超然出尘。无懈可击的五官被笼上一层淡淡薄光，映得整个人高洁如雪岭之花，佛性天成。

贺知洲看见他微笑着抬起右手，绕着自己光洁锃亮的大光头，慢慢比画了一圈。

——像个浑圆的鸭蛋。

意思明明白白地摆在那里：小爷都不会，没想到吧？

"毕竟是三大绝世功法嘛，能练成一种已经很厉害了。"音修搓着手笑了笑，紧紧盯着明空的侧脸，"除了这三个，明空小师父其余的功法一定也是出神入化，对吧？"

明空淡淡瞥他。

紧接着他抿唇一笑，同时举起两只手。

然后绕着两只眼睛，跟熊猫的黑眼圈似的，在眼眶外又画了两个圆。

这个动作实在有点儿傻，贺知洲看笑了。

小和尚还挺幽默淘气。

——所以你其他功法的进度全是0吗！偏科也不带这样子的吧！居然还能笑着讲出来，这就是你们梵音寺的天才吗！

贺知洲大概没见过比自己更不靠谱的人，当场震惊得瞪圆了眼睛，竖起大拇指直呼“内行”。

“人不犯我，我不犯人。所谓求佛问道者，随心、随缘、随性，既已有了保命防身之术，又何苦再去伤害别人？”明空保持着观音坐莲的姿势，美眸清明如星月，“练成金刚护体神功，便足矣。”

那边的音修已经开始嗷嗷大叫，什么“不愧是明空小师父”“出家人以慈悲为怀”，但贺知洲觉得吧，这人就是脑子有点儿问题。

明空弯着眼睛将众人扫视一遍，干净澄澈的声线里听不出半分焦急恐慌：“诸位施主无须担忧。欲为诸佛龙象，先做众生马牛。每一种创伤，都是一次成熟，只有渡过此番难关，才能在修道养性的过程中再进一步。”

贺知洲默了。

老兄，这不是成熟。

你是马上就要直接熟了好吗？

他心里吐槽不断，身旁的许曳似是恢复意识，稍稍动了动。

与此同时，不甘心放走食物的玄鸟俯冲而下，隔着金光闪闪的一层罩子，与他四目相对。

于是当许曳醒来，便看见他那极度不靠谱的贺兄与传说中的玄鸟两相对峙。

在一阵沉默之后，贺知洲竟然底气十足地大喊一声：“别看我！你要是把我做成食物，是会吃苦头的！”

许曳只当是在做梦。

贺知洲这时候怎会如此硬气？难不成他只是平日里习惯了逗趣耍宝，如今遇到危险时刻，便挺身而出——

他一段话还没完全浮上脑海。

就看见贺知洲面目狰狞地低头，从包袱里拿出一株以剧苦剧臭闻名的蛇影草。

然后他毫不犹豫地揉烂碾碎，一股脑儿地涂在自己脸上。

真·苦头。

许曳：“……”

你有病吧大哥！谁家的吃苦头是真的把脑袋弄苦，然后递给别人吃啊！这不是直接白给吗！求求你有点儿抗争精神吧！

没想到的是，玄鸟似乎真听懂了贺知洲的话，在微微一愣后，索然无味地把视线转向别处。

被两个橘黄色瞳孔注视着的流明山符修瑟瑟发抖。

“别看我！我这人铁石心肠，肚子里全是硬邦邦的，不好吃！”他停顿片刻，指了指不远处的另一个人，“他不错！他是人渣，吃下去不塞牙。”

——宝才啊！流明山捡到鬼啦！

不是吧不是吧，贺知洲的傻子病都能传染？！你们符修都是这种德行吗？！这个世界到底怎么了？！

“我呸！”被指到的媚修愤然起身：“玄鸟大人，您可要明鉴啊！别人都说我冷血无情，这血，贼冻牙。”

玄鸟诡异的竖瞳微微一缩，竟有了几分戏谑的意思。

媚修永远也忘不掉，当他说完上述那段话后，那只掌控着生杀予夺的圣级灵兽冷冷一笑，用黑白无常索命般的语气告诉他：“没关系，我不吃生人，只吃熟人。煮熟了，还怕冷血吗？”

媚修身形一晃，一颗千疮百孔的小心脏差点儿直接跟着这句话一起上路。

太恐怖了，太恐怖了。

许曳听得目瞪口呆，这群修士都不正常，连玄鸟也被带偏到阴沟沟，开始玩起了弱智的文字游戏。现场唯一看上去比较正经的……

好像只有梵音寺的明空小师父。

这是个出了名的天才、金刚护体神功的主人，更何况佛修都是清一色的正经严肃，必定不会弄出什么幺蛾子。

于是他忍着痛，朝明空身旁靠近一些：“小师父，现在是个什么情况？”

“如今情形并无大碍，倒是施主的眼中，为何常含泪水？”明空垂眸与他对视，无比怜爱地皱了皱眉，声线清冷如山泉，“如果我是一只山间的小鹿，一定会因为你眼中这浓郁的忧愁直接死去。”

他顿了顿，又道：“不如与我一同仰望星空，看看这天阶雨色，佛说，谁是谁的因，谁又是谁的果，因果——啊，这山。啊，这水。”

许曳：我去，你能不能说人话？

所以后面那句完全没用的山水只是你实在编不出来，随便乱加的吧！也太没有连贯性了，好吗！佛压根儿没说过那句话，对吧！

神志恍惚间，许曳看见贺知洲不知从哪儿冒出来，跟着明空的声音摇头晃脑：“天青色等烟雨，而我在等你。明空小师父好兴致。”

不远处有人在喊三缺一，等到花儿都谢了。

原来这就是各大门派里的精英弟子，他爱了，爱了。

感觉人生观受到了严重冲击的年轻剑修木着一张脸，找了个无人问津的角落默默蹲下。

他孤单可怜又无助，像个被世界抛弃的小孩，心里唯一的牵挂，就是如今不知身在何方的师姐苏清寒。

师姐，你知道吗？

天青色等烟雨，你的曳曳在等你。

贺知洲醒来的时候，天色已蒙蒙亮。

昨夜的雨终于停下，从山峦交接的缝隙里映出朦朦胧胧的鱼肚白。空蒙的山色被雨水润湿后更显翠色欲滴，一声鸟啼刺破静谧，带来浅浅的霞光。

明空的金刚罩像一把巨大的伞，散发着显而易见的明亮佛光，将在场所有人笼罩其下。

不少修士都还没醒来，或靠或躺地分散在各处歇息。除他之外，只有两个醒着的人并肩坐在一起，似乎在谈论什么。

正是明空与许曳。

贺知洲往前凑了一些。

明空低声道："唱月峰乃小重山最深处，再往前，便是无穷尽的深海汪洋。或许就是因为这处独到的地势，才得以催生出极为珍贵的圣品灵植——银丝仙叶。"

许曳了然地点头："所以说，诸位都是为了银丝仙叶而来，没承想看守在此处的玄鸟不放行，小师父便立了这金刚罩用以避险。"

他来小重山前做了充足的准备，自然知晓关于唱月峰的事情。

银丝仙叶与天心草一样，都是可遇不可求的天灵地宝。虽然许多人都知道前者生在唱月峰中，但不知出于什么原因，有只巨大的玄鸟一直盘旋在峰顶之上，不让前来寻宝的修士们靠近分毫，所以即便过了这么多年，银丝仙叶也没被采走。

"圣阶灵植皆有灵气，玄鸟之所以护在银丝仙叶近旁，或许是为了吸取灵气，助它修炼。"明空低眉顺眼，长睫上洒落几缕绯红朝阳，"它的实力深不可测，恐怕即便我等联手，也难以取胜。"

其实大师你只会金刚罩这一招，就算与你联手，好像也和单打独斗没什么两样。

贺知洲挠了挠胡乱翘起的头发，睡眼惺忪地插话："那咱们之后怎么办？难道要一直待在这儿，等秘境关闭的时候自动把我们送出去？"

许曳目光复杂地看他一眼："玄鸟的听觉和嗅觉异常敏锐，甚至能感受到万物体内的灵气，我们现在只要一出去，就会立刻被它逮到。只不过明空小师父告诉我……"

明空与他对视一眼，悠悠地一笑："其实有件事，我没有告诉施主。"

此话一出，贺知洲就下意识地感到不太对劲儿，凝神听他继续道："小僧灵力有限，这个金刚罩，最多还能支撑两个时辰。"

贺知洲吸了口冷气："所以说两个时辰之后，我们就要变成玄鸟的炭烤人肉串了？"

"如果只需要保护一个人，金刚罩本来可以撑很久。"一旁的许曳皱了皱眉，"但明空小师父将它匀给了我们，对灵力的需求大幅增加，这才导致坚持不了太长时间。"

也就是说，明空本有机会独善其身，却为了身旁这些素未谋面的修士，甘愿放弃求生的机会。

届时金刚罩破，他的灵力所剩无几，就算是逃跑，也一定是跑在最后的那个，必定没有生还的可能性。

贺知洲原以为这人不过是个不靠谱的小和尚，听此一言，心头不由得重重一颤："这怎么行！那那那、那你赶快把我们放出去！还真打算演《无人生还》呢！"

"小僧告诉过施主，杀伐无用，慈悲为怀。我修炼金刚护体神功，本就是为了济世度人、以御止杀，如今能为诸位搏来一线生机，便已完成了我的'佛道'。"明空摇头微笑，"忍苦捍劳，繁兴大用，贵心不移，一往直前履践将去，生死亦不奈我何。"

许曳听得一愣一愣："小师父，最后这句话什么意思啊？"

明空的微笑僵在脸上。

明空："我昨日生食了白菜，味道还不错。你们饿了吗？"

居然直接转移话题了！这转移得也太生硬了吧！

贺知洲算是明白了，这人虽然看上去是个文艺青年，但其实对那些佛学文献一窍不通。偶尔引经据典，也不过是挑一些记得的句子，实则压根儿就不晓得是什么意思。

三秒钟之前，那个觉得明空有点儿小帅的他真傻，真的。

"这不行。"许曳握了握腰间的长剑，眉头紧锁，"我已经计划好了，待会儿金刚罩破，我就抢先冲出去吸引玄鸟的全部注意力，你们趁机逃跑，不必管我。"

他说罢深吸一口气，递给贺知洲一样东西。

那居然是张被折叠着的白纸，最外层龙飞凤舞地写着几个大字："遗书第十稿。"

下面还有行同样像狗爬的小字——

"苏师姐不要伤心，虽然我死了，但我会一直跟在你身边。夜半孤单的时候看看身后，也许能见到我陪伴着你的影子。"

贺知洲："……"

这段话翻译过来，难道不是"做鬼也不会放过你"？老兄你是有多恨这个苏师姐，临死前还不忘记给她讲鬼故事？

贺知洲不知道是该哭还是该笑，神情复杂地接过遗书，忽然又听见明空道：“两位不必如此悲观。在顺境中修行，永不能成佛，不到最后一刻，谁也不知道能否遇见新的机缘。”

许曳一怔：“机缘？”

年轻的和尚抬起长睫，黑眸被朝阳映出莹亮光彩，倒映出天边的一道白影：“那不就是了吗？”

他身旁的两名剑修同时抬头，又在同一时间露出十分惊讶的神情。贺知洲低低唤了一声：“宁宁！”

只见不远处的剑光越来越近，比割裂阴阳昏晓的朝阳更为刺目。

一个年轻的姑娘从剑上跳下，在看见他们二人时微微一愣：“你们怎么会在这儿？不是说好了去之前吃鱼的河边会合吗？”

“我不是恐高——”

不对。

贺知洲话说一半便陡然停下，条件反射地抬头望一眼天空。

玄鸟的嗅觉与感知能力远超人类，当初他和许曳刚来这里，就被它发现了踪迹。

如今宁宁来得毫无防备，加上此时正值白天……那恶兽一定马上就会闻风而来。

许曳显然和他想到了一块儿，当即压低声音道：“当心！此处盘踞着食人玄鸟，很可能已经发觉了你的踪迹！”

宁宁仰起脑袋，环顾天空一圈。

视线所及之处唯有破晓时混沌的苍穹，云朵慢悠悠地走，连风也尚未醒来，四周安静得犹如时间已然静止，哪有丝毫异样？

“施主可是带了珍稀灵植而来？”

明空并未露出困惑的表情，反而神色如常地笑了笑。在看见对方点头之后，他缓声解释：“玄鸟嗅觉灵敏、感知力强，之所以能在远处察觉我们的存在，是因为感受到了每个修士体内的灵气。”

他顿了顿，留给呆呆的贺知洲一点儿思考时间：“而圣阶的灵植，会散发比修士更为浓郁的气息，从而将她自身的那部分全然掩盖——对于身在远处的玄鸟来说，这位施主与周遭花草并无不同。”

贺知洲恍然大悟：“吉利服啊！”

许曳松了口气：“你怎么会来这里？古木林海如何了？”

对于受了伤的自己被贺知洲带着逃跑一事，他心里十足愧疚。此时见宁宁安然无恙，一颗悬着的心才终于放下来。

“古木林海的万年龙血树遭到魔气侵蚀，好在已经被裴寂解决了。”宁宁长话短说，“但他强行破开识海激发潜能，现在情况非常糟糕。苏清寒师姐说，这里的银丝仙叶能救他。”

“苏师姐？”许曳激动得咧嘴笑起来，“你遇上她了？她现在何处？没有一起来吗？”

宁宁摇头：“她在照顾裴寂。”

想起古木林海中的情形，宁宁不由得眸光微暗。

当时她的双眼被魔气遮挡，只能听见周围大作的狂风与龙吟般的剑啸，四周是血海一样的浓烈铁锈味，在眼前魔气消失的瞬间，耳膜几乎被一道尖厉的哀号刺穿。

随着哀号响起，古木林海中骇人的猩红逐渐消散，慢慢淡化成熟悉的盈盈浅绿。

血雾一点点退去，龙血树枝干上的每条褶皱都像喇叭似的裂开，源源不断的黏稠树脂将整棵树染得通红。张牙舞爪的藤蔓都没了力气，被包裹在其间的弟子们纷纷落地。

而在距离龙血树咫尺的地方，身着黑衣的裴寂垂头而立，几乎成了个血人。

想来他五脏六腑都受了震荡，筋脉亦严重受损，之所以能挺直脊背站立，全靠那把插在魔核上的长剑支撑。

宁宁想不明白，裴寂为什么要蒙上她的眼睛。

但据苏师姐说，万幸她没有看见当时的场景，否则一定会连续做上好几天的噩梦。

什么树干上的那张脸忽然变成了暴怒的表情啦，什么整片林子的血雾和藤蔓都一起朝裴寂那边涌啦，什么裴寂的眼睛和嘴巴都在流血，表情吓人得很啦。

无论如何，这场莫名其妙，和原著完全搭不着边的异变终于得到了解决。但身为解决异变的人，裴寂的情形实在不容乐观——

严重的内伤，加上他体内的魔气在那之后猛然上涌，占据了绝大部分身体。

正道修士体内都充盈着纯净的灵力，裴寂自然也不例外。

可偏偏这种灵力与魔气完全不相容，在身体里发生冲突，造成的痛苦无异于血管与骨骼被一点点撕裂砸碎，常人恐怕连一瞬间都无法挺过。

但裴寂居然咬着牙，脸色苍白地硬生生熬，等宁宁小心翼翼地靠近他，他甚至声音低哑地微颤着说了句：“别管我，让开。”

天晓得讲出这句话，究竟用了他多大的力气。哪怕是不太友好的句子，也让人没办法生气。

宁宁手里的天心草可治病解毒、滋养灵兽，对魔气却毫无办法。苏清寒沉吟片刻后告诉她，要是能找到仙气天成的银丝仙叶，或许能逆转局势。

于是经过一番商议，由苏清寒留在林海中照顾裴寂，而宁宁则独自前往唱月峰，尝试找寻银丝仙叶的踪迹。

“若是身怀天心草，拥有一定的隐蔽能力，说不定施主真能拿到银丝仙叶。”明空听完来龙去脉，颔首笑笑，“为救同门置身此等险境，如果我是山中一只死去的小鹿，一定会因为这份感人至深的情谊再活过来。”

贺知洲面无表情地睨他一眼。

这人不应该是个佛修，应该叫他薛定谔的小鹿，死了又活，活了再死，死死生生无穷尽也。

量子和尚，属实高端。

众人谈话间，明空忽然指尖一动，压低声音道：“玄鸟快来了，宁施主务必藏好——我这里有份唱月峰地图，标注了仙叶的位置，你拿去吧。”

宁宁点点头，道谢后接过地图，闪身至另一边的树丛中。

玄鸟如明空所说翩然而至，见金刚罩仍然存在，有些失望地低哼一声。

它原本打算看了就走，不承想似乎察觉到什么异样，橘黄色的瞳孔骤然缩起，晃了晃身后火焰般夺目的尾巴。

然后它拿鼻子嗅了嗅空气，爪子往右边缓缓一挪。

正是宁宁躲藏的方向。

他们这群人自身难保，要是宁宁被这只鸟发现，绝对直接玩儿完。贺知洲一颗心提到了嗓子眼，后知后觉地意识到——

对了。

因为给了别人两片叶子，所以宁宁的那份天心草……只有一半啊！

叶子只剩下两片，气息自然也就大不如前，无法将她的灵气全部掩盖。眼看玄鸟缓缓朝她所在的树丛踱步而去，贺知洲深吸一口气，大喊一声：“等一下！”

玄鸟冷冷地扭头瞥他，不过转瞬的工夫，便又别开目光，继续向前。

对于它这种实力超绝的灵兽而言，普通金丹期修士和地上的小花小草没什么区别。要是有人走在道上时被野花碰了脚踝，一定也是懒得理会的。

贺知洲一个头两个大，为了吸引对方的注意力，干脆狠下心来豁出去，直接加大音量喊——

“别走！其实我乃玄虚剑派……那个、那个天羡子！”

见玄鸟脚步微顿，贺知洲赶紧乘势补充：“我在仙魔大战中受了伤，修为大损，现在我痊愈大半，将灵力恢复就可以统治修仙界。只要你不动我们，我就给你记一个大功，来日赏你无数奇珍异宝！”

玄镜外的天羡子被桂花糕直接噎住，翻着白眼干咳。

这番言论实在惊世骇俗，玄鸟没听说过“我，秦始皇，打钱”的套路，闻言垂下脑袋，细细将贺知洲打量一番。

它虽然身处秘境，却听闻过天羡子的大名和事迹。眼前的少年虽然气质与他极像，但毕竟没有十足把握，很快冷笑道：“黄口小儿，有何证据？”

贺知洲想了想，拿出自己用补丁补补丁的包袱：“这是我的包裹，用了五年。”

又掀开衣摆，本应该是腰带的地方，赫然圈着根光溜溜的树藤：“这是我的腰带，用了半年。”

最后把包打开，里面居然歪歪扭扭地绣了几个大字：“撑住，别穷死了。”

玄镜外的曲妃卿第一个没忍住，扑哧笑出了声。

随即周围哈哈声大起，充满了快活的空气。

“胡闹！这是我吗？”天羡子猛地从椅子上站起来，“我是这种形象吗？”

他义愤填膺，没想到秘境里的玄鸟双目浑圆，竟用了十分惊讶的语气：“你真是天羡子！”

天羡子：“……”

玄鸟还在兀自惊讶，贺知洲与藏在树丛里的宁宁交换了个眼神，暗示她赶紧趁机去找仙叶，由自己拖延时间。小姑娘在一瞬迟疑后点点头，很快没了踪影。

来到异世这么久，贺知洲从来没有忘记过，他曾经是个演员。

还是非常喜欢给自己加戏的演员，由于长相突出，接到的全是爱情戏。

他同时明白，能在瞬间吸引女人注意力的，一定也是爱情戏。

他蛰伏了这么久，终于有机会展示一下，什么叫作专业特长，什么叫作 21 世纪的智慧。

宁宁，你放心去吧！这只鸟必不可能从此地离开！

“我此番来，本是为了找寻仙灵药草，治疗旧疾。万万没想到，在这里遇见了你。”

贺知洲传音入密，让明空解除了自己身上的金刚罩，忍着双腿的颤抖一步步往前：“喜欢一个人需要理由吗？需要吗？不需要吗？需要吗？”

这是《大话西游》。

剧情太过匪夷所思，玄鸟的脸上出现了一丝茫然。

然而贺知洲还在继续向它靠近：“一生至少该有一次，为了某个人而忘了自己，不求有结果，不求同行，不求曾经拥有，甚至不求你爱我。只求在我最美的年华里，遇到你。”

这是《恋恋笔记本》。

“你清醒一点儿。”玄鸟总算被他稳住，停下了正欲离开的脚步，“你是人，我是妖，人妖殊途。”

贺知洲低笑一声，醇厚如酒的嗓音显得格外诱人。

玄镜内外，所有人都听见他说：“要是我天羡子，就好这一口呢？”

终于又有人没忍住，笑得跟公鸡打鸣似的。

天羡子硬了。

拳头硬了。

言语之间，玄鸟眸光微动，轻轻扇动翅膀。

一阵疾风过后，原本硕大的鸟身竟倏然不见。取而代之的，是一名身着红衣、姿容艳丽的年轻女子。

“想不到大名鼎鼎的天羡长老竟是如此，真是个漂亮的男孩子。”它笑得漫不经心，伸出右手食指，挑起贺知洲白净的下巴，“我独身多年，偏偏又喜欢小孩。这几天正想要个新孩子……既然天羡长老也有心，不如咱俩来试试？”

真好，贺知洲想，他目前还是个漂亮男孩。

希望最后别阴沟翻船，变成一具漂亮男骸。

“想要个孩子？”

眼看女人越来越近，贺知洲的笑越来越僵，心中警报狂响。但秉承着《演员的自我修养》，他还是坚持继续念台词：“这个很好实现啊！要不然……我现在就满足你的愿望？”

这回连玄鸟都愣了一下：“现在？”

“现在？！”

一个被贺知洲吵醒的媚修听得面如菜色，心里对这个名扬五湖四海的男人多了一丝颤抖的敬畏。

他是造了什么孽啊！

一醒过来，就看到玄虚剑派的贺知洲对着大鸟深情告白，如今竟然还要——

苍天，玄虚剑派弟子为何那样？

其余人惊吓连连，只有许曳欲言又止，皱了皱眉。

从贺知洲说自己是天羡长老时，他就想问了——

玄镜是今年加设的新器物，贺师兄他、他不会不知道，长老们会通过玄镜监视秘境里的情形吧？！

玄镜外，已有女修面色通红地别开视线：“不愧是玄虚剑派，果真数一数二。”

也有人目瞪口呆：“为了拖延时间，竟不惜做出此等壮举，真是非常人所能及也！在下佩服，佩服！”

片刻之后，没有人再说话。

镜里镜外数十双眼睛，一起目光复杂地盯着逐渐靠近的一人一妖。

他们看见贺知洲一把将红衣女人抱住。

然后“哇”地张开嘴，嗓子尖得能戳破气球：“娘！”

他顿了顿，声音更大：“羡羡饿，羡羡想吃饭饭。嘤。”

玄鸟：“……”

玄鸟的表情已经不能用“诡异”来形容了，如果非要描述，应该是“五彩斑斓的黑”。

天羡子：“……”

天羡子的表情，让人想起他当年被骗走十万灵石，穷到啃西瓜皮、南瓜皮、橘子皮的时候。

“天羡长老，”曲妃卿笑得人快没了，趴在椅子扶手上直抽抽，“你们玄虚剑派的人，戏可以和你们的钱一样少点儿吗？”

她话音未落，又听见旁人道：“你们快看，玄鸟直接化成鸟身飞走了！”

“这……莫非是贺小道友凭借着独一无二的天赋，竟把一只高阶灵兽给恶心跑了？”

“看来这鸟也不爱吃油炸食品，啧啧。”

“等等。”唯有流明山掌门人何效臣敛了神色，身子稍稍前倾一些，试图把玄镜里的画面看得更清楚，“看玄鸟的轨迹，应该是打算去仙叶那边吧？那岂不是……和宁宁直接撞上了吗？”

宁宁按照地图一直往密林深处赶，随着朝阳逐渐撕裂残余的昏沉夜色，眼前景象也逐渐明朗开阔起来。

穿过密密匝匝的树林，竟来到一处悬崖顶端。

唱月峰乃小重山尽头，视线越过周遭嶙峋的石块，便是悬天般高耸的陡崖。崖底汪洋大海无边无际，雪白色浪花拍打在石壁之上，像极了剑光浮影，转瞬即逝。

进入小重山秘境的，都是金丹期修士。此等修为之人无法与玄鸟抗衡，更不可能在它凌厉的攻击之下来到这里，见一见银丝仙叶真正的模样。

就连“银丝仙叶生在唱月峰”这一传闻的由来，也是数年前一名弟子进入秘境时，恰好被传来此处，这才见到那株传说级别的仙草——

至于他究竟是如何哭爹喊娘地成功逃脱，就是另一个颇为惊险刺激的故事了。

而今宁宁站在悬崖顶端，被呼啸而至的狂风吹得眯起眼睛，在看清前方的景象后，微微勾起嘴角。

陡崖尽头的平地上，生有一株散发着盈盈光华的灵植。与寻常植物不同，它总共只有一片长且细的叶片，通体呈现出星光银河般莹亮的雪银色，此时沐浴着淡淡晨光，便更显得如梦如画。

崖顶狂风大作、飞沙走石，它却始终静静立在整个秘境最深的角落，不曾有丝毫动摇，天光地影皆在此处浑然汇集，不愧为汲取日月精华而生。

饶是宁宁也能感受到这株灵植所散发出的柔和灵气，应该正是传说中的银丝仙叶。

不知道贺知洲能把玄鸟拖住多久，她来不及顾及其他，立刻迈步向前将仙叶摘下。

和天心草一样，这种圣阶灵植往往需要数百年才能凝成一株，因此宁宁在摘取时格外小心，不去破坏植物根茎的位置，好让它能尽快重新长出。

然而她摘完抬头，晃眼一瞥，却不由得愣住。

崖边植被稀疏，被重重叠叠的岩石层层包裹。而在某个被石块掩映着的角落，赫然出现了一抹刺眼绯红。

那竟是个椭圆形的蛋。

圆圆滚滚，高度有一米多，呈现出与玄鸟羽毛无异的鲜红色泽，遥遥望去，宛如一团燃烧着的火焰。

它所处的位置极为隐秘，加之宁宁一心取得仙草，因此之前并未察觉这抹红色。此时不经意间望见，心脏用力地扑通一跳。

这是……玄鸟的蛋？

原来是这样。

玄鸟之所以拼命护着银丝仙叶，是为了自己的孩子。

之前她在古木林海与苏清寒交谈时，就曾谈论过，玄鸟究竟为何会死守银丝仙叶。

“其实银丝仙叶的最大用途，还是解毒与抑制魔气。但由于圣阶灵植都拥有清心凝神的灵气，所以绝大多数人认为，玄鸟是为了通过它汲取天地精华，提高自身修为。”苏清寒道，“也有人觉得，说不定是因为玄鸟生了蛋，想通过它来滋润幼鸟。”

见宁宁露出困惑的神色，她耐心补充：“玄鸟一族极为罕见，虽然成年后实力极强，在幼年期却十分脆弱——不但孵蛋需要百年，孵出来后的幼崽也虚弱至极，如果没有珍稀灵植吊着一口气，很可能会在出生不久后死去。”

宁宁点点头：“师姐你曾经说过，天心草的作用才是滋养生灵，如果玄鸟想要修炼或孵蛋，为什么不去直接找天心草呢？”

苏清寒摇头笑笑：“且不说天心草踪迹难寻，听说曾有人见到过一株，本想强行抢夺，却差点儿被看守在旁的石中灵夺了性命。据他所说，那石中灵不知吸取了多少来自天心草的灵气，早就成了这秘境中实力最强的半仙，恐怕即便是玄鸟，也很难从她手中把天心草夺过来。”

当时的宁宁惊讶得微微张圆了嘴。她是怎么也没想到，那个看上去平平无奇，甚至有几分书痴气质的姐姐，居然会是这方秘境里 boss 级别的人物。

扫地僧果然无处不在啊。

“玄鸟竟是为了繁衍子嗣。”玄镜外，一名修士喃喃自语，“难怪它会拼了命地护着银丝仙叶……我之前还纳闷，明明以它如今的实力，应该并不需要靠灵植增进修为。”

有人惊讶道：“我听闻玄鸟蛋在孵化之时，颜色会随着孵化进程由白变红，看它的模样，应该快破壳了。”

万剑宗的红裙女修也来了兴致：“不过与天心草相比，银丝仙叶的孵化能力只能算是退而求其次。待会儿玄鸟回来，就算宁宁与之撞见，不也可以利用天心草与它进行和平交易，免受伤害？”

“这可不妥。”一旁的曲妃卿低声一笑，“要是玄鸟性情贪婪，直接杀了宁宁夺走天心草，她能有什么办法吗？诉苦都没地方说去。”

“难怪之前玄鸟与贺知洲谈话时，说的是‘喜欢小孩……想要个新孩子’。”

天羡子嘿嘿地咧着嘴，似乎想起什么，眼底笑意更深：“诸位别忘了，我们可是打过赌，看哪家弟子能率先夺得银丝仙叶——如今结果已出，记得交钱。”

“等等！诸位快看！”浩然门长老眉头一拧，死死盯着玄镜之中，“那道影子……是不是玄鸟回来了？！”

镜中画面一转，果然在天际见到一束火红的光。

玄鸟来去如风，降落在地面时，引得石子纷然滚动。许是因为原身体形太大，它在落地后便化身为红衣女子的模样，还没走动几步，神色便陡然凝滞。

——本应该生有银丝仙叶的地方，如今空空如也。

可偏偏它从未感受到有谁靠近过此地，周围更是不存在一丝一毫生人的气息。难道银丝仙叶还能生出双腿来，凭空跑了不成？

它越想越烦躁，原地来回踱步一番，眸中神色越发狠戾，隐隐地由橘黄渗出血一样的红光。

“奇怪，宁宁藏去了哪儿？”

玄镜外的何效臣四下找寻，却并未见到小姑娘熟悉的身影。他们将画面转向玄鸟，再回来时，宁宁便不见了踪迹。

曲妃卿敛了眉目，唇角终于没了笑：“此地平坦开阔，唯一可供躲藏的，是蛋旁的石堆。”

很显然，玄鸟和她想到了同一个地方。

身着红裙的妖艳女子神色阴狠，一言不发地朝石堆一步步靠近。

为了让这个孩子诞生，它在此地守候了足足百年，要是功亏一篑……

它必定叫那小偷生不如死。

火焰般的红色带着刺骨杀意，渐渐划破深褐色的土地。

玄鸟来到那堆嶙峋石块前。

镜外有不少人同时屏住呼吸，心肠软的女修，甚至已经别开了视线。

众人看见它缓缓低头，面带狠意地探身至石块之后。一缕冷风吹过，撩拨得远处树叶哗哗作响，像是某种倒计时般的钟声。

玄鸟的瞳孔猛地一缩。

石块后……居然什么也没有。

“没、没有？”

镜外有长老倒吸一口冷气：“难道她逃走了？”

小偷一定是逃走了。

红衣女人眼底冷光一闪，不过抬手之间，便又化为巨鸟的模样，扇动翅膀腾空而起。

论飞行，那小偷的速度定然比不过它。

“宁宁不可能比玄鸟快，一定会被它追上。”何效臣剑眉紧锁，“难道她是利用了玄鸟的视觉死角，巧妙周旋后御剑离去了？”

天羡子哈哈大笑：“非也非也。何掌门不如再仔细瞧上一眼，崖顶除了那些石头，不还有个蛋吗？”

“蛋？”万剑宗的红衣女修好奇张望，“可之前玄鸟查探的时候，蛋后面分明——啊！”

她说着露出了极为惊喜的神色，美眸含笑：“这蛋……在不久之前就已经快孵化了。”

女修话音刚落，玄镜中圆滚滚的巨大鸟蛋便悠悠一晃。

随即顶层的蛋壳被小心翼翼举起来，从里面探出脑袋的却并非玄鸟幼崽，而是个明眸皓齿的小姑娘。

宁宁举着圆溜溜的蛋壳晃晃脑袋，悄悄松了口气。

当时她察觉天边有异，明白玄鸟很快就会回来。要是藏在石头后面或当场逃走，一定会被它当场抓获，更何况她已经摘了银丝仙叶，无论如何都解释不清。

千钧一发间，不远处一直安安静静的鸟蛋忽然轻轻一晃，发出十分细微的、有什么东西裂开的声音。

天无绝人之路，玄鸟幼崽居然破壳了。

“她居然躲在了鸟蛋里面。”何效臣也笑了，“这上下的裂口严丝合缝，被她紧紧一盖，不仔细观察还真看不出猫腻。玄鸟又寻人心切，更不会发现那小小的裂痕。”

有人补充道：“它孵化只差临门一脚，如今估计是受到她身上天心草的影响，直接破壳了。”顿了顿，又抚着长须轻笑，“真是无巧不成书啊。要是宁小道友身上没有天心草，定不会有此等巧遇。”

他们你一言我一句地说，曲妃卿看着玄镜里的少女，眼底薄光更深。

“谢谢你啦。”

宁宁低下脑袋，看一眼手里捧着的玄鸟幼崽。它与其他鸟类有所不同，不仅蛋壳中清新洁净，带了股淡淡奶香，还生出了丰满的羽翼，摸起来热乎乎又毛茸茸。

虽然鸟蛋很大，刚出生的幼崽却只有巴掌大。小家伙似乎很喜欢她，一个劲儿地往宁宁身上蹭，一双小翅膀轻轻扑腾，滑过手掌时，带来电流经过般的痒。

“我不能在这里待太久，得先走啦。”

她摸摸玄鸟脑袋，惹得后者眯起橘黄色的双眼，在手掌上滚了个圈，活像个火红的小团子。

“不过……”宁宁把手中的银丝仙叶旋了个圈，压低声音笑了笑，“有个礼物送给你哦。”

玄鸟没找到偷走银丝仙叶的罪魁祸首，满心愤懑地回到崖顶，居然见到满地碎裂的蛋壳。

它期待了百年的孩子在蛋壳里转来转去，听见脚步声时呆呆抬头，圆溜溜的小眼睛扑闪扑闪，充满了新生的生机。

玄鸟幼崽身体不好，走了没几步便直挺挺地摔了一跤，翅膀有气无力地晃，虚弱得发不出声音。

而在幼崽身边，规规矩矩地摆放着两片浑圆的叶子。沁人心脾的灵气在一瞬间席卷上心头，让它不由得愣在原地。

那竟是……它寻了百年而不得的天心草。

也是能确保它孩子平安长大的唯一宝物。

究竟是怎样的人，才能从石中灵手里将它夺来，而且还在此刻……白白送给了它。

将如此贵重的灵植拱手相让，简直不可思议。

除了天心草，蛋壳里还有张小小的字条。

玄鸟将它轻轻拿起，眸中冷冽的杀意退去，渐渐浮起笑意。

“我等为救人性命，不得不摘走银丝仙叶，为表歉意，特将天心草赠予夫人。”

下面还有一行字：“小朋友要平平安安地长大哦。”

宁宁回到古木林海时，身后还跟着贺知洲与许曳。

之前他们之所以屈居于金刚罩中，是因为玄鸟感知力超强，一旦察觉金刚罩破，便会飞来猎捕食物。

如今它得了幼崽，暂时不会分心到其他事儿上，一众修士才终于得到机会离开唱月峰。

古木林海在一场苦战后恢复了原本模样，苏清寒带着裴寂暂居于一处洞穴。在见到裴寂的瞬间，饶是心大如贺知洲，也没忍住皱紧了眉。

亏他穿了黑衣，如果是别的什么颜色，恐怕早就被染成了深红近黑的色泽。

露在衣服外的手臂与脖子裂开了好几道血痕，虽然被简单擦拭过，却还是能看出当初血肉模糊的样子；脸色则是比纸片更为苍白，仿佛为了抑制呻吟般，他拧了眉头，死死咬着嘴唇。

更令人感到无比惊讶的，是缠绕在他身旁的浓郁魔气。

贺知洲知道裴寂拥有魔族血脉，却从没想过，魔气外溢竟是这般景象。

纯黑雾气强烈得如有实体，将他浑然笼罩。血色静静融在浓雾之中，像一条条夺人性命的毒蛇，一点点地逐渐汇聚，凝聚成漆黑的炼狱深渊。

眼底的泪痣红得诡异，好似无法被擦拭的干涸血珠。

就这副模样，哪里还需要什么磨刀石啊，自己磨自己不就成了吗！

宁宁阴错阳差正好带了丹炉，在苏清寒的指导下炼好药材后，赶忙送去给裴寂服下。

那小子魔魇缠身昏迷不醒，好不容易吞了药，还是没有任何动静。

这一番折腾下来，宁宁简直心力交瘁，喂完丹药就懒洋洋地靠在洞穴石壁上，闭目养神稍做歇息。

贺知洲知道她焦头烂额地到处跑累了，当即提出与另外两人一同外出，找些食材犒劳犒劳小姑娘。

苏清寒临走前沉思片刻，特意嘱托："裴寂师弟如今被魔魇所困，宁宁师妹尽量一切顺着他，防止他因心神不定而入魔。"

于是洞里只剩下宁宁和裴寂两人。

她这两天斗智斗勇，忙上忙下，在生死边缘反复横跳，这会儿虽百无聊赖，却又累得不想动弹，环顾四周，最终把视线停在裴寂脸上。

睡着的裴寂可要比醒着的他乖巧许多。

他在清醒时都冷着脸，就算偶尔笑一笑，也全是来者不善的冷笑或嘲笑，不像是男主角，当个终极反派还差不多。

可一旦睡着，那些刀剑般冷戾的气息便全部消散了。

魔气已经消失，但身体里的疼痛即使在睡梦中也会施加折磨。裴寂是漂亮的少年人模样，此时长睫微垂、薄唇紧抿，狭长的双眼微微上勾，再加上身体不时地颤抖，竟无端显出几分单薄的脆弱感。

像一只伤痕累累的小兽。

但当时在那棵万年龙血树前，他所散发的剑意，又狠戾得有如炼狱。

宁宁正漫不经心地看，忽然望见裴寂眉头轻颤。

他被魔气折磨得厉害，大概是做了噩梦，用沙哑得难以分辨的嗓音低低唤了声："……让开。"

宁宁心里咯噔一下。

这、这种情节，这种情节也太似曾相识了吧！

男主在昏迷不醒时做了噩梦，恰好女主陪在他身边。于是女方一定会毫不犹豫地抱住他，并说出那句经典台词——

"别怕，有我在。"

——呸呸呸！她才不会这样干！

这是恶毒女配和男主相处时应该发生的剧情吗？

就算她一时心软，当真做了上述那么肉麻的事情，根据恶毒女配的角色定位，铁定是男主醒来以为自己被占了便宜，将她炒煸炖煮，最后送往火葬场一条龙。

宁宁木着脸，把脑袋转到另一边。

耳边传来咳嗽声，接着是破风箱一样的吸气声。

有点儿惨，断断续续的，像是下一秒就要断气了。

……她才不会心软呢。

第三章　初见少年绯红

宁宁很努力地想，裴寂他没有很惨，他只是在表演口技。

裴寂的脑袋像是撞到了石头，传来一阵闷响。

他平时跩得厉害的声线这会儿软得不行，还带了淡淡的哭腔："不要走，我……"

后面的句子太过含糊，宁宁听不清。

好的，这是第二个对她说"不要走"的人。

第一个是 800 米测试时的体育老师，他曾一本正经地对着队伍末尾的她喊："不要走，跑起来！"

宁宁胡思乱想，试图不去理他，但是……

可恶啊啊啊！他干吗表现得那么可怜！

反正裴寂不省人事，对她做了什么一概不知。虽然不知道这样有没有用，宁宁还是暗自咬了咬牙，粗鲁地上前摸了把他的脑袋。

手中是毛茸茸又冷冰冰的奇妙触感，她故意把声音压得很低，凶巴巴的："我不是在对你好啊，只是觉得你喊得很烦……别哭知道吗？都这么大的人了，还要不要面子？再出声我就揍你！"

裴寂当然不会有所回应，仿佛是为了追寻头顶突如其来的温度，脑袋在她手心里蹭了蹭。

然后他发出了很低很低的一声气音，仍然是既失落又难过的语气，像在极力忍着痛。

宁宁："……"

宁宁不可能真的揍他，声音软了点儿，试探性地自说自话："你应该听不到吧？你们男主就是麻烦，睡着了还要别人温声细语地走剧情，还好我没有这种戏份。其实睡着的人根本听不见别人说话吧？那些所谓的'我会陪着你'真的不是在演独角戏吗？"

裴寂对这些垃圾话无动于衷，眉头皱得越来越紧，嘴唇被牙齿咬破，淌出一丝猩红的血。

宁宁被他急促的呼吸吓了一跳，想起苏师姐临走前的嘱托，赶紧亡羊补牢，又胡乱摸了把他的脑袋："别别别伤心！你看，我对你其实还是挺好的。知道我为了拿到银丝仙叶有多拼命吗？差点儿人就没了。为了你小师姐送出去的天心草，你也得挺住——"

她话没说完，表情和嗓子就一起僵住。

纯粹是被吓的。

裴寂居然被她叨叨醒了，毫无征兆地睁开眼睛。

他眼底魔气未尽，还笼罩着蛛网般密集的血丝，眼神实在称不上友好，跟天空在下刀片雨似的，哗啦哗啦地往宁宁身上砸。

宁宁的第一反应，是面无表情地把右手从他脑袋上挪开。

然后她干巴巴地笑一声："你头上有只虫子，拍拍就走了，哈哈。"

那个"哈哈"显得格外伶仃又心酸，裴寂还没出声，就听见心底的承影大叫一声："裴寂，她为了救你，把天心草全搭进去了啊！"

顿了顿，承影又一本正经地补充："你脑袋上没有虫。你当时被魔魇魇住了，宁宁才摸你的头来安慰。"

他虽然失去意识，承影却看得一清二楚。

为了稳住恶毒女配人设，宁宁继续胡说八道："之前你做噩梦，贺知洲还摸着你脑袋安慰了几句呢。"

承影："啧啧。"

"还有，你说巧不巧，我去唱月峰时居然恰好发现了能治好你的银丝仙叶，顺手就把它带回来了。"

承影："啧啧。"

宁宁说着心虚地摸摸鼻尖："那个，你身体好点儿了吗？"

裴寂按捺住头痛，神色不变地应了声："嗯。多谢师姐。"

他说话向来心直口快，不加隐瞒："此番恩情，裴寂必当倾力相报。"

宁宁立马接话："不用！"

——她要是成了男主的恩人，这剧情还怎么走，简直歪到了姥姥家，全面崩盘得了！

承影叹了口气："我就知道她会这么说。宁宁这姑娘真傻，为什么总是不求回报地默默做事儿呢？真是我见犹怜，只有菩萨知道我有多心疼。"

裴寂被它唠叨得有些烦，把目光从宁宁脸上移开，往地面看去时，恰巧见到小姑娘的裙摆。

她穿着十分常见的门服，裙摆之下，隐约可以见到白皙纤细的脚踝。这是与浑身血污的他格格不入的景象，忽然一阵微风拂过，撩起轻飘飘的裙边。

一条明显的缝隙逐渐漾开，一直蔓延到膝盖的位置——

宁宁的裙子不知在哪里被划破了口子，从底部到膝盖，抬眼看去，能看见少女的小腿。

裴寂抿了唇，别开视线。

“怎么了？”

宁宁见他神色有异，顺着裴寂之前的目光往下看，迷迷糊糊回忆了好一会儿，才想起这应该是她在崖顶岩石堆里被划出的裂口。

裴寂没说话，从地上捡起沾满血的包袱，在里面翻找片刻，居然拿出了……

一套针线？

宁宁蒙了。

照她对这位的了解，他包裹里应该装着剑谱、小刀和各种各样的灵丹妙药，这套针线的突兀程度，类似于奥特曼大战天线宝宝、关公嫁给外星人。

裴寂察觉到她眼神里的惊异，把脸转到一边不看她，声线沙哑又干巴巴：“会吗？”

宁宁摇头：“不会。”

“……那就坐好。”

这四个字说得斩钉截铁，带着沉重的压迫力，叫人完全没办法拒绝。

可就是说出了这样的话的裴寂，不久前还凭借一剑单挑万年龙血树的裴寂，此时却垂着长睫，认真地把线头穿进针孔。

这也太魔幻了。

宁宁差点儿怀疑这位是不是遭到了夺舍，毕竟原著里描写男主，只说他向来是满脸装 × 的倒霉样，一句话都没提过，裴寂居然会这个。

她依言坐好，看一眼对方满身的伤：“你的伤没关系？”

裴寂自嘲地笑笑，声线很冷：“动动手指而已，无碍。”

“噢。”

宁宁点点头。她实在好奇，眼看裴寂俯身在自己面前垂下脑袋，便只能看见他小扇子一样的漆黑睫毛：“好厉害，你什么时候学会的这个？”

“小时候。”

宁宁乐了：“你既然会这个，那做饭炒菜洗衣服是不是也都行啊？”

裴寂的目光紧紧地盯着她破开的裙边，努力不去看裙下少女光洁的小腿。修长手指熟稔地上下翻飞，他很简短地回了声：“嗯。”

小姑娘睁大眼睛，语气急了点儿："那我和贺知洲之前做拔丝香蕉，你是不是偷偷笑话过我们笨手笨脚？"

裴寂的动作顿了顿。

他居然很低很低地笑了一声，眼角眉梢又染上了熟悉的懒散与漫不经心，声音仍然是沙哑的："师姐若是想学，我可以教。"

答非所问。

宁宁明白了："那就是笑话过！"

这不就类似于学霸偷偷藏在学渣群里，考试完了还要来上一句"我也全部不会"，其实早就对身边的笨蛋们腹诽无数吗！

可恶，裴寂这厮果然心机够深。

"不行不行，你瞒了我们这么久，回去必须做顿饭给大家吃。"宁宁正色道，"还有你欠我的灵石！知道天心草多贵吗？我可是为了救——"

不对。

按照她之前叨叨的内容，自己是"顺手"把银丝仙叶采回来带给裴寂的。

裴寂还是语气淡淡地应："嗯。"

宁宁嘴瓢后就没再讲话，专心致志地盯着裴寂的手看。

他的手修长白皙，本应是非常漂亮的模样，却被陈年旧伤与拿剑的老茧破坏了美感——对了，这只手应该在尸山血海里握着剑的。

此刻却拿着针和线，帮她缝着一条再普通不过的裙子。

她被戳到了奇怪的笑点，从嗓子里发出轻且急促的一声笑，没想到裴寂闻声后，面无表情地抬起眼。

宁宁努力把嘴唇抿直，满眼无辜地与他对视。

等他重新低下脑袋，宁宁又没忍住扑哧笑出声，连带着裙摆一晃，淹没少年苍白的指节。

"师姐。"裴寂的语气很硬，"想笑就笑吧。"

"抱歉抱歉。"她用手撑起腮帮子，胳膊放在膝盖上，"我只是觉得，没想到你会懂这么多。"

不过想来也是，他从小就独来独往，像这种最基本的生存技能必然不在话下。

直到这时，宁宁才终于认认真真地开始审视裴寂。

之前在她心里，"裴寂"是男主角的代名词，运气爆棚、天选之子、爽文主角，可现在看来，这些标签，都不足以描述真实的他。

甚至于，就目前来看，他的人生与那些冠冕堂皇的词语压根儿就没什么交集。

真奇怪。

宁宁想得入了神，目光便一直停在他脸颊旁，在大片白皙的色泽里，忽然见到一抹突兀的红。

——原来是一滴干涸的血液凝固在少年耳垂上。

“你别动。”她没做多想地伸出手，在指尖触碰到血珠时，明显感到裴寂的动作陡然停顿，“这里有滴血。”

耳垂的软肉极为柔和，宁宁的动作很轻，慢慢按压耳垂时，有一道道不易察觉的电流悄然蔓延。

有点儿痒。

裴寂从没与谁有过如此贴近的接触。

那滴血被她一点点擦去，但由于血渍停留得太久，晕出了难以擦拭的血痕。

宁宁好人做到底，既然那层浓郁的绯红没办法被轻易抹掉，便板着脸加重力道。可努力了好一会儿，血痕非但没有减轻，反而更深了些。

等等。

更深……？

宁宁也像跟前的裴寂一样，呆呆地停了动作。

他耳朵上的颜色还是很明显，像是把晚霞从天边摘下来，将白皙的肤色完全浸透。

好红。

原来这不是血痕。

而是他当真红了整只耳朵。

大家一起吃完饭，就到了许曳和苏清寒与三人告别的时候。

“听闻许多万剑宗弟子都驻扎在一起，我和师姐也想前去凑凑热闹。”许曳说着有些舍不得，“秘境快关闭了，大家有缘再会。”

他想了一会儿，最终还是用十分委婉的语气说出那句藏在心底很久的话：“答应我，以后不要再用炼丹炉烧那些奇奇怪怪的东西了，尤其是来秘境之前那晚的东西，好吗？”

贺知洲满脸茫然地眨眨眼：“来秘境前的晚上？哦！你说我们的拔丝香蕉啊！”

许曳：“？”

许曳：“拔丝……香蕉？”

“虽然它长得难看，但味道绝对是一流的！”贺知洲顿时来了兴致，“刚好宁宁带了丹炉和糖，我们之前又找到了好几根香蕉，要不趁这机会，我给你做一份尝尝吧。”

于是贺知洲还真给他做出了一条歪歪扭扭像小蛇的深棕色物体。

据他所说，那股诡异的色泽是糖浆凝固后形成的。虽然看上去恶心，吃起来却是甜的。

可就算知道那玩意儿只是香蕉，以它长相的恐怖程度，也让许曳完全没有胃口尝试。思来想去，许曳还是将它拿在手中，当成朋友之间临别的礼物。

他和苏清寒与另外三人道了别，跟着地图走，很快便抵达了万剑宗的驻扎地。

现场有好几个跟他关系不错的朋友，在见到许曳的瞬间，一同露出了极端震惊的表情。

他们清一色一动不动地看着他手里握着的拔丝香蕉。

唉，这群孩子，终究还是太年轻。

他当初也是这样，听风就是雨，从来不去认真探寻真相，只不过看了几眼，就认定这是低俗之物。

"这一切都是误会。这个东西其实真的可以吃，不信你们看。"

许曳目光决然，把香蕉举到嘴边。为了让大家相信这是货真价实的食物，他决定自己先行把它吃进腹中。

——在万剑宗其他人的眼里，却完全不是这么一回事儿。

他们之前就从许曳嘴里听过，关于玄虚剑派那晚的荒唐事迹。如今他们的小师弟好不容易脱离玄虚派回到大部队，手里却举着……和那群人吃的如出一辙的东西。

他居然还口口声声说那东西能吃。

苍天大地，这也太恐怖了吧！！！

许曳师弟的脑子被玄虚剑派吃掉了？

有人破了音地大喊一句："不要啊！许师弟！快住嘴！"

许曳却邪魅地笑笑，将那根颜色诡异的柱状物体一个劲儿地往嘴里塞，然后用力一咬。

他要用实际行动告诉他们，这真的只是一份简简单单、普普通通的食物，大家不应该对玄虚剑派戴有色眼镜。

香蕉入口，带来一股浓郁且清新的香甜气息，外层的糖浆甜而不腻，能够轻而易举地俘获食客芳心。

这股味道出乎意料地美味，许曳嘴角轻勾，露出十足愉悦的神色，满意地弯了弯眼睛。

"嗯，香甜入味、软糯可口，绝妙。"许曳笑出声，预备给所有人一个大大的惊喜："你们绝对想不到，其实它——"

话说到这里，他的整张脸忽然僵了一下。

等、等等。

为什么……肚子里会突然传来一阵绞痛？

许曳还没弄清眼前局势，便猛地一翻白眼，在失去意识前的最后一个念头，只有短短六个字——

难道……香蕉有毒！

——糟糕，他还没有告诉大家，这真的只是根香蕉而已啊啊啊！

万剑宗的弟子们永远也不会忘记，在那一天，他们被许曳支配的恐惧。

许师弟手举秽物而不自知，在大庭广众之下，竟执意品尝一番它的味道。

那物件被他毫不犹豫地塞入口中，在极为短暂的一瞬里，他露出了十分享受的愉悦表情。随即整个人白眼一翻，从嘴巴里喷出一堆白沫来。

白沫溅三尺，而他本人则倒在地上开始不断抽搐，手脚并用的那种。

万剑宗六师兄泪流满面，声嘶力竭地喊出那句颤抖着的："许——师——弟——！玄虚派，我与你不共戴天！"

"自作孽不可活，只可怜师弟虽被玄虚派洗了脑子成了白痴，味觉却并未退化。"四师姐长叹一声，"什么香甜入味、软糯可口，在吞下时却尽数吐了出来。可叹可悲，此事一出，我万剑宗脸面何存！"

"我们都在劝他，可他就是不听。谁能想到那玩意儿毒性如此强烈，许曳他……"一名内门弟子痛心疾首，"唉！人不能，至少不应该那样啊！许曳到底为何那样？想不通！"

"我刚一过来，就看见许师兄躺在地上抽来抽去，跟个洒水陀螺似的。"小师妹躲在角落瑟瑟发抖，"废话啊！吃了那种东西，整个人还能好吗？他怎么这么想不开，非要——我的眼睛，呜！我的眼睛脏了！"

苏清寒："……"

他们在说什么？

"哎呀，糟糕。"

秘境另一边，百无聊赖的宁宁翻看着小重山地图，手指落在小小的一行字上——

"朝天蕉，微苦微毒，食之四肢抽搐、口吐白沫。"

一旁的贺知洲神情骤变："我们给许曳做的拔丝香蕉……用的不会就是这玩意儿吧？"

小重山如期关闭，不少弟子在秘境中收获颇丰，归来时笑意盈盈。

宁宁可谓经历了人生中的大起大落，先后两次寻得圣阶灵植，又像散财童子一样把它们一一拱手相让。

好在她对宝物没有太大的追求，就算两手空空，也并不会感觉多么失落。

出了秘境，流明山还会举行一次大宴，用以宣告此次历练的终结。直到离开小重山，宁宁才终于又见到了自家的另一名师弟林浔。

小白龙狼狈得厉害，一袭白袍被尘土染成浅浅褐色，连白玉般的龙角上也蒙了层灰。

问他发生什么事儿，只道自己误入山洞迷了路，与另一个同样迷路的音修一起转了整整一天，直到秘境关闭，才强制离开那个鬼地方。

宁宁知道他社恐严重，闻言轻笑打趣道："那音修是男是女，你们混熟了吗？"

林浔立马红了脸，连连摆手："云、云师姐从头到尾没跟我讲过一句话，我们全是靠写字沟通，不过交流了几个来回。"

不讲话的云师姐——

云端月？

自从将两片天心草叶赠予她，宁宁便与云端月道了别。那姑娘的社交恐惧症比林浔还严重，面对不熟悉的陌生人，绝大多数情况下连话都不敢讲。

这两人碰到一起……

宁宁已经可以大概想象到当时尴尬到飞起的场面了，肯定跟两个机器人演默片似的。

一众弟子趁大宴还没开始，纷纷回去客房更衣沐浴，洗掉在林野之中摸爬滚打留下的灰尘与泥泞。个别受了重伤的，则被送往流明山中的百草阁，由医修进行医治。

裴寂就是其中之一。

他强行破开识海，五脏六腑因无法承受巨大压迫而受到重创，好在魔气被抑制大半，在银丝仙叶的滋养下，修为亦是有所精进。

宁宁想起什么，有些好奇地询问天羡子："师尊，裴寂在古木林海一战中魔气外溢，其他门派的长老会不会对他颇有微词？"

神魔大战死伤无数，不少正道修士都对魔族恨之入骨。如今裴寂当着那么多人的面，暴露出魔族血统……

"放心，那群人还不至于变成一窍不通的老古董。"相貌俊朗的青年轻勾唇角，语气淡淡，"就算有人不满意，我天羡子的徒弟，又岂是旁人能非议的？谁想多嘴，为师自会拿剑堵住他的口舌。"

宁宁眨眨眼睛。

师尊在不讨论钱的时候，原来还可以这么靠谱！

“对了，先不说这个。”天羡子说着嘿嘿一笑，狭长的眼睛里装了小星星，闪闪发光，“多亏你拿到银丝仙叶，为师才能靠打赌大赚一笔。等咱们回去了，师尊就请你们吃一顿大餐！”

大餐！

宁宁漆黑的瞳仁也随之一亮，她觉得自己应该收回之前的那句话。

——原来师尊在谈及钱的时候，也可以这么靠谱啊！

本来只是想蹭个饭，结果却莫名其妙地成了被不停搭讪的焦点人物，这点宁宁是万万没想到的。

虽然她从石中灵手上拿到了天心草，可那毕竟是靠小聪明赢过来的。她对的那些下联，比打油诗还不如。

至于在玄鸟老巢偷走银丝仙叶，也完全是靠运气。要是没有天心草傍身，她早就成了一堆吮指原味人干。

真正一剑干掉龙血树的可是裴寂欸！明明在原著里——

对了。

在原著里……剧情是什么样来着？

身为男主的裴寂在古木林海寻得诸多灵植，之后一路畅通无阻，战胜好几个令人闻风丧胆的妖兽，获得了长老们的如潮赏识。

到底是出了什么岔子，才让他完全脱离了原著情节，被那棵发了疯的龙血树缠上？

“对于秘境中龙血树一事，何某深感歉疚。”何效臣很有校领导风范地总结致辞，“小重山现世多年，除灵气外，魔气同样在暗中蔓延。没想到龙血树竟会受到魔气侵染，还险些伤及无辜——多亏玄虚剑派弟子裴寂拔剑除魔，才免去一场风波。”

人群之中响起一片窃窃私语，宁宁吃了口杏花糕，听见不知是谁叫了声：“可裴寂身上也有魔气！我听说龙血树是在他靠近时，才突然变得不对劲儿，会不会他就是导致异变的罪魁祸首，在暗中策划了一切？”

果然会有人这样说。

宁宁脸色沉了沉，朝声音的源头望去，用力把没吃完的杏花糕砸在他后脑勺儿上。

那边立刻传来“哎哟”一声惨叫。

“小道友怎会生出此等想法？”何效臣苦笑道，“裴寂为救古木林海中被困的弟子们，不惜以命换命。要不是同门为他寻得银丝仙叶，恐怕命不久矣。”

那人不依不饶：“可他这不是活下来了吗？魔族是什么德行，大家并非不知道。如果裴寂早就预料到后续发展，特意布下这个局，让自己变成尽人皆知的英雄——”

“又是让龙血树入魔，又是让同门轻而易举夺得圣阶灵植，不会吧，不会真有人当这秘境是裴寂家开的吧？”

一道含了轻嗤的青年音毫不留情将他打断，身着淡绿长袍的天羡子偷吃甜点忘擦嘴，半勾着的嘴角上还沾了点儿碎屑。

他用最随意的造型，说着最阴阳怪气的话，上翘的尾音像一条抓不住的尾巴，耀武扬威：“再说了，以他金丹期的修为控制万年古树？小道友既然这么会做梦，干脆回房去多做一点儿啰，还站在这儿做什么？”

“你！”

在场的长老们个个仙风道骨，唯独这人居然当着大家的面跟一个小辈呛声。偏偏这位小辈还被撑得无话可说，只能涨红了脸瞪着他。

“此次秘境，不少小友都展露了难得一见的胆识与谋略。”何效臣不动声色地无视这番争执，仍是温文尔雅的模样，“流明山白晔重创太玄鸟；御兽宗宋悠然寻得狮虎巨兽；至于传说中的天心草与银丝仙叶……这次则由玄虚剑派宁宁一并夺得，可喜可贺。”

不是所有人都知道宁宁的事儿，此话一出，惊叹声大起。

“不是吧！两个圣阶灵植，平常人想见一面都难，她直接全拿走了？”

“宁宁？我听说制伏龙血树她也有参与，短短两天内折腾了这么多事情，时间管理大师啊！”

“这还不是最厉害的。你们知道霓光岛和浩然门吗？两大毒瘤全被她给耍了，在秘境里死斗呢。”

宁宁听得浑身不自在，低着头一个劲儿地吃东西，试图用食物转移注意力，忽然又听见一人道：“我听说霓光岛有不少人在找她，说是要取她——”

立马有人接话：“狗命？”

宁宁被食物噎了一下。

“哪是啊！就是娶！霓光岛那群媚修都不正常，被耍了一通，居然就看对眼了！你说奇怪不奇怪？”

宁宁：“……”

这更恐怖了，好吗！她才不要上什么头条新闻，说花季少女被莫名其妙榨成人干啊！

她听得心里像坐过山车，扭头才发现，天羡子不知什么时候站在了自己身后。

对方还给了她一个“没关系，师尊都懂”的眼神。

“没事没事，明日我们就能回玄虚了。”他说着想到什么，咧嘴笑了笑，“你大师姐从山下历练回来了，正好回去后能叙叙旧。”

大师姐？

宁宁努力回忆了一下，露出有些复杂的神色。

天羡子门下共有五个亲传弟子，其中大师姐姓郑名薇绮，同样是她今后要疯狂得罪的受害者之一。

说起这位大师姐，实乃一位妙人。

玄虚剑派的弟子们在刚入门时都要上学堂，学习剑论和文化知识，防止未来的剑道大能们变成大字不识的文盲。然而郑薇绮，就是素质教育里最大的一条漏网之鱼。

按照常理来说，弟子上学堂学习文论普遍是在筑基期，只要通过考核，就能顺顺利利地毕业。

然而郑薇绮从筑基到金丹，从金丹到元婴，三年又三年，媳妇都熬成婆了，只有她每年的考核都参加，却没一次及格过。

打个比方，就像一个人从十八岁开始高考，结果考到了八十岁，还是没够到本科线。真是男人听了会沉默，女人听了要掉眼泪。

听说大师姐尤其厌恶读书写字，曾有一份试卷广为流传——

被问及真霄剑尊的剑术属于哪种流派，答曰“土豆派”。

她在之后的补考中痛定思痛，改成了“偶像派”。

解释何为“入定”，她很老实地回答：和我上学堂的时候发呆差不多。

还有道很小儿科的算术题，说农民给财主打工时提了个要求，发工资第一天给一粒米，第二天给两粒，第三天给四粒，往后每天翻一倍，试分析农民的用意。

她很认真地答：农民坚持了五天，吃了几十粒米，最后直接饿死了。

这脑回路，一看就不是一般人。偏生她的剑术又极好，属于玄虚剑派弟子内数一数二的水平。

在这样的人面前不断作死，宁宁只希望不要被一剑打爆脑袋。

“话说回来，今天怎么没见到许曳？”身旁的贺知洲左顾右盼，很是疑惑地挠了挠头，“天羡师叔，为什么万剑宗的人看我们的眼神都那么奇怪啊？”

天羡子淡淡一笑。

天羡子答非所问：“我听说，你在唱月峰缠住玄鸟为宁宁拖延时间，表现得很不错啊。”

贺知洲得了表扬，努力压下疯狂上扬的嘴角：“师叔谬赞，也就一般般。比起师叔还是差远了。”

天羡子哈哈大笑：“不不不！你就是当之无愧的小天羡子，年轻人，对自己要有点儿自信。”

贺知洲那可怜孩子还以为这是句表扬，乐得合不拢嘴：“谢谢师叔，谢谢师叔。往后我要是出了名，道号就叫天羡宝宝。”

还天羡宝宝。

宁宁欲言又止地瞥他一眼，最终还是上前一步，凑到他耳边低声道：“你不知道吗？秘境里有实时监控，你干的事情在几十个长老的围观下现场直播。”

贺知洲的笑容凝固在嘴角。

他师尊一年有三百五十天在外云游，徒弟基本放养，自然不可能为他详细讲解秘境中的相关规则。

原、原来是有监控的啊。

此时天羡子嘴角的弧度如同渗了毒汁，可谓三分邪魅三分愠怒，21.5%的嘲弄和19%的呵呵，差点儿就说出那句霸总文里的经典台词：小妖精，知不知道你在玩火？

他太慌张，完全没意识到那串数字加在一起不是百分之百。

白天秘境玩火，晚上师叔玩我。

贺知洲愿把自己的笑称作绝望中绽放的野菊花：“师叔，咱轻点儿打成不？”

修仙界的人普遍慕强，宁宁被何效臣一点名，上前挑战的人跟沙丁鱼罐头似的。

至于霓光岛的人更加恐怖，时不时就凑上来问她要不要双修，还是成群结队一起问的那种。

拜托，你们可是被耍了欸！这种情况下不应该对她恨之入骨，恨不得大卸八块吗？

真搞不懂你们媚修。

她不耐烦，早早地便找了个借口直接开溜，回到客房时，发现裴寂的屋子里亮了灯。

应该是疗伤完毕，其他人把他送回来了。

这孩子惨得不行，除了在古木林海的那一剑，完全没有男主角该有的运气。这时候别处都热热闹闹的，只有他一个人孤零零地待在房间里。

宁宁总觉得他有些可怜，迟疑片刻后上前几步，打算敲门进去看看。

然而指节还没来得及落在门上，手腕就毫无征兆地被人握住，与此同时耳边响起少年人甜而不腻的低喃，带着轻轻的浅笑：“我记得……你可不是住这间屋子。”

这道声音几乎是贴着耳朵响起，说话时的热气像软绵绵的蒲公英，一股脑儿地扑在耳膜上。

宁宁听得脑袋轰地炸开，只觉得有道电流从脊椎一直往上蹿，下意识屏住呼吸，往另一侧避了避。

对方悠哉地松开她手腕，明晃晃的月光映出少年人绯红的衣衫。

来自霓光岛的容辞双眼含笑，之前在山洞里刻意伪装的柔弱与胆怯尽数消散，取而代之的是颇为张扬的侵略性。

他生得美，这会儿直勾勾地盯着宁宁看，令人想起灼热的火焰。

这位是被她用反间计骗过的。

宁宁挤出一个尴尬而不失礼貌的微笑，后退一步：“真巧。你怎么在这里？”

“这可不是巧。”容辞双眼微眯，像只等待猎物上钩的狐狸，悠悠地俯身与她对视，“我是专程来找你的。”

他顿了顿，笑着拖长了尾音：“不知姑娘还记不记得，上次我没说完的话？关于双——”

之前在宴席上第一次见面时，他没能把这两个字说完。

这回也不例外。

容辞的“双”字刚从喉咙里出来，宁宁就听见另一道猝不及防的声响——

她身旁的房门被人兀地打开，屋内灯光一股脑儿地倾泻而下，晃得她有些睁不开眼睛。

裴寂一定是听见了门外的谈话声。

他少见地穿了身白衣，毫无血色的脸便显得更加单薄苍白。这衣物极薄，宁宁刚一回头，就见到少年人蝴蝶形状的锁骨。

他手里还拿了本书。

宁宁本以为是剑谱，仔细一看，才发现居然是本菜谱，翻开的那一页赫然写着：“蘑菇的九十九种做法，夫君吃完都哭了。”

不会吧。

她之前只是顺口提过，让裴寂回到玄虚派后给大家做吃的，结果他真的……大病未愈就买了本菜谱看？

裴寂眸色沉沉，眉宇间笼了层晦暗的阴影，在见到容辞时挑眉冷笑，眼角眉梢尽是嘲弄的意味：“她想进谁的房门就进谁的房门，这一点，旁人总该是管不着的吧？”

容辞也笑：“说不定不久之后，我就不是‘旁人’了呢？”

宁宁：危。

她已经能闻到空气里不太对劲儿的火药味了。

身边的两人互相阴阳怪气，宁宁听得满头雾水，脑子里的念头来了又去，思绪万千。

其一是，看来霓光岛的那群人还没那么严于律己，双修也是要求身心唯一。

其二是，没有经过国产伦理剧和祖安大地的洗礼，他们吵架的内容真的很小学鸡。

尤其是裴寂，一看就是平日里君子动手不动口的类型，撑人时前言不搭后语的，头发还奓了毛，撅起一缕小鬏鬏。

她听得困了刚要插嘴，没想到眼睛一瞟，居然在不远处见到另一道影子。

——云端月站在院落门前，一动不动地呆呆望着他们这边，冰肌玉骨月下流光，漂亮得有如月里嫦娥。

她不知道在那里站了多久，被宁宁发现后猛然红了脸颊。

这里是玄虚剑派的客房，云端月又与门派里的其他人并不熟悉，唯一可能来找的，只有宁宁。

于是她先行将身旁的两人丢在一边，小跑着来到女孩身边，为了防止吓到对方，刻意放缓语气："怎么了？"

云端月咬了咬唇，低着头递给她一个小小的刺绣锦囊。

锦囊做工精美，绣着花前月下的幽寂夜色，宁宁道谢后将它接过，一打开，才发现是片天心草叶。

"我听说……你把天心草给了玄鸟。"

她的声音很小，因为有外人在场，全程没抬脑袋，一双莹白的小手攥紧裙边："我问过大夫，救人性命一片足矣。这个还给你。"停顿片刻，忽然抬起小鹿般黑黝黝的双眼，转而又很快垂下，"谢谢你……对不起，我来得不是时候。"

不承想宁宁轻声笑笑："不，你来得正是时候。"

那一夜，注定被裴寂和容辞牢牢记在心上。

宁宁不知道拿了什么剧本，反正不是爱来爱去争风吃醋修罗场的女主角剧本。还没等他俩互相呛完，她就提出要教给大家一种新型娱乐方式。

叫打麻将。

后来才明白，这哪里是打麻将，分明是痛殴他们的钱包。

两个原本针锋相对的男人被宁宁打得落花流水，在夜半时分终于明白了什么叫作患难之中见真情，没福同享，有难共当。

可怜他们俩之前还为她争吵一番，如今却眼睁睁地看着那厮坐在他们身边，拿着他们的钱去逗另一个女孩开心，哦，还挪用了他们的台词。

云端月：“不用了，我还有积蓄。宁宁姑娘没必要将这么多灵石赠予我这旁人。”

宁宁笑道：“你哪里算是旁人呢？”

这是人干的事儿吗？啊？是吗？

于是在后半夜里，裴寂和容辞不但冰释前嫌，还成了并肩作战的战友。

万万没想到，他们本来打算对宁宁群起而攻之，结果却成了葫芦娃救爷爷，一个一个送。

两人被杀得落花流水，在磨难与屈辱之中形成了统一战线，一夜之后顺利成为牌友，约定下次见面时继续决战到天亮。

一日后。

“将天心草置于此炉中，待我炼制七日，便可成丹。”天羡子看着从炉子里冒出来的徐徐白烟，不禁由衷地感叹，“不愧是圣阶灵植，连炼丹时冒出来的气都灵气四溢。要是服下丹药，你的修为必定大增。”

天心草对提升修为大有裨益，从流明山归来后，天羡子便主动提出要帮宁宁炼丹。用他的原话来讲，是“拈春堂那群书呆子也就图一乐，真要炼丹，还得看你师尊我”。

“不是我吹啊，我年轻那会儿为了赚钱买剑谱，拼了命地钻研炼丹，连高阶丹师都夸我悟性高，很有这方面的天赋。”

天羡子一说起往日辉煌就停不下来，咧着嘴，尾巴快要翘上天，哪里有半点儿为人师表的模样：“拈春堂堂主还特意问过我，有没有兴趣跟着他学一学制药，被我毫不犹豫一口回绝了。”

宁宁吸一口周围满溢的清香，闻见沁人心脾的花木与雨水的味道。体内的灵气如同受了滋养，平和悠然地聚拢来。

她有些好奇：“师尊，那你现在为什么不继续炼丹赚钱？”

眉目清隽的青年挑了挑眉，眼底是难以掩盖的桀骜：“炼丹赚钱，就代表辛辛苦苦做出来的东西不得不拱手让人——我不喜欢那种感觉。”

他说着伸出手去，百无聊赖地触碰了一丝白烟，白皙指尖很快被烫出微微粉色：“谁都别想使唤我，与其听那些人啰里啰唆地讲要求，不如拔剑大战一场来得痛快。”

打工是不可能打工的。不愧是五湖四海尽人皆知的剑道大能，就算穷成了瓜皮，也绝对不做乙方。

宁宁只得又点了点头，天羡子见她若有所思，好奇地问道：“在想什么？”

“我觉得，”她乖乖应声，视线没从白烟里挪开，“修道对于绝大多数人而言，其实是不大公平的。普通人没有出类拔萃的根骨，也得不到机会去寻求机缘，像这种天材地宝，恐怕一辈子也见不着——终其一生，都逃不开庸碌无为、平平无奇八个大字。”

以前宁宁还觉得，修仙和曾经那个世界里的高考没什么两样，同样是一步步往上爬，依靠日积月累不断变强。

可如今想来，修仙要比高考残酷许多。

从天赋看，数十年的苦练可能比不上诞生以来的剑骨天成。

从家世看，大户人家与宗门中的小孩从出生起就被灵药供着，修为想不突飞猛进都难。像她在秘境中得了天心草，实力毫不费力便能一日千里，可寻常百姓一没钱财，二没机缘，一辈子都见不到多少灵丹妙药。

世家大族垄断资源，小百姓们求路无门，好的更好，差的越发被甩在身后，简直恶性循环。

“宁宁怎么开始思考这种问题？”天羡子展眉一笑，“常言道，冥冥之中自有天意。修道除了有天资与出身的门槛，其实还讲究一个‘命’字。”

身旁的小姑娘露出有些困惑的神色，他停顿片刻，耐心解释：“不少人相信命数天成。纵使是平平无奇的小人物，一旦时来运转、触发机缘，便可在逆境中触底反弹，一路扶摇直上。”

命数天成。

宁宁想，她曾经看过的那本小说，应该就是裴寂既定的命运吧。

可是——

“师尊。”鬼使神差地，她下意识地出言发问，“时来运转的固然是有，但如果命里注定有番劫数呢？难道也要顺应天命，无能为力地等死吗？”

天羡子“嗯”了一声，继而眉眼轻勾，笑着垂头看她：“把你师尊的名号念一遍。”

宁宁愣了愣，依言出声：“天羡子。”

“天羡天羡，我当年挑中这两个字，就是图一个随心所欲，自由自在，让那老天也奈何不了。”

他的眉宇在轻烟中渐趋模糊，唯有晶亮澄澈的双瞳格外引人注目。像是夜里愁云密布，忽有两颗星火划破黑暗，引出璀璨的光辉来。

“说什么天命不可违，知天命，尽人事，尽是废话。若是天道不公不顺——”天羡子点点她的额头，挑眉道，“那便破了天道。剑修嘛，唯我，唯剑，不由天。”

与天羡子道了别，算算时间，恰好是原著里郑薇绮出场的时候。

宁宁按照系统给出的提示来到山门前，抬眼便见到了立在地摊前卖货的大师姐。

郑薇绮的名字听起来雅致温婉，实则本人是与之完全相反的性格，用通俗易懂的话来讲，她就是当之无愧的祖安文曲星，性格一点就爆。

听说她下山归来后学了满嘴不堪入耳的粗话，一张小嘴老是叭叭叭，还没凑成一本文笔优美、催人泪下的《火葬场上分指南》，就被师尊天羡子下了禁言咒——

她只要一讲粗话，就会失去理智做出各种丢人的丑事儿，比孙悟空的紧箍咒更恐怖，完完全全属于心理上的折磨，真是非常符合天羡子恶趣味的行事风格。

此时她斜倚在山门门口，双手环抱在胸前，斜眼睨着地摊前挑选货物的两个女弟子。

青丝被高高束起，一袭男衫玉树临风，被风微微拂过时，勾勒出修长悠然的体态。

乍一看去，倒真有几分像是个潇洒不羁的翩翩少年郎，眼尾狭长、似笑非笑，惹得那两个女弟子悄悄侧目，不时发出轻笑。

“看上这个了？”眼见其中一个小姑娘拿起一本书细细端详，郑薇绮打了个哈欠，往前站了一些，“师妹，我看你骨骼惊奇，定是百年难得一遇的练武奇才。这本《流光剑法：从入门到入土》是我亲手所绘，配上你，绝对物超所值。”

她的声音倒是十足清雅，带了点儿漫不经心的冷意，很好听。

那女弟子闻言大惊：“这是本剑法？对不住、对不住，我还以为是本小人书，讲蜈蚣精历险。”

“蜈蚣精？！我丢——掉所有不高兴，和你这个绝世美少女静下心来慢慢讲道理。”

郑薇绮眼看要发作，大概是想到天羡子在身上强加的咒令，不得不眼角一抽，强行把即将扭曲的表情组合归位，扯出个像是刚吃完人肉叉烧包一样的微笑：“师妹，我画的人哪里像是蜈蚣精？”

小姑娘被吓了一跳，怯怯地伸出手，指了指第一页足足有十二块腹肌的异形生物，每块腹肌都圆圆鼓鼓，比头还大。

这玩意儿别说是蜈蚣精，就算声称是人形雷峰塔都有人信，沿着它往上走，说不定能直接爬上天空与太阳肩并肩。

“这叫腹肌，腹肌懂吗？”

郑薇绮恨铁不成钢，心知剑谱卖不出去，愤愤然抬头，正好撞上宁宁的眼睛。

同为天羡子门下的弟子，她与原主虽然不熟，但总会有些眼熟，于是当即舒展了眉宇，缓声道：“小师妹。”

“师姐。”

宁宁心头一动，低低应声。

在原著里，原主尤其讨厌这个行事离经叛道的大师姐，总觉得辱没了师门门风。

加之郑薇绮聪明得过分，在剑法一事上颇有天赋，原主便更加生出了妒忌与嫌恶之情，只要一见面，就会阴阳怪气地撑人。

如今郑薇绮从山下回来，带了许多新奇的小物件摆摊赚钱。宁宁此番前来，正是为了将这批货物好好嘲讽几句，并放言绝不会买这种下三烂的东西。

打嘴炮谁不会啊？

她顿了顿，很快继续说道：“师姐这回下山，可真是少小离家老大回，安能辨我是雄雌啊。”

郑薇绮呆呆地盯着她：“啊？你说什么？”

差点儿忘了，这位师姐不怎么识字，听到拗口的句子总会直接跳过。

宁宁笑笑：“我在说，师姐下山回来后还真看不出来是个女郎。这一马平川，实在无比壮阔。”

郑薇绮顺着她的目光往下看，视线落在自己平坦的前胸上。

没想到几秒钟后郑薇绮哈哈大笑，似是受了天大的夸奖：“师妹眼光真好！我的裹胸布乃是天蚕丝所造，冰莹柔软、弹性极佳，小师妹如果喜欢，我就送你几条——还有这套男装，混杂了鲛纱与碧蚕丝，在夏天穿上，身体会感到无与伦比的清凉舒适，不知师妹有没有兴趣？”

她虽然没什么文化，但好歹知道“无比壮阔”是个褒义词啊！用褒义词说出来的话，能是硌硬人的吗？

宁宁：“……”

你真听不出来这是句讽刺吗，师姐！求求你快清醒一点儿，不要被骂了还这么高兴，更不要用一副“不愧是你，好眼光”的眼神看着她啦！

宁宁揉了揉眉心，决定放弃阴阳怪气，直接从她的地摊本身入手。

郑薇绮是个有钱的剑修，把地摊经济小买卖经营得轻车熟路，堪称凌虚峰乡村爱情版本的低配带货女王。

见宁宁有些犹豫，郑薇绮悄悄地从书堆里拿出一本递给她：“师妹对这个感兴趣吗？”

宁宁低头一看，好家伙，赫然一行大字：《我和真霄剑尊的365天》。

下面还有串密密麻麻的简介——整个玄虚剑派都知道，真霄剑尊清冷矜贵。直到某天，一名小弟子无意间看见他把新收的亲传弟子按在墙角亲，男人双眼猩红："怕我，嗯？叫一声师尊，命都给你。"

郑薇绮道："这是最近超级热门的话本，讲述了冷心冷面俏师尊与古灵精怪又爱闯祸的女弟子之间的爱恨纠葛，绝对值得一看。"

这简介那味儿太浓，宁宁看得差点儿犯尴尬癌，勉强应了声："……不用了。"

宁宁想了一会儿，又轻声说："冷心师尊和爱闯祸小徒弟的设定我之前看过了，主人公叫唐三藏和孙悟空，不知师姐可曾有耳闻？"

郑薇绮自然摇头："我没怎么读过话本，你说的这个，从未听说过。"

先前徘徊在地摊前的两名女弟子已然没了踪影，宁宁的视线粗略地越过杂书和话本，停留在角落里的胭脂水粉上。

在既定剧情里，原主就是大肆抨击这些化妆品质量低劣，上不得台面，当场和郑薇绮撕破了脸皮，从此结下梁子。

她本应该也那样做的。

可是原文里剧情是这样的：

宁宁拿起一盒胭脂，冷冷笑道："这胭脂是石灰粉做的吧？涂了跟要去结冥婚似的。"

面前这么多杂七杂八的小玩意儿，她哪知道什么是胭脂，哪一份又是口脂啊！

宁宁又又又一次陷入了进退两难的境地。

原主从小被娇养长大，吃喝玩乐样样不落，对于女子们最常用的胭脂水粉，毫无疑问如数家珍。

可她这个冒牌货不同。

她能准确无误地分辨出迪奥、阿玛尼、杨树林，但谁能告诉她，这些造型诡异、看上去长得都差不多的瓶瓶罐罐都是用来做什么的？

宁宁佯装镇定地吸了口气。

地摊上摆放的物件，以红白两色为主。白的应该类似于粉底，红的则是口红腮红。

她充分发挥聪明才智，确认了其中某一个圆盒里东西的用处——

红而不艳，不似口脂或口红纸般单薄，应该正是腮红。

原主就是拿它首先开的刀。

宁宁很乖地跟着剧情走，将腮红用手蘸了一点儿，轻轻涂在右侧脸颊。

这物件其实质量不错，刚一触碰皮肤就轻轻晕开，染出一片浅淡薄红，她刚要开口挑刺儿，就听见身旁的郑薇绮猛地吸了口气：“小师妹，你在做什么？”

此话一出，宁宁的心就凉了半截。

然后听对方无比惊诧地说完下一句：“为何将涂指甲的色料擦在脸上？！”

宁宁：“……”

她就说这腮红怎么这么润，原来是指甲油。

宁宁勉强扯出一个僵硬的笑。

郑薇绮满脸震惊地看着她，欲言又止。

这世上怎会有连脂粉和色料都分不清的女孩子？明明哪怕是最为平凡的家庭，都会为家里的小女儿准备些胭脂水粉啊！

难道——

“小师妹。”

郑薇绮一年有大半时间在山下，对师弟师妹的信息一概不知。此时她尽量压低声音，放柔语气：“你未入玄虚派时，可曾学过妆容？”

宁宁闹了笑话，要是再死鸭子嘴硬地声称自己精通此道，恐怕只会惹出更多幺蛾子。

于是她实话实说：“家里人说我年纪小，不适合学这个。”

郑薇绮心头大骇，沉沉地叹了口气。

可怜啊，当今女子们自幼便研习妆容，哪会有什么“年纪小，不适合”的说法？恐怕小师妹还不知道，爹娘之所以那样告诉她……

只是因为家里实在没有闲钱再去购置。

这是一对贫穷的父母，为了守护小女儿脆弱的自尊心，唯一能做到的事情。

“是是是，年纪小，的确不应该学。”郑薇绮被小小地感动了一下，不好意思揭穿这个善良的谎言，低声喟叹道，“可你如今已是大姑娘了，娘亲就未曾教授一些这方面的知识吗？”

“我——”宁宁没有原主的记忆，只得硬着头皮答，“教是教过的，但器具不是这种。”

她试着回想，努力描述：“口脂是一根长长的管，可以直接涂在嘴上；脂粉和皮肤的颜色很接近，擦上去不会白得过于明显；还有涂在眼睛上的眼影，五颜六色的，什么花样都有。”

一番描述下来，郑薇绮听得目瞪口呆。

小师妹家……居然还是自制胭脂粉黛的。

能被轻而易举装进管道的，一定是液体。为什么要将口脂做成液态？只可能是因为，家里只能找到很少很少的一点儿口脂，为了让小女儿多用上些时日，便掺了水融合搅拌，显得多一些。

脂粉的颜色又怎会与皮肤相似？明明无论是铅粉还是珍珠粉，涂抹之后都会和白面疙瘩没什么两样。要想让它与肤色一致，只能加入另外的东西。

白色和浅褐色的粉末，难道是……

土加石灰？！

郑薇绮惊了。

她岌岌可危的脑容量，已经经不起那所谓“眼影”的折腾。

五颜六色，什么花样都有，寻常人家哪里能弄来那么多色料？无非是把花挤出汁水，涂抹在眼睛上。

苍天。

小师妹之前过的，究竟是怎样的日子？

一个十六七岁的小姑娘，努力挤出小管管里最后一点儿液体，涂抹在苍白嘴唇上。

她的脸上满是泥土与石灰的痕迹，眼睛则残留着花花绿绿的花瓣颜色，笑得那么满足，那么幸福。

在她身后，则是一对同样微笑着的中年男女，沧桑脸颊上尽是时间留下的痕迹，朴实无华。

郑薇绮一时语塞，半晌喃喃道：“你真是有一对好父母。”

小师妹眉头皱了皱，露出些许困惑的神色。郑薇绮知道对方不会明白自己这样说话的用意，停顿一会儿后试探性地问道：“令尊和令堂，如今还过得顺心吗？”

宁宁的眼底终于出现了一丝怅然：“我不知道……他们都在另一个世界。”

郑薇绮：“！！！”

郑薇绮是彻底不敢再问了。

如今，连最疼爱她的爹娘也先一步去了。

再也不会有人用泥土混着石灰，强颜欢笑地逗她开心了。

她有过耳闻，说这姑娘在玄虚派吃了上顿没下顿，童年已经那么苦，怎么能让小师妹入了门派，还是孤苦无依可怜兮兮？

正义感十足的郑薇绮下定决心，从今以后，她愿意为小师妹重建一个温暖的家。

“小师妹。”她满目涩然，好不容易铁公鸡拔了回毛，无比怜爱地看着宁宁，“今日师姐与你有缘相遇，摊子上的东西不要嫌弃，随便拿吧。”

宁宁赶忙摇头：“我不要。”

傻孩子，这又是何苦呢！

郑薇绮心底微微一颤，自家小师妹虽然土，可她土得倔强，土得朴实，土得百折不挠。

这种土，宛如从贫瘠土壤里生出的小白花，乍一看去不起眼，只有深入接触，才会明白它成长中的倔强与心酸。

相信她远在天边的爹娘，也在默默为女儿感到骄傲吧。

郑薇绮思绪万千，身边的宁宁看她一个人又哭又笑，颇为不正常，便不动声色地往另一边挪了挪。

没想到立刻就听见郑薇绮软得叫人浑身起鸡皮疙瘩的声音：“那边是我从外地带回来的小食，你可以随便尝——你面前的是牛乳膏，小勺都在旁边白色的锦囊里。”

这要是宁宁本人，一定会不好意思地道谢后拒绝，但恶毒女配的剧本晃悠在脑海，让她不得不硬着头皮拿起其中一盒，打开后用勺子挖了一块。

味道怪得惊天地泣鬼神，让她真情实感地皱起了脸：“你这牛乳膏——”

没想到郑薇绮倒吸一口凉气，眼睛瞪得像铜铃：“我这牛乳膏！”

宁宁：“？”

你怎么抢我台词？

她还没反应过来，就听见郑薇绮继续道：“这不是牛乳膏啊！哪个小兔崽子没长眼睛，把面脂放这儿了？！”

面、脂。

难怪小东西长得这么别致。

呵呵。

宁宁的一颗心脏随着这两个字直接上路，然而俗话说得好，人生就是不断地起起落落落落落落，当上帝为你关上一扇门，铁定会连带着锁上一扇窗。

恍惚间，她听见那道声音犹然回旋于耳畔：“这里面可是有砒霜啊！虽然量不致死……快快快，我带你去拈春堂！”

砒、霜。

宁宁面无表情地低头，看向手里莹白色的凝脂状固体。

小妖精。

是谁，送你来到她身边？

贺知洲被天羡子罚练了一天一夜的剑，结束后立马冲进拈春堂里躺尸，不知睡了多久，被一道火急火燎的女声陡然惊醒。

那女人他认识，天羡子门下的郑薇绮，常年不着家，似乎也是宁宁的攻略对象之一。

至于被她扛在肩上送进来的人——

贺知洲瞳孔地震。

只见宁宁神情恍惚，脸上晕开一大团狰狞的红，像是被谁狠狠打了一拳。

饶是拈春堂的医修也下意识惊呼道："宁宁师妹被谁揍成这副模样？"

郑薇绮低声对他说了什么，贺知洲一个字也没听见。他唯一知道的，是医修听罢后露出了更加匪夷所思的神色："你说她自己吃了砒霜？"

郑薇绮双手捂面，终于不再把声音压低："都是我不好，都怪我。"

然后是宁宁低低的呢喃，每个字里都充满心酸，让他莫名其妙地想起诈尸后的湘西陈年老干尸："师姐，我不要你的货，真的不要了……师姐，我是不是好土？"

他什么都明白了。

宁宁，你真傻，真的。

早就知道你是个面子薄的小姑娘，抢人家东西被狠狠揍一顿，心里一定很是过意不去。

——可你也犯不着吞下砒霜，这么不留情面地杀了自己啊！

贺知洲如置冰窖，只觉得未来一片迷茫，心痛不已。

别人家的反派吃香喝辣样样精通，偶尔邪魅狂狷一把，还能引得读者们阵阵尖叫。

可他和宁宁呢？

一个像被玩坏的破布娃娃躺在病床上，另一个直接心态崩了，我杀我自己。

他想哭，也想妈妈。

他们这群反派，到底什么时候才能站起来？

"天心草炼的丹，吃起来是个什么味道？"

贺知洲满眼好奇地斜倚在门板上，看宁宁把一颗圆滚滚的东西吞吃入腹。

她吃得一点儿仪式感都没有，好像手里拿的不是什么圣阶灵植炼的丹，而是再普通不过的糖。

"薄荷糖。"宁宁三个字刚说完就变了脸色，苦着脸补充道，"……还有点芥末味儿。"

“然后呢？”贺知洲挠头，“难道就没有什么特别的感觉？比如小宇宙爆发、斗气化马，恨不得立马大喊一声三十年河西三十年河东，从今往后不想继续做人了？”

这都哪儿跟哪儿啊！

丹药入腹后，虽然让整个人都为之神清气爽，但似乎并没有多么特别的功效。

她体内的灵气有如一池清泉，这粒丹药下去，纵然激起了浅浅涟漪，也不过是转瞬即逝的波动，涟漪轻轻荡开又无声退去，之后便没了下文。

“可能要一点儿反应时间。”

宁宁低头看一看自己的手心，没察觉任何不对劲儿的地方。她本想继续说话，不承想却听见一道突兀的女声：“宁宁，在吗——”

宁宁脸色一变。

自从大师兄告诉了郑薇绮她苦练金蛇剑法的事情，后者也理所当然地以为，自家师妹是个同样不折不扣的剑痴。

大师姐身为亲传弟子里最富有的人，得到了钱，却失去了烦恼，从而明白人活着一定有得有失。

在将这句震撼全家的话传达给宁宁之后，郑薇绮意味深长地拍了拍她肩膀：“同样地，要想让剑术精进，必须牺牲大量时间和精力——来，跟我继续练。”

——没错。师兄师姐不知是商量好了还是怎么，居然变着花样地轮流来给她上课。

可怜宁宁年纪轻轻，就不得不亲身经历不间断的男女混合双打，如今累如老狗，实在经不起接着折腾。

“就说我出去了！再见再见！”

宁宁说完就跑，完全不留给贺知洲反应的时间。她之所以这么火急火燎，除了要避免再度沦为人间挥剑机器，还有另一个重要原因。

系统发布了新的任务，让她去清虚谷找一找温鹤眠。

在原文里，裴寂占尽了小重山秘境的风头，原主得知后愤懑不已、妒恨难当，可偏生就天赋来看，又远远比不上他，左思右想之下，决定去清虚谷与温鹤眠见上一面。

——毕竟以先来后到的说法来看，若非生了场那么大的变故，多年前便在山下与她相遇的将星长老，其实才是宁宁真正的师尊。

原主企图利用这一点，假惺惺地接近讨好他，从而榨取后者身上仅存的剩余价值。没想到在相处过程中，鄙夷之情自然流露，纵使她极力隐藏，还是被温鹤眠察觉大半。

原著里是这样描写的。

宁宁笑得温和，眼底却闪过一丝冷淡至极的厌恶之色，浑然不知被温鹤眠尽数看在眼中。

她讨好道：“宁宁一直没忘记，您才是第一个赏识我的人。不知还有没有那份福气，能唤您声师尊？”

聊了没两句就原形毕露：

宁宁毫不掩饰来意：“听闻将星长老剑术妙绝，若是能得到一二提点，我将不胜荣幸。”

所以温鹤眠理所当然地更加讨厌她。

俗话说，可恨之人必有可怜之处，这样想想，原主的形象实在有些凄惨。

背井离乡求学在外，结果落得个师兄鄙视、师姐厌恶、师弟只当她是个透明人的下场，尽心尽力作死作妖，却没有一次成功过。

失败率之高，简直能够直接接任灰太狼，去青青草原里捉小羊，必备台词只有一句：我一定会回来的。

清虚谷和上次来时没太大不同，树影交映、花香叠翠，宁宁行至半途，就听见了熟悉的琴音。

虽然仍有郁结，比起上回毫无希望可言的绝望，却无形之中多出几分期盼的意味。

如同阳光坠入迷雾阵阵的丛林里，清朗的淡淡光线在雾气间弥漫滋生，染出片片亮莹莹的色泽，把空寂幽然的氛围陡然破开。

琴声骤然停下。

温鹤眠看见了她。

昔日叱咤风云的将星长老如今成了病秧子，安静地坐在树下时，苍白面庞被阳光照射得近乎透明。

他身着一件绣了雪白云纹的淡蓝长袍，长发不扎不束，如同上好的锦缎。鬓若刀裁，如墨眉眼冷冷清清，在与她四目相对的刹那，露出些许讶然的神色。

宁宁这回是为了特意求人家而来，自然不可能做出颐指气使的模样，因此礼貌性笑了笑：“将星长老。”

温鹤眠神色淡淡地望着她。

自从上次与宁宁偶遇，再收到她寄来的信件，他在一夜之中思考良多。

他如今虽然已修为尽失，脑子里却记着多不胜数的绝世功法。这姑娘出现得不明不白，如果一切靠近，都只是她为了骗取信任而设下的局——

这并非没有可能。

或者说，对于他这种无人愿意接近的废人而言，这种可能性要占绝大多数。

温鹤眠稳下心神，听她继续道："宁宁一直没忘记，您才是第一个赏识我的人。不知还有没有那份福气，能唤您声师尊？"

师尊。

青年在心底自嘲一笑。

得知她名姓后，温鹤眠才总算知道，为什么会在宁宁身上感受到似曾相识的气息。

当年他下山除魔，无意间碰见个资质过人的小姑娘，出于爱才之心，便起了收徒的念头。只可惜她父母以女儿年纪太小为由出言拒绝，这件事也就暂且搁置。

没想到就是她。

自从宁宁知道他修为尽失，便再也没来探望过，反倒参加了玄虚剑派的弟子选拔，被他人一眼相中。

如今再说这个，未免太迟。

宁宁明白温鹤眠不傻，见他不为所动，就知道对方一定是看穿了自己的用意。

——这回她终于可以堂堂正正做一回反派角色，再也不用担心翻车了！温长老，还是你最靠谱！

这是反派们的一小步，宁宁的一大步。

她深吸一口气，一本正经地念出那句致命台词："我——"

这个字一出来，宁宁就察觉到不对劲儿。

奇怪。

为什么身体里的灵力不受控制地四处冲撞……好像随时都会冲破血脉和皮肤？

不、不会吧。

天心草的药效早不来晚不来，偏偏在这种时候来？！

温鹤眠敏锐地察觉到一丝灵气波动。

紧接着波动越来越明显，外溢的灵气一圈圈荡开，杂乱无章、气势汹汹，颇有横冲直撞的虎狼之势，掀起阵阵清风。

罡气成风，一瞬吹落飘飘摇摇的花雨，尽数遮挡在他眼前。

花瓣落下，温鹤眠看见不远处的小姑娘不知何时变了神色，脸颊惨白地半跪在地。

这是……食用了过烈丹药后，身体无法承受体内暴涨的灵气。

莫非她来这里是为了这件事儿？

察觉到身体有异，却又不知应该如何应对，所以没做多想地……前来问他？

青年拂衣起身，扫落一簇落花，继而蹙眉上前，来到宁宁身边。

身体里翻江倒海，犹如夜半猛然涨了潮水，却不知道应该如何抵抗，只能眼睁睁地看着洪水冲破堤坝，泛滥成灾。

翻涌的灵气搅动着血液，连五脏六腑都好像错了位，她难受得咬紧牙关，神志恍惚间，忽然听见一道清冷如冬雪的声线："气沉丹田，催动识海，尝试将灵力聚拢。"

是温鹤眠。

真是倒霉死了！上次来见他被石头砸脚，没想到这回更惨，身体里像在玩扫雷似的，稍有不慎就砰地直接炸了。

虽然腹诽了几句，宁宁还是很乖地听从他的指示，垂下眼睛感受识海的存在。

那是一片无边际的空间，不同于平日里的平和幽寂，种种思绪横冲直撞，被动乱的灵气一搅和，就更加混乱不堪。

"不要急，缓慢地进行吐纳呼吸。想象身体里出现了诸多河道，将灵气一一容纳疏通。"

温鹤眠的声音悠然响彻耳畔，身体里的滔天巨浪一浪接一浪，让宁宁几乎喘不过气来。

她勉强攥紧手掌，按照他的话尝试吸纳。

识海动荡，血液翻涌，随着缓慢的呼吸渐渐聚拢平复。身体里的每一处经脉都恍如一条河流，将四处冲撞的灵气一一容纳。

等一切风浪平息，宁宁已是满头冷汗。

"好些了？"温鹤眠轻声道，"谁让你服下的丹药？"

宁宁的脑子里一片蒙，下意识地回答："我师尊。"顿了顿，好像有些委屈，"他之前还说，自己炼丹技术一流，曾经被拈春堂堂主看中过。"

——结果怎么把好好的天心草做成这种样子了？

温鹤眠似乎很轻很轻地笑了一声："你可知，拈春堂堂主是个怎样的人？"

看她摇头，温鹤眠便不紧不慢地低声补充："拈春堂医者仁心，唯堂主独领风骚，别的一概不管，唯独中意炼毒。”

宁宁：“……”

好，不愧是你，师尊。

当初那个觉得你很帅的傻子已经死了，现在站在你面前的是钮祜禄·宁宁。你选的嘛，偶像。

“不过这味药虽然性烈，他也有诸多考量，既最大限度发挥了药物作用，又不至于让你爆体而亡——你师尊的确是炼丹的天才。”温鹤眠说罢迟疑片刻，声音比之前更低，“以后再遇见类似的事情，不要……”

不要来找他。

他能力有限，恐怕帮不了她什么。

可后面这句话，他不知怎的难以出口。

独自居住在清虚谷多年，曾经赫赫有名的将星剑圣逐渐被人遗忘，退居于历史的幕布之后。他早就习惯了独自一人，不被旁人惦念，更不被任何人需要。

然而宁宁出了岔子，并未第一时间寻求师尊和师兄、师姐帮忙，而是来到了他这里。

温鹤眠久违地感到了不知所措。

原来他仍被人记挂着，原来他……

他还不算那么无用，能帮上她一些忙。

宁宁看他欲言又止，顺着温鹤眠没说完的话继续想。

遇见类似的事情，不要什么？

不要慌不要急，还是不要来这里找他？

温鹤眠不会以为，她发现自己身体不适，特意来清虚谷向他寻求帮助吧？

“你可别多想！”宁宁腾地站起身来，死鸭子嘴硬，“我才不是专程来看你，更不是想找你帮忙！我来只是、只是想要——”

她说到一半就停了嘴。

无论如何，任谁都不至于傻到脱口而出“我来是为了刻意讨好你，从而骗取剑谱”。

啊啊啊可恶！这是个什么剧情？！

温鹤眠垂眸，眼底悄然划过一丝极轻的笑。

她果然找不到别的借口。

他原以为世上不会有人在意自己，修为尽失的废人，活该孑然一身蹉跎在幽谷里。

可——

宁宁匿名传给他的那些信里，虽然身份是假，但虚虚实实假假真真，有些话，或许真的发自内心。

……他应该相信吗？

“嗯。”他虽然顺着小姑娘的意思说，语气却更像是某种显而易见的安慰与纵容，“你不是。”

宁宁知道他不信，加重语气重复一遍：“我真的不是！”

温鹤眠：“嗯。”

宁宁：“……”

这种敷衍至极的语气是要做什么！所以她真的真的不是啊！你不是原文里公认的脑补帝吗？快怀疑她啊，温长老！

太难了，宁宁心力交瘁，她真的太难了。

原主那么费尽心机地编造谎言，试图把自己伪装成天真无邪小迷妹的模样。然而人话鬼话说尽，温鹤眠始终对她冷眼相待。

可如今她都明明白白讲了真话，为什么人家反倒觉得她一往情深了？

宁宁满心复杂地回了小院，便收到来自不同的人的三封信。

第一封的主人是温鹤眠，在这三封信件里，就数他的字迹最漂亮，跌宕遒丽。

这封是回复她装作小迷妹后寄去的信件，遣词造句都认真得厉害——

修行切不可急功近利，一切以顺应本心为宜。

我听闻近日小重山秘境开启，各方精英弟子都有参与，其中玄虚派的宁宁占了七分风头，不但带走两样圣阶灵植，还重创古木林海中的万年龙血树。

此番作为，实乃佳绩。还望小友以此为目标，早日突破筑基期。

被夸了。

宁宁抿了抿唇，最终还是没能忍住笑意，咧着嘴低下脑袋，额头一下下轻轻磕在桌面上。

……哼，温鹤眠绝对不知道，现在与他保持通信状态的，正是信里提到的宁宁。

虽然他是无心提及，但四舍五入，也算是当面夸奖吧。

她被夸得心情大好，毫不掩饰笑意地拿起笔。

我知道的，长老！

听说小重山秘境很有意思，奇珍异宝多不胜数，如果哪天我也能进去参加试炼，那可就太好啦。

我昨日与师姐一同练习剑法，他们元婴期修士好像从来不会累，自始至终都蹦蹦跳跳的，不像我，累得像条死鱼。

但我会好好修炼的！

清虚谷的风景如何？花是不是都开了？

我也想有朝一日能去看一看呀。

第二封是贺知洲写来的。

他最近闲得无聊，便尝试着用现代科学知识来解释修真体系，洋洋洒洒写了一大篇。

宁宁你想啊，在这个世界里，虽然存在很多匪夷所思的事情，但总体来看，其实是讲究一定的科学性的。

炼丹，刚好能证明化学反应的有效性。

御剑飞行看起来是天方夜谭，但在飞行过程中还是得遵循力学三大定律，就像是坐着个小型飞行器，牛顿的棺材板勉强能压一压。

你今天吃丹药延时起作用，不也证明了生物学里的消化系统吗？

至于神识，会不会就是脑电波的一种外在形式？当一个人的修为足够深厚，脑电波就自然能得到极大的发散，甚至与别人的电波发生反应。我们之间的传音入密，传的不是声音，而是电波。

有种术法可以入侵他人的意识，相当于夺舍。这不就是很明显的脑电波入侵吗！

在最后他写：

我听说还有种古老的秘术，能够回溯时空，让人穿越回过去。

根据相对论，超光速会产生钟倒和尺胀效应。通俗地解释一下，就是说一个人如果超越光速运动，就能看见曾经产生的光，从而看到以前的景象，看上去好像是时间倒流，但其实只是一种个人的视觉效应，在这个人之外，地球的时间照常流动。

所以综上所述，这个秘术是不存在的，应该只是人为编造的传说。

宁宁看罢乐得不行，提笔给他回信：

知道我们现在所处的是三维世界，对吧？

时间和空间类似于三维世界的两个坐标轴，但根据弦理论，宇宙存在九维空间。那我们可不可以大胆猜想一下，那些成神飞升后消失不见的人，其实就是进入了高维度世界？

他们站在更高维度的空间里，所以才拥有在我们看来不可思议的能力，比如越过空间的坐标轴，实现瞬间转移什么的。

贺知洲回了她一大串哈哈哈，最后加了几句：

绝，太绝了！不愧是你！我就知道你能对上我的电波！以后你就是修真界的居宁夫人！

最后一封信，来自天羡子。

他的字迹与本人一样潇洒肆意，行笔迅捷，纵意如游龙：

为师方才接了个委托，你金丹已成，正好能和师兄师姐下山历练一番。

下山历练啊。

烛火映在白纸上，晕开几缕浅淡的红，宁宁的瞳孔之间同样火光明灭，半晌闪过一丝笑意。

裴寂也会一同前往，因此在原著里，有着对于这番下山的详细描述。虽然她现在对于原著剧情将信将疑，但按照既定的剧情来看，无论如何……

这次的历练，注定都不会无聊了。

第三卷 · 迦兰古城

第一章　探寻妖族古城

“迦兰城——”贺知洲走在路上实在无聊，于是把委托书又粗略看了一遍，打从心底里发出疑问，“还真有建在湖底的城市啊？”

他那位不靠谱的师尊向来见不着影子，手下弟子们便成了无依无靠的留守儿童。

其他长老见后于心不忍，时常明里暗里地接济，这回天羡子接了下山的委托，就让他也跟着前来见见世面。

明明见了贺知洲总要呛声几句，但其实在李忘生所有弟子里，天羡子最喜欢的就是他。教科书级别的刀子嘴豆腐心，不外如是。

此时他与宁宁、郑薇绮、裴寂一同走在树林里，未经修剪的树枝密密匝匝，投下片片阴影。

宁宁手里把玩着剑穗，颇为玩味地接话：“似乎是整座城市都在三百年前被洪水淹没了。”

她想了想，又道：“我比较在意的是，一座置身于湖底的荒芜古城，普通百姓进去后，为什么能够呼吸自如呢？”

在玄虚剑派的规矩里，弟子入金丹期后，就能下山历练、伏魔降妖。

而今魔族销声匿迹，为祸世间的妖物却仍有不少，或大摇大摆地胡作非为，或栖息在某个角落休养生息，偶尔弄出点儿幺蛾子，叫人实在不安生。

比如他们即将要进入的迦兰城。

迦兰城在三百年之前沉入水底，从此销声匿迹、无处可寻。

几天前有个樵夫途经此地，不慎跌入一片湖泊。他本以为就此一命呜呼，不承想在冰冷湖水里下坠片刻后，身体居然陡然一轻，没有了被水包裹的感觉——

原来在那湖水之下，竟有座凭空而立的古老城市。

一层无形的屏障将古城与湖水分开，让城市与陆地无异，他即便置身于湖底，也能畅通无阻地自由呼吸。

樵夫大惊，竟然在惊惧交加下爆发了飞一样的求生欲，趁自己还有小部分身体留在湖水里，赶忙手脚并用地往回游。

别人落水后都是拼命逃离水面，像他这样面目狰狞地往水里跑的，大概还是头一个。

总而言之，樵夫狗刨着终于上岸，回家后向妻儿描述了这番匪夷所思的经历。

然而还没等这个故事在街坊邻居之间传开，就发生了件更加诡异的事情。

——城里的人们接二连三变得极为不正常，仿佛一具具无法思考的行尸走肉，除了无差别地攻击其他人，什么也做不了。

请来道士一瞧，才发现三魂丢了七魄，元神不知在什么时候被偷偷盗走了。

“定是有妖物藏在水底。”郑薇绮冷静地分析，“既不会被人发现，又能随时前往林外的城市食人魂魄，可谓一举两得。”

贺知洲点点头，狂吹彩虹屁：“不愧是师姐！我听说郑师姐常年在山下降妖除魔，一定积累了不少经验。”

郑薇绮神色淡淡地瞥他一眼。

她属于风骨天成的类型，眉目之间清雅如远山，如今着了男装，便更是显出几分飒爽英姿，清隽得叫人挪不开眼。

然而在下一瞬间，美人就低低啧了一声：“可恶。如果不是为了躲避学宫的课业，谁又愿意离开师门在外奔波？考考考，成天考的什么东西！一看到那些长老就头大，在课上睡觉难道是我的问题吗？”

……好好的姑娘，怎么偏偏就长了张嘴呢？

郑薇绮属于学渣，还是那种连灰都没剩丁点儿的渣，相当于数年如一日屡败屡战、屡战屡败的中老年高考生。

这种可歌可泣的精神引起了同为学渣的贺知洲的共鸣，听罢一本正经地长叹道：“绝对不是我们的问题！众所周知，之所以在念书时那么困，只因为学堂是梦开始的地方。”

“精辟啊！”宁宁点点头，“一节更比六节长，剩余电量还能拖个堂。上过的孩子全哭了。”

郑薇绮颇为感同身受：“一个人的狂欢，一群人的寂寞。”

贺知洲很有默契地保持队形：“赐我梦境，还赐我很快就清醒。眼睛一闭一睁，一天就过去了。”

眼看好端端的除妖委托成了学渣交流大会，裴寂面无表情地望着身旁一行人，下意识抿了抿唇。

然后他猝不及防撞到宁宁的视线，喉头微微一动。

“紧张什么？”宁宁笑了，“不会为难师弟接话。我听说过，你以前在学宫可是独占鳌头。”

原主和裴寂在同一年拜入师门，但内外门弟子并不一起上课，之所以知道他成绩很好，是因为小说里寥寥提过几句。

外门弟子庞杂，又汇集了来自五湖四海的三教九流，裴寂能在那么多人里做到年年笔试第一，也实在不容易。

他闻言一怔，略微别开视线，长睫在阳光下轻轻颤动，遮掩眼底一片阴影：“比不上小师姐。”

承影又开始咋咋呼呼：“她怎么知道你当年的成绩？不会从那时候起，宁宁就在关注——”

裴寂心里有些躁：“安静。”

然而承影压根儿不理他，闻言如同终于见到女儿出嫁的八旬老父，嘿嘿笑了笑：“别害羞，咱们就事儿论事儿嘛。”

“小师弟居然这么厉害！”郑薇绮两眼放光，语出惊人，“师弟，救人一命胜造七级浮屠啊！你有所不知，师姐我在幼年摔坏了头，一半脑袋直接停止生长，这发育不良的小脑瓜实在无法容纳书山题海，不如——”

她越说越激动，脸上笑意更深：“不如你男扮女装，代替我去答一次题吧！看小师弟沉鱼落雁、闭月羞花，骗过那群老古董绝对不在话下！”

贺知洲本来累了在喝水，听到一半就全部喷了出来，等她把最后那段话说完，更是把水全部呛在喉咙里，不停地咳嗽。

宁宁递给他一个同情的眼神，还没来得及说话，就听见郑薇绮叫了声：“我们到了！”

再一抬眼，果然望见一片无比宽阔的湖泊。

这湖名为“天壑”，据说是因为即便御剑飞行在高远的半空中，低下头也能见到它的影子。湖面极清极广，于白天遥遥看去，犹如一道镶嵌在天边的深深裂痕。

四周风平浪静，湖面上连涟漪也寥寥无几，放眼望去像极了巨大的圆形镜子。太阳跌落在水中，破碎成点点细碎的银白色微光，如同不断游弋变幻的精怪，四处悠悠晃荡。

仅仅看着这幅景象，绝对无法想象湖面下的暗潮汹涌、古城鬼魅。

郑薇绮身为辈分最高的大师姐，理所当然承担起了指挥的责任：“捏一个避水诀，我们一起下水吧。”

众人纷纷照做，宁宁神色不变，心里清明如镜。

她看过原著，自然明白水下会发生什么。

郑薇绮猜对了大半，的确有妖栖息在水下，然而并非一个，而是一群。

迦兰城曾经是妖族往来汇集之地，洪水来势汹汹、猝不及防，之所以能在水下形成屏障，全靠当时年轻的少城主用尽全身修为，以灵气护住了整座城邦。

后来少城主精疲力竭地昏死过去，受灵力冲撞的影响，城中妖物同样陷入沉睡，近年来渐渐苏醒，便想着找个法子让他醒来。

这个法子，自然就是夺取城中人类的魂魄，供养灵力滋生。

探寻妖族古城，制止妖族抢夺精魄，乍一听来平平无奇，似乎并不是多么困难的任务。

然而宁宁知道，这次的委托注定不会简单。

捏好避水诀，四人便下了天蝥湖。

避水诀能在水中形成一个透明泡泡，将修士的身体包裹其中，因而衣物不会打湿，还能进行短暂的呼吸。

水下的光景一片蔚蓝澄澈，波浪与游鱼无比贴近地在身旁掠过，日影下泻，风行水上，上下左右尽是寂静，脚底则是漆黑的湖水。

像巨兽阴沉空洞的眼睛。

忽然耳边响起郑薇绮的传音入密，与之前平和淡然的语气不同，满带着惊慌与讶然的情绪："不好，从湖底涌上来的……是不是旋涡？！"

那幅场面实在称不上多么美好，宁宁只敢垂眸匆匆瞥上一眼。

仿佛是脚底的巨兽蛰伏许久，终于迫不及待地睁开眼睛，水沫聚成一圈又一圈的雪白色圆环，正以迅雷不及掩耳之势朝他们袭来。

耳边响起低沉的轰鸣，宁宁握紧腰间的星痕剑。

这次的委托注定不会简单。

因为他们打从一开始就会被旋涡强制分散，然后不得不以孑然一身的力量，去面对整个城市的杀意。

多亏灵气护体、避水诀保命，宁宁才不至于淹死或被巨浪拍晕。

旋涡裹挟着浪潮迎面而来，反倒加快了抵达湖底的速度，不消多时，她便来到了笼罩在城市之上的广袤屏障边。

这阵法上还施加了障眼法，如果只是在水中观察，不会见到迦兰城的丝毫影子。唯有亲自来到屏障旁，才得以窥见藏匿在湖泊中的旧城景象。

等穿过屏障，环绕在周身的气泡便随之裂开。

与此同时，沉睡了数百年的迦兰古城也终于慢慢掀开神秘的面纱。

湖底已经很难见到太阳的影子，屏障本身似乎替代了阳光的作用，散发出莹润洁白的光泽。

水雾弥漫，波光四溢，屏障之上的粼粼水色映着街道与房屋，宛如千万点破碎的琉璃美玉，恍然若梦，不知今夕何夕。

古城中楼宇林立，长明灯点缀出星空般炫目的长河。天阶水色，青瓦白墙，街道旁的树木已然停止生长，干枯成佝偻的枝干，漆黑影子映在墙面，让她想起张牙舞爪的嶙峋指节。

阵法有一定的缓冲作用，宁宁慢慢降落，足尖与地面相撞，没有发出任何声响。

原著里描写了主人公裴寂的经历，对于其他人则并未着墨，她一边警惕着潜藏在暗处的危机，一边仰起脑袋，带了点儿惊奇地欣赏迦兰城中景象。

一切都保持着百年之前的风貌，四周并未见到旁人身影，犹如不曾有谁踏足的鬼城。宁宁四下张望，毫无防备地，忽然隐约听见一声凄厉的求救："救命！公子！"

——公子？

这声音并非在叫她，很有可能是在叫与她一同前来的两名男性之一。裴寂在前期理应没撞见她，那就只可能是——

宁宁心下一动，循着那道女声迈步走去，果然在不远处见到贺知洲熟悉的身影。

他似乎被花花世界迷了眼，眼底仍残存着惊艳之色，而在与少年人离得很近的地方，站着两个他们素未谋面的人。

求救的女人生得极媚，被一名男子挟持在身前，拿小刀抵着脖子。她哭得梨花带雨，可谓凄凄惨惨戚戚，一边哭一边喊："公子救我！"

她身后的中年男人则凶神恶煞，空洞无物的双眼像是两颗劣质的黑色石头。

他行动笨拙，似乎只剩下很少的一部分理智，说起话来含含糊糊，很难分辨清内容："别……过来！不然我、我杀了她！"

这样的情形，让宁宁第一时间就想起了附近城中被吸取魂魄之人的模样。

神志不清、杀意凛然，对任何人都具备很强的攻击性，只不过……

贺知洲显然没遇见过这种事情，仅凭曾经在电视剧里看过的谈判专家套路，试着好言相劝："冷静一点儿，兄弟！想想你家里的老爹老娘，要是你做了什么傻事儿，他们——"

他话没说完，就听见耳边响起一道传音入密："别信他们，假的。"

他诧异地扭头，便看见宁宁。

她穿了身月白色长裙，腰间的星痕剑隐隐生光。屏障上星月般莹亮的光线映着水波，落在少女精致的脸庞。

“那女人身上感觉不到丝毫灵气，理应不是修士。既然并非修士，就不可能会用避水诀。”

而她的头发与衣物却整洁如新，不但没有水渍，还干净得像是刚套上不久，实在不像是在湖水中挣扎过的普通人。

“原著里提到过这个套路。”宁宁继续说，“这座城里的妖察觉有修士进入，由于实力有限，不敢直接起冲突，于是化身为无辜人类的模样依附在主角团身边，不时干点儿下毒陷害和背后捅刀子的事情——被捅刀子的那个就是我。”

说到这里，她又忍不住在心底暗骂一声。

真是“吃得苦中苦，方为人下人”。《工具人 X 的献身》真不是盖的，又坏又倒霉。

宁宁说得不错，这一男一女正是刚苏醒不久的迦兰妖族，在此尽心尽力地逐梦演艺圈。

女人名为孟佳期，属于狐族子嗣；男人叫秦川，看上去五大三粗，其实是只兔子。

得知有修士突破屏障，城中装 × 成瘾的长老们少有地出现了慌乱的迹象，经过一番商讨，决定派遣他们以人类身份混入其中，充当卧底。

而最能令人信服的方式，就是来一场俗套却经典的英雄救美。

秦川见了她，心中危机感暴增，眼底凶戾的意味越发明显，哑着嗓子大喊一声：“别过来！否则我——”

话说到这里，剩余的台词就全部卡在喉咙中。

只见那个新来的白裙小姑娘淡淡一笑，单手捏诀。

然后一道剑风直接打在被他挟持的人质头顶，孟佳期当场白眼一翻，不省人事地闭上眼睛。

“好啦。”他听见她说，“人质已经被我击毙，你没有了筹码，还是乖乖投降吧。”

秦川：“？？？”

秦川惊了，心口上万头羊驼奔腾。

为了不被威胁，干脆亲手灭掉存在威胁的那个人，你们名门正派都是这种作风吗？不应该吧？不会吧不会吧？

说好的深明大义呢？说好的英雄救美呢？直接把美人干掉了，你是有什么心理疾病吗？！

怀里的孟佳期软绵绵倒下去。

他的心也随着软绵绵倒下去。

这群人不对劲儿。

他已经不敢想象，如果落到那女孩手里，自己会是个什么下场。

被分配到反派角色却侥幸存活的秦川当机立断，说溜就溜。立马化身成雪白大白兔的模样转身就跑，奈何腿短，被贺知洲一把揪住耳朵：“小样，卧底计啊？”

……可恶。

原来这两人早就看穿了。

大白兔双腿蹬啊蹬，末了尴尬地一笑，开口却是中年男人浑厚粗壮的声线：“都是误会。那个，就是，我不是来破坏你们的，而是想加入你们嘛，哈哈。”

宁宁不多废话，开门见山：“大叔，你们还有什么计划？少城主和执事长老在哪里？”

兔子颤巍巍地把头一偏，没想到对方居然没有继续逼问，而是漫不经心地看了眼贺知洲，指着秦川白白胖胖的身体咧嘴笑笑：“笑死，兔子肉。”

“别别别！”兔子奋力挣扎，“我已经几百岁了，肉都干了，不好吃的！”

“自然风干老腊肉！”宁宁眼前一亮，“还有这等好事儿！”

秦川：“……”

自从目睹她干掉人质，他就不怀疑这姑娘能做出任何事情了。

于是雄浑的男声再度响起：“长老和少城主都在城主府往西一直走就是其他计划我真的不知道兔兔这么可爱为什么要吃兔兔求求哥哥姐姐放我一马谢谢谢谢。”

宁宁颇为满意地摸摸兔子脑袋：“乖。”

然后她拿出储物袋，毫不犹豫地将它套了进去。

“要是放走它，一定会去通风报信。”宁宁道，“原著里对这个委托描写得不多，我也不确定究竟有没有意料之外的危机……总之先走一步看一步吧。”

贺知洲点点头，指了指倒在一旁的陌生女人：“那她呢？”

同为剑修，他自然明白宁宁没下死手，对方只不过失去意识晕了过去。

“还得留着用。万一以后遇到险情，还得靠这座城里的内部人员帮忙化解。”

宁宁说着蹲下来，往她额头上重重一点。女人立即猛然睁眼，满目的恐慌与难以置信。

“你醒啦。”身旁的白裙小姑娘笑得人畜无害，“姐姐不要害怕，那恶徒已经被我俩解决了。我叫宁宁，这位是贺知洲，都是玄虚剑派的弟子，特来此地除妖。”

见到她的脸，孟佳期心里就是一抖。

听见恶徒被解决，心尖更是忍不住打战，仿佛已经见到了自己将来的命运。

“孟佳期。”她努力抑制住颤抖，勉强扯出一个笑，“我到湖边浣纱洗衣，不料身旁突然冲出那男人，意图袭击于我。万般无奈之下，只得投身湖中，没想到竟来到此等地方……多谢二位相助，不知那凶徒的尸首……”

贺知洲与宁宁暗暗交换一个眼色。

他反应快，当即笑着应道：“我们觉得他不似常人，可能是中毒了或者被下了蛊，于是剖开那人肚子检查一番，看看内部情况。场面血腥，已经被我们处理掉了。”

孟佳期听得差点儿心梗，硬着头皮问：“那、那二位有没有查出什么来？”

现场沉默了一瞬。

然后贺知洲挠头吐舌，端的是六分娇俏四分羞涩，上扬的尾音里带了不好意思的笑：“欸嘿。”

他这一笑，孟佳期就觉得不太对劲儿了。

像是有只八爪鱼黏黏腻腻地趴在眼睛上似的，既恐怖又恶心。

而贺知洲的声音在停顿片刻后如期响起，每个字都无比精准地敲打在她耳膜上。

孟佳期听见他说：“太巧了，你绝对想不到，他的死因刚好就是解剖呢。”

太——巧——了。

死——因——是——解——剖。

孟佳期：我 ×。

秦川，你好惨啊！！！

你这混账东西吐个锤子的舌头！巧巧巧，巧什么巧！究竟是拥有怎样的厚脸皮，才能面色不改地说出这种话啊！

不是人啊。

他们玄虚剑派的不是人！！！

她神志恍惚，觉得自己整个妖都不太好了。

身为一个货真价实的妖，孟佳期从小到大听过那么多狠话，见过那么多狠人，只有眼前这个吐舌微笑的男人让她头一次感到，什么叫作恐惧。

这个人，他不正常。

还有那个刚见面就打晕人质的宁宁，她的心真的好脏。

孟佳期努力深呼吸一口气，抬头四十五度角仰望天空，不让眼泪从泛红的眼眶里流出来。

秦川中道崩殂，那不是最惨的。

最惨的是她还要留在这群人身边当卧底，鬼晓得他们还会有哪些丧尽天良的骚操作。一旦被发现真实身份，说不定等待她的，是比活体解剖更恐怖的东西。

什么叫生不如死？这就叫生不如死。

“孟姑娘你怎么哭了？被吓坏了吗？”

宁宁瞥见她眼底的红，一本正经地安慰：“别怕，我会一直陪在你身边的。我们玄虚剑派的人道心长存，尤其是我身旁这位贺师兄，因为心地单纯得像白纸，人送外号‘贺纸张’。”

孟佳期：呵呵。

真是好单纯，好不做作。

看见我额头上那拔罐一样的印子了吗？那我可真是谢谢你了。

“秦川身死，修士入局。”

孟佳期将传信的灵鸽送上天，站在原地默默悼念了一会儿好同事秦川后，满脸沧桑地回到了宁宁与贺知洲身边。

他们俩长途跋涉而来，进入迦兰城后，又要面对潜藏在暗处的种种杀机。因此，当务之急并非像个愣头青似的往前冲，而是先吃点儿什么东西填饱肚子。

孟佳期借着“想要一个人静一静”的理由离开半晌，回来时已经能闻到烤红薯和烤肉的气息。

红薯清甜醇香，被宁宁穿在木棍上的不知名肉块则散发着天然的肉香，此时笼了一层若有若无的烟火味道，更是让心力交瘁的她心下一动，悄悄咽了口唾沫。

“修士也要进食吗？”孟佳期轻车熟路地做出天真女子模样，上前一步道，“我听说仙门弟子皆须辟谷，吸取天地灵气，通常不会接触凡世食物。”

“辟谷？在玄虚派的时候偶尔会那样。”贺知洲正在剥红薯皮，被烫得吸了口气，闻言极快地抬头看她一眼，“但那是因为饭堂的东西又贵又难吃啊！现在我们好不容易下一次山，谁能抵抗住美食的诱惑呢？天地灵气去他的吧，舌头上的享受才最舒服。”

天地灵气……去他的？

这人果然不正常。

修士往往为了得道成仙不择手段，争抢机缘秘宝、油盐不进、五谷不入，甚至挥刀自宫。他却直言不讳，把天地灵气丢在一边，称得上是格格不入，怪异至极。

“孟姑娘，这块肉给你吧。”宁宁把手里的木棍递给她，“我们出门急，没带太多物资，肉不多，还请见谅。”

孟佳期很入戏，受宠若惊地笑道：“多谢！二位能从凶徒手中将我救下，便已经是天大的恩情。”

她说罢接过肉串，像真正的良家淑女那样轻轻咬了口。

宁宁说得没错，他们的肉类储备的确很少。这一串肉又轻又薄又小，但经过火烤之后，内里浓郁的油脂香气得到了最大限度的激发，吃起来的口感居然并不差。

孟佳期咀嚼半天，听宁宁又道：“孟姑娘，味道如何？”

她实话实说：“挺好。这是什么肉？吃起来口感颇为奇妙。”

这句话落下的瞬间，宁宁望着她弯了弯眼睛。

几乎是凭借本能地，孟佳期感到脊背一寒。

她有种不太好的预感。

还没等她做好足够的心理准备，就听见那个看上去乖巧漂亮的小姑娘低低一笑。

然后从嗓子里轻轻蹦出几个字，犹如魔鬼低语：“是鸟肉。看那只鸟生前的模样，应该是只鸽子吧？”

鸟肉。

鸽子。

孟佳期心梗了一下。

——这不就是她放出去的那只灵鸽吗！！！

灵鸽，你死得好馋人，哦不，好残忍啊！！！

贺知洲醉心于烤红薯，抽空点点头：“那只鸟雪白雪白的，倏地一下就从我头顶飞过去了。能吃就行，谁管它到底是个什么——孟姑娘不也觉得味道不错吗？”

孟佳期看一眼被自己啃掉大半的肉块，所有笑容凝固在脸上。

她觉得自己不会再好了。

然而宁宁似乎并没有察觉她的神色不对劲儿，仍是满眼真诚地补充：“我们还在它腿上发现了一张字条，上面是密密麻麻的字符，应该是这座城中的妖物在彼此通信。只可惜那些字符并非通用文字，我们没办法参透其中意思。”

孟佳期少有地松了口气。

迦兰城中的妖族拥有一套自己的文字体系，寻常人类绝对看不懂。要是被他俩弄明白信上文字的意思，她绝对吃不了兜着走。

“我们此番下山，本以为是哪个胆大妄为的妖族汲取百姓精元，然后潜逃至此藏身。但据我观察，那张信纸上的文字与迦兰城里石碑上的字体一模一样，理应是城中遗民所写，再加上出现了传书的信鸽——”

宁宁思索片刻，缓声道：“那就说明城里的妖不止一个，还很有可能与这座失落百年的古城密切相关。”

正是如此。

孟佳期本以为她是没个正形的草包，闻言不由得心头一颤，悄悄攥紧裙边，凝神屏息间，又听见宁宁的声音：“孟姑娘在附近的城中长大，可曾听说过关于迦兰城的传闻？”

“……我听家父提起过迦兰城的传说。”她如履薄冰，只能咬着牙把戏演到底，“传言这座城市曾经辉煌一时，乃妖族的极乐之地，却不知为何天降洪水，将整座城淹没殆尽。”

贺知洲好奇道：“天降洪水？为什么？”

女人眼底闪过一丝稍纵即逝的恨意，但很快被讨好的谄媚微笑取而代之：“佳期怎会知道三百多年以前的事情？这个问题实在无法作答。”

“我倒还听说，当年的少城主风华绝代、天资过人，是妖修里数一数二的天才。”宁宁说这话时带了点儿八卦的意思，末了有些惋惜地补充，“这样一个妙人就此葬身湖底，还真有点儿可惜——不过仔细想来，要说有谁能为迦兰城创造屏障抵御洪水，应该也只有他了吧？”

贺知洲抬眼望向头顶巨大的屏障，只见流水潺潺、莹光如玉，偶尔有鱼从屏障外游过，勾起片片撩人心弦的涟漪。

屏障外的湖水与屏障里弥漫的朦胧水雾都映着幽光，他看得入迷，不禁喃喃自语地感慨：“要抵御这么汹涌的浪潮，一定会耗费许多灵力——他能撑住吗？”

“谁知道呢？”

宁宁从地上站起来，遥遥看一眼西边林立的玉宇琼楼。

原著只十分粗略地提起，迦兰少城主为抵御洪水，拼尽全身修为。可洪水的源头是哪里，迦兰城最后的结局又是怎样的，却一概没有提过。

原著只写了个笼统的故事，男主角裴寂一路过关斩将，最终诛杀城中心怀不轨的长老。至于那个铺垫很久的少城主，则自始至终没有出场。

没头没尾，奇奇怪怪的。

更何况……自从经历过古木林海的那件事，宁宁就不可避免地对原著产生了质疑——

似乎总有些什么东西，看不见也摸不着，被极其隐晦地藏匿起来，故意不让她知道。

也正是在那之后，宁宁头一回开始认认真真地思考，系统选派她来担任恶毒女配的角色，真正目的究竟是什么。

可她想不明白。

“之前挟持你的那人告诉我们，要一路向西。”宁宁拿起星痕剑微微一笑，不再念及其他，“只要走到尽头，就一定能有所发现吧。”

快到了。

孟佳期眼底的暗色陡然加重，嘴角悄悄勾起一个微不可察的弧度。

长老们派她担任卧底一角，自然是存了心思要将这群修士往死路上引。

自从城中住民渐渐苏醒，为了防止外来者入侵，长老们特意在迦兰城里设置了诸多九死一生的阵法机关。而他们即将抵达的，是其中最为凶险的地方之一。

十方杀阵。

顾名思义，就是先通过障眼法与幻术将入阵者困在一个空间不得离开，而阵法中处处险象环生，稍微踏错一步，就会遭遇常人难以想象的劫难。

孟佳期久违地笑了。

她只要先把身边这两人带入阵中，给他们指出一条错误的去路，等他们踏进歧途，再神不知鬼不觉地消失——

没有人会察觉，一个走在队伍末端的女人究竟是从什么时候起消失不见的。

十方杀阵，已经近了。

“奇怪，这里怎么起了雾？”贺知洲说着皱了皱眉，抬头嗅嗅空气，“还有股香气……这是迷香还是熏香？”

宁宁屏住呼吸，环视一圈。

迷蒙白雾从四面八方逐渐生成，如同不具备形体的亡灵鬼魅，幽幽攀附在墙壁与地缝之间。房屋与树木的影子则是浓郁漆黑，与雾气相融相交，颇有几分森然恐怖之感。

一股不知名的香气萦绕鼻尖，她不敢多闻，全神贯注地打量着身边的种种变化。

“这、这是什么？”

孟佳期瑟瑟发抖地叫了一声，一把抱住身旁贺知洲的胳膊。

没想到那厮居然胆小得不行，还以为是被女鬼缠了身，当即双目圆瞪，浑身僵住，发出一道比她更似鬼哭狼嚎的惊叫，然后猛地抬起手臂，将她往旁边狠狠一推。

孟佳期跟弹出去的乒乓球似的，扑通一声就落了地。

“对不起，对不起！”

贺知洲老脸一红，上前几步拉着她的右手往上拽，没想到又听见孟佳期的一声尖叫："别！脱臼了脱臼了！嘭——！"

他彻底不敢动了。

孟佳期气得直抖，恨不得当场把这两个浑蛋千刀万剐，但碍于计划，只得勉强笑着忍气吞声："无碍。"

——无碍个大头鬼啊！疼死她了，好吗！

她脑子里的剧场已经从"一个卧底的自我修养"变成了"烤串烘焙指南"，甚至开始认真思考，应该怎样腌制这人渣才最入味。

如今他们已入阵中，而她知晓走哪一条路必死无疑，只要花言巧语哄骗这两人走进去，一切就大功告成。

孟佳期忍住心头怒火，刚要出声，却瞧见宁宁眼前一亮，轻轻叫了一声："裴寂！"

……裴寂？裴寂是何人？

她狼狈地抬头，撞上一对冷冽的漆黑眼瞳。

与宁宁他们比起来，裴寂的情况要糟糕一些。

他手中长剑早已出鞘，猩红血迹顺着边缘汇聚成小河，再缓缓地一滴滴落在地面上。脸庞与手背都沾了血渍，干涸成溅射状的暗红色痕迹，映衬着苍白瘦削的脸庞，更显出几分阴戾气质。

像一道裹挟着血腥味的风，也像一匹刚经历过厮杀的独狼。

总之不像是清风霁月的正派弟子，他看上去杀气重重的。

在见到孟佳期时，被唤作"裴寂"的少年神色一凛，手中长剑发出一声嗡鸣。

下意识地，她感到了一股杀意。

"别别别！千万别激动！"宁宁明白他看出孟佳期有异，赶紧用传音入密悄悄戳他，大致说明了这女人的身份与来意，最后言简意赅地告诉他，"现在只有她知道阵法的出口，要想出去，我们得把孟佳期留下来。"

她传音后轻咳一声，拉了拉孟佳期的袖子："孟小姐，那是我的师弟裴寂；小师弟，这位孟佳期小姐住在附近城中，不慎落入此地，我们能帮则帮吧——你身上的血迹是怎么回事儿？"

说着又忍不住想，奇怪，她怎么会在这里遇见裴寂？原著里描写过这个地方吗？

而且裴寂此时此刻的模样与原著大相径庭，宁宁记得他理应无伤通关，而非被溅得满身是血。

"这里是十方杀阵。"裴寂眸底的戾气悄悄收敛了一些，淡淡地道，"四面八方尽是杀机，几乎每条道路都设有暗器、傀儡、幻术和凶兽残魂。要想离开，除了解阵，还有一种方法。”

不会吧。

孟佳期的心脏滞了一瞬。

——没有人会想要尝试第二种方式吧。

她神色复杂地又看了眼裴寂。

他穿着黑衣，看不出沾染了多少血迹，但是脸颊和胳膊的伤明明白白地昭示着必定经历过几番苦战。

与此同时，少年人清冽的声线传入耳畔，让她不由得脊背发凉：“只需以杀止杀、以杀破阵，屠尽十方杀机，便可成功脱身。”

只需？

那么多夺人性命的关卡，被你用这两个字直接一笔带过了？

而他也的确这样去做了。

孟佳期在心里暗骂一声。

好的，玄虚剑派她目前一共见到三个人。

一个傻子，一个骗子，如今又来了个彻彻底底的疯子。

什么以杀止杀，什么以杀破阵。

——连魔修都不会这样讲的啊！知道十方杀阵是什么概念吗？每走一步都是死局，四面八方尽是要命的东西。

然而这小子却想告诉那些蛰伏的杀机，对不起，你们全被我一个人包围了？

不愧是你们剑修，真是无时无刻不在用行动告诉她，人生处处有惊喜。

孟佳期听得震惊不已，宁宁则皱着眉朝他靠近几步，塞给裴寂一块手帕：“快把血擦一擦。想要一个打十个，你怎么那么能呢？要是不小心出了意外怎么办？这么大的地方也没个照应，你——”

顿了顿，宁宁又板着脸补充：“我不是担心你啊，只是因为你要是出了事儿，师尊一定会骂我。”

裴寂别开视线不看她，本想伸手接下，却察觉指尖濡湿一片。

——他拼了命地杀出重围，手掌早就遍布鲜血了。

他向来是直来直往的性子，无论是拔剑还是除魔，都能毫不犹豫地做出决断。可不知怎的，在此时此刻却隐隐生出了几分迟疑，他指尖微微一动，重重地落在单薄的黑衣上。

宁宁见他没有接，下意识低头望一眼裴寂空出的左手，结果恰好看见他不动声色地擦拭手指的一幕，没忍住扑哧笑出声来。

“这本来就是送给你擦血用的，哪里来的这么多讲究？”

她没想到这人还有这么多小心思，拿着手帕抬起手臂，胡乱擦了擦他侧脸上的一丝血迹。

雪白手帕上沾了浓郁的红，少年呼吸一滞，长睫轻轻颤着。

“你看，现在它也沾上血啦。”

眼看裴寂脸上的血迹被自己抹得扩散开来，像只花了脸的猫，宁宁一只手抓起他左手，另一只手把帕子塞给他：“自己擦。”

孟佳期满心忐忑地听他们说完，这才低声开口：“不、不用以杀破阵那么麻烦。”

这新来的小子像条疯狗，要是让他到处乱闯，说不定会误打误撞闯进正确的出口。

因此她决定先下手为强，直接告诉他们进去后必死无疑的道路：“我曾经在爷爷手里学过奇门遁甲和八卦风水术，勉强会解一些阵法……我观察了一下，这个法阵只有一个出口。”

她说着指了指一条不显眼的小巷，语气笃定：“就是这里。”

贺知洲半信半疑：“你确定？”

“如若不是，我们再像裴公子说的那样，一路过五关斩六将地杀出一条血路，不也能逃离阵法吗？”孟佳期毫不犹豫地回应，“三位都是门派精英弟子，应该不至于被阵法中的机关、精怪难倒吧？”

好了，接下来就是请君入瓮的时候。

正派弟子向来自视甚高，只要被稍稍一激，就难免头脑发热地按照她的话去做，更何况他们目前没有别的法子，只能听信她的谎言。

到时候她跟在队伍最后，一声不吭地悄然离开，这群人就必死无疑。

“好像也找不到别的办法了。”

宁宁环顾四周，只见雾气越来越浓，耳边隐隐传来阴风怒号与野兽沉重的低吟，想必多在这里待上一段时间，境况就会凶险几分。

孟佳期忍着笑点头，听她继续道：“那就劳烦孟姑娘，走在最前面为我们开路吧。”

孟佳期：“？”

孟佳期：“？？？”

等等，这丫头在说什么？！

让她走在最前面带路的话，她还怎么按照原定计划趁机逃跑？你们身为堂堂玄虚剑派弟子，难道还要让一个普普通通的小姑娘以身涉险，在最前面充当人肉护盾？

这也太不按照常理出牌了吧！

孟佳期咬了咬牙，软着声音示弱撒娇："可是走在第一个多危险呀，我害怕。"

宁宁回答得理所当然："就是因为担心你，所以我们才要跟在孟姑娘身后，确保你足够安全啊。"

"这、这不妥吧。"孟佳期笑得心酸，"十方杀阵中凶险万分，要是我来打头阵，万一遇上什么妖物……那该怎么办？"

她话音刚落，就听见身旁传来长剑入鞘的铮然响声。

那个一身黑衣的小子似笑非笑，眼底的泪痣染了层层血色，仿佛能把眼睛也晕出阴森的死气："如今姑娘受制于我们，恐怕没有讨价还价的理由。"

孟佳期："……"

差点儿忘了这个刺头。

宁宁是个笑面虎黑莲花，很难看清她的笑脸下藏着哪些心思，但这位与她完全不同。

裴寂坏得张扬，冷得明显，凶得毫不遮掩。

那眼神里带了嘲弄，再加上这句冷冰冰的台词，简直是在明晃晃地告诉她："我不是个好人。"

——可你不是魔修也不是妖，你是名门正派的弟子啊！

这是正派能干出的事儿吗？

宁宁看他一眼，叹了口气："师弟，你别吓着孟小姐。她一介弱女子，置身这种险境，肯定早就被吓坏了，等我好好安慰安慰她，孟小姐一定会明白我们的良苦用心。"

裴寂非常上道，冷着脸与她对视："她执迷不悟，留着也没用。"

孟佳期嘴角一抽。

别以为她看不出来这两人是在一个唱红脸，一个唱白脸！你们真不愧是师出同门啊，还合作上了是吧！

苍天可鉴，在接到卧底的任务之前，孟佳期曾无数次设想过自己威风凛凛的退场，以及这群修士发觉被耍弄后气急败坏的模样。

可如今三个金丹期修士恬不知耻地逼迫无辜少女充当肉盾，到底谁才是反派啊？！

宁宁看她脸色青一阵白一阵，当即明白过来，孟佳期指的是条有去无回的死路。

这是她把孟佳期留在身边的最大用意。

四人中唯有孟佳期对迦兰城了如指掌，一旦像现在这样遇见机关阵法，孟佳期必不可能亲自踏入死路，只要步步紧逼，就能让她在迫不得已之下说出正确的道路。

“孟姑娘别怕，我早就为你想好了后路。”宁宁在心里把这条小巷悄悄画了个 ×，温声细语地安慰她，“如果遇见危险，你大可逃到一个偏僻无光的角落，整理衣衫后静静躺好，这样一来——”

孟佳期的理智所剩无几，在破罐子破摔的边缘勉强应了句：“这样一来，那妖物便会以为我已经死了？可这种障眼法没谁会相信吧？”

“谁说是障眼法了？”宁宁十分诚恳地与她对视，解释得语重心长，“我的意思是，孟姑娘如果这样死掉，遗体不会太快腐烂发臭，看上去还能勉强美观一些——女孩子嘛，都是爱美的。”

孟佳期：“……”

孟佳期的脸扭成一个麻花。

伤心麻花。

——她算是明白了，凡是人说的话，他们剑修一句都不讲。她上辈子到底是造了什么孽，才遇到这帮折翼的鸟人？

孟佳期被折腾得身心俱疲，真的好想大喊一声，全给我滚。

可她有什么办法？

这儿一个脑子不正常的傻子，一个丧尽天良的笑面虎，还有一个满眼戾气的杀神，都虎视眈眈地盯着她，四面楚歌。

她只能深吸一口气，用颤抖的声音勉强笑着说：“宁姑娘，难道美丽的女人都像你这么残忍？你这张美丽的嘴里，怎么能说出这么不人道的话啊！”

孟佳期陷入了两难的困境。

如果按照原定计划，把这群人引入死路，那打头阵的她同样会死无葬身之地。

可倘若她贪生怕死，带领他们从安全出口离开十方杀阵，便错失了除掉这伙穷凶极恶之徒的最佳时机。

两相权衡之下，她终于还是狠狠一咬牙：“我方才又算了一卦，原来这阵中玄机暗藏，施了层障眼法。之前那条路并非出口，诸位请随我来。”

她心里骂着娘，百般不情愿地走进了另一条雅致古朴的老街。

据说设计这个阵法的人利用了“最危险的地方也是最安全的地方，最不起眼的通道恰恰是出口”这一思维惯性，故意把死局设置在最为破破烂烂的小巷里。

一旦有谁笃信上述的那段话，便半只脚踏进了鬼门关。

而这条装潢华美的长街，才是真正的出口所在。

随着众人渐渐深入长街，周围迷蒙的雾气也悄无声息地慢慢散去，余留一层不甚清晰的水雾，轻飘飘悬挂在房檐角落。

街道两旁燃着长明灯，当宁宁抬头打量四周时，瞳孔里也坠入了一颗颗连缀成线的小星星。

与之前所见的楼房不同，这里的楼宇高阁雕梁画栋，檐角翘起如飞鸟。木质墙壁古韵生香，隐隐散发着雨后树林的清香，乍一看去像极了一个个排列成行的沉默巨人，无端生出几分若有若无的威压。

“这里应该是曾经的商业街区吧？”

店铺里琳琅满目的服装首饰仍保留着百年以前的模样，宁宁毕竟是个年纪不大的姑娘，一时间看得眼花缭乱：“当年的迦兰城一定十分繁华。”

孟佳期下意识得意地道：“那是自然。”

顿了顿，又觉得这句话过于明显地暴露了倾向，于是她干笑着补充：“我听爹爹说，这里曾经盛极一时，是妖族里赫赫有名的大城。”

“欸，你们看！那边站着的不是那谁——”贺知洲的声音突然响起，激动得差点儿破音，“你大师姐郑薇绮啊！”

宁宁闻言指尖一动，顺着他的视线看过去。

这一看，她立马就愣住了。

街道尽头的店铺前站了个浑身血红的人影，一边扶着门前的柱子，一边低头拿着小本本在记录什么。

再一看那人的脸，被血糊得像是刚从京剧舞台上下来，就差唱一句“红脸的关公战长沙”，努力辨认之下，赫然是郑薇绮的模样。

她的男装上亦是染了血迹，有的是别人的，有的则来自她自己，几条血口子分布在胳膊与小腿，血液已经快要凝固。

宁宁看得心惊胆战，赶忙叫了声：“师姐！”

京剧大师郑薇绮闻言抬头，朝她露出一个憨厚朴实的笑，一边笑一边咯出一口鲜血：“宁宁来啦！快来看，这家首饰店里有好多漂亮的玩意儿，多亏它们，我才突然有许多崭新的灵感，卖货赚钱有望了！”

惊！某修仙职业技术学院学生身残志坚，竟浑身是血地做出这种事情！

——所以你明明已经在咯血了，第一反应不是疗伤，而是发展你的带货事业吗，师姐！没必要，真的没必要啊！

宁宁放心不下，走到她身旁出言询问：“师姐，你怎么受了这么重的伤？”

“哦！你说这些？”

直到此刻，郑薇绮才终于意识到自己身上有伤，随意扫了一眼，漫不经心地轻笑道：“城中有诸多阵法，我不小心踩了几个，和里面的各种残魂打了几架，不碍事儿。”

她说罢又眼睛一亮，兴致勃勃地招呼宁宁：“别管这个了，快来看我新设计的银簪！古今结合，尾端有一个不易察觉的小机关，绝对——”

话没说完，她就从嘴里喷出一口血来，伴随着未尽的余音，不知道的人还以为是音乐喷泉被染成了红色。

郑薇绮大惊失色：“糟糕，我的手稿被弄脏了！”

宁宁：“……”

怎么说呢，你们剑修的脑回路还真是别具一格啊。

两人谈话间，其余三人也顺着长街走了过来。

彼此介绍一番后，孟佳期看着郑薇绮西瓜太郎一样的大红脸，心生一计。

她可是个货真价实的狐狸精，最擅长撩拨旁人。听宁宁叫她“大师姐”，想必这女人的地位一定不低，要是能赢得她的好感，自己也就不会再受另外三人欺负。

眼下郑薇绮身受重伤，正是最为虚弱的时候。她只需制造一个无人能拒绝的温柔乡，就能让对方心甘情愿地沉溺其中，对她掏心掏肺地好。

这一招，正是美人计。

“郑姑娘，”孟佳期捂嘴惊讶，上前扶住郑薇绮手臂，有意无意地往她身上靠，“怎的受了这么严重的伤？我看啊，要不咱们先好好休息一番，让我给郑姑娘涂一些伤药吧？”

郑薇绮本来就对这条街道流连忘返，听见这个提议，立马笑着点头：“我正有此意！那就听孟姑娘的话，先留在这里——”

她一句话没说完，便突然怔了怔。

孟佳期抿唇轻笑，眼底闪过一丝得意。

她暗暗释放了媚香，能让闻见的人对她百般痴迷，好感度倍增。之所以不用来对付其他人，是因为她修为不高，这香对另外几人没任何用处。

但郑薇绮受了重创，必定无法抵抗。

“孟姑娘身上好香啊！”

郑薇绮语气里讨好的笑意越发明显，听得她心底冷笑。

臭剑修，到头来还不是栽在她手上。

没想到身旁的女人忽然顿了顿，神秘兮兮地压低声音：“孟姑娘，以我的经验来看，你一定是被劣质化妆品腌入味了。不如来看看我独家秘制的面膏与朱砂，绝对没有这些稀奇古怪的味道。”

孟佳期：“……？”

神他 × 化妆品腌入味了。

等等。

所以她之前那个所谓“讨好的笑意”并不是受了迷惑，而是一种——

商家劝人买货时候的语气？！

你有病吧！！！

孟佳期好气哦。

可是自己演的戏，哭着也要演完。

于是她强颜欢笑地听郑薇绮讲了整整一炷香时间的买货卖货和化妆品须知，最后听得实在不耐烦，却发现对方完全忘记了时间的流逝，只顾满嘴跑马，说得天花乱坠。

一计不成，孟佳期又心生一计。

她对玄虚剑派大师姐的话左耳朵进右耳朵出，像招财猫的手那样一个劲儿地点头，最终看准时机挪了挪脚，猛地向前一扑。

她刚好扑到郑薇绮胸口上。

衣服上的血渍糊了她满手满脸，孟佳期心里嫌弃得不行，嘴里却娇娇柔柔地撒娇：“对不起，我好像扭到脚了。我马上起来——哎呀！”

她起身到一半，忽然又装作十分疼痛的模样，再一次扑进郑薇绮怀中。

这一招，男人见了会心动，女人见了会心软，没有谁能抵抗。

果然郑薇绮微微一愣，语气里终于有了一丝紧张的味道：“没事儿吧，孟姑娘？”

“我没事儿。”孟佳期泫然欲泣，装模作样地抹了抹眼泪，“只是腿脚作痛，可能一段时间内动不了……对不住，给大家添麻烦了，我真没用。”

“孟姑娘别这么说！”

郑薇绮语气急切，听得孟佳期下意识勾起嘴角，然而在下一瞬，笑容就被扼杀在摇篮中。

郑薇绮一本正经道：“虽然孟姑娘身怀异味还没什么用，但你也不能说自己没用啊！你——”

场面陷入了一片尴尬的寂静。

在一旁吃瓜看好戏的贺知洲没忍住，直接笑出了声。

郑薇绮有些不好意思：“对不起啊，我怎么直接把心里话讲出来了。”

孟佳期：“……”

她好累。

她只是只平平无奇、可可爱爱的小狐狸啊，为什么注定要承受这种人间疾苦？

她身体还在这里，心却已经跟着死去的秦川一起离开了。

“孟姑娘，你放心！有我在，一定不会让你拖大家后腿。”郑薇绮见她露出了悲伤的神色，手忙脚乱地尝试补救，“我制造了一种代步机器，不用自己走路，你也能跟上我们。”

天羡子门下的大师姐是个赚钱狂人，除了在山下买货卖货，还会自创剑法出书，自己发明些新奇的小玩意儿。

孟佳期努力扯出一个比哭还难看的微笑：“你说。”

“就是这个！”

郑薇绮得了应允，一下子就来了兴致。手中的储物袋金光一闪，地面上便赫然出现一个水车模样的巨大器具。

中间还有块横亘上下的木板，像是处刑架。

“我的制造原理参考了水车和风车，具体是这样的。”她口若悬河，讲得两眼发亮，“只要把你绑在圆轮中间，然后让另一个人推着它不断往前走，它就能一边转，一边带着你往前——是不是既省力又省心？”

孟佳期：呵呵。

你这不是代步工具，而是自动处刑工具呢。

正常人被绑在上面转个没几圈就直接死翘翘了好吗？在他们妖界，有种严刑逼供的器具就和这玩意儿一模一样好吗？

那四个字她已经说倦了。可是——

你这人就是有病吧！！！

她本来以为终于碰上个正常人，但你怎么比另外三个人还会折腾啊，大姐！难道你们玄虚派排辈分，是按照有病程度来的吗？

郑薇绮满眼小星星，无比期待地看着她。

孟佳期知道，这是让她上前用一用的意思。

她已经能想象出一段时间之后的景象了。

一只奄奄一息的狐狸像砧板上的肉被绑在木架上，随着水车的转动，呕吐物在空气里绽放成一朵永不凋零的花。

贺知洲看得吭哧吭哧笑出驴叫，宁宁实在不忍心，出声打断两人的对话：“师姐，我与贺师兄之前在城中游历，发现一封由迦兰城古文字写成的书信。恐怕城中的妖族为数众多，还都与古城有一定联系，说不定是百年前的迦兰遗民。”

郑薇绮这才从她狂热的推销里缓过神来，恋恋不舍地轻咳一声：“是吗？如果真是迦兰遗民，那他们盗取百姓魂魄的用意何在？莫非为了那传闻中的少城主？”

直到这时，她才终于有了几分正派弟子的气质：“为了那独独一个人，就让无数百姓生不如死，实在可恨。”

“盗取魂魄？”在极为短暂的沉默后，一道带着困惑的女声轻轻响起，像是在喃喃自语，“不是只摄取了精元吗？”

此话一出，在场所有人便将视线一同聚集在说话的孟佳期身上。

悄悄是别离的笙箫，沉默是今晚的康桥。

“你、你们看我做什么？！”孟佳期自知失言，涨红了脸磕磕巴巴，“我听我爹爹说，城里的人都被夺了精元，不是什么魂魄——精元被夺走是可以恢复的，哪里来的什么生不如死，你们简直血口喷人！”

这语气，这神态……

跟护犊子似的。

宁宁把那句“你说的爹爹，是不是就是你自己”憋了回去，假装四处看风景。

所有人都在帮孟姑娘捂马甲，哪承想她居然直接自暴了，当场表演一局我杀我自己。

孟佳期被这群人折腾得脑袋一片糨糊，这会儿急得厉害，又看出他们脸上不对劲儿的神色，当即咬了咬牙，大声喊道：“你们不信我？我真的是一只好人！”

一只，好人。

以前当狐狸的时候说顺口了。

她本以为之前那句话是一切的结尾，没料到居然只是个开头。

孟佳期：“……”

宁宁：“……”

孟佳期：“呵。”

孟佳期：“我是不是暴露了？”

宁宁看她神色不对劲儿，像是受了什么刺激，斟酌一会儿后出言安慰：“孟姑娘，你也别太伤心，其实你演技还是挺好的，我们都没有察觉有什么不对劲儿的地方。”

谁料对方状若痴呆地愣了愣，居然从嘴角勾起一个疯狂上扬的弧度，用快要破音的声线将她打断：“伤心？谁说我伤心了！”

她说着嘿嘿哈哈地笑起来，说不清笑声里究竟是癫狂的喜悦还是泫然泣下的心酸：“噫，好，我暴露了！哈哈哈哈哈哈老娘终于暴露了！”

普天同庆，敲锣打鼓，世上竟有如此天大的好事儿！

她终于不用再虚与委蛇地待在这伙人身边啦！去他的落难小白花，去他的卧底，以前她没得选，现在她只想当一个坏人哈哈哈哈哈！

宁宁欲言又止，与身旁的大师姐交换一个眼色。

孟佳期浑身打冷战，终于能毫无顾虑地说出那句藏在心底许久的话：“你们这群狼心狗肺的东西不是人！”

“你！”她猛地扭头看向宁宁，面目狰狞，“刚见面就拿人质开刀，说什么人质死了，赶快投降，后来居然还让我一个弱女子充当肉盾，纯种人渣啊！”

宁宁：“……”

“还有你！”孟佳期陡然一个转身，差点儿没呼吸上来，恶狠狠地瞪着郑薇绮，“你是有什么心理疾病吗？那玩意儿是人能做出来的东西？我呸！赶紧拿着它自杀吧，白痴！还有，什么叫被化妆品腌入味了，老娘那是体香！”

郑薇绮：“……”

孟佳期撑得神清气爽，又看向另一边的贺知洲：“还有你！解剖结果显示死者死于解剖？你那发育不良的脑瓜里都装了些什么东西？！秦川的仇老娘一定会好好记在心上，就算变成鬼也不会放过你！你给我等着瞧吧！”

贺知洲：“……”

她最后看向裴寂。

裴寂面色不改，甚至冷冷挑了眉，颇有几分嘲弄与挑衅意味地与她对视。

孟佳期内心呵呵，神情僵硬地直接略过他。

“孟姑娘，”宁宁试探性地向前一步，“你还好吗？”

“什么‘孟姑娘’！”孟佳期眉头一拧，用了宁死不屈的坚定语气，“快，叫我‘十恶不赦的奸细’！”

宁宁不敢多加刺激这位脆弱的神经，只得迟疑着眨眨眼睛，顺了她的意思软着声音说：“好、好。那个……你这十恶不赦的奸细。”

啊。

孟佳期听得如沐春风，深深吸了一口气。

天籁之音。

这七个字是多么珍贵，她的世界花也香了，草也绿了，一颗千疮百孔的心终于被缝合了。

“别说话，让我们用心来感受。”孟佳期闭上双眼，咧嘴咧到嘴角抽筋，“我，孟佳期，就是十恶不赦的奸细，嘻嘻嘻。”

“救、救命啊。”贺知洲听得头皮发麻，脚趾猛抠鞋底，“孟姑娘她被咱们折腾疯了？以她这副模样，分分钟就能演一场《咒怨》和《山村老尸》啊，伽椰子跟楚人美见了都要直呼内行。”

宁宁也有些担心，思索片刻后又靠近她一步，加大音量出声："孟姑娘，我给你看一样东西。"

孟佳期神情恍惚地扭过头，眼看着宁宁拿出储物袋，从里面掏出了什么东西。

白花花的一团，带了点儿轻微的粉色，长长的两条，像是兔子的耳朵。

等等。

兔子？

一只白白胖胖的大兔子从储物袋里蹿出来，因为被宁宁抓着耳朵，只能四肢胡乱扑腾地晃来晃去。

兔子一边扭，一边呈作揖状大喊大叫，粗壮的男声响彻街道："大哥大姐过年好！兔兔在这里给各位一鞠躬二鞠躬三鞠躬，希望哥哥姐姐们让兔兔回家家，兔兔真的好怕怕——"

兔子说到这儿，便瞪大眼睛陡然呆住，满脸难以置信地与孟佳期遥遥相望。

只是因为在人群中多看了你一眼，再也没能忘掉你容颜。

两个十恶不赦的反派细作无语凝噎，眼底尽是沧桑，末了不约而同地出声，凄惨之程度，堪比两岸猿声啼不住。

——"川儿啊！"

——"期子姐！"

冷风瑟瑟，钩起女人的青丝如瀑，以及兔子乱蓬蓬的白毛。

一人一兔，相顾无言，只有眼泪像两行挂着的兰州拉面，哗啦啦流个不停。

孟佳期好委屈。

在长老们给出的计划里，身为狐狸的她自带撩人属性，于真相与谎言之间来回游走，自始至终将这群臭剑修蒙在鼓中。

可此时此刻见到秦川，她才后知后觉地明白，原来自己才是被耍得团团转的那个，一个人在嘻嘻哈哈地演独角戏。

——你们这群人很闲吗？啊？堂堂正正打一架不好吗？！

虽然她也打不过就是了。

孟佳期与秦川哭得你中有我、我中有你，差点儿把原本寂静的长街变成一家动物养殖场，分分钟就能奏响一曲鬼哭狼嚎版本《梦中的葬礼》。

奈何郑薇绮这女人丝毫不懂怜香惜玉，还没等吭哧吭哧的哭声停下，便火急火燎地上前问道："孟姑娘，你说城中妖物只取精元不碰魂魄，这是怎么回事儿？"

"什么'怎么回事儿'，"孟佳期从宁宁手里把兔子接过来，眼睛里的泪水汇聚成两个摇摇晃晃的荷包蛋，"我还想问你们是怎么回事儿呢！精元被夺走之后，顶多会身体虚弱、四肢无力，在床上休息几日便无大碍，哪里有你们说的那样严重？”

郑薇绮颔首凝神，极快地与宁宁对视一眼。

“可……附近城中的住民并非只被夺了精元。”贺知洲挠挠头，有些想不明白，“你不知道吗？许多人的魂魄被拿走大半，变成了只会攻击、不懂沟通思考的活尸——第一次见面时，这兔子不就是在模仿那些人的模样吗？”

不知为何，听见“魂魄”二字，孟佳期与兔子的表情皆是一凛。

“是长老们要我那样做的。”秦川缩在孟佳期怀里，两只毛茸茸的长耳朵晃啊晃，说话时三瓣嘴打开一个小小的缝隙，鼻尖也跟着在动，“他们说外面生了场瘟疫，几乎所有染病的人都是那种模样。只要我演得凶一点儿，两只眼睛死气沉沉，很容易就能把你们吓到。”

兔子顿了顿，有些委屈地解释：“长老禁止我们与外人接触，更不许我们前往城区，只能在郊外收集精元。所以迦兰城外到底是什么模样，我们不知道。”

郑薇绮愣了愣：“长老？”

她细细想了一会儿，语气终于平和许多：“看来我们彼此之间存了不少误会，还需一一厘清。二位可否告诉我们，百年前的迦兰城究竟发生了什么？”

四周静谧至极，没有风。

因此这短暂的沉默便显得尤为漫长，仿佛整个迦兰城都被嵌入一幅静止不动的水墨画，只有头顶的粼粼水波潋滟荡漾，昭示着时间仍在缓缓流淌。

孟佳期怯怯地看他们一眼，抱紧了手里的兔子：“你们有所不知，吸取魂魄并非我们妖物的法子……只有剑走偏锋的魔族邪修，才会通过炼魂来增进修为。”

“魔？”郑薇绮拧眉，“我听闻自仙魔大战以后，魔族便尽数销声匿迹，再无踪影。”

“外界或许是这样，可我们迦兰城陷入湖底，是在仙魔大战之前。”孟佳期似是有些畏惧，薄唇轻轻一颤，“如果有魔修与我们一同被困在湖底……不就恰好避开了那场大战吗？”

众人皆是目光一震。

宁宁是最为惊讶的。

孟佳期在说什么？剧情里怎么会突然蹦出来一个魔修？这和原著里毫无悬念的打怪升级……完全不一样啊！

上次在古木林海里遇见魔化龙血树时也是这样，明明裴寂遭遇了那样九死一生的险事，剧情却只字未提。

至于孟佳期口中与迦兰城一同沉入湖底的魔修——

似乎只要一涉及“魔”，原著就通通略过了。

这是为什么？

她想得头昏脑涨，耳边继续传来孟佳期的声音：“三百年前，魔族正是势力大盛的时候。魔修之中强者辈出，其中七位魔君更是邪道大能，不但性情暴戾，修行方式也一个比一个古怪——其中一位名唤‘玄烨’，便是靠吞噬人魂妖魄，将其转化为灵力来修行。”

宁宁听得更蒙了。

不是说魔族都死翘翘了？这设定是从哪里跑出来的？

“玄烨已入化神期，修为越强，对于魂魄的要求也就越高。以往只需无休止地屠戮凡人便可，迈入化神大境后，普通人魂带来的灵气无异于沧海一粟，他便把心思打在了其他高阶修士以及……妖修身上。”

“妖修？”贺知洲似乎明白了什么，“迦兰城恰好是妖修聚居之地啊！”

孟佳期点头：“不错。当年玄烨找上少城主，试图以魔君之位作为筹码，说服少城主助他布下噬魂阵，在大凶之日屠尽城中住民，炼成怨气深重的血魄。如此一来，他的修为便可一日千里，难逢敌手。”

郑薇绮道：“既然你们收集精元是为了少城主，那他定然是拒绝了。”

直至此刻，孟佳期嘴角才终于露出一抹极其浅淡的笑，似是疲惫，又像是钦佩与欣慰：“正是。诸位有所不知，三百年前魔族横行，魔君之位高不可攀，无数人与妖争相抢夺，少城主能为了迦兰城拒绝他，已是难得。”

她顿了顿，眼底浮现起一丝哀戚之色：“玄烨眼看好言相劝不得结果，便起了强行攻城的心思。他实力强横，而迦兰城向来以商贸为重，城中高手寥寥无几，只有少城主与几位长老尚有一战之力。”

这样想来，迦兰城的覆灭是难以避免的事情。

郑薇绮思忖良久，握紧剑柄愤然道：“这也太嚣张了！正派仙门难道就没一个能帮得上忙？”

“那时处处水深火热，仙门早就忙得焦头烂额，加之玄烨攻城只用了半个时辰不到，哪会有人前来帮忙。”孟佳期摇头，“为尽快击溃迦兰，玄烨利用水龙术大肆攻城，少城主与长老们在城门上布阵抵抗，不承想——”

她下意识咬住唇，深吸一口气：“少城主灵力不支，阵法骤破。他用仅存的气力建造出头顶的那面屏障，迦兰城民被两股彼此抗衡的灵力冲撞波及，一时失去意识。玄烨在斗法中身受重创，应该亦被困于湖底，至今不见踪影。”

这一番话下来，像是讲了个极为古老的故事。

宁宁听罢心下一动，低声道：“于是现今城中妖族渐渐苏醒，为报答少城主恩情，便听从长老们的安排，去为他收集精元。”

她说着笑了笑：“孟姑娘，长老们让你收集精元，用的是怎样的法子？”

孟佳期还停在对她的阴影里没走出来，闻言轻轻地颤抖一下，几乎是条件反射地缩了缩瞳孔。

“是用这个。”

她从口袋里掏出一根血色红绳，一旁的郑薇绮脱口而出：“锁灵绳！这是邪修才会随身携带的玩意儿，那群老古董怎么会得到？”

“这不是还有个漏了网的魔君吗？”宁宁眸底微沉，语气仍是淡淡地带了笑，“孟姑娘讲的故事，其实有两个很值得推敲的地方。”

裴寂看她一眼，又懒洋洋地垂下眼睫。

“其一，既然少城主拥有重创玄烨的实力，为什么守城的阵法会突然失效？只可能是除他之外的人出了岔子，少城主自知无法再支撑阵法，这才奋力一搏，全力攻向玄烨。

“其二，玄烨身为堂堂魔君，要想攻城，定是做好了万全的准备，怎会不做任何准备地孤身前来？既然帮手不在他身边，那只可能——”

宁宁抬眼笑笑，漆黑眼瞳中如坠星辰，看得孟佳期微微愣住：“藏在迦兰城中。”

孟佳期听得头皮发麻，怀里的兔子更是双眼茫然，满脸都是难以置信。

“既然你们是从长老那里听来这件事的始末，那他们就有充分的时间编造谎言。不难看出，真正的故事剧情应该是这样。”宁宁说，“玄烨诱导少城主不成，便将主意打在了长老们身上。孟姑娘之前说过，魔族在当年盛极一时，很少有谁会拒绝魔君的庇护与馈赠，在魔族享受荣华富贵，总好过在一座小城里劳心劳力。无论过程怎样，他们都答应了下来。”

屏障散发着幽幽冷光，如同一块硕大的莹白美玉，为整座城市笼罩上一层与死亡无异的冷色调。

孟佳期暗自攥紧裙边，心底森然。

而宁宁还在继续说。

“少城主一定不会想到，他为了这座城舍弃前程乃至性命，身边最信任的几位长辈却尽数背叛。当城门阵法做成，他们或许群起而攻之，或许同时放弃布阵——不管怎样，他都能很快明白自己的境遇，于是干脆放弃阵法，赌上毕生修为与玄烨决一死战。”

“所以说，长老们这次哄骗迦兰城民的目的，不是想要唤醒少城主，而是……”郑薇绮吸了口冷气，音量不自觉地更大，“为了玄烨！”

贺知洲啧啧叹气："少城主既然知道了他们的异心，从那以后就成了敌人，那帮二五仔怎么可能助他醒来——这样一想，他还真是有点儿惨。"

确实挺惨。

醒着的时候拼尽全力只为护住城中妖族的性命，却被自己人背后捅了刀子；沉睡之后也逃不开惨遭利用的命运，成了明面上的傀儡，其实好处全给了势不两立的敌人。

可怜城中的妖们被耍得团团转，冒着被正道修士发现的危险外出收集精元，却沦为杀人的帮凶，为仇敌做了嫁衣。

孟佳期听罢，脸色已是惨白如纸，半晌说不出一句话。

郑薇绮见她这般模样，少有地放柔了声线，用安慰的语气低声道："孟姑娘，此事事关重大，不如你带我们找到长老，让我等与之当面对质，如何？"

孟佳期眼底血丝上涌，闪过一缕沁了猩红的恨意，咬着牙重重点头。

长老所在的星机阁人去楼空。

他们在当年的大战中同样受到灵气波及，加之少城主很可能也对他们下了杀手，听孟佳期的描述，他们的状态虚弱得跟半只脚入土的老人差不多，因此才会设下阵法，试图以卧底之计除掉玄虚派一行人，而非正面解决。

如今想必是不知从哪儿得到消息，知晓谎言被戳穿，他们便毫不犹豫地逃离了此地。

星机阁保留着数百年前的建筑风格，雕有龙凤图案的木窗被长明灯照成朱砂红，纱幔低垂，静默无言。

袅袅白烟自香炉升腾而上，如同女人柔若无骨的纤纤玉手，一点点拂过窗台、轻纱与银丝织就的帐幔，香气无影无形，随白烟一起蔓延至房屋的各个角落。

宁宁奔波许久，好不容易能坐下来好好休息，一边兴致寥寥地打量着周遭建筑，一边听郑薇绮问："他们会不会已经离开迦兰城，逃去了岸上？"

孟佳期摇头："姑娘有所不知，从屏障外进入迦兰城轻而易举，但若是进来后再想出去，便不得不花费极多的灵力。以他们的状态，应该没办法离开此地。"

"所以那群老大爷最可能去的地方，"贺知洲来了兴致，腰间长剑发出一声嗡鸣，"应该就是那什么魔君的老巢——咱们是不是也有机会屠魔了？"

"如今尚不知晓玄烨的所在，我会告知城中已醒的妖族真相，拜托他们寻找玄烨与长老的踪迹。"孟佳期喟叹一声，似是已在今日耗尽了毕生的力气，"诸位不如在城中歇息一段时日，也好治治身上的伤。"

郑薇绮笑呵呵地应声，视线穿过窗户，直勾勾地看着街边林立的店铺，又拿出了那个记录灵感的小本本。

裴寂蹙眉把玩着剑柄，似乎有些不耐烦，就差直接来一句：怎么还不打?

……说的就是你们两个啊!

于是一行人在城中歇了下来。

第二章　制止抢夺精魄

迦兰城里的妖族们在水中沉睡百年，醒来后也很少与外界接触，因此个个都憨厚朴实得过分，像是刚从某个儿童动画片里穿越过来。

宁宁被几个热情的小姑娘带着选了身新衣服，又舒舒服服地泡了个热水澡，思来想去，总觉得心烦意乱。

自从来到这个世界，她便笃信一切都是书中内容，没想到出了贺知洲那样一个大意外，如今的剧情还跑得没了边儿，在崩坏的道路上一路狂奔。

这实在不是多么愉快的体验。

现在看来，以后究竟要不要继续信任原著和系统……也是个大问题。

宁宁洗完了澡闲得无聊，又因为心里翻来覆去的思绪没办法专心，只得放弃思考，打算到街道上散心。

众人都住在客房，彼此之间只有一墙之隔。她刚推开门，便感到一阵剑风。

是裴寂在练剑。

他换了身新衣服，仍然是与夜色无异的黑。少年人黑衣黑发，剑光却是雪浪般纯净的雪白，映照在他棱角分明的侧脸时，照亮冷白色的皮肤。

周围无风亦无声，只有屏障之上白茫茫的莹光缕缕坠落，让人想起破碎的浪蕊浮花，如月色般倾泻而下，又被他锋利的长剑斩断成零星几点。

宁宁很认真地想，或许裴寂之所以喜欢穿黑衣，就是因为黑色浓郁，不会让他满身的血看上去十分明显。

听见她房门打开的吱呀声，裴寂停了动作，垂眸转身。

宁宁很少与裴寂单独接触。

他们之间总是隔着层透明的薄膜，彼此礼貌却有些生疏。

本来嘛，她秉持着恶毒女配的自我修养，一直刻意与男主拉开距离，但现在被系统狠狠诓了几遭——

这原著本身就先天畸形、后天发育不良，似乎也没什么理由来管她。

她正要开口，没想到裴寂居然抢先出声："师姐。"

宁宁笑了笑，脸颊上隐隐显出两个浅浅的梨窝："这么晚了，你还在练剑啊？"

裴寂："嗯。"

这句话说完，他便不知道应该怎样接下去。

他儿时成天被娘亲关在家里的地窖，几乎与外界完全隔绝，后来长大拜入玄虚派，又因为魔族血统而受到排挤，连愿意与之接近的人都寥寥无几，更不用说所谓的"朋友"。

对于裴寂来说，比起聊天，在九死一生中越级打怪要更加容易一些。

他不禁心底一阵烦闷。

烦他自己。

"裴小寂别放弃啊！"承影在他心里惊声尖叫，"来来来，我给你支着！你就说那个、那个——师姐，我们来比剑吧！"

这是把同样母胎单身的剑。

就它这水平，估计也基本告别脱单了。

"你没有和郑师姐一起去疗伤吗？"

宁宁带了点儿好奇地朝他靠了一步，瞥见裴寂脸庞与脖颈上的血痕。她不知想起什么，皱了皱眉："真奇怪，为什么我每次见到你，你都浑身是伤？"

——明明在她看的那本小说里，身为男主角的裴寂一路顺风顺水，连磕磕绊绊都很少有，结果这儿回却次次成了血人，惨得不忍直视。

"小伤，不碍事儿。"

他答得毫不犹豫，脑子里的承影唉声叹气："错了错了，你应该做出很难受的模样，从而博得她的一些关注。这么倔，干脆一辈子一个人得了。"

它说得越来越起劲儿，一边说一边嘿嘿哈哈地笑："听我说啊，你就突然捂着胸口半跪在地，努力挤出几滴眼泪，然后声音一定要轻轻颤着，可怜巴巴地告诉她，师姐，寂寂疼。嘿嘿嘿！宁宁一定会心软地红了眼眶，一把将你抱起来带入房中，然后你再略施小计嗯嗯啊啊这样那样，嘿嘿嘿！"

裴寂："……"

"你受了伤，是不是从来不擦药的？"

宁宁站在门边，朝屋子里望了望，白皙的脸庞被烛火染上几缕绯红色泽，微微扬起的嘴角旁，梨窝如同盛满桃花的盈盈春水。

然后她又转过头来，指了指自己的右脸："你这儿在流血。我房间里有伤药，想来用一用吗？"

承影彻底疯掉，一代巅峰神剑沦为疯癫神经病剑：“用用用！快说你可以，你想要！裴寂你要是拒绝，我就每天晚上给你念《金刚经》和《大悲咒》，每天早上为你深情朗诵《我和真霄剑尊的365天》！”

裴寂被它吵闹得不耐烦，刚要皱起眉，瞥见烛火下小姑娘清丽柔和的笑脸，恼意便不知怎的倏然消散了。

他说不清此时此刻的自己究竟是个什么心情，抿着唇沉默半晌，用很小的声音回答：“……多谢师姐。”

客房的布置大致相同，踏进宁宁房间时，裴寂闻见一股淡淡的树叶香气。

他们俩都洗了澡，身上难免沾了来自迦兰城中相同的气息，这是种很奇妙的感觉，仿佛树香连着树香，将两人之间的隔阂浑然消弭了。

裴寂心底的烦闷悄悄散去，低着头不去张望。

女子闺房不宜直视，这一点他终归是明白的。

“你在椅子上坐好，别动啊。”

宁宁用手帕轻轻点在他脸颊上，拭去伤口再度裂开后渗出的血迹。

她的动作小心翼翼，即便力道很轻，裴寂还是能透过那层薄薄的手帕，感受到少女圆润指尖上温和的触感。

他面无表情，其实早已屏住呼吸。

……她说来用药，却从没说过，是她替他擦药。

“你之前诈孟佳期的时候好凶。”宁宁的语气里带了笑，“我要是她，一定也会被吓到。”

承影嗞了一声：“我早就告诉过你，要温柔一点儿！”

裴寂自嘲地笑笑，眼底阴影更浓，漫不经心地应声：“师姐，我那不是诈她。”

他的性格本来就很糟糕，从来不讨人喜欢。

承影：完了。

完了完了完了！这臭小子到底会不会聊天？真是句句都把话题往死路上引啊！你还是回答“嗯嗯啊啊”吧，求求了！

它满心忐忑，无比绝望地看一眼宁宁。

哪知小姑娘非但没生气，反而扑哧笑出声来，杏眼弯成小小的月牙形状：“是吗？那很好啊。”

承影噤了声。

宁宁一边说，一边用手指蘸了药膏，抬起眼睛看向他脸上的划伤。

他很少与谁有过这么近距离的接触，当女孩柔软的指尖落在脸颊，裴寂无端想起夏天暖洋洋的风。

宁宁的手指温暖绵软，而药膏又是清清凉凉的，她轻轻地上下涂抹时，引起了微不足道的些许刺痛，仿佛有一丝丝微小的电流在血脉之间流淌。

……真奇怪。

裴寂喉头微动，偏过视线不看她。

他听见宁宁说："每个人的性格都不一样嘛。你如果真像话本里批量生产的大侠那样清风霁月、正气凛然，反而不那么真实了。现在这样就很好啊，有血有肉的，挺可爱。"

这是她的真心话。

原著里的他宛如一个惩奸除恶、闯关打 boss 的工具人，全篇见不到什么喜怒哀乐，简直是一座移动的装 × 大冰山，还是贼龙傲天的那种。

现在的裴寂有点儿惨，有点儿小傲娇小毒舌，跟个刺儿头似的，比起之前那个，实在可爱到不行。

承影闻言，久违地安静了好一会儿。

它再开口时，带了点儿老娘嫁女时的淡淡哭腔："裴小寂。"

裴寂在心底"嗯"了一声。

"我如果是你，就在这一瞬间爱上她了。谁能不喜欢宁宁呢？"承影凄凄惨惨戚戚，"你知不知道，我恨你像块石头一样。"

裴寂没理它。

裴寂脸上满打满算不过几道小伤，宁宁擦完了药心满意足，正要唠叨几句，忽然听见屋外院子里的一阵谈话声。

她透过窗户向外望去，见到走在最前面的郑薇绮，以及叽叽喳喳的贺知洲、孟佳期与秦川。

贺知洲望见了她，当即咧嘴笑起来："你们俩还秉烛夜谈呢！快出来快出来，郑师姐储物袋里有好多有趣的小玩意儿！"

宁宁也笑："知道啦——"

她说罢便起身准备出门，瞥见裴寂一动不动，于是又低头停下脚步。

少女的青丝被长明灯光打湿，烛火攀爬上白皙脸颊与乌黑瞳仁，宁宁朝他勾勾手指，声音轻快得像一只猫："来呀。"

他坐在烛火昏黄的房屋里，窗外树木的影子直直落下，覆盖一层浓郁阴影。

而宁宁站在长明灯底下，仿佛汇聚了世间所有朦胧却明丽的亮色，笑意盈盈地向他勾了勾手。

嗓子前所未有地干涩，裴寂近乎无措地眨眨眼睛，低低回应她："嗯。"

"这个呢，叫花香口脂，和以往的口脂截然不同，无毒无害，甚至可以吃，绝对居家旅行必备良品，买到就是赚到。”

郑薇绮口若悬河，说得两个妖族两眼放光：“还有这个！秘银簪。簪子里藏了根剧毒的针，戴上它，你既可以是风情万种的祸国妖姬，也可以是游走在黑暗边缘的蛇蝎美人，怎么样，有没有心动？”

她讲得停不下来，猝不及防听见秦川的雄浑中年男音：“这是什么？”

郑薇绮笑着扭头。

笑容陡然凝固。

她之前胡乱塞给了他们一大堆东西，这会儿秦川左翻翻右看看，从里面挑出了一本鹅黄色封面的书。

封面上赫然是一串大字：《我和真霄剑尊的365天》。

秦川已经翻开开始看了。

他还用了非常标准的、充满童心的播音腔念——

“真霄奋力……运劲收放自如间，前突后进……有如疾风骤雨……”

宁宁：“！！！”

师姐！这是本什么书！！！

郑薇绮听得头皮发麻、颅骨升天，赶忙上前几步，试图从他手里夺过那本书。

奈何秦川人高马大，轻轻一抬手，就把书举到了她够不到的地方。

“期姐，这是什么意思？”

他觉得这些言语生涩拗口，加上人族的字认识不多，于是带了点儿好奇地翻到另一页。

“完了完了。”孟佳期浑身僵硬，压低声音，“秦川他在沉睡前只是个七八岁大的孩子，没想到一醒来就成了这副模样——他还只是个孩子，你们千万别带坏他啊！”

原来他是名侦探柯南的镜像版本，身体变老了，头脑还是和小孩一样。

——这也太惨了吧！难怪他的言行举止看上去总是怪怪的！

郑薇绮不愧是带货达人，硬着头皮上去解释：“这、这是在练剑呢！我们不是剑修吗？”

危，真霄剑尊，危。

“对对对！”贺知洲信口胡诌第一流，“这两人在风雨中练剑，把花蕊尽数斩落。你看那‘前突后进’，正是玄虚剑派的一种剑招，名唤、名唤——”

宁宁顺势接话：“名唤‘雨打风吹剑法’。”

秦川点点头。

他又翻了一页，朗声念道——

“真霄气急，竟从身后抽出几条粗如儿臂的深褐色长须……”

现场陷入了一片诡异的寂静。

宁宁目瞪口呆，在心里为真霄剑尊悄悄点一炷香。

——救命啊！为什么连道具都用上啦！

这个作者已经不是“鬼才”能形容的级别了，她就是个鬼啊！

郑薇绮努力维持着表情管理，柔声解释：“这个呢，是说真霄剑尊被八爪鱼附身，竟从身后长出触须，将女主人公绑起来后……”

可恶。

她真的编不下去了啊啊啊！

秦川恍然大悟：“原来是这样！”

难以想象，在他心里的真霄剑尊是个什么样子。

恐怖，究极无敌之恐怖。

秦川在神志上毕竟是个小孩，稀奇一阵后便把黄色封皮的书丢在一边，转而翻看怀里的其他物件。

宁宁暗暗松了口气，忽然听见身旁的裴寂低声道：“师姐，那雨打风吹剑法，为何我从未听闻过？”

宁宁愣了愣。

对了。

裴寂从小跟虐待成瘾的老妈长大，基本不和其他人接触，每天接触的东西，除了打骂还是打骂。后来来到玄虚派，也不会有人教他这方面的东西——

男主，你怎么了，男主？

你的邪魅狂狷和冷若冰霜呢？你怎么成了只小学鸡……不，一个鸡蛋壳啊，男主？

一旁的贺知洲满脸惊恐地看着他，如同在看来到仙侠世界进行友好和平交流的外星人。

宁宁忍着耳根上不断升高的热度，板着脸回答：“是吗？可能你入门比较晚，没机会接触。其实那也不是什么厉害的招式，无论会不会，影响都不大。”

裴寂极少主动找人搭话，此时得了回应，便多了几分信心，连言语之间都含了点儿几不可察的笑意，沉声继续道：“那我回去之后向师尊请教一番，等学有所成，再来与师姐切磋。”

郑薇绮的表情已经无法用阳间的言语来形容，她老脸一红，欲言又止。

宁宁勉强扯出一个笑：“有、有缘……有缘再切磋吧。”

等众人参观完郑薇绮的储物袋，已是半个时辰之后。

迦兰城沉眠三百余年，对于城中住民而言，如今司空见惯的许多事物都称得上十分新鲜。秦川和孟佳期看得兴致勃勃，不时两眼放光地发问，大致看完一遍之后意犹未尽，又拿出几个小物件细细端详。

“对了，”孟佳期想起什么，突然把手里的水粉盒搁置在一旁，抬眸与郑薇绮对视，“如果找到玄烨踪迹，诸位打算怎么做？”

郑薇绮不愧是个精明的生意人，在大事上很有眼力见和自知之明：“玄烨乃化神期魔修，就算在多年前的一战中精疲力竭，也绝非任人宰割的池中之物，以我们的实力，恐怕难以抗衡。我已用灵鸽通知师门，等候师尊回音。”

这是认真思忖之下的权宜之策。

他们中绝大多数人是金丹，在化神期大能前宛如蝼蚁。如今玄烨身受重伤、体力不支，充其量只是个元婴大成的水平，但化神的排面毕竟摆在那里，要是硬碰硬，还真不知道会发生什么事情。

追捕魔族不是小事，因此郑薇绮干脆将一切告知天羡子，想必他看罢信，很快就会有所动作。

郑薇绮说着顿了顿，再正色开口时，终于有了几分名门弟子的风范，不再像个成天没个正形的推销商：“如今魔君蠢蠢欲动，不知迦兰城少城主情况如何？”

“少城主——”孟佳期神色微黯，欲言又止，沉默好一会儿，才低声应道，“诸位请随我来。”

孟佳期带领众人前往的，正是存放少城主身体的城主府。

城主府称不上豪华，却足够风雅。高墙朱红、石阶流光，院落两旁的树木花草尽数枯萎，只余下枯骨般瘦削嶙峋的黑影，但放眼望去，还是能想象出数百年前花木丛生、绿意幽寂的景象。

走过漫长的石阶，便来到尽头处的楼阁。孟佳期颇有仪式感地敛了神色，极快地回望众人一眼后，转身轻轻推开房门。

随着一阵吱呀声响，房屋里的灯光如流水淌到门前。

这里是间卧室，屋子里只有简简单单的桌椅书柜和床，皆是木质，瞧不出有什么独特的地方。从极其简约整洁的布置来看，房间主人应该是个非常认真、做事利落果决之人。

宁宁心生好奇，跟着孟佳期的脚步慢慢走进房屋。

在那张暗红色的床上，静静地躺着个人。

男人看上去才二十多岁，如果非要形容长相，宁宁愿意称之为“霸道总裁文男主经典模板”。

面部轮廓宛如被精心雕琢过，斜飞入鬓的剑眉下，细长凤眼紧紧闭合，鸦黑色长睫覆盖下一片浓郁阴影。

墨黑长发倾泻而落，毫无拘束地平展开，有几缕落在脸庞之上，衬托着毫无血色的苍白皮肤，便更显出病弱之感。

他虽然沉眠不醒，却并不会让人生出颓然之感。两只眼睛的眼尾都晕染着火红色纹路，如同一笔浓墨重彩的小钩，微微向上翘起，平添几分张扬冷戾的侵略性。

让人忍不住去想，要是这双眼睛睁开，究竟会是怎样的景象。

“少城主名唤‘江肆’。”孟佳期怅然道，“他在百年前的大战中耗尽灵力，加之受到玄烨与长老的合击，一直不曾醒来。万幸长老们在离开之前没对他下手，不然……”

郑薇绮好奇：“看他眼尾的红，少城主莫不是凤族？”

孟佳期点头：“正是。”

与寻常精怪不同，龙、凤两族属于当之无愧的妖中贵族，不但行迹罕见、数量稀少，力量也是天生一等一地强。

更不用说这位少城主是数年难得一见的妖修天才，实力就更为惊人。

“当年城主病重，城里的大小事务都由少城主经手解决。他天资聪颖，身旁又有一位经验丰富的长老辅佐，将迦兰城治理得井井有条。”

孟佳期看着男人棱角分明的面庞，不知为何，眼底闪过一丝戾色：“谁能想到，即便是那位陪着他长大的长老，也在日后毫不犹豫地背叛了他……甚至不惜欺骗全城百姓，也要协助玄烨恢复实力。”

她说着不由得冷笑一声，语气里满带着憎恶：“那群好似井底之蛙的老古董还以为自己能得到魔君的庇护，在日后享受荣华富贵。殊不知自仙魔大战后，魔族的境遇如同过街老鼠——不，连‘魔’这个族类都销声匿迹了。”

她的反应过于激烈，郑薇绮心直口快，略一愣怔后开口：“孟姑娘与那位长老，可是有什么过节？”

房间里短暂地沉默了一阵。

最后还是由变成了兔子模样、被孟佳期抱在怀里的秦川弱弱出声，他耳朵软绵绵地耷拉下来：“那位长老……是期姐的爹。”

竟然还有这层关系。

宁宁微微一愣，心里很快便明白过来，正是因为这个，所以当初孟佳期才会对长老们那样信任，在听闻真相后亦是面如死灰，消沉了很久。

被亲生父亲欺骗背叛，还成了招之即来的工具，这种感觉实在不怎么好受。

眼看气氛有些尴尬，孟佳期别开视线，语气僵硬地转移话题：“少城主看上去性子冷淡，但其实为迦兰城奉献良多。然而如今我们非但没帮他，还助纣为虐，滋长了玄烨的势力……实在惭愧。”

“魔族早就销声匿迹，等玄虚剑派的人赶来，想必不会再出岔子。”贺知洲双手环抱在胸前，拧眉自言自语道，“但玄烨他会藏在哪儿呢？”

这是最为不可思议的地方。

按理说，湖底的迦兰城城区不大，就算展开地毯式搜查，也不至于次次无功而返。

可玄烨仿佛当真没了踪迹，不管怎么找，都寻不到他的半点儿影子。

由于和主线剧情毫不相关，宁宁对仙魔大战的背景故事没什么兴趣，直到之前在客房里，才从大师姐口中得知了一些信息。

与妖不同，魔族多为心术不正、性情暴戾之徒。魔界同样有尊卑秩序，其中最为尊贵的，便是魔尊及其手下的七大魔君。

据说魔君的位置可赠予、可争夺，只要亲手杀掉上一任，便能把这个名头抢过来。

弱肉强食，断杀不断。

可那群魔修就是喜欢。

或许正是出于这个原因，几个魔君的性格扭曲之程度，简直可以放去世博会进行珍奇物品展览。

像是什么用少女的鲜血沐浴啦，用人体器官装饰房屋啦，最爱逼迫相爱相亲的人自相残杀啦，形形色色，不一而足。

和他们比起来，一心炼制魂魄修炼的玄烨似乎都变得正常了一点点。

但也仅仅是一点点。

玄烨生性残暴多疑、刚愎自用，和其他魔君一样，不爱套路，擅长玩骚操作。要想猜中他的去向，恐怕不能用寻常思路。

舍弃寻常思路，他必然不会像过街老鼠一样东躲西藏，要确保自身足够安全，又能及时与长老们保持联络——

“郑师姐，你是不是还没收到师尊的回信？”

耳边突然响起裴寂的声音，他很少说话，此刻在空荡寂静的环境下出声，无端有了几分陌生感。

少年人的声线冷冽如甘泉，见郑薇绮点头，裴寂露出一个不带感情色彩的笑：“灵鸽多半被拦截了。”

他抬眸望一眼被莹白光芒笼罩的穹顶，眼底带了些许嘲弄的意味：“长老能在我们抵达星机阁前离开，说明城里布了眼线，一直在暗中进行监视。那只鸽子，他们必然不会放走。”

贺知洲倒吸一口冷气：“眼线？”

“收买一个人的方法有很多，那并非重点。”裴寂道，“魔君事关重大，如果师尊当真收了信，一定早就做出了回应。既然长老知道我们是玄虚剑派弟子，见到大师姐上岸放飞灵鸽，自然也就明白，那是封发往门派的求助信——玄烨的事情，他们绝不可能让正道大宗发现。”

贺知洲听出他话里未尽的含义，不由得浑身一凉。

像是整个身体都浸入了冰冷的深潭，刺骨寒意从脚底一直蔓延到脑袋，把每滴血都冻得打战。

能传递消息的除了灵鸽，还有他们。

“为了死守这个秘密，”裴寂的右手无意识地抚摩着剑柄，眼底一片阴影，“必快刀斩乱麻，杀之而后快。”

——玄烨不可能让他们活着离开迦兰城。

他向来对人命不屑一顾，唯一在乎的就是自己。

这是个心狠手辣、残暴无度的魔，他或许正享受着一切都掌握在自己手中，暗中偷偷窥视的快意，如同逗弄一群迷了路的小白鼠。

这样的人。他——

宁宁呼吸一滞。

一个无比诡谲怪异的念头悄无声息地涌上心头，让她的心脏开始怦怦直跳，犹如巨大的石块敲击在胸口。

……为什么，少城主明明已经失去了利用价值，长老们在离开时却不除掉他呢？

她没有出声，握紧腰间的星痕剑。

然后她满目骇然地转身。

镶嵌着精致木雕的大床上，俊美无俦的男人沉沉闭着眼睛。长睫下浓郁的阴影飘忽如鬼魅，不知道是不是错觉，似是察觉到她的注视，自他嘴角勾起了一个极为浅淡的笑。

能确保自身绝对的安全，能与长老们畅通无阻地联络，能躲在暗处的角落静悄悄地欣赏一切变故。

还有什么地方，能比万众敬畏的城主府更加符合他的心意呢？

最危险的地方，就是最安全的地方。

原来打从一开始，躺在床上的“少城主”就不是江肆本人，而是伪装成他的魔君玄烨。

作为幕后黑手，他就一直那样优哉游哉地待在那里，听来自仙门大宗的小辈们一本正经地分析与回溯。

真是十足的恶趣味。

这里本不应该有风的。

可偏偏就在此刻，一阵凉风无声地拂过宁宁耳畔，狠戾如刀，差点儿在她耳垂划出一条血痕。

寂静的夜色轰然落下，躺在床上的男人猛地睁开眼睛。

他的瞳孔竟是一片黯淡的血红，血丝犹如疯狂滋生的藤蔓，占据了整个瞳仁。这张脸上冷冽的气质因为这双眼睛而荡然无存，取而代之的，是侵略意味十足的嗜血与暴戾。

他想杀她。

即便身受重创、修为大损，属于化神强者的威压还是汹涌如潮，宛若开闸泄洪的水流，一股脑儿地冲撞在她心头。

宁宁感到暴风雪般凛冽阴寒的杀意，如同势不可当的潮水将她吞没，掀起一阵腥风血雨的猛烈风暴。

而她站在风暴正中央，四周皆是明晃晃的杀机。近在咫尺的血红色眼睛像是幽深潭水，几乎将她溺毙。

又是一道无形的疾风刺来，直指她胸口。

她听见郑薇绮喊："宁宁！"

寒光凛然，伴随着化神期魔修的沉重威压袭来。宁宁被那双陡然睁开的眼睛魇住，等察觉不对劲儿，已经躲闪不及。

那光剑来去无踪，迅捷如电，转眼之间便凝结成形，直指她胸口的位置——

忽然左臂被人猛地一拉，宁宁的整个身体不受控制地向侧边倒去，电光石火之间，光剑与肩膀擦身而过。

那人力道很大，她恍惚间没站稳，直接扑进他怀中，扑面而来的是一股清新树木香气，与她身上的味道一模一样。

裴寂的身体很明显地一僵，旋即将她的手臂松开，开口说话时，宁宁能感受到他胸腔的震动："……失礼了。"

宁宁后退一步道了谢，听见不远处的孟佳期怔然出声："少城主？"停顿片刻，她便意识到不对劲儿，声音陡然拔高，"不对，你不是少城主……你是什么人？"

"还猜不出我的身份吗？"玄烨懒懒地坐起身，眼里尽是玩味的笑意，抬起右手按在耳边，用力一拉，便扯下一张人面，"本来还想再装一阵子，没想到被直接看穿了……看来你不如那个剑修小姑娘聪明。”

人面被揭下，数百年前叱咤风云的魔君终于显现出了本来的面目。

许是太久没见到阳光，他的肤色白得近乎诡异，仿佛浑身上下没有一根血管，只笼罩着一层由单薄白纸做成的皮。眉宇之间尽是桀骜不羁的戾色，叫人看一眼便心生寒意。

秦川瞬间奓了毛：“那我们少城主呢？躺在床上的是你……少城主去了哪里？”

玄烨挑了挑眉，似是想起什么极为开心的事情，忍不住哧哧地笑起来。一边笑，一边从怀里掏出某个物件，毫不怜惜地丢在地上。

孟佳期与秦川看上一眼，就不禁头皮发麻。

那是块晶莹剔透的碧色令牌，用迦兰古文字写着“城主令”三个大字。这块令牌作不了假，理应出现在真正的少城主江肆身上，如今被玄烨丢出来——

“你们说江肆啊？早死了。”他笑得弯了眼睛，血红瞳孔中闪烁着愉悦的光，“迦兰城沉睡了多久？整整三百多年啊！你们不知道，我当初找到他的时候，江肆已经成了具孤零零的骨架，衣服也烂掉了，只有这块牌子还在。”

说罢他忍不住啧啧叹气：“可怜啊，可怜！满心信任的长辈们全部背叛，族人也难逃被我围剿的命运，你们说，江肆拼尽性命，最终换来了什么？”

孟佳期咬牙切齿：“你这浑蛋！”

“你就是孟长老的女儿吧？他曾经向我说起过你。”没想到玄烨不怒反笑，语气里带了点儿耀武扬威的意思，“听说你性格一根筋，从来不听他的话，现在看来果然不假——他说过，孽女已无大用，我可以随心处置，真是父慈女孝，父女情深。”

孟佳期暗暗握紧拳头，嘴唇被咬出一丝鲜血。

“我的事儿可不能让玄虚剑派知道。”男人赤着脚下床，如瀑黑发随着动作左右游弋，唇角的冷笑越发明显，“金丹期的剑修……魂魄味道应该不错吧。”

话语声落，魔气乍现。

浓郁如有实体的纯黑色气息凝结而起，宛如狂潮暗涌，在顷刻之间盈满整间房屋。强烈的压迫感无影无形，仿佛让空气沦为了黏稠的胶质，叫人喘不过气儿。

“他如今的实力应该在元婴大成。”郑薇绮是几人中唯一的元婴修士，当机立断地低喝道，“快离开这间屋子！”

玄烨闻言轻轻一笑。

魔气四溢，仿佛包裹了某种随时都会挣脱而出的东西，不断膨胀着剧烈晃动，在下一瞬间便会陡然爆开。

而事实也正是如此。

汹涌黑潮在灵力加持下瞬间爆裂，彼此交缠的魔气如同汇聚了千钧力道，一丝一缕皆蕴藏着无尽杀气，恍若铺天盖地而来的万千利剑，一并向众人刺去。

房屋无法承受此等威压，木柱、白墙尽数出现道道裂痕，最终随着咔嚓一响，轰然崩塌。

头顶是狂坠而下的墙体，身侧则是杀意汹汹的魔气万千。

郑薇绮第一时间护住秦川与孟佳期，拔剑勉强击碎迎面而来的魔气，让两个修为尚浅的妖族不至于白白送命。裴寂斩落一根从天而降的木质房梁，不知为何微微皱了眉，低声对宁宁道："我掩护你，走。"

"我不要掩护。"宁宁拔出星痕剑，极短暂地顿了顿，"我们一起走。"

她说完便察觉裴寂的脸色白得异样，轻声出言询问："你怎么了？"

"糟了糟了！"

一旁的贺知洲以雷法入剑，剑尖刺入魔气之中，引得一片噼啪作响，电光大放。

他倾家荡产购买的宝剑和功法在此刻终于起了作用，他一边挥剑一边喊："我听说过重过纯的魔气突然爆发，会引起周围魔族的共鸣——裴寂不也有魔修血脉吗？一定是身体里的魔气与剑气起了冲突。"

裴寂脸色又白了几分，避开宁宁的视线："我没事儿。"

修仙界等级森严，三人与玄烨之间仍然存在很大差距，铺天盖地的魔气尖啸着袭来，犹如织成了一张密集的大网，令人无处可逃。

裴寂的情况越来越糟糕，却仍咬着牙死死支撑，不将情绪表露分毫。

好在宁宁的剑法主攻迅捷灵动，星痕剑白光大作，引出灿如星河的点点剑气，细密如狂风骤雨，斩在来势汹汹的大网之上。

魔气密集且攻势凶猛，众人来不及一一斩断，身上或多或少地被划出几道血痕，等终于逃出屋子，便听见轰隆一声巨响。

一半的墙体不堪重负陡然坍塌，而玄烨不慌不忙地站直身体，从空隙里腾空而起，足尖恰恰立在房檐顶端的凸角上。

长袍飘然，邪风盈身，衣物一角被悠悠吹起，露出萦绕在脚踝、如长蛇般死死攀附着的魔气。

郑薇绮为保护两个手无缚鸡之力的妖族，受了不轻的伤，如今一袭男式白衣被血迹染出朵朵红梅，显出几分残酷嗜血的美感。

但她毕竟是剑派当之无愧的大师姐，当即咬牙握剑，倏然起身，一跃而起，立在房檐顶端，剑影分化成道道白光，将整个身体环绕其中。

继而万千剑影同时发出一声嗡鸣，竟一并攻向不远处的魔修，剑气成风，剑啸如龙，光影交错之间，耀耀然恍如白昼。

这正是玄虚剑派的不二真传，万剑诀。

万剑诀难度极高，往往为化神期大能所用。玄烨万万没想到一个小丫头竟能使出此等招式，被道道剑光逼得后退几步，暗骂一声后催动魔气护体，却还是被刺出道道长痕。

他不敢再掉以轻心，又与郑薇绮交手片刻。后者的修为与经验皆不如他，半晌之后败下阵来。玄烨同样受了伤，咯出一口漆黑的血。

"元婴三重，也敢跟我斗？"男人眼底阴鸷更浓，冷笑道，"剩下几位金丹期的小朋友，你们是自己动手呢，还是由我来？"

嘴里虽然这样说，他却并没有给对方选择的机会，在一瞬后俯身从房顶跃下，径直走到宁宁面前。

他向来不喜欢太过聪明的女人。

尤其是，看破了他把戏的女人。

"把你定为开胃菜，如何？"

青年说话间催动体内魔气，宁宁正要拔剑，猝不及防地，见到另一把剑挡在自己身前。

竟然是裴寂。

他体内的魔气横冲直撞，显然已经难以遏制，明明疼得指尖发抖，却还是面无表情地挡在她跟前，声音很冷："别碰她。"

"你？"玄烨将他打量一番，勾唇不屑地笑，"你体内居然也有魔气……剑气与魔气在身体里打架，这会儿恐怕自身难保吧？怎么，还想逞英雄？"

裴寂没有应声，挥剑斩下。

他的剑气如同本人一样凛冽，仿佛裹挟了一层薄薄冰雪，划破空气时，带起一片银霜般的雪色。

又快又狠，拼尽了身体里的全部力气，完全不留给对手喘息的时机。

裴寂的进攻越来越凶。

这并非普通金丹期修士能达到的水平，玄烨终于收敛了笑，以魔气化出一把漆黑长剑。

双剑相拼，两道人影快得几乎无法看清。一白一黑两道剑光倏然相撞，没有多余技巧，只有在杀伐中练就的本能与杀意。

在这种情形下，贸然出手相助只会帮倒忙，宁宁皱着眉，心脏狂跳。

裴寂几乎是在拿整条命与他对抗，黑衣被夜色吞噬殆尽，身形游弋之间，有几滴鲜血滴落在地。

他的脸色比玄烨更加苍白，瘦削纤长的身体里仿佛潜藏了一只凶狠的巨兽，凶戾狠辣被牢牢印在骨子里。

一丝丝影子似的黑色雾气缠绕而上，依次攀上少年的脚踝、脊背与脖颈，他一定疼得厉害，后背时常难以抑制地轻轻颤抖。但也正是这份刻骨的疼痛催生出无穷斗志，让他不至于分心。

玄烨本来就十分虚弱，之前又被郑薇绮消耗了不少力气，一番缠斗之下，竟逐渐变得力不从心。可偏偏对手凶狠得像条野狗，压根儿不留给他丝毫喘息的机会。

……这小子一定疯了！

按照他这样的打法，无异于一点点挥霍性命，以命为筹码对他步步紧逼。

疯子！

玄烨暗自催动所剩不多的灵力，拼尽全力朝裴寂猛攻而去。这一击，对方必不可能躲避，寻常剑气也无法将其刺开，到时候这小子无计可施，只能被捅破肚子。

玄烨暗暗露出势在必得的笑，然而在下一瞬间，神情便陡然怔住。

眼前的少年几乎被魔气全部包裹，眼底晦暗得有如深渊，因为疼痛而混浊不堪，布满骇人的血丝。由于透支了力气，一层死色悄无声息地覆盖了整张脸颊，他似乎随时都有可能力竭而亡。

在他的长剑之上，雪白剑光竟与汹涌魔气彼此交缠，如同星月钩连，将层层魔气刹那破开——

剑光在转瞬之间，笔直刺入玄烨小腹之中！

怎么会？

腹部传来难以忍受的刺痛，玄烨无比惊诧地凝视着少年视死如归的眼眸。

这疯子居然将魔气与正道剑意一并融入剑中！他难道就不担心走火入魔、灵气逆流吗？

纵使他是个不走寻常路的邪修，还是下意识地想问：这究竟是什么歪门邪道？！

玄烨满脸难以置信地低下头，五官因为疼痛而扭曲成一团。

裴寂终于承受不了魔气外溢的疼痛，半跪在地，用手勉强支撑身体。

“裴寂！”

宁宁一颗心快要提到嗓子眼，见状赶紧向他跑去。与之前几次没什么两样，他这回又成了个血人。

……只不过这一次，裴寂是为了保护她。

“你们以为这样就结束了吗？”玄烨厉声冷笑，被疼得长长吸了口气，眼底却闪过一丝得色，“我当然不可能贸然独自前来，在各位意想不到的地方，还布了一个局……想不想看看？”

他说着哈哈大笑，不知道是在对谁讲话，大喊一声：“出来！”

随着话音落下，竟有五道人影同时从院落暗处走出，清一色的雪白头发，皆是目光混浊、儒雅安静的老人。

孟佳期不知是气还是怕，浑身发抖：“这是……那五位长老。”

其中一位瞥见她，目光淡淡地扬起下巴，满目皆是冷漠与轻蔑，正是孟佳期的亲生父亲，孟卿。

“你为何骗我？”孟佳期被蒙在鼓里这么久，乍一见到他，忍不住红了眼眶，“爹爹，为什么要害死少城主？”

孟卿并未理会她，倒是身旁另一位长老缓声应答：“跟随魔君，他便可保我们一世荣华富贵，佳期，不要再执迷不悟。”

执迷不悟的明明是他们！

这些长老无法离开湖底，因而不会知道，外界早就发生了仙魔大战，如今魔族销声匿迹，哪里来的荣华富贵可言。

“要实现炼魂、重塑识海，我还差三个人族魂魄。本来打算把你们全部杀掉后再取魂，现在看来……”玄烨舔了舔唇角，“这小子实力超群，只需要他一个人的就够了——我今日便要破了这城！”

要想实现取魂，必须在对象刚刚死亡或极度虚弱的时候。

裴寂伤得如此厉害，必然难以抵抗。由长老们掌控的五方摄魂阵摆好之后，取魂只需要短短一瞬间，其他人根本来不及阻止。

等他吸收了那小子的灵力，再加上之前吸取的无数人魂妖魄，他不但可以离开这个鬼地方，还能继续叱咤风云，美滋滋地当魔君。

五人齐声应了“是”，摄魂法阵应声而动，几抹血光腾空而起——

却不知怎的，忽然又同时沉甸甸地落下，化为脚边的一摊软绵绵的血咒。

没有想象中的摄魂锁灵，更没有预料之中的血色漫天，咒语还没发动就宣告了终结，一切恍若从未发生。

四双眼睛满含着难以置信，同时望向一个方向。

有人颤声大叫：“你在做什么……孟卿！”

站在阵法中心的老者孑然而立，混浊眼眸中头一回浮起一丝清明的亮色。他并未念咒，也没有驱动阵法，而是朝他们淡淡地笑笑。

然后他一脚踩在地面的血印上，轻轻一动，就将它抹成一团看不清形状的血糊。

阵法催动之际，有人中途停止布阵，导致整个局功亏一篑，满盘皆输。

与三百年前城门上的情景……如出一辙。

如同一场蓄谋已久的报复。

玄烨心知不对，捂紧了被裴寂刺出的伤痕。

“想要破了这城？”不知从哪里响起一道陌生的男声，冷厉如凛冬寒风，带着些许轻蔑的嗤笑，把僵局骤然打破，“我的城，你还动不了。”

孟佳期闻言讶然地睁大眼睛，朝声音的源头看去，喉咙里不自觉地喑哑出声：“少……少城主？”

宁宁守在裴寂身边，费力地抬头。

从小径深处的树木阴影里，缓缓走出一个高挑人影。

那人穿了件绣有暗金纹路的墨黑长袍，仿佛与周边夜色融为一体，等长明灯的光逐渐照亮他脸颊，首先映入她视线的，便是青年眼尾浓郁的红痕。

这是凤族生来独有的印记。

真正的江肆与玄烨之前的那张假脸长相没什么不同，气质却大相径庭。

与魔修周身笼罩的邪性与杀气不同，迦兰城赫赫有名的少城主立如琼枝玉树，神情淡漠的眉宇看不出太多喜怒，唯有一双深邃狭长的凤眼中潜藏着势如破竹的锐气，在刹那之间破开层层夜色。

“江肆……”玄烨一怔，随即哈哈大笑，“我当你死无葬身之地，原来是变成缩头乌龟藏了起来！怎么，那孟卿居然是跟你一伙的？你是怎么说服他入伙的？”

江肆回他一个极其清浅的笑，语气里听不出起伏：“哪里来的什么‘说服’，打从一开始，孟叔就是我的人。”

玄烨的笑容终于微微一滞，笑声也总算停下。

“从一开始？”

他从嗓子里挤出这几个字，眼底戾气更浓。

如果孟卿从未被他策反，那就说明，在三百年前的城门之上，江肆知道自己会遭到其余长老的背叛。

也就是说，江肆很可能早就做好了与他们同归于尽的准备。

一个念头浮上心头，让玄烨难以遏制地暴怒。

按理说，江肆损耗的灵力比他多得多，就算没死，也绝不可能在他之前醒来。

他从苏醒之后就一直费尽心思地找寻江肆的身体，终于在某个角落发现了对方白森森的骸骨，因此便理所当然地认为，那人已陨落在百年前的苦战之中。

可如果江肆早就预料到了一切，包括长老背叛、迦兰陷落，甚至所有人在受到冲击后失去意识昏睡不醒——

那他是不是就可以提前做好准备，委托旁人将沉睡后的他藏匿在某个安全的地方，等待时机醒来？

玄烨抹去嘴角的鲜血，脊背不自觉地开始颤抖："难道你——"

江肆没有耐心听他讲话，冷冷勾唇："你总算明白了。"

并不是所有人都会为荣华富贵舍弃仁义与本心。

当年孟卿假意答应玄烨，转头便将此事告知江肆，斟酌片刻后提议："少城主，来者不善，我们恐怕难以应对。不知能否向仙门与世家求援，助我们一臂之力。"

江肆摇头："玄烨行事果决，既然已经拉拢了全部长老，一定会立刻攻城。向外人求援，一定来不及。"

顿了顿，江肆又道："不如我们将计就计，虽然不能胜过他，却能拼个鱼死网破。"

孟卿大骇："少城主！"

"届时城门布阵，我不会将灵气汇聚于阵法之上，而是会一味地猛攻玄烨。他行事莽撞，一旦一心认定我潜心布阵，就不会在自己身上多设防，只需要趁其不备，就能打他个措手不及。"

青年坐在书桌前，轻轻合上手里的古籍："至于迦兰城，我会耗尽残存的所有灵力，在城中设下一个巨大屏障，抵御洪水来袭。在我与玄烨的灵力冲撞之下，城中百姓的神识必然会受到冲击，从而失去意识，陷入长时间昏迷——这就是我们第二步计划的契机。"

孟卿若有所思，听江肆继续道："我的灵力所剩无几，昏睡时间一定会比玄烨长上许多，为了不让他苏醒后第一时间除掉我，孟叔，我需要您的协助。

"受到化神期灵力冲撞，昏睡时间少则数十年，多则上百年——如果提前服用固神丹，就能在很大程度上缓和冲击。"

江肆说着掏出一个玉质令牌，递到孟卿身前："这是城主令。孟叔，我是灵力受损陷入沉睡，固神丹于我无用，你在大战之前将它服下，醒来后将我藏至城主府地下的暗室，再找来一具与我体形无异的骸骨……把城主令放在它身上。"

他说罢叹了口气："只是苦了您，不得不当上一段时间众人厌弃的叛徒。"

这就是江肆的局。

将计就计，利用玄烨离间的计划反将一军，将其困在由洪水造就的囚笼之中，再来一招金蝉脱壳、假死脱身，等实力恢复，再伺机而动，想办法除掉他。

“你、你们！”玄烨的脸色青一阵白一阵，最终吐出一口血，满目狰狞地望向孟卿，“你居然骗我！骗子！”

他倒还委屈上了。

白发老者很有礼貌地点点头：“魔君，最先教我们骗人的，不就是您吗？”

摄魂阵破，玄烨的最后一丝希望也随之宣告终结，更不用说还遇上了不死不休的死对头，发现被人家骗了整整三百年。

简直是身体与心灵上的双重打击，这成功地让他化身为音乐喷泉，一边大喊大叫，一边从嘴里喷出天女散花般的黑血：“等、等等！江肆，只要你答应不杀我，我就把魔君的位置让给你！”

宁宁用手帕替裴寂擦干净脸上的血渍，抬头似笑非笑地看着他：“大叔，时代变了。你难道不知道，自从仙魔大战之后，魔族就被屠灭得一个不剩了吗？”

玄烨的脸色由白转青。

又听她继续说：“你要是现在出去，只有两种结果。一种是被捅成筛子，另一种是被抓起来进行展览，展览主题就叫‘最后一个魔族’。”

玄烨的脸色由青转成五彩斑斓的黑。

江肆神色冷淡，手中凭空出现一把长剑，用了不容置喙的语气：“向迦兰城中百姓道歉。”

“道歉？”灵力枯竭的魔修轻哼一声，咬牙笑了笑，“做梦去吧！”

话音落下的瞬间，玄烨瞳孔中的血红陡然加重，双眼竟成了两颗通红的血珠，血色转动翻滚，隐隐有爆裂之势。

江肆眉头微拧，拔高音量：“诸位，趴下！”

玄烨的笑声回旋于耳畔，突然被一阵震耳欲聋的爆破音切断。

浓郁的魔气与21世纪的炸弹没什么两样，爆开的瞬间掀起层层热浪，带着千钧力道横冲直撞。

宁宁以剑气护体，将裴寂的脑袋拥入怀中。他的身体僵硬如雕塑，自始至终没有动弹，连呼吸都是轻轻的。

江肆一眼便瞧见重伤倒地的郑薇绮，毫不犹豫地把她护在身下：“兄台，当心！”

玄烨自知无力抵抗，满心暴怒之下自行爆体而亡，释放出的魔气萦绕不绝。

过了好一会儿，江肆才勉强撑起被气浪推到郑薇绮旁边的身体，与她四目相对。

迷雾重重，暗影浮光，英雄救美，端的是一派浪漫多情好风景。

两双眼睛近在咫尺，江肆觉得，他这一辈子，从未见过像这样令他充满好奇的人。

俊美的青年沉默片刻，轻启薄唇，用尽了一生中的所有认真："兄台，你的胸肌为何如此浮夸？"

郑薇绮的表情顿了一下，继而冷声呵呵："是吗？"

他听了声音才知道，原来这是个穿着男装的姑娘。

"女人？"江肆皱眉，末了从唇角勾出一抹低笑，"有趣。你方才以元婴修为使出玄虚剑派的万剑诀，成功地引起了我的注意。在下迦兰城江肆，女人，你姓甚名谁？"

郑薇绮面无表情。

宁宁带着裴寂去了医馆疗伤，闻风而来的迦兰城民则将诸位长老尽数送入询审堂。

贺知洲尽心尽力扮演着愉快吃瓜的八卦小达人，听见这段话，不由得微微一愣。

终于来到了花前月下的剧情。

——可是这画风好像不太对啊！为什么少城主嘴里会蹦出那么莫名其妙的台词？！

就像周围所有人都在正正经经地演仙侠剧，结果突然来了个刚从霸总爱情片里走出来的家伙，还一本正经地开始念土尬剧本。

至于宁宁家的大师姐——

大师姐的表情已经不太对劲儿了。

他记得宁宁说过，郑薇绮在山下历练时学了许多骂人的话，是个不折不扣的祖安小天才，后来被师尊天羡子下了咒，才勉强收敛一些。

至于现在嘛，好像，大概，也许不太收敛得住了。

郑薇绮祖安蓄力：百分之三十。

"怎么不回答我？嗯？"江肆面色阴沉，似是明白了什么，"想要欲擒故纵，让我倾心于你？这招对我没用，劝你收收心思。我，不会爱上任何一个女人。"

贺知洲尴尬得低下脑袋，脚趾猛抠鞋底。

救命啊！那位赫赫有名的迦兰城天才少城主，和女子相处时居然是这种性格吗？

一个被古早霸总文男主角附身的自恋狂？不会吧不会吧？

偏偏一旁的孟佳期看得满脸通红，不停在他耳边叽里呱啦："少城主好有魅力，好有男人味哦！怎么会有人像他这样，无时无刻不在散发着冷峻又忧郁的男子气概呢？"

贺知洲：“……”

你们三百年前的妖，审美都这么清新脱俗的吗？

也许在三百年前，这种性格的确是种还算不错的潮流，能引得万千少女大呼有个性。但此时此地再讲出来——

相当于，2050 年了，见面第一句话是：“我倒！你也网上冲浪啊？吼吼，布吉岛你是哥哥还是妹妹？”

郑薇绮祖安蓄力：百分之七十。

江肆眼看久久得不到回应，或许是为了挽回一点儿颜面，强撑着嘴硬道：“你不要自作多情，我只是对你的剑术有几分兴趣。女人，惜才之心，人皆有之，除了爱情，我什么都能给你。”

郑薇绮：“呵。”

郑薇绮一把将他推倒在地，江肆还没反应过来，就直挺挺躺在地上，胸口被她的膝盖顶着，动弹不得：“用一次万剑诀就引起你的注意了？老娘还能把你的头拧下来一脚踹飞，让它与太阳肩并着肩，保证让你永生对我念念不忘。除了爱情，什么都能给我？一百万灵石赶紧的！还有你以后八百年的工资血汗钱，拿来，全给我拿来！”

她顿了顿，又深吸一口气：“就你这小胳膊小腿也敢在这儿胡思乱想？你这种自恋狂简直是珍稀物种，脑子有问题的程度堪比一场冤案，修仙界怎么就没考虑拿你的脸皮当城墙？就算大炮开兮轰他娘，也一辈子都轰不动。”

她这一番话说得江肆哑口无言。一张小嘴还没叭叭叭骂尽兴，郑薇绮便脸色一白。

根据天羡子给她下的禁咒，只要开口骂人，她就会身不由己，做出自己此时此刻最不想干的事情。

而她现在最排斥的事情是——

郑薇绮的表情如同刚吃了苍蝇，面如死灰地钩起江肆下巴，语气软了许多，发出一声暧昧至极的轻叹：“男人，你真是个磨人的小妖精。”

什么叫作绝望？

这，就是最深的绝望。

贺知洲：“……”

救命啊！师姐自己变成霸道总裁啦！

她的一切行为都在江肆意料之外，后者被禁锢住下巴动弹不得，迟疑片刻后故作强硬地开口：“这是作甚？女人，知不知道？你在玩火。”

没想到郑薇绮的语气强硬至极，堪称霸总附体——如果忽略她满脸嫌恶、恨不得立马投胎转世的表情的话。

“居然拒绝我？如果你想激怒我，那你成功了。但不要忘了……自己点的火，要靠自己来灭。”

太恐怖了。

这两人居然说得有来有回、棋逢对手，绣口一吐，就是半个当代霸总文学经典范本，不愧是你们。

江肆的语气弱了一些：“别忘了你的身份！怎可如此、如此逾越！”

“哦？”郑薇绮放弃抵抗，不再尝试去做表情管理，满脸堆出邪笑，“只怕你嘴上说着不要，身体却很诚实。逾越又如何？以后只有我能欺负你，知不知道？”

这是多么史无前例究极油腻的台词。

什么叫用魔法打败魔法，用油腻击垮油腻？

江肆惊了。

这世上怎会有比他更加邪魅狂狷的女人，仅凭几句话，就说得他哑口无言！

曾经一往无前的王霸之气在她面前显得那么不堪一击，成了只唯唯诺诺的小王八。

不知怎的，他竟有些怕了。

他多么想说，女人，不要挑战我的极限。

话到嘴边，却成了一句：“不是你想的那样，你听我解释！我才没有——咯！”

两、极、反、转。

江肆伤势未愈，体内灵气淡薄，眩晕和咳嗽都是十分常见的症状。

郑薇绮听见这道被极力压抑的声音，当即拧了眉头，神态凶狠得宛如地狱修罗：“大夫呢！大夫在哪里？治不好他，我就要整个迦兰城的人陪葬！”

多么霸道，多么恣意妄为。

拳打“女人你在玩火”，脚踢“你不过是个玩物”。

此话一出，江肆便明白，他败了。

败得彻彻底底，败得毫无悬念。

秦川顶着一张中年人的面孔探头探脑，满脸好奇：“哥哥姐姐，他们在做什么？郑姐姐为何会趴在少城主身上？”

贺知洲沉默了片刻。

然后秉承着呵护美丽花朵健康成长的原则，他十分认真地回答：“他们在练那个……那个小跳蛙功。蛤蟆见过吧？动作差不太多的。”

裴寂做了个噩梦。

梦里他又回到了曾经生活的家，那间贯穿他整个童年的地窖。

地窖狭窄逼仄，不见阳光，娘亲厌恶见到他，每当不高兴的时候，都会将他关进那个小小的房间。当裴寂独自待在那里，浓郁的黑暗仿佛就是世界的全部。

——其实对于他来说，待在地窖反而是一种十分侥幸的解脱。那地方只有他一个人，不会受到娘亲毫无缘由的打骂与责罚，只要蜷缩在角落闭上眼睛，就能在睡梦中度过一段宁静祥和的时光。

而此时此刻，他再一次来到了地窖里。

四周依旧伸手不见五指，弥漫着刺骨的寒意。黑暗与凉气如蛛丝结成天罗地网，悄无声息地将他笼罩，伴随着令人窒息的压迫感。

忽然地窖顶端的入口被人打开，裴寂见到他过世已久的娘亲。

女人保持着她死去时的模样，曾经风姿绰约的面庞已然全非。

脸颊涨成了浅红偏褐的怪异色泽，一双瞳孔高高翻起，几乎在眼眶中见不到踪影，只能看见夹杂着红血丝的眼白，如同渗着血。

她的身体扭曲成一种极度不合理的姿势，仿佛每个关节都被打断重组，一步步向他靠近时，骨头发出咯咯的碰撞声。

"你这个野种！妖魔！"

女人的声音一遍遍回荡在他心口，如同寒夜里绵长的钟声，叫人听得遍体生寒。她脸上的憎恨与嫌恶越来越浓，声音也越来越尖厉，像把长刀划破耳膜："你身边从没发生过任何好事，迟早把所有人都拖累。灾星，你怎么不去死？！"

他猛地一惊。

随即喘息着睁开双眼。

身体的各个角落都发着撕裂般的剧痛，之前被玄烨所伤的地方仿佛有熊熊烈焰在不停灼烧。他已经习惯了疼痛，却还是不由得下意识地皱起眉头。

脑袋嗡嗡发疼，体内的魔气与剑气终于恢复了平静，但引起的疼痛依旧存在，如同千万只小虫子撕咬着骨髓。

在修仙界，越级杀人并不是多么稀奇的事儿。然而金丹圆满与元婴大成之间的差距不容小觑，更何况玄烨曾经还是个化神期高手，要想打败他，必须豁出性命。

与宁宁等人不同，裴寂早就习惯了在生与死之间摸爬滚打，因而并不畏惧死斗，只要能杀敌，他宁愿赌上包括性命在内的一切。

——更何况他无牵无挂，这条命并不值钱，就算当真死了，也不会有谁受到损失。

少年的神色黯了些许，抬眼打量周遭景象。

与玄烨一战后他便失去了意识，此时应该已被送入医馆疗伤。

鼻尖萦绕着轻烟般的药草气息，因为平躺在床上，裴寂睁眼便看见深褐色的房梁，再微微偏过脑袋——

有人坐在他床边的木凳上。

裴寂从没想过，当自己醒来时能见到有谁陪在身边。

无论是小时候浑身是伤、又冷又饿地昏倒，还是后来在战斗中重伤昏迷，他都是一个人咬着牙苦苦熬过，等苏醒后独自找些药草疗伤。

那人身上的树木气息与药味融在一起，很大程度上缓解了充盈整个空间的苦。

她穿着条淡紫色长裙，黑发无比乖顺地垂落在胸前，由于拿着本书遮掩起整张面庞，裴寂见不到她的模样。

他只能看见那本书上的几个大字——

《我和真霄剑尊的365天》。

裴寂忍了疼，有些迟疑地低声道："……小师姐？"

宁宁似乎没想到他会在这时候醒来，一双手无比仓促地晃来晃去，那本《我和真霄剑尊的365天》像杂耍道具似的上上下下，不断来回于两手之间，最终被她猛地一合，丢到另一边的木桌上。

不知道为什么，她的脸一片绯红，像做了某种亏心事儿，故作镇定地与他四目相对。每次见到她都会大呼小叫的承影也莫名其妙地闭了嘴，安静如鸡。

裴寂不明所以，皱了皱眉。

"你吓死我们了！"宁宁在短暂的沉默后沉声开口，但脸上的浅粉与略显慌乱的语气让整句话都显得不那么有威慑力，"居然把魔气引进剑里……要是掌控不当，别说对付玄烨，你连自己这条命都保不住，知不知道！"

裴寂眼底浮现一丝嘲弄的冷笑，敷衍地应了声："嗯。"

宁宁是朵自小便被精心呵护的娇花，因而裴寂不会，也不想浪费时间去告诉她，这种事情他早就习惯。

没有退路、没有倚仗，如果不拼尽全力去赌，死的只会是他自己。

"你这个'嗯'也太敷衍了吧。"宁宁说话不爱藏着掖着，发出一声类似于低哼的气音，别开视线不再看他，语气有些僵硬，"之前在古木林海也是这样，你总是一个人冲在最前面去扛……明明还有我们。"

裴寂微微愣住。

"我知道你以前习惯一个人，但现在跟那时候完全不一样。"她似乎很不习惯说出这样的话，神情别扭得厉害，最后干脆破罐子破摔，直勾勾地看向裴寂的眼睛，"总、总之，小师弟就要有小师弟的样子，不要总想着逞英雄，偶尔也要给前辈们一点儿表现的机会啊！你师姐还没弱到手无缚鸡之力的地步，我也是可以保护你的！”

说到这里，宁宁的语气又瞬间软了下去：“……不过这次还是要谢谢你，就是那个，帮我阻止玄烨。谢谢了，回去请你吃大餐——以后还是要把信任分给我们一点儿嘛，别总觉得自己是一个人。”

裴寂从没想过，宁宁会说出这样的话。

原来她并非想高高在上地训斥他不懂得惜命，而是气他刻意将自己排斥在集体之外，始终踽踽独行。

从来没有人告诉过他，不用拼了命地独自往前冲，我也可以保护你。

他独自在泥潭里野蛮生长多年，早就能面无表情地承受一切恶意与苦难，可乍一听见这番话，还是破天荒地感到了一丝无措的情绪，不知应该如何回应。

面色苍白的少年终于露出了些许类似于迷茫的情绪，黑瞳中如有迷雾，将不久前的阴鸷与冷戾尽数遮盖。

宁宁见他神色有所缓和，带了点儿得意地哼笑一声：“我可不是肉麻啊！只是因为你这样做出尽风头，让我这个当师姐的很没面子。”

承影终于说话了：“你发现没有？宁宁每次关心你，都要胡诌一些傻傻的借口，用来跟你撇清关系，其实她的意图那么明显，谁都能看出来。”

它说罢又忍不住嘿嘿笑：“掩耳盗铃也这么可爱，不愧是她。你千万不要戳穿啊，裴小寂。”

它这段话刚说完，房间里便突然袭来一股浓郁的药草气息。

一名白衣医女推门而入，手里端了个盛满汤药的瓷碗，紧随其后的是个儒雅青年男子，浑身散发着一股书卷气。

宁宁与他们对望一眼，耐心介绍：“这两位是医馆里的谢姑娘和陈郎中，多亏他们，你才勉强续了命。”

“小公子终于醒了。”

听裴寂道了声谢，医女淡淡一笑，瞥向坐在他身旁的宁宁：“宁宁姑娘自从将你送来这医馆，便一直茶饭不思地守在床前，你要是再不睁眼，我都替她着急。”

宁宁陡然睁大眼睛：“我只是、只是想要节食减肥！节食的事，能叫‘茶饭不思’吗？”

她说罢停顿片刻，似乎想起什么，从储物袋里掏出几颗花花绿绿、圆圆滚滚的小东西。裴寂凝神看去，发现是一堆糖果。

“我今日和师姐他们上岸游玩，买了点儿糖果带回来。反正一个人也吃不完，干脆分你一点儿好了——我听说这药很苦的。”

不知怎的，一旁的医女与郎中同时发出一声低笑。

裴寂迟疑半晌，轻轻摇头：“我不怕苦，不用这个。”

“小公子，你便收下吧。”医女笑得暧昧，用空出的左手掩住嘴唇，“这好歹是宁宁姑娘的一番好意，你要是拒绝，她该伤心了。”

郎中亦是神神秘秘：“这药的确很苦，你吃了糖，总不会吃亏。”

宁宁似乎有些生气，气呼呼地望着他，只不过怒而不言，明面上仍是漫不经心的模样。

于是裴寂只好点点头，当即被她强塞了一颗糖果在手心里，听见宁宁干巴巴的声音：“你先尝尝看味道怎么样。”

其实他很少吃糖。

小时候的裴寂怕苦也怕疼，后来对这些渐渐习惯，无论多么苦的药物，都可以屏着呼吸一口气吞下。虽然嘴里还是会残留许多令人不适的味道，但他终归可以咬着牙慢慢忍受。

只要熬过了最苦最疼的时候就好。

他有些笨拙地打开包在糖外的纸片，见到一颗奶白色小圆球。这是种令人舒心的颜色，仿佛浓郁的雾气或香甜的牛乳，毫无杂质地融成一团。

裴寂极快地看一眼宁宁，将它送入口中。

清甜的牛奶香气席卷舌尖，带了点儿淡淡的蜂蜜味道。他的喉头本来还残存着若有若无的血腥味，在这股香气之下，血腥味竟悄无声息消弭殆尽，余下沁人心脾的奶香。

他的瞳仁里往往带着幽暗戾气，如今却仿佛被香气悄悄融解，化作一汪安静的水流，终于有了几分寻常少年人的模样，显得温和而无害。

宁宁板着脸，目光和语气都是淡淡的：“怎么样？”

“……很甜。”裴寂点头，“多谢师姐。”

她似乎本打算勾起嘴角，然而唇边刚刚往上扬，就被强行压了回去，变成薄薄一条平直的线：“那就好。算你有眼光。”

“宁宁姑娘，我听城里的妖传来消息，说玄虚剑派的几位长老前来此地，正等着你前去。”医女的笑自始至终没停过，此时加重了语气，“我俩会帮你照顾好小公子，不用担心。”

宁宁又胡乱塞给裴寂一把糖，闻言皱起眉头：“姐姐，什么叫‘帮我照顾’，我一点儿都不担心他。”

她说完便匆匆道了别，临走前不忘叮嘱：“别忘了这些糖啊！我用私房钱买的，全是你师姐的血汗钱，一定要好好对它们！”

裴寂只得点头。

"小公子可别信宁宁姑娘的那些话。"等她的身影消失在视野中，医女才低声笑道，"近日少城主现身，长老们又被押进询审堂公审，大大小小的事儿一大堆，我们哪有时间去岸上游玩。那糖啊，是宁宁姑娘自己特意上岸为你买来的。

"听说她还在岸上的城里迷了路，好不容易转悠出城，又在林子里迷路了一回——你也别觉得她傻，宁宁姑娘回到迦兰城的时候累得动弹不了，身上被包扎好的伤口也全裂开了。"

一旁的郎中也笑："她说我们的药闻起来太苦，特意为你买了不少糖回来，坐在医馆前一个个试味道，被好几种酸得牙疼——你如今吃的这颗是不是挺甜？是宁宁姑娘一种接一种选出来的。"

裴寂没有回应，只低低"嗯"了一声，然后面无表情地接过瓷碗，低头喝药。

耳根却毫无征兆地腾起一阵薄薄的红，如同一笔浅淡的水墨，温温柔柔地点在少年人莹白的皮肤上。

真奇怪。

曾经无比厌恶的药味此时入了口，竟不再那样叫他难受了。

医女抿唇微笑，一副"我都明白，你也不用说话"的模样，踮脚对着郎中悄声耳语道："小公子害羞了，咱们别再逗他。"

后者了然点头，悠然应声："年轻好啊，年轻好。"

"哎哟哟。"承影拼命忍住笑，用了非常夸张的播音腔，如同声情并茂地朗诵小学生作文，"尝到糖果的是舌头，其实心里才是最甜的，我说得对不对？"

顿了顿，承影又爆发出更加肆无忌惮的笑："你刚刚是不是偷偷摸摸笑了？是不是、是不是？你别不承认！哇！脸红了！裴寂居然也会脸红！我的天哪！"

城主府的迎客厅里，气氛多多少少有几分尴尬。

昨日郑薇绮在咒令驱使下秒变霸道总裁，竟把真正霸总属性的江肆逼得哑口无言，硬生生落了下风，沦为一朵仓皇无措的柔弱小白花。

后来贺知洲领着大夫走到他们身边，没想到郑薇绮咒令还没过，一把拍开他伸过去的手，扬眉冷笑道："我允许你碰他了，嗯？这只手，是你自己剁还是我来？"

大夫面色惊恐地沉默片刻，悄悄在他耳边问："她这种症状……持续多久了？"

总之郑薇绮最终被五花大绑地抬走，一场闹剧总算宣告结束。

她清醒之后发誓再也不见江肆，奈何今日门派掌门、天羡子与真霄剑尊一并前来，纵使百般不情愿，她也不得不去迎客厅会见他们。

“此番多亏几位少侠，才挽救迦兰城于危难之中。”

撇开私底下的降智言论，江肆在明面上还是很上得了台面的。

一袭宽大玄衣勾勒出周身沉稳淡漠的气场，轻裘缓带，玉树琼枝，声线亦是醇厚如酒，带着世家子弟独有的矜贵：“江某感激不尽。”

仍然保持着孩童模样的掌门人纪云开淡淡一笑，由于身高不够，正趴在桌子上努力把手往前伸，试图够到一个茶壶：“少城主不必言谢。降妖除魔乃玄虚剑派弟子的本分，更何况魔君一事事关重大，不能掉以轻心。”

坐在他身旁的真霄淡淡地一瞥，不动声色地把茶壶往纪云开身边推了一些：“不错。少城主有所不知，仙魔大战之后，魔族虽损失惨重、销声匿迹，但仍有余孽妄图卷土重来，引得各界生灵涂炭。近日魔气在各地时有现身，要是放走玄烨，恐怕又是一阵血雨腥风。”

“迦兰陷落三百年，城中妖族有如井底之蛙。”江肆喟叹道，“想必仙魔大战，正道亦是损失惨重。”

郑薇绮悄悄嘟囔：“你也知道自己是个老古董啊。”

她刻意把声音压得很低，却还是被江肆极淡地瞥了一眼。玄虚剑派大师姐从来不甘落于下风，于是把眼睛瞪得更圆，气势汹汹地瞪回去。

“可不是吗！”天羡子少见地敛了笑，喝茶入腹，“曾经剑道三位大能，纪掌门成了现在这副模样；温师兄修为尽失，躲在幽谷里不愿意出来；至于万剑宗那位……更是神形俱灭，连尸首都没剩下。”

“好了好了，今日小弟子们好不容易立了大功，我们这群老古董怎么一个劲儿地伤春悲秋！”纪云开笑意盈盈，声线虽是孩童般的稚嫩，却字字句句透出不容置喙的压迫感，“我听说裴寂重创魔君，不知那孩子情况如何？”

宁宁轻声应答：“已经醒过来了，正在医馆休养。”

“此次能大获全胜，孟卿长老功不可没。”天羡子向一旁端坐的白发老者敬了杯茶，“在玄烨身边卧薪尝胆蛰伏多年，苦心孤诣地挽救迦兰城于危难之中，在下着实佩服。”

孟卿摇头道：“孟家世代忠于迦兰城，我总不能让列祖列宗蒙羞。多亏有少城主布下的局，才让迦兰城不至于毁于魔修之手。”

他语气谦逊，听不出太大起伏，坐在孟卿身旁的孟佳期却鼻尖一酸，轻轻吸了口气。

潜伏在玄烨身边，不但意味着随时都有可能被那个喜怒无常的魔君夺去性命，还不得不承受来自全城妖族的厌恶与谩骂。

当初她以为爹爹背叛迦兰，气得破口大骂，直言断绝父女关系，而今想来，只觉得恍然如梦。

这场延续了三百多年的局，大家都付出良多。

“我问心无愧，唯一对不住的，是家里的这个女儿。”孟卿说着长叹一声，“佳期受苦颇多，我却不能陪在近旁。”

纪云开笑道：“与玄烨一战，令千金与这位秦公子亦是有功。女儿如此深明大义，孟长老理应高兴才是。”

被莫名其妙叫到的秦川满脸茫然，怔怔地抬起脑袋，横肉遍布的粗犷脸庞上尽是天真的困惑。

他就这样愣愣地发了会儿呆，不知想起什么，似乎来了点儿兴致：“你们都是玄虚剑派的长老吗？不知真霄剑尊是否也在其中？”

哦嚯，难道这还是个小粉丝？

天羡子嘿嘿一笑，不着痕迹地瞥了瞥自家师兄。

真霄性情冷淡，但每每遇见崇拜他的小辈，一顿天花乱坠的彩虹屁夸下来，往往能让冷心冷情的堂堂剑尊脸颊泛红，前所未有地感到不好意思。

身为亲亲师弟，他当然要趁机捉弄一番。

“真可惜，真霄剑尊事务繁忙，今日无法前来。”天羡子眼睛眯起，活像只心怀不轨的狐狸，“怎么，你很想见他吗？”

不远处高大的中年壮汉微微一愣，随即拼命点头：“我想见一见真霄剑尊独到的剑术！”

郑薇绮刚喝下的一口水直接喷出来。

她隐隐有种感觉，自己今天可能会丢掉半条命。

天羡子万万没想到会听见这种话，嘴角一抽：“你说的这独到的剑术，它是个什么东西？”

偏偏秦川一本正经，衬托得天羡子才是心怀不轨的那一个。然而当前者继续憨厚地开口，连纪云开也差点儿喷出一口茶水来。

秦川想也没想，脱口而出：“就是他经常用来教女弟子的那招啊。”

这是什么虎狼之词！

当下满厅骇然，孟佳期面无表情地以手遮面，宁宁与贺知洲对视一眼，生无可恋。

罪魁祸首郑薇绮艰涩一笑，满目沧桑：“哈哈，秦川在说什么呀？童言无忌，童言无忌。川儿快别说了，咱们喝茶。”

谁知真霄面色阴沉，步步紧逼：“不，继续——真霄剑尊怎会无缘无故只教女弟子？”

“这我就不知道了。”秦川哪里懂得书里的情情爱爱，有些苦恼地皱起眉头，“不过真霄剑尊很厉害啊！我看话本子的时候，里面写他什么‘驱动长龙，九浅一深……冰火双重’，一听就是十分厉害的剑法！”

顿了顿，秦川又迟疑道：“只不过每次和他练剑的女弟子都好可怜，最后会疼得浑身没有力气，一直求饶他也不听。剑修练剑的时候，都这么不留情面的吗？”

天羡子实在没忍住，嘴角抽搐着勾起一个疯狂上扬的弧度。

真霄似乎明白了什么，冷声一笑：“哦？关于真霄剑尊，你还知道什么？”

“你也很崇拜他？”秦川朴实地咧了咧嘴，笑得天真无害，“我看过书，对他了解得一清二楚——我还知道真霄剑尊的口头禅呢！”

口、头、禅。

郑薇绮表情管理失控，整张脸如同揉坏了的面饼，乱糟糟又惨白白。

不要啊——！秦——川——！

直到多年以后，秦川也忘不了当日在城主府迎客厅里的场面。

玄虚剑派的长老们个个欲言又止，另一边的小徒弟们纷纷捂住眼睛耳朵，不听也不看，气氛之凝重悲哀，宛如出丧。

而处在风暴中心的中年男人轻启嘴唇，模仿着话本子里男主人公邪魅冷厉的模样，用剁肉般的语气，咆哮着说出那句在心底珍藏已久的台词——

“现在就让你知道，我究竟是不是男人！呃，哈！”

那声莫名的低吼绝对堪称精髓。

他永远都记得，每次练剑，都是以真霄剑尊的一声低吼宣告终结。多么霸道，多么热血，多么有男人味。

这是心的呼唤，爱的奉献。

满厅寂然，不知是谁扑哧笑出了声。

秦川丝毫没察觉众人越来越黑的脸色，说罢又道：“你要是想知道具体内容，可以找郑姐姐借书来看，她很大方的。”

危，郑薇绮，危。

真霄神色淡漠，指尖一动，郑薇绮的储物袋便径直飞入他手中。不过轻轻一抖，就从中掉出几本鹅黄色封皮的书。

《嗜血危情：天羡长老的狂宠》《萌宝来袭：掌门太难缠》《负了如来还负卿：我娘与明空小师父的二三事》。

一个比一个辣眼睛，一个赛一个毁三观。

尤其是最后那本《我娘与明空小师父的二三事》，单看书名就觉得丧心病狂，连佛祖看了都要掉眼泪。

真霄面无表情，拿起掉落在地的最后一本书。

只见封面上大大咧咧地写着一行字——

《被真霄剑尊与天羡长老同时求婚后》。

后面还跟了简介——

他，嗜血无情，风华绝代，却将她按在墙角："女人，我不介意陪你玩一场禁忌游戏。"

他，纵情肆意，俊美无俦，却红着眼拉住她的手："弱水三千，只取一瓢。"

当她遇上他与他，注定在爱情的旋涡里无处可逃。

红尘倦，泪已殇，谁成了谁的劫，谁又是谁的缘。她淡淡笑道："小孩子才做选择，我，要吃兄弟盖饭！"

神他 × 兄弟盖饭。

真霄："呵。"

这位向来是不大会笑的。

此时此刻的这声笑却无比清晰，像是突然响起的爆破音，用书里的话来讲，端的是六分冷酷三分戏谑，还有百分之十蠢蠢欲动的杀机。

总而言之，笑出了杀人的感觉，还是五马分尸的那种。

郑薇绮心知大事不妙，本想挣扎着来上一句："师伯，您听我解释。"

奈何一时心急，它竟然把真心话脱口而出："师伯，您听我狡辩！"

论作死，她一直可以的。

此言一出，现场便陷入了一片颇为深沉的寂静，让孩子本就岌岌可危的处境雪上加霜。

——俗话说得好，压死骆驼的往往是最后一根稻草。

哪承想郑薇绮不信这个邪，亲手搬来一头大象，直接砸在骆驼身上。

这哪里还有半分活路，立马就没了。

贺知洲沉默了半晌，满脸悲切地压低声音："大师姐，记得保持微笑，这样死的时候才不会有太大怨气。"

宁宁痛心疾首，双手掩面："师姐别怕，同门情深，我们自会帮你。"

还是宁宁靠谱！

郑薇绮正想听她的计策，不承想耳边却传来小姑娘的幽幽低语："你想要元宝还是纸钱？别客气，反正也是最后一次送你点儿什么东西。"

……猪队友你们闭嘴啊！

天羡子忍着笑长叹一声："师兄啊。"

郑薇绮不愧是跟他最久的亲传弟子，两眼一黑，脱口而出下一句话："别把孩子打死了，勉强留条命吧。”

那边的迎客厅鸡飞狗跳，医馆中便显得清静许多。

迦兰城中有不少妖族刚刚苏醒，医女和郎中马不停蹄地在各家屋子之间来来回回地赶，只留床上的裴寂一人在医馆之中。

他平日里要么看书要么练剑，除此之外似乎也没什么别的消遣方式。

如今无所事事，将医馆粗略打量一番后，他把目光落在了被宁宁落下的《我和真霄剑尊的365天》上。

之前就听他们提起过这本书，裴寂听得云里雾里，只觉得台词古怪、人物性格与真霄剑尊浑然不符合，至于里面提到的那些剑法——

对了，他有空还得找师尊请教，再按照约定与师姐切磋。

一想到宁宁，本来已沉寂下来的心脏又无端地多了些许躁意，仿佛有股看不见摸不着的火苗，肆无忌惮地灼烧在心口上。

裴寂说不清这是种什么感受，无声地皱了皱眉。

他闲来无事，加之对“雨打风吹剑法”十分好奇，便将一颗水果味道的糖衔在口中，忍着痛起身，打算从木桌上拿起书籍阅览一二。

“停停停！别过去！”不知出于何种缘由，原本安安静静的承影忽然尖叫出声，似乎意识到自己的反应过于激烈，在轻咳一声后尴尬地笑了笑，“那个吧，你现在伤口还没愈合，不能乱动的。那本书以后随时都能看，何必急这一会儿——喂！裴寂你这臭小子！怎么就不听话呢！”

裴寂没理它，径直走到木桌旁，拿了那本书再坐回床上。

承影安静如鸡。

末了它又毫无征兆地开口，仿佛濒死的鱼跳来跳去，进行最后的挣扎：“这就是本普通的女性向话本子，有什么好看的？难道你还对长老的那些恩怨情仇感兴趣啊？别看了别看了，看了也是浪费时间。”

裴寂从小就有很强的逆反心，承影一个劲儿地劝说不要看，他就偏要翻开这本书一探究竟。

少年人修长白皙的指节落在冰凉纸页上，轻轻打开第一页。

下垂的长睫抖搂一片寂静阴影，裴寂面无表情地看，目光不由得越来越暗。

——这本书里的情节，怎么看都不对劲儿。

为什么……在第一章节，男女主就脱了衣服？

心头仿佛有某个念头在隐隐发芽，裴寂向来不懂得此中秘密，硬着头皮继续看下去。

结果后面的剧情更加奇怪了。

“真霄忽然停下，淡淡笑道：‘求我，我就给你。’

“她兀地红了眼眶：‘师尊……你就算得到我的身子，也永远得不到我的心！’”

什么叫“得到了我的身子，也永远得不到我的心”？

承影语气飘忽，呵呵一笑：“就是啊，喀，女主被真霄剑尊当成了练剑的工具人，强迫她在山谷中与他不停练剑。但她不甘心一辈子只是剑尊的陪练——人家志向高着呢。”

裴寂没说话，继续往下面看。

嘴里的糖果被咔嚓咬碎，甜香四溢，还夹杂了一点儿橘子味的酸。

他涉世未深，一心练剑，虽然听闻过男女之事，却并不知晓其中门路。因此后来的情节，在裴寂眼里就成了——

“真霄低头……长驱直入，激起一片……刹那间电流……两人皆……”

到后来便是——

“真霄……她……”

这回承影是彻底胡诌不下去了。

作者你写这么露骨干什么？带坏小朋友知不知道！

裴寂：“……”

他哪怕再小学鸡，再鸡蛋壳，也该明白这是本什么书了。

所以当时承影听完他切磋的那句话，破天荒地闭了嘴，很长一段时间没再说话，不久后又突然爆笑出声。

所以宁宁看书时发现他醒来，才会突然间满脸通红。

“哈，哈。”承影发出两声无比凄凉的笑，“别看了，裴小寂，听话。”

裴寂却全然听不见它的声音，脑子里一片空白，蒙得厉害。

既然这本书里的内容如此，那昨夜宁宁他们所说的“雨打风吹剑法”，想必也是信口胡诌，哄骗涉世未深的秦川而已。

而他却傻乎乎地一本正经告诉她，等以后学有所成，再一道切磋这剑法。

……他都说了些什么啊！

当时宁宁怎么回答的来着？

有缘切磋。

潮红自耳边一直蔓延到脸颊，向来面色凛冽的少年失了言语，心脏怦怦直跳，呼吸乱成一团。

包裹着绷带的手指用力攥紧书页，雪白绷带上隐隐透出几分浅淡的血色，他听见承影的声音：“看开点儿，那个，这个，嗯……宁宁她都懂，你还小嘛。”

他们俩分明差不多大。

裴寂咬了咬牙，眼底的慌乱与羞赧被浓郁戾色掩盖，沉声问它：“你怎么不早告诉我？”

承影答非所问，语气飘到了天上，牛头不对马嘴：“今天天气不错，风儿着实有些喧嚣。你困了吗？我有些困了。”

然后它便彻底死遁，一点儿声音也没留下。

裴寂心里又烦又乱，忽然听见门外响起一道陌生男声：“宁宁姑娘，又来看你小师弟啦？”

然后是宁宁一声长长的“嘘——”。

大概是觉得他可能听到，末了她又补充一句：“我就是路过，顺道来瞧他一眼。”

越来越近的脚步声犹如催命符咒，少年薄唇紧抿，将《我和真霄剑尊的365天》迅速藏在被子里。

他一抬头，便看见宁宁的身影。

裴寂伤势很重，理应躺在床上凝神休息。见他醒着，宁宁有些意外：“你坐在床上做什么？当心伤口又裂开。”

顿了顿，宁宁又从储物袋里拿出一个淡蓝色小瓷瓶：“师尊他们都来了，等和少城主商讨一番妖界事宜，便来医馆看你——喏，这是掌门送你的凝仙玉露，对疗伤和恢复灵力很有用。”

裴寂垂着眼睛不去看她，想从宁宁手中接过瓷瓶，却发现她并未松手。

两人同时握着瓶子，手指一上一下，相距毫厘，裴寂似乎能隐约感受到从少女身体里流淌出的温和热气，一点点触碰他冰冷的皮肤。

他耳根仍然红着，抬起黑曜石般的眼眸。

随即他见到宁宁低头俯着身子，靠得比之前更近一些，紧紧盯着他如同落了霞光的脸庞：“你的脸好红，是不是发烧了？”

宁宁的模样很漂亮。

与修真界里的诸多女修不同，她身上并没有太多超绝出尘的气质，要说什么“宛如谪仙”，自然是远远沾不上边。

她的漂亮沾染了一些红尘烟火里的灵气，一双圆润的杏眼里是秋水盈盈，时时刻刻泛着莹润的光。微微笑起来，瓷白的脸上还会出现两个小小的梨窝。

仿佛触手可及，却又像一朵软绵绵的云彩，轻飘飘悬在天边。

而此时此刻，她正双眼一眨不眨地看着他。

不等裴寂开口说话，一只裹挟着热气的小手便轻轻覆在他额头。

似乎被滚烫的温度吓了一跳，宁宁微微睁大眼睛：“好烫。你怎么会发烧？”

裴寂被噎了一下。

压根儿不是这样。

她什么都不知道。

“我去帮你叫大夫，你是不是睡觉踢被子了？明明都这么大了，还——”

她说着忽然愣了一下，仿佛终于想起某个被遗忘的事物，僵硬地转过脑袋。

桌子上空空如也，哪里还有《我和真霄剑尊的365天》的影子。

宁宁呼吸一滞。

不会吧、不会吧。

那本书……不会被裴寂拿了吧？

“我落在医馆的书——”她的语气弱了许多，带着试探性的语气，“你知道去哪里了吗？”

裴寂没立即接话，面无表情地扭过头，死死地盯着身旁的墙壁。本想等脸上滚烫的热潮退去一些，想起那本书，他的脸却不受控制地越来越烫。

过了半晌，他才哑声应道：“医馆人来人往，或许是被谁拿走了。”

虽然不可言说的小话本被陌生人拿走，这种事情的确很社会性死亡，但宁宁还是悄悄松了口气。

太好了！老天爷万岁万岁万万岁！那本书只要没有被裴寂拿走，就一切都好说！

她实在无法想象，要是裴寂这鸡蛋壳看了书，究竟会出现怎样的景象。她那夜说“有缘切磋”不过是为了缓解尴尬，但从他的角度听来，总带着点儿暧昧的意思。

她还想说些什么，却望见原本靠坐在床上的少年忽然躺下，用被子牢牢裹住身体。

裴寂的脸还是很红，尤其是他的肤色冷白如寒玉，便显得那些绯色格外突兀，无法掩藏。

察觉到宁宁的视线，耳根便又是一热，他只得一言不发地把被子往上一拉，直接盖住脑袋。

“不劳烦师姐费心。”裴寂的语气硬邦邦，声音在被子里显得闷闷的，竟然有了点儿称得上可爱的味道，“这种小病我自会处理，你大可去别的地方，不用理会。”

这小白眼狼。

她尽心尽力给他买糖果，还不时前来医馆看他，他却毫不犹豫地下了逐客令。

宁宁撇了撇嘴，望一眼床头被摆放整齐的包装纸，随口发问：“你全吃完了？这些糖味道怎样？喜欢吗？”

在被子里藏着的裴寂一动不动，沉默了好一会儿。

然后他用有些别扭的语气，迟疑地轻声应道：“……喜欢。”

时间过得飞快，距离在迦兰城与玄烨一战，已经过了半月有余。

迦兰城上的湖水在诸位长老协助下尽数消退，城中妖族也逐渐醒来，想必适应一段时日，便能与当今的修仙界慢慢接轨。

裴寂与师姐受伤最重，经过这段时间的休养，也终于能行动自如。

宁宁昨日练了整整一天剑，早晨刚出院门，就在不远处听见一阵气势汹汹的声音。

声线明明是轻灵动听的女音，却被念出了视死如归的语气，如同平地惊雷，猿声啼不住。

“去你 × 的干支造化灵集中央！阴阳五行周天在握，日精月华吞入丹舍啊！探取天根，真息生春。玄黄浑合，遍体更新。筋骨皮肉，来复你 × 的乾坤棒棒锤！啊——！给我死！”

吐字铿锵，一词一顿。

活生生把背书背出了喊麦的效果，仿佛下一秒便可以收拾收拾原地出道，艺名就叫铿锵玫瑰。

宁宁这才想起来，大师姐多年未能毕业的学宫即将迎来一年一度的期末考，她要是再不能通过，就得继续受整整一年的折磨。

——但这种一句一骂娘的背书方式也太那什么了吧！师姐冷静啊！

宁宁心下担忧，循着声音走去，果然在崖边见到郑薇绮。

她仍然穿着男装，青丝高束，清隽的五官被朝阳映出几分晖色，乍一看去的确是个翩翩丽人，只可惜五官狰狞得厉害，再加上不断从嘴里咆哮出声，生生把背书背出了杀猪的效果。

察觉到有人靠近，郑薇绮停下动作微微抬头。见到来人是宁宁，她露出一个明朗的笑容：“小师妹！”

“师姐。”她方才的那段晨读依旧萦绕耳畔，宁宁有些困惑，“师尊不是下了禁咒，不让你说粗话吗？”

“这你就不懂了。”郑薇绮神秘一笑，从悬崖顶端的巨石上跳下，撩动清风一片，“还记得那禁咒的内容吗？”

这件事儿宁宁自然不会忘记。

大师姐在迦兰城与少城主的那番口舌之争堪称绝唱，如今仍然高居宁宁心里的“修仙界经典场面排行榜”前三名。

至于那禁咒的内容是，只要爆粗说脏话，就会做出自己此时最抵触的事情。如今她在背书时催动咒令——

原来如此！

宁宁恍然大悟地睁大眼睛，望向郑薇绮的目光里带了几分崇拜的意味。

大师姐不愧是大师姐，她此时此刻最不想干的事情必定就是背书，一旦利用天羡子给她施加的禁咒——

就可以强迫自己不停地去背，永远不停下了！

人才啊！

一边骂一边背，两两相生，相辅相成，简直是一台背书永动机。

恐怕连天羡子本人也想不到，咒令会被用在这种地方。

“我近日一直念书，嘴巴和耳朵都快生茧子了。那些浑蛋长老，整天考，不是你考，就是他考，考他 × 的什么东西。”

郑薇绮说着咧嘴笑笑，眼睛讨好般地弯起来：“小师妹，我学得出神入化，已经乏了。想不想和师姐一起去赚点儿零用钱？”

宁宁一愣：“零用钱？去摆摊吗？”

“当然不是！我临近考评，压根儿没时间下山采购。你不知道吗？在咱们山门里，也是有赚钱门路的。”

见小姑娘疑惑地皱了皱眉，郑薇绮耐心道：“浮屠塔呀！越是高的楼层，掉落高阶宝物的可能性就越大，要是运气好，一整年的伙食费都不用愁——你不是还拿到过价值连城的鬼珠吗？”

好像是。

不过她送给裴寂了。

“虽然遇见隐藏剧情的概率很小，但就算是普通关卡里掉落的东西，价值也都不低。咱们再找一个人，直接去极难模式的幻境，一场打下来，绝对收获颇丰。”

郑薇绮笑道：“俗话说得好，三人成虎嘛！我新学的词儿，活学活用，厉害吧！”

宁宁：“……”

宁宁痛心疾首：“师姐，‘三人成虎’不是这么用的。”

——这就是你所谓的“出神入化”吗？这次的考评你真的能通过吗，师姐？？？

浮屠塔

第四卷· 浮屠塔

上

第一章　画魅祸乱鹅城

雨色空蒙，雾气连天。

幻象逐渐在眼前浮现，宁宁首先感到的，是一阵直入骨髓的凉。

郑薇绮特意挑选了浮屠塔中出了名困难的层数，与她们一同进来的，还有出了名贫穷的贺知洲，和出了名凶恶的裴寂。

与上次进入浮屠塔后彼此分散的情形不同，这回四人出现在了同一个地方。

这里像极了梅雨时节的江南小镇，浓烟暗雨，织就出一张从天而落的大网，自云端径直垂坠到野草浅绿的衣衫上。

此时应该正值傍晚，暮色将倾未倾，天边见不到太阳或月亮，唯有棉絮般的云层堆积成团，遮掩阵阵天光。

他们正立于一处长堤之上，不远处是条静谧的河流，被乳白烟雾染成迷迷蒙蒙的深灰色泽。杨柳剪风，轻惹春烟骤雨，凉风轻轻过，吹皱寒镜般的玉色长河。

一座石桥横亘于河流之上，回头望去，则是青瓦白墙的低矮房屋，尽数浸润在雨雾之间，看不清模样，倒像是宣纸上一片晕染开来的黑色笔墨，显得遥远又不清晰。

宁宁轻轻吸了口空气，凉丝丝的甜意混杂了青草与树木的味道，如同夏日品尝到的清新小甜点，叫人神清气爽。

这个幻境在原著里未被提及，因而她并不知晓具体情节，只听郑薇绮说过，曾经难倒了不少金丹乃至元婴期的弟子。

她沉迷于下山摆摊，很少来浮屠塔中闯荡，听闻这关难度极大，便一直没来尝试。

一道哭声猝不及防地传来，哀怨得像是不小心弄丢中了五百万奖金的彩票。

宁宁用灵气遮挡了密密麻麻的雨丝，循声望去。

岸堤两旁人迹寥寥，距离他们最近的，是个穿着翠色长裙的年轻姑娘。

那姑娘撑了把绣着丁香花的油纸伞，正垂着脑袋轻轻啜泣，虽然她以手遮面，让人看不清模样，但从露花般摇曳的身姿与隐隐露出的面部轮廓来看，应该称得上漂亮。

她似乎在极力压抑着哭声，每道啜泣都支离破碎，如同被风吹散的碎屑，胡乱敲打在旁人耳膜上。当之无愧的冷漠凄清又惆怅，妥妥地能去客串一次《雨巷》。

“她哭得好伤心。”

贺知洲凝神思考：“据我所知，在几乎所有话本子的剧情里，这种一个人走在雨中掉眼泪的情节都起源于一场悲伤的感情——这就需要我这个玉树临风的美少年出场，给她一点点安慰了。”

郑薇绮不愧是个老油条，淡淡瞥他一眼，握紧了腰间的长剑：“据我所知，在几乎所有浮屠塔的剧情里，那姑娘都只会是个不折不扣的妖魔——你可别中了美人计，刚一进来就被送出去了。”

“妖魔又怎样？”贺知洲前世不愧是个精通各种美少女恋爱游戏的宅男，嘿嘿一笑后摩拳擦掌，信心十足，“回去之后给你讲白娘子和许仙的故事。以我的人格魅力，就算那是个妖魔鬼怪，也能扭转格局，变成唯美的爱情传说。”

“就你啊？”宁宁也习惯了撑他，“要论爱情传说，我家小师弟这张脸更适合当男主角哦。”

裴寂抿了抿唇，没说话。

宁宁话音刚落，便听闻耳边的啜泣声突然停下，随即而来的，是什么东西跌落在地溅起的哗啦水声——

原来雨天地滑，那位绿衣姑娘哭着哭着便摔倒在地，油纸伞被风吹得倏然远去，只留她独自淋着雨，挣扎着起身。

翠衫惹水，犹如一朵绽开的浮萍。

而她的模样也终于在雨雾中渐渐清晰，眉如远山，秋水剪瞳，真真是哀婉幽怨，我见犹怜。

“这时候就轮到我出场了！裴寂你好好学着啊，以后把妹绝对能用到。”贺知洲压低声音，“这剧情我见过的，无非是将她扶起来嘘寒问暖，然后在谈话里引出剧情。你们就好好看着吧。”

顿了顿，贺知洲又道：“你们觉不觉得，她的裙子像现在这样一下子摊开，好像个圆圆的大葱花饼？把我看得有点儿饿了——幻境里能吃东西不？”

宁宁：“……”

就你这思想觉悟，根本不像是可以发展出一段爱情故事的水平好吗！请直接去摊子上煎葱花饼，谢谢！

不知道为什么，她心里忽然腾起了一阵不太好的预感，甚至已经隐隐开始为那个姑娘担心了。

贺知洲说干就干，丝毫没有迟疑，当即迈开步子，还十分配合剧情地发出一声夸张大叫：“姑娘，你怎么了！”

他没撑伞，脚底浸泡在水洼里，有时踩到了岸边青苔，还会不由自主地向左右两边摇晃。

不像个翩翩公子，倒像在走鸭子步。

这注定是一出鸭子和葱花饼的爱情故事。

绿衣女子见到他，泪眼蒙眬地抬起眼睛，颤巍巍地伸出右手，娇滴滴地唤了声：“公子。”

而宁宁已经隐约猜到了结局，心头暗叹一声。

——贺知洲跑得很快，因此绝不会注意到，在绿衣姑娘滑倒的地方附近，有块巨大无比的潮湿青苔。

下一瞬间，他将亲身诠释什么叫作“梅开二度”。

青苔说，鞋子以痛吻我，我却报之以歌。

贺知洲的动作堪比一些技术比较差的国家跳水队，在一个万佛朝宗后，双手向上、双腿笔直地仰倒而下，和那个绿衣姑娘一模一样，结结实实地摔了个大跟头。

他原以为事情已经不会变得更糟。

可命运的大锤，终于还是落在了这位美少年柔弱的双肩上。

——他在摔倒之前，是朝着绿衣姑娘所在的方向跑的。

牛顿的棺材板还在，根据力学定律，在惯性作用下，即使跌倒在地，也会继续往她那边滑。

问：绿衣姑娘保持原地不动，贺知洲双脚朝前向她滑倒，会发生什么？

答：不忍作答。

双腿一直向前，脚底正好落在那姑娘肩膀上。

然后一脚把她踹得老远。

还是转来转去、不停往远处滑行的那种。

今日雾雨朦胧，贺知洲逢着一个旋转陀螺一样的，旋转着滑走的姑娘。

她是有陀螺一样的颜色，陀螺一样的芬芳，陀螺一样的忧愁，在雨中哀怨，哀怨又彷徨。

她滑过，像梦一般地，像梦一般地凄婉迷茫。像梦中滑过一个陀螺地，他身旁滑过这女郎。

她静默地远了，远了，到了颓圮的岸旁。

等等。

岸旁。

贺知洲猛然睁大眼睛，像雨地泥鳅一样徒劳无功地伸出右手，发出一声壮烈哀号：“不——！”

他本以为在这个剧本里，自己能成为万花丛中过的潇洒男主角，没想到猜中了开头，却万万猜不透这结局。

他不是许仙，而是一根陀螺绳。

而那位被他踹走的绿衣女子转来转去，径直滑到了长堤尽头。

在彻底掉进河里的刹那，贺知洲看见她的表情——

如同终于找到了那个偷走她五百万彩票的人，震惊、惊恐、愤怒，不一而足，比抽象画更加抽象。

远处，不知是哪个路人惊声尖叫，嗓门大得能把雾气捅破，飞上天与乌云肩并肩：“救——命——啊——！杀——人——啦——！”

谁能想到？

明明是个错综复杂的剧情向探险游戏，玩家却另辟蹊径，直接在开场就亲脚谋杀了重要 NPC。

郑薇绮实在没眼看，发出长长一声喟叹。

宁宁以手捂面，无语凝噎。

裴寂的目光里带了几分困惑，似乎不太能理解，贺知洲口中的“好好学着”为什么会是这样。

如果浮屠塔能说话，一定会怒不可遏地说出那句经典名言——

有没有搞错，你们这群人简直是我带过最差的一届学生！

此时此刻的场面实在有些尴尬。

泠泠烟雨，佳人独行，本应是一出相逢匆匆的浪漫戏码，却因为贺知洲摔了个屁股蹲，沦为一桩事先张扬的凶杀案。

那道声嘶力竭的尖叫还留在风里，猝不及防间，众人耳边突然响起另一道男播音员般抑扬顿挫的声音。

那声音听起来浑厚清朗，像极了纪录片里的念白，毫无征兆地响起时，堪比平地惊雷。

“风絮絮雨蒙蒙，多少楼台烟雨中。

“长堤相逢，谁的眼泪撩动谁的心弦，是谁伸出的手，赠她一生温柔守候。

“那只修长的手近在咫尺，她赧然一笑，轻轻将它握——”

那声音说到一半，忽然停顿下来。

然后是一道无比震惊、几近崩溃的喊声——

“搞什么，她人呢！”

“这是浮屠塔里特意设置的旁白。”郑薇绮沉默了一瞬，低声解释道，“塔里的某些关卡难度太大，会通过旁白的方式给予闯塔者一些提示。”

结果贺知洲用行动展示了，什么叫作“只要我骚得够快，提示的思路就追不上我”。

连浮屠塔里的官方旁白都被他整蒙了。

眼看那姑娘自河堤旁旋转着滑下，贺知洲猛地从地上爬起来：“别、别着急，我还能补救！”

既然连旁白都如此看重那绿衣姑娘，想必她是剧情里的一个重要人物，要是香消玉殒，他们的闯塔之行恐怕会就此毁于一旦。

——更何况他只是个天真无邪的美少年，才不要年纪轻轻就背负起一条人命啊！

贺知洲当机立断，毫不犹豫地从岸边跃下。好在葱花饼自带抓人眼球的滤镜，他没费多少力气，就在水中见到了那一抹不断扑腾着的绿色。

像是葱花饼在沸腾的油锅里跳来跳去，让他更饿了几分。

他虽然不怎么靠谱，但此事毕竟人命关天，加之剑修大多体格优越，不仅会游泳，连潜水都不在话下。

因此等宁宁一行人赶到岸边时，贺知洲已经把那姑娘救上了岸。

姑娘面如死灰，不知道是被水呛的，还是之前像陀螺那样转来转去晕的。

总而言之，凄凄惨惨戚戚，哪里还有初见时的半分我见犹怜，看见贺知洲的脸，她一边猛地喷出一口水，一边神色慌张地往后面退，眼底隐约泛起泪光。

旁白大概是个不折不扣的人工智障，由于当下的情景过于诡异，它并没有被事先设定好台词，便选择了台本里最符合现状的一段来念。

“她的身子被雨水浸透，那样柔弱无助、楚楚可怜。许是前世种下的缘，回报今生的果，在见到他的第一眼，泪水便打湿她的长睫。”

然后是一串非常应景的悠悠琴音，十足浪漫。

但宁宁觉得吧，现在最贴切的台词应该是——

“花季少女死里逃生，却仍逃不出杀人凶手的阴狠魔爪。两相对望，她沉默着红了眼眶——被他吓的。”

“抱歉，这位葱花——姑娘。”郑薇绮差点儿被贺知洲带偏，努力把最后的

“饼”字吞进喉咙里，神色稍凝，“我等乃修道门派弟子，我这位师弟行事冒失，多有得罪，还请姑娘原谅。”

“原谅？”绿衣姑娘气不打一处来，仍然发着抖，声线里仍带了哽咽：“他都把我踹进河里了！不行，你们得赔偿！”

一听赔偿，贺知洲的脸顿时就绿了。

众所周知，他是个爱玩剑的剑痴，虽然修为不高，对待佩剑却比对老婆还上心，成天装装点点精心打扮。再加上图新鲜，他买来一大堆没什么太大用处的剑谱，几乎花光了所有私房钱。

让他赔偿，要钱没有，像《眉来眼去剑法》《三天速成螳螂步》和《霜之哀伤，火之高兴》这种杂书倒有大大一堆。

郑薇绮有特殊的沟通技巧，当即接话：“姑娘可是想要钱财？我等下山匆忙，身上只带了几百灵石，恐怕难以让姑娘满意。”

贺知洲闻言冷冷一笑。

区区几百灵石，对他而言根本不算钱。

——那是命啊！！！

苍天可鉴，他之所以答应宁宁来浮屠塔，最重要的原因就是想赚点儿私房钱，没想到法宝机缘还没掉，自个儿就先折了全部家当。

他心情忐忑，却听那绿衣姑娘哑声道：“我不要钱。你们当真是修道之人？”

郑薇绮点头：“正是。”

玄虚剑派名声极大，有时说明身份反而会招惹不必要的麻烦。因此她淡淡补充：“我们虽然来自小门小派，但若是姑娘有什么难处，大可直言不讳。”

“就算是小门派，弟子也理应降妖伏魔、救济苍生。如今我又成了诸位的债主，若是想请各位帮个小忙，你们自然没有推托的道理，是不是？”

此言一出，四人皆露出了恍然的神色。

好在浮屠塔不算太小气，虽然被贺知洲的一通骚操作搅了局，但还是能不计前嫌地给出线索。

既然绿衣姑娘是个重要角色，那么她口中的“帮个小忙”，就一定与这层塔的主线剧情密切相关。

见他们没有拒绝，绿衣姑娘深深吸了口气，胡乱抹了把湿漉漉的脸，等袖子放下去，已分不清脸上的水渍究竟是眼泪还是雨滴。

她看上去涉世未深，应该是个出身于富裕之家的娇小姐，眼睛里尽是被娇宠出的娇纵与天真：“我叫陈露白，此番之所以想要各位出手相助，是因为府里发生了一起怪事。”

她没用“家”，而是用了“府”。

看来这位陈露白小姐出身的确不低。

“我爹是这鹅城的县令，家中有一兄长。”

陈露白从柳树下拾起雨伞，在瞥见贺知洲时，忍不住又是眼角一抽：“兄长与嫂嫂成婚半年，平日里琴瑟和鸣、如胶似漆。可就在五日之前，府中突然生出一则传闻，声称一名家仆夜半三更去井边打水，竟看见——”

宁宁凝神屏息，细细听她叙述。

“他竟看见我那嫂嫂独自站在井边，双手放在脖颈之后，轻轻一拉，整具身体的皮肉便尽数剥离，像衣服一样落了下来！”

陈露白说着打了个哆嗦，露出无比嫌恶的表情：“而在那皮肉之下，只有一具沾了血的嶙峋骨架，一边咔咔咔地活动着身体，一边将皮肉放进水里细细清洗——那就是个彻彻底底的妖怪！”

宁宁与贺知洲对视一眼，缓声继续问她：“但这只不过是流言而已，姑娘既出此言，有没有决定性的证据？”

“诸位有所不知，我兄长是纯阴之体，算命先生说，这种体质最讨妖魔喜欢。”陈露白似是有些恼，咬了咬牙，“自从流言传开，我爹便在城中找来了最信得过的一位道长。道长开坛作法，虽然并未逼那妖物现出真身，却让她在那之后昏迷了整整一天一夜，昨日醒来后，亦是口不能言、虚弱非常，想必是被道法所伤。”

她说罢眼底闪过一丝希冀，哭腔少了许多：“不知各位可曾听闻过关于此种妖魔的传说？”

世间妖物千奇百怪，他们又是常年待在山上的年轻弟子，自然不会了解这种市井之间的玄奇小妖。

在一阵面面相觑的沉默后，竟是裴寂开了口。

“许是画魅。”他语气很轻，在感受到宁宁投来的惊异目光时薄唇轻抿，顿了顿，才继续开口，“我也只是在童年时偶然听过。传说这种妖乃是惨死女子的执念所生，若是遇见鹣鲽情深的夫妻，便会心生妒忌，在薄皮之上描绘出妻子的模样，并代替她陪伴在丈夫身边。”

宁宁很少听他讲这么多话，笑着发问：“那原本的那位妻子呢？”

“会被藏匿于阴寒之地，供画魅日复一日地比照着完善画皮。等画皮与原身一模一样，便是她的死期。”裴寂道，“画魅不但汲取男子阳元，还会为祸一方，致使家破人亡。只是——”

他轻轻皱了眉，语气里没有太多起伏：“画魅修为不高，不过是市井小妖。”

后面的话他没说出口，宁宁却心领神会了其中深意。

据郑薇绮所说，这一层塔难度极高，令不少弟子焦头烂额。如果只是一个普普通通的画魅小妖，显然过于简单了些。

如今的局势越是明朗，就越发显得离奇诡异。仿佛一切都是暴风雨来临之前的平静，幽深海底掩藏着汹涌的滔天巨浪，不知在什么时候会将他们一并吞噬。

可当下线索寥寥，他们处于被剧情推着走的状态，只能先答应陈露白的请求，跟她去陈府中看一看。

小姑娘闻言终于咧嘴笑了起来，不再是之前那张被抢了五百万彩票的脸："一言为定！我现在就带你们去看看那妖物！"

贺知洲见她神色缓和，为了挽回自己在 NPC 心里的形象，上前一步故作高深道："陈姑娘，我察觉到了一件十分重要的事情，恐怕其余人都未曾想过。"

陈露白还是有点儿怵他，百般不愿地回头看他一眼，听贺知洲沉声补充："家仆曾说，见到画魅把画皮放进井中清洗，那你们日常所用的水，岂不是——"

陈露白的脸色陡然一崩。

像倒塌的积木似的，迅速垮成一堆凌乱且疲厌的五官。

"姐姐。"她头皮发麻，强忍着恶心拉了拉郑薇绮衣袖，努力不去看他，"你们之所以下山，是不是为了除妖赚钱，给那位公子治疗脑疾？"

贺知洲："？"

这剧情不对吧。

她不应该夸他聪明又细心，然后说出那句经典台词，"华生你发现了盲点"吗？

被陈府大少爷拦在房门外，是宁宁意料之中的事情。

陈府不愧是书香门第，宅邸内采用了仿园林式设计，翠色浓浓，在雨雾中化成一团团破碎的碧玉，点缀于小桥流水、青瓦白墙之上。

一行人跟着陈露白大摇大摆地进了府，一路上听她絮絮叨叨："兄长对嫂嫂用情极深，自从爹爹趁他离家作了法，被他知晓后，他就一直守在嫂嫂身旁，不让别人靠近。"

小姑娘说着露出了愤愤然的神采："他怎么就不能听一听我们的话？要是真爱嫂嫂，就算觉得如今这个就是她本人，也应该为了确保万无一失，和我们一同查明真相。"

穿过一座石质小桥与葱茏竹林，整座府邸最为幽静的地方，便是大少爷陈摇光的居所。

院子里的竹叶被雨水打得噼啪响，与之一同响起的，还有陈露白大大咧咧的敲门声。

过了好一会儿，房门被人从里面打开。

宁宁似乎有些明白，为什么陈露白要坚定地认为自家兄长受到妖魔蛊惑了。

眼前的青年二十上下，原本生了副眉清目秀的好相貌，脸色却苍白得过分。一双眼睛里满含血丝，黑眼圈如同挂在眼底的墨团，还没开口说话，就先重重地咳了几声。

听闻来意，他更是一边剧烈咳嗽着，一边厉声斥道："胡说！我夫人怎么可能会是妖物！都是那些江湖骗子一派胡言，凭空污人清白！"

贺知洲对着宁宁说悄悄话："你觉不觉得，这人长得有点儿像那个，'我真的一滴都没有了'的熊猫头表情包。"

他态度强硬，惹得陈露白咬牙跺了跺脚："哥！"

"若是念及兄妹情谊，便不要再提此事。"

陈摇光站在门口，遮挡了屋子里的所有景象，只能闻见一股药香与檀香交织的味道。他说着狠狠瞪一眼站在最前面的贺知洲，语气不善："诸位请回吧。要想见我夫人，除非从我身上跨过去。"

一阵沉默。

播音腔般的男声再度响起。

"眼看大少爷如此坚定，众人不由得纷纷露出失望之色。看来今日注定无法一探究竟，只能另寻他法，先去城中搜寻一些信息，等来日——"

它说到这里，忽然愣了愣。

然后再也没发出任何声音。

一直没怎么说话的贺知洲突然上前一步，像只气势汹汹的大白鸭，与陈摇光四目相对。

然后在男人愤怒的目光下，他悠悠举起双手。

而陈摇光的眼睛，也睁得越来越大。

修道之人是可以凌空跃起的。

——只见他跟前那个素未谋面的陌生男子双手手指自然弯曲，拇指与食指相贴，做成极度妖娆的兰花指形状。

继而手腕相靠，顺时针开始旋转，并且慢慢加速。

这是个类似于挑衅的动作，仿佛是为了报复陈摇光恶劣的态度，他满脸都写着"我很高贵"。

而陈摇光不得不抬起头，看着那人的手腕转得越来越快，越来越快。

手心手背前后翻转之间，如同哆啦 A 梦的竹蜻蜓，带着身体也渐渐腾空而起，最终向上向前浮在空中，接着贺知洲双腿一蹬，径直越过他的身体。

居然还真就像陈摇光亲口所说的那样，从他身上跨了过去。

——这人有病吧！！！

“风起，一瞬惊心；兰开，一舞倾城。”

旁白不愧是人工智障，要论智障程度，它一直很可以。不知道是无法识别当前剧情，还是被贺知洲辣了眼睛，它一边发出咔嚓杂音，一边深情朗诵——

“多年以后，陈摇光站在老宅门前，准会想起见到贺知洲缓缓升天的那个遥远的下午。白衣翩翩，他舞动的轨迹是那样美，美得叫人心疼。”

陈摇光渐渐放弃表情管理。

神态如同世界名画——《哭泣的女人》。

宁宁目瞪口呆。

救命啊！贺师兄他摇着花手飞走啦！

“君子一言，驷马难追。”贺知洲稳稳落地，摆了个自认为帅气的姿势，朝陈摇光抱了抱拳，“多谢陈兄，那我就不客气了。”

旁白：“……”

旁白：“你快给我站住！这不是应该出现的剧情！！”

陈摇光恐怕怎么也不会想到，自己会在某一天，某个不经意的瞬间，以某种完完全全意想不到的方式，在大庭广众之下蒙受此等胯下之辱。

他年纪轻轻，却已经承受了太多太多。

宁宁与屋子里的贺知洲遥遥对望一眼，很有礼貌地询问陈家大少爷：“陈公子，你还需要我们每个人重复一遍刚才的动作吗？”

陈摇光：“……”

你们滚啊！需不需要重复一遍，难道你自己心里没点儿数吗！

但他好歹是个温文尔雅的读书人，竭力忍着哽在喉头的痛骂，扯了扯嘴角：“不用。”

然后他主动往身侧一偏，让出一条进入房间的通道，目光飘忽之间，落在那一把把尚未出鞘的长剑上。

很好，这群人腰间都别着剑。

原来这就是传说中的剑修，果然不同凡响，名不虚传。

宁宁道了谢，缓步走进跟前弥漫着药草气息的房屋。

屋子里没有点灯，在雾雨朦胧的天气里，便难免显得有几分昏暗。破门而入的雾缠绕着香炉里溢出的白烟，冷气氤氲，寂静无声，暗色悄然蔓延，凭空生出恍如梦境般的不真实感。

雕花木床覆盖下重重的漆黑影子，窗外竹影阑珊，从缝隙里偶尔落进几缕浅淡的微光，将床上的景象照亮。

她看见一个面色苍白的女人。

起初只是遥遥见到一张侧脸，在暗不见光的房屋里，那女子莹白的皮肤恍如美玉。

黑暗替她勾勒出云烟般散开的长发、笔挺小巧的鼻梁与单薄如纸的唇，饶是宁宁看了，也不由得心下一动，暗暗夸赞一声美人。

只可惜美人的脸色与她丈夫一样糟糕，与后者不同的是，陈家少夫人的面上弥漫着高烧般的红晕，如同将傍晚的落霞悄悄偷来，染在她的额头与脸庞。

陈露白告诉过他们，少夫人叫作“赵云落”，当真人如其名。

察觉到有人进屋，赵云落疲乏地睁开双眼，从枕头上微微抬起脑袋。

她的双眼因痛苦与乏力混浊一片，见不到丝毫生机，像是随意找了两颗纯黑色的玻璃珠拼装在脸上。

见到突然闯入的陌生人时，赵云落轻轻咳了一声，听不出什么情绪：“诸位可是前来降妖？”

赵云落表现得温和有礼，贺知洲便也收敛了之前吊儿郎当的模样，有些局促地笑了笑：“夫人想岔了。我们只是听闻府里常有怪事发生，便想着前来探查一番，看看有没有什么猫腻。”

“陈府里的猫腻，可不就是我吗？”她居然也不气恼，带了些许倦意地垂着长睫，“公子不必隐瞒，我心里有数。”

“此事尚无定论，我们并未认定少夫人便是妖物。”宁宁赶忙上前圆场，“只是如今流言四起，少夫人若是想洗清嫌疑，还请多加配合。”

陈摇光闻言大步走到床边，用身体将赵云落挡住，口气依旧不耐烦：“内人今日身体不适，恐怕无法为诸位提供线索。”

“无碍，夫君。”

没想到竟是赵云落本人接下他的话，勉强从床上撑起身子，靠坐在床头。她又咳了一声，颊边病态的嫣红更加明显：“早日解除误会也好。各位若有什么想知道的，便直言不讳问出来吧。”

赵云落如此配合，反倒出乎宁宁的意料。

身旁的陈露白轻哼一声，朝她讲悄悄话：“这妖精又在装无辜！她以为装作这副人畜无害的模样，就不会有人怀疑了吗？”

贺知洲没听见这番话，心里已经对这位温柔懂礼的年轻姑娘生出些许好感：“少夫人，你可曾夜半时分去井边？”

“我自小便怕黑。”赵云落捂着胸口轻轻蹙眉，语气因乏力而显得有些飘忽，

“这件事夫君也知道。我连夜里独自入睡都不敢，又怎会如传言里所说的那样，一个人去往井边？”

陈露白又是一声冷哼：“怕黑的是我嫂嫂，可不是你。”

贺知洲思忖片刻，又道：“那夫人又为何会在道长开坛作法后大病不起？”

这个问题引出一阵短暂的沉默。

赵云落面露难色，再开口时带了几分犹豫：“这件事我也不知。当日作法后，本来一切安然无恙，不料我却在夜里咯血而醒，从此——咯！从此病情越发严重，夫君亦患上了同样的病症，身体一天不如一天。”

“可是，”眼看床上的女人又咯出一口鲜血，贺知洲的语气软了许多，“少夫人，你近日有没有察觉身边有什么不对劲儿的地方？也许——”

“够了！”陈摇光轻轻为她拭去唇角血迹，瞪着贺知洲沉声道，“夫人生了重病，本就受不得打击，你却一而再，再而三地害她至此，究竟是何居心？！”

“你、你凶我干吗？”贺知洲梗着脖子板着脸，用最理直气壮的语气说出最㞞的话，“就算我当真害了你夫人，那你也应该去害我夫人，这样才能两清啊。冤有头，债有主，懂不懂？”

神他 × 冤有头，债有主。

这是哪个旮旯来的逻辑鬼才？

陈摇光气急败坏，实在不想再与此人有任何纠缠，当即下了逐客令：“内人身体欠佳，各位既然如愿见了她，就请回吧。”

他说得斩钉截铁，怀中的美人又实在娇弱不堪，哪怕是厚脸皮如贺知洲，也找不到什么借口继续留下。

满屋寂然之间，忽然自角落里响起一道清澈的少女声线。

只见宁宁上前几步，嘴角带着意味不明的浅笑，从储物袋中拿出一个小瓶：“贺师兄问完了，我这儿可还有一门法宝。下山之前师父特意交给我这瓶化妖水，声称将它涂抹于皮肤上，于人而言与凉水无异，但若是妖魔鬼怪触及它，便会有如烈火焚身，痛苦不堪。”

除了裴寂，一同进入浮屠塔的另外两人都露出十足困惑的神色。

这劳什子“化妖水”他们从未听闻，若是真有此等宝物，恐怕世上的捉妖师们得集体去喝西北风。

毕竟一遇到怪事便天女散花地洒上一瓶，不愁妖魔不现身。

陈摇光亦是露出了有些困惑的目光，不动声色地看向妻子，耳边传来宁宁悠然的声线：“化妖水十分珍惜，我滴上一滴在少夫人手背之上，看看她是何种反应，如何？”

赵云落与夫君对视一眼，似是下了某种决心，抿唇点头。

于是宁宁拿着瓶子走上前。

她行得很快，鼻尖闻到的药味越来越浓，一旁的白烟袅袅升起，遮掩住鸦黑色的长睫。

坐在床边的陈摇光忽然伸出右手，沉声道："内人不便与外人接触，涂药一事，还是由我来吧。"

宁宁点点头，把瓶子递给他。

就在两手交接的一瞬间——

许是被朦胧的烟气遮挡了视线，两人的动作竟出现了短暂的错位。

失之毫厘，差之千里，宁宁松开手时，陈摇光竟然尚未把瓶子握紧。白色的小圆瓶顺势滚落，瓶口有灰白色的液体一股脑儿地涌出，其中几滴溅在陈摇光手背上。

一声清脆的响声。

盛有化妖水的圆瓶骤然碎裂。

"陈公子！"宁宁大惊失色，"你没事儿吧？"

"这水只对妖魔有效，于我而言自然无碍。"陈摇光神色淡淡地将水渍拭去，看向地上的一片狼藉，"抱歉，化妖水恐怕……"

"没关系，师父说过，这是种于修道无益的捷径，这会儿摔碎了，或许是上天有意让我勤学苦练，不要总想着耍小聪明。"

宁宁倒是不怎么在意，俯身正要将碎裂的瓶身拾起，跟前忽然出现了另一只修长的手臂。

——裴寂不知什么时候走上前来，面无表情地帮她从化妖水中捡起圆瓶碎片。

化妖水的模样极为古怪，本身是一汪浅灰近白的液体，却好像开水般时刻沸腾着，鼓起一个又一个圆润的泡泡。

不愧是仙家秘宝，与凡间的寻常用水截然不同。

正如宁宁所说的那样，黑衣少年即便碰到了那些液体，也并没有丝毫神情波动，仿佛触碰的只不过是普通凉水，没有任何特别的地方。

"化妖水没了用处，看来只有从长计议。"宁宁抬眸看一眼裴寂，"那我们先行告退，还望二位多加保重。"

"气死我了、气死我了！"出了陈摇光的院落，刚来到迎客厅坐下，陈露白就开始不停地嚷嚷，"真不愧是成了精怪的妖女，居然把我哥骗得团团转！"

停了会儿，陈露白又瞪大眼睛看向宁宁："宁姑娘，依我看来，兄长他定是故意摔落你的化妖水——说不定他早就知道那是个妖怪，却一直护着她！”

“这也并非没有可能啊！”贺知洲恍然大悟，猛地喝下一大口茶，“你们看啊，他就算知道夫人很可能是妖物，也一直排除万难地护着她，不让任何人靠近，更不允许道士作法。这这这、这不摆明了告诉所有人，‘虽然我觉得她有问题，但我就是不会让你们来搅局伤害她’吗？”

话本贩子郑薇绮与他一拍即合：“原来如此！这妥妥是个人妖相恋的爱情故事啊！说不定打从一开始，与大少爷坠入爱河的就并非赵小姐，而是披着她画皮的画魅。人妖殊途，却历经艰难险阻终成眷属，没想到突然有一天画魅前去井边清洗，不小心被家仆发现了藏匿已久的真相。”

简直是修真版“肉丝与夹克”，就差陈老爷冷冷地递给女方一张钱庄的支票，面无表情地来上一句：“五百万灵石，离开我儿子。”

他们俩说得有来有回，陈露白听罢变了脸色，很有娇纵千金架势地狠狠一拍桌子。

“不成！就算他们真心相爱，那女人也不能留！你们不知道，除了我哥，爹爹和我的身体也是每况愈下，不但体虚，还十分嗜睡，再这样下去，整个陈家就全完了！”

这倒是大家都不知道的事情。

人妖殊途，注定不为世人所容，可怜可怜。

郑薇绮听罢敛了神色，带了些好奇地看向自家小师妹：“宁宁，你的化妖水究竟是个什么东西，我怎么从未听过？”

宁宁正在储物袋里翻找着什么，轻轻抬眸与她对视，虽然出声应答，却答非所问：“师姐，你们有没有想过，如果陈摇光当真知道画魅的真实身份，它又怎么会偷偷摸摸地去井边清洗画皮？”

简简单单一句话，便将他俩之前的长篇大论轰然推翻。

美好的爱情故事似乎已经成了不靠谱的泡沫云烟，郑薇绮还想听她继续分析，却见宁宁从储物袋里掏出一瓶伤药，朝身旁的裴寂勾勾手指：“手伸出来。”

裴寂抱着剑，闻言指尖微动，略有犹豫，随后僵直地把手伸出来。

看见他手心的模样，郑薇绮不由得倒吸一口冷气。

裴寂的手修长白皙、骨节分明，虽然遍布了练剑形成的老茧，却还是称得上好看。

只可惜如今的右手仿佛受了灼烧，泛起一片醒目的红，还有微微鼓起的水疱在少年人白玉般的手心之上，便显出几分狰狞来。

“看见化妖水的时候，我就觉得似曾相识。”贺知洲似乎想到什么，嘴巴圆圆地张开，“不会真是我想的那样吧？”

“就是你想的那样。”宁宁一只手拿着药瓶，另一只手的食指指尖蘸了药，轻轻地落在裴寂手心上，“$CaO+H_2O=Ca(OH)_2$。石灰遇水形成氢氧化钙，并持续放出剧烈的热量。”

她说罢顿了顿，指尖依次拂过裴寂的手心与指腹，声音低了一些：“你也猜到了？”

女孩的指尖柔软得不可思议，像棉花落在皮肤上，携着清清凉凉的药膏，很大程度上缓解了伤口灼热的剧痛。裴寂低头望着她白皙的手背，不知是痒还是疼，手指下意识地动了动。

然后他把视线挪开，看向另一边的桌面：“嗯。”

“如果只是石灰加水，不管是谁都会被烫到吧。”贺知洲摸了摸下巴，若有所思，“陈摇光却表现得轻轻松松，这岂不就证明他在刻意骗人？”

“陈府里的怪事，主要有三个疑点。”

宁宁擦完了药，习惯性地往裴寂手中吹了口冷气，惹得后者耳根一热，浑身僵硬地把手臂缩回。

承影恨铁不成钢：“你还行不行了，裴寂？就吹一口气而已，至于这么大反应吗？”

裴寂不想理它，面色不改地在心里回了句：“至于。”

“第一个疑点，之所以会传出‘少夫人是妖’的流言，是因为一名家仆深夜前往井边，目睹了她将画皮放入井中清洗。”

宁宁道：“但这未免也太过巧合了吧？先不说两人为何会那样碰巧地遇到，画魅作为一个深思熟虑想要取代原身的妖物，当真会犯下‘大摇大摆去井边褪下画皮，还被旁人无意窥见’这么低级的错误吗？”

“对哦。”

郑薇绮似懂非懂地点点头：“如果我是画魅，一定不会采用那么危险的法子。清洗画皮还不简单？等陈摇光出门后打一盆水，自己在房中就能解决。”

“不错。如果我们换个思路，将之前的推测一并舍弃，从另一个角度看问题——”宁宁顿了顿，杏眼中漾起一抹亮色，“要是画魅被那家仆发现并非偶然，而是有意为之呢？”

这回轮到贺知洲坐不住了：“有意而为之？图啥啊？生怕别人不知道她是个妖怪？”

哪知宁宁竟眯眼笑了笑：“如果你口中的这个‘她’是指少夫人，那的确如此。”

……想要让别人知道，少夫人是个妖怪？

“你是说，”他怔了怔，“有人想要嫁祸？”

“假设家仆所言不虚，那宅子里必然栖息着一个妖魔。至于那妖物究竟是谁，就要说到第二个疑点。”

宁宁说着望一眼裴寂，没想到对方也淡淡地看着她，于是勾唇笑笑，继续说：“根据裴寂的说法，画魅身披的画皮是按照原身一笔一画描绘而出。如果少夫人并未被替换，那画魅究竟是以怎样的身份与她接触，才能对她的模样烂熟于心，将她画得那么惟妙惟肖呢？”

“不、不会吧。”贺知洲终于露出了震惊的神色，“你是说……枕边人？”

——那岂不就是陈摇光吗？！

“第三个疑点，”宁宁比了个“三”的手势，言谈间不紧不慢，“虽然我们与陈摇光本人接触甚少，但从他妹妹陈露白的话里，还是能找到许多不对劲儿的地方。”

从宁宁出声说话起，陈露白的脸就惨白一片。此时她双唇上下颤抖个不停，听见自己的名字，更是下意识瑟缩地退了一步。

“对啊！有件事儿我纳闷了很久。陈姑娘说过，她兄长虽然极爱嫂嫂，出了这档子事儿后，却一直拒绝开坛作法，甚至杜绝了外人与赵云落的全部接触。”郑薇绮没做多想，脱口而出，“他难道就一点儿也不担心，如今的赵云落当真是妖物，而真正的夫人危在旦夕吗？”

“没错！”贺知洲附和着点头，“如果喜欢一个人，就算无条件信任她，可一旦得知她很可能身处危险境地，还是会想方设法地把一切调查清楚。”

两个名副其实的单身狗，在谈论爱与不爱的问题上，倒是思维敏捷、稳如老狗。

“正因为他心里有鬼，所以才带着夫人闭门不出。为什么谢绝家人探望，更不愿意让修道之人进屋调查？”宁宁抿唇笑笑，“表面上看起来，是不想让夫人的静养受到侵扰。可一旦掀开这层遮羞布，要是被谁不经意间发现，原来有问题的是他而非赵云落，那一切可就全完了。”

她说着顿了顿，喝了口桌上的龙井茶：“线索还不止这些。记得陈姑娘说过的一句话吗？她爹趁陈摇光不在家时，特意请来道长开坛作法，却并未发现府里有妖魔的行迹。”

这绝对是最有分量的实锤，简直是一句再明显不过的提示。

既然家中确有妖物，而道长却并未察觉任何蛛丝马迹——

贺知洲心头一惊：“正因为他不在……所以才没能找到妖魔行踪！”

郑薇绮面色微沉："还有之前贺师兄向少夫人问话，问到'有没有察觉身边有什么不对劲儿的地方'，陈摇光便火急火燎地打断了对话，或许……正是因为害怕少夫人提及他最近的异常，从而暴露身份。"

"也就是说，被画魅取代的并非赵云落，而是陈府里的大少爷陈摇光。"宁宁望一眼陈露白颓败的脸色，口中继续道，"画魅为祸一方，往往害得原身家破人亡。他先是幻化成陈摇光的模样，再绘制出一张与少夫人一模一样的面皮，把嫌疑尽数嫁祸给她。到时候赵云落百口莫辩，与陈老爷、陈姑娘一同被它汲取阳气、精疲力竭而死……

"到那时候陈家独剩他一人，哪里还有人能分辨出来，他根本不是真正的大少爷陈摇光？"

话音缓缓落地，在场所有人皆是后背一凉。

煞费苦心想要找寻的妖物竟一直都潜藏在身边，众人不久前还与它有过近距离的交谈。

对于病榻上的赵云落而言，恩爱有加的枕边人居然心怀不轨，看似对她百般呵护，实则每一步棋，都是在把她往死路上逼。

一想到近在咫尺的单薄皮肉之下，竟然隐藏着那样一副心机深沉、杀气腾腾的骨架，就让人难以抑制地头皮发麻。

"我本来只是怀疑，没有确切证据，于是趁着贺知洲吸引陈摇光注意力的时候，从储物袋里拿出石灰与水混合，并编造了所谓'化妖水'的谎言。"宁宁又喝了口水，"陈摇光身为画魅，必然不可能让我把化妖水用在赵云落身上——毕竟一旦证明她并非妖物，矛头就会转向府里的其他人，对于他来说大为不利。"

"所以你猜中他会故意摔破瓶子！你他——"郑薇绮把接下来的话吞回肚子里，斟酌一番词句，"你真是个人才啊，师妹！如果他心里没鬼，被灼烧后一定会立刻说出来，但要是有事儿瞒着我们，就会刻意表现得若无其事！"

宁宁点头："他以为自己凭借演技躲过一劫，其实是亲自踏进了陷阱里。为了让陈摇光相信那些水的确不会对凡人造成损害，我本来打算把瓶子捡起来，没想到裴寂他……"

她说着顿了顿，有些哭笑不得："谢谢啊。挺疼的吧？"

"小师弟居然看懂了宁宁的意图？"郑薇绮"哇"了一声，"这都能想到一起，你们还挺有缘的嘛。"

承影嘚瑟得不行："继续夸继续夸，我爱听。"

"不过画魅的这一招也太损了吧！"贺知洲很是愤愤不平，"害得好端端的一家人相互猜忌、彼此憎恶，他却一直假惺惺地扮演受害者角色。要是不被揭露，说不定哪天陈府被害得家破人亡，旁人还会觉得他是最可怜的那个。”

“这种食人骨血的魑魅魍魉，鲜少有良知存在的时候。”郑薇绮说着勾唇笑笑，扬声道，“你说是不是啊，陈公子？在门外偷听这么久，是时候进来休息休息了吧？”

陈露白脸上的震惊之色仍未退去，闻言迅速抬头，向门边望去。

木门被郑薇绮催动灵力轰然推开，站在门外的陈摇光面色铁青、双目血红，哪里还有半分儒雅随和的气质。

“看破又如何？”

陈摇光冷声笑笑，身体里竟发出骨骼摩擦时的干涩声响。那张披着的面皮如同被水浸泡的纸张，开始出现一条条上下起伏的褶皱，褶皱越来越长，越来越多，最终居然一半脱落下来，露出被画皮层层包裹的骨骼。

而他的声音亦变得非男非女，雌雄莫辨，比起人声，更像是金银铁器相互碰撞发出的刺耳杂音：“一群鼠辈！既然见了我的真身，那就别想离开！”

没想到画魅竟然直接亮出原形，众人皆是大骇。

那妖魔神态凶恶、杀气毕露，狠戾如炼狱修罗。在场几人的脑海中不约而同地划过同一个念头：“若是不能战胜他，今日必定死无葬身之——”

最后那个“地”字还没念完，旁白就又又又一次陷入了尴尬的死机状态。

它真的好气。

你们这群人能不能让它顺顺利利地把台词念完一遍？！

——只见原本端坐在桌前的黑衣少年突然起身，拔剑抬手之际，凛冽寒光刺破蒙蒙雨色。

裴寂速度很快，比起哧哧狂笑的画魅，周身凛冽的侵略性显得更加浓郁。

长剑出鞘，直指门外妖魔命门，带起凌厉如刀刃的缕缕剑风。画魅万万没想到这人的杀意比自己还恐怖，一时间变了脸色，由于来不及招架，只能仓皇向侧边闪躲。

而裴寂似乎早就料到了他的动作，伸出另一只手狠狠地扼住骷髅咽喉，将其不由分说地按在走廊旁的长柱上。

画魅好蒙。

明明按照陈露白的说法，这群人不过是小门小派出身，看一眼就知道没什么能耐，不过下山混口饭吃。

可现在是个什么情况？

他是谁，他在哪儿，他要怎么办？

“说。”裴寂的眉宇之间浸了杀意与冷色，声音同样冰凉，宛如真正的反派大 boss，只要稍有不顺心，便会一剑取他首级，“真正的陈摇光在哪里？”

旁白沉默了很久。

仿佛是为了挽回自己所剩不多的颜面，那道熟悉的男声再度响起。

“没想到裴寂竟然直接拔剑而起，画魅心中大骇！

“眼看那剑修神态凶恶、杀气毕露，狠戾如炼狱修罗。画魅脑海中忍不住划过一个念头：若是不能让他满意，今日必定死无葬身之地！”

画魅看上去挺跩，但其实就是只外强中干的纸老虎。用贺知洲的话来说，如果这玩意儿就是浮屠塔这一层的终极 boss，那他就当场把整座浮屠塔一口吃下去。

先排除贺知洲骗吃骗喝的可能性，从画魅被裴寂一击撂倒这件事儿来看，他估计的确是个小喽啰。

要是那么多金丹元婴的精英弟子都败在这骷髅架子手上，比起修仙问道，玄虚剑派还是更适合当场倒闭，弟子都滚去山下靠卖艺维持生计。

画魅被裴寂扼住咽喉动弹不得，一半的画皮落下来，露出内里阴森的白骨；另一半还湿漉漉地粘在身体上，不停地打着哆嗦。

他不敢做什么出格的动作，只有一双眼睛骨碌碌转来转去，把屋子里的陈露白吓得两眼一闭，差点儿昏死过去。

“想要救他？”顶着半张陈摇光面皮的骷髅浑身一抖，“我死也不会告诉你们！”

旁白已经半疯半癫，不太对劲儿，叹息着高声开口，字字铿锵有力，读出了视死如归、义薄云天的气魄。

“当落入魔头之手时，看着眼前那几张狰狞可怖的面孔，画魅便知自己已没了退路。

“可前方纵然是万丈深渊，他也要奋不顾身地闯！他是一个拥有忠诚信仰的妖，绝不会在严刑拷打之下透露半点儿情报！”

郑薇绮闻言冷冷勾唇：“死？我们自然不会杀你，只会让你生不如死。我这里还有不少折磨人的法子，不知你比较中意哪一个？”

她打量了一番画魅的脸色，又道：“别跟我说什么自尽。阁下一具骷髅，是想咬舌还是绝食？等你与我们多相处几日，保证能体会到什么叫‘每天都有新惊喜’。”

旁白瑟瑟发抖——

“这妖女竟如此心狠手辣！非人哉！”

它已经摸到门路了。

要想不被打脸，只要把以前反派角色出场的台词安在这群人身上，就保准没问题了啊！

“我、我还可以，”画魅的声音里已经带了点儿委屈巴巴的哭腔，“我还可以缩阳入腹，化肤为刃，杀死我自己！”

缩阳入腹，即使放在邪道里也称得上当之无愧的旁门左道，正派听后往往面红耳赤，不好意思多加询问。

谁料郑薇绮神色怜悯，欲言又止，半晌才犹豫道：“恕我直言，被针戳那么一下，也不会死人吧？”

画魅面如死灰，眼珠子向下，努力瞥一眼自己小腹的位置。

她怎么可以这么懂？

简直比他这个妖还通透。

这句话击溃了骷髅架子的最后一丝心理防线，以及身为雄性的自尊心。求生无路不是最可怕的，求死无门才是真正的绝望。

象征性地沉默片刻后，画魅终于有气无力地开口：“陈摇光被我藏在后山的一个山洞里。”

陈家大少爷最终有惊无险地被接回了家。被众人在山洞里找到时，他已经瘦得只剩下皮包骨，看来被吸取了不少阳气。

要是再稍微晚一些赶到，说不定见到的就不是陈摇光，而是一具医学系解剖素材。

病恹恹的赵云落着急见到丈夫，也跟着去了后山。

陈摇光见到她，犹如回光返照，从衣袖里掏出一颗心形的浅灰色石头：“夫人你看，这是我在山洞里所寻之物。一颗天然的石头心，经历了多少风沙和碰撞，才得以变成这个模样。但愿我与夫人的感情像这颗石头一样，坚固且经得起一切考验。”

赵云落感动得泪眼汪汪，与他两两相拥，直接把《午夜凶铃》变成一出轰轰烈烈的《蓝色生死恋》。看来爱情不仅能使男女双方盲目，还能让围观的吃瓜群众眼瞎。

真是有够肉麻。

画魅存了害人之心，被郑薇绮毫不犹豫地一剑除去。这起陈府里的怪事就此告一段落，陈老爷颇为感激，特意留四人在府里歇息几日，顺便吃顿庆功宴。

“诸位少侠有所不知，前几日连降大雨，通往县城以外的山道与栈桥皆被泥沙阻塞，一时半会儿没办法离开鹅城。”陈老爷是个长相富贵圆润的中年男人，一副与生俱来的好脾气，说话时一直都笑眯眯的，“不如先在我府中逗留几日，等山洪过去，再计划出城事宜。”

宁宁本来想说，其实他们可以御剑飞行。只要飞得够高，就算每一粒泥沙都在勇闯天涯，也奈何不了她。

但为了不脱离剧情，她还是在与郑薇绮对视一眼后点点头，低声应道：“那就多谢陈老爷了。”

绵延数日的阴雨天气悄无声息地落了幕，穹顶上久违地现出几缕明艳温暖的阳光。

陈府乃书香门第，一顿庆功宴做得精致却不奢华，色香味俱全，颇有几分百香荟萃的意思。

宁宁吃得乐不思蜀，听席上的陈老爷笑道：“这次多亏四位少侠鼎力相助，才助我陈家逃过一劫。”

他言罢笑得更欢，视线扫过贺知洲与裴寂：“我看诸位皆是一表人才，不知可有婚配？”

坐在他身旁的陈露白不乐意了：“爹！您怎么总爱乱点鸳鸯谱啊！”

陈摇光给夫人碗里添了菜，与画魅凶巴巴恶狠狠的模样不同，端的是一派翩翩少年郎模样，这会儿压低声音道：“对不住，若是冒犯各位，我代替爹向几位道个歉——他平日里最是操心妹妹的婚事，如今大概是说顺了嘴。”

“怎么，还不乐意？”陈老爷望着自家女儿，一本正经，“别看你如今不缺钱花，再有钱又有什么用？生不带来，死不带去，不如寻个夫郎，再生个孩子。”

陈露白不服气地嘟囔：“怎么，难道等我死了，还能把丈夫跟孩子带走啊？”

这一番话的逻辑无可辩驳，听得陈老爷那叫一个哑口无言，过了好一会儿，他才再度小声道：“你看你妹妹才多大，就已经能整天与同龄男子寸步不离，你不着急，爹爹和兄长都替你着急。”

陈露白彻底急了：“爹！月明她才六岁，天天跟一群小破孩在街上玩泥巴！您要我也去泥巴水里打滚吗？”

陈家的二小姐陈月明是个小豆丁，闻言不乐意了，木着小脸反驳：“我们不是在玩泥巴，是爹爹娘亲给孩子们做饭吃！”

陈老爷一乐：“你看，连月明都知道爹爹娘亲了！月明，你是爹爹还是娘亲啊？”

陈月明：“都不是。我是家里专门吃饭的旺财！”

——那不就是狗吗？

陈露白眼角一抽，终于停下低头扒饭的动作：“不行！我妹妹必须是老祖宗！谁让你当旺财，我明天就去揍他！”

她妹妹眼眶一红：“老祖宗早死了，姐姐，我还不想死，我想活着。”

“我看露白如今这样也挺好。”

赵云落离了食人阳气的画魅，终于不再像往日那般苍白如死灰。她生得美，这会儿淡淡勾起嘴角，笑靥映着薄薄霞光，有如神妃仙子。

赵云落道：“女子不一定非要倚仗夫家。露白与我们住在同一屋檐下，潇潇洒洒，无拘无束，还有亲人在旁多加照料，若是真许了出去，还要担心她会不会受委屈。”

陈露白欢呼雀跃：“嫂嫂真好！”

陈摇光看一眼妻子，无奈地笑笑：“你啊，就惯着她。”

这本是一派其乐融融的景象，宁宁吃着饭，却总觉得心里像堵了块石头，连呼吸都不怎么通畅。

画魅死后幻境并未结束，就说明剧情仍在继续。

但此时此刻陈府里和谐美满的景象完全与她想象中危机四伏的场面搭不着边，就像落在脏污下水道里的一朵水仙花，无论多么清雅出尘，都只会让人觉得诡异不堪。

吃完庆功宴，已至傍晚，性情外向的陈露白主动请缨，要带众人去鹅城里转转。

鹅城是个小县，地界算不上大。这名字虽然称不上风雅，城中景致却美不胜收，颇有几分江南水乡的风姿，小桥流水，岸边绿柳搔首弄姿。

“奇怪，鹅城……这名字我好像在哪里听过。”郑薇绮细细想了好一阵子，到头来也不过皱着眉道，“究竟是在哪儿呢？”

贺知洲刚买了串糖葫芦，吃得摇头晃脑：“或许郑师姐是吃鹅心切，脑子里记混了。”

陈露白显然与鹅城里的商贩混得挺熟，走在大街上，陆续有人扯开了嗓子招呼她。

这位陈家小姐居然也不摆架子，从诗词歌赋说到人生哲学，从铁匠家的老婆生了孩子到李家儿子考上了秀才，聊得比谁都带劲儿，说的话能汇集成半本《鹅城人物志》。

宁宁听得啧啧称奇，颇有兴致地四下张望，在一处被建筑阴影遮掩的巷道口，居然见到一抹熟悉的影子。

——陈家的二小姐陈月明正和一帮小孩聚在一起，把泥巴野草装进碗里来回搅拌。

他们叫嚷得大声，引得在场其他人也一并转过头去。陈露白虽然生性好动，但好歹存了几分身为千金小姐的矜持，终归不会在大庭广众之下玩泥巴，当即抚了额头："月明！"

与她长相有六分相似的陈月明抬起巴掌大的小脸，咧嘴笑笑："姐姐！"

瞥见她身后的四人，陈月明又无比嘚瑟地看向身旁几位小伙伴："快看！那就是来我家降妖除魔的仙人！"

然后毫无悬念地引出"哇"声一片，一群小孩叽叽喳喳地叫嚷开。

"哥哥姐姐会飞吗？"

"我想看舞剑！"

"仙人也喜欢吃糖葫芦吗？"

郑薇绮三番五次下山，早就深谙与小孩的相处之道，闻言淡笑一声，颇有世外高人宠辱不惊的气质："既然你们想看，那我就在此表演一番舞剑，如何？"

小豆芽们不约而同地发出一阵惊呼。

以郑薇绮元婴期的实力，自然不可能像平日里练剑那般拼尽全力。舞剑舞剑，有了这个"舞"字，就自然而然带了几分观赏性十足的表演。

只见长剑出鞘，斩断一缕绵延不绝的日光。剑式起，疾风现，白衫翻飞之间，剑影以行云流水的势态在半空中勾勒出游龙般俊逸的白光。

郑薇绮刻意收敛了大半力气，剑式比起应有的凌厉，多出些许肆意的随性与豪放，加之她身法极轻极快，寻常人只能瞧见上下不断翻飞的剑光，看不清一招一式的身形。

街道上有几团柳絮悠悠飘过，淡色的影子几乎与空气融为一体，飘忽不定之间，竟被剑刃精确无误地从中劈开，灵气轰然炸裂，使之碎裂成一丝丝蒲公英般的微小白絮。

郑薇绮舞罢，收剑入鞘，颇有自信地扬唇笑笑："如何？"

"我知道！"有小孩满眼小星星地举手，"姐姐在模仿瓜田月下刺猹！上上下下一戳一戳，好像啊！"

他身旁的小姑娘立马反驳："才不是！明明是猴子翻山！"

郑薇绮："……"

郑薇绮默默后退一步，面无表情，只想在豆腐上一头撞死。

郑薇绮的舞剑结束得并不十分安详，等她表演完毕，一群小孩的目光便一起凝聚在宁宁身上。

无论男女老少，都热衷于漂亮美好的人和事，宁宁的模样在鹅城中格外出挑，第一时间就吸引了小朋友们的注意力。

她被看得有些惶恐，心说钢琴小提琴这儿也没有，唱歌跳舞又实在羞耻，像个正常剑修那样舞剑吧，估计也逃不开与郑薇绮相同的命运。

他们看完后的台词她都想好了："哇！为什么有一条蛇在抽搐？"

或是："哇！一张在风里飘来飘去的床单！"

饶了她吧。

那群小孩看她的眼神里满是羡慕，宁宁不好意思推托，思索片刻，终于灵机一动，露出一个微笑："姐姐来给你们表演个绝活吧！"

以陈月明为首的豆芽菜们个个期待地瞪圆了眼睛。

然后他们看见那个十分漂亮的姐姐从腰间拔出长剑，把剑尖对准自己。

宁宁面色如常，甚至朝他们笑了一声："你们看好啦！"

没有一点点防备，也没有一丝顾虑，她就这样出现在熊孩子们的世界里，带来惊喜，情不自禁。

他们还只是孩子，却承受了与这个年龄段格格不入的视觉冲击。

但见那仙女姐姐神色一凝，面带微笑地一点点把长剑往自己嘴里推。

宁宁朝上咧了咧嘴角。

这，就是她的绝活。

好清纯、不做作，承载了中华五千年文明，在源远流长的历史里屹立不倒，既接地气，又能代表剑修一脉独有的技巧。只要它还在江湖，江湖就处处有它的传说。

——吞剑就是最厉害的！

她对自己的表演颇为满意，然而近在咫尺，从出生起连长剑都没怎么见过的小朋友们却并不这么想。

她的眼睛睁得那样圆，嘴张得那样大，宛如怪谈故事里索命的吊死鬼，目光还直勾勾地盯着他们看。

那样的表情，好像在明晃晃地宣告全世界："老娘刚才吞的是剑，等会儿就要开始生吃小孩。"

一旁的三位同门亦是神色各异。

长剑露在外面的部分越来越短，由于与宁宁面对着面，孩子们看不见她后脑勺的景象。但毫无疑问，她一定是被捅得头破血流，脑瓜变成血红血红的豆腐花。

他们到底做错了什么，才要被命运的大锤锤得如此七零八落？

巷子里的场景停顿了一瞬，有如电影卡顿。

随即响起"哇"的一片哭声。

贺知洲眼看局势不对，赶紧制止宁宁，往脸上堆了快要溢出来的笑，油腻程度能做出一桌满汉全席。

“我可是当过花魁的男人，”他压低声音，势在必得，“一定能把这群熊孩子哄好，别担心。”

这位出场总没好事儿，郑薇绮只觉得后背发凉。

小孩们哇哇大哭，犹如好几个聚在一起的抽水马桶嗡嗡直叫。

贺知洲笑容不改：“宝宝们不哭不哭，让大葛格来给你们唱歌歌。”

他没得到任何回应，却并不恼怒，而是摆好架势轻张嘴唇，从嗓子里发出一段熟悉的旋律。

“雪花飘飘，北风萧萧。天地、一片、苍茫——”

贺知洲卖艺不卖身，这是他的拿手曲目，每回表演完，台下人无一不是鼓掌喝彩、尖叫连连。

他唱得温情而投入，为了起到安慰熊孩子的作用，还动用灵力幻化出一片片鹅毛大小的光晕。

光晕洁白如雪，从他手中飘落，颇有几分艾莎建城堡的架势，坠落在地时，碎裂成宛如火星的耀眼白光。

结果孩子们哭得更厉害了。

有的被吓到满地吐口水。

有的手脚并用在地面上爬行。

有的把脸埋进土堆里，只剩下身体在不停瑟瑟发抖地扭动。

有街坊邻居听不下去了，大着嗓门喊：“巷子里的，在干吗呢？！”

陈月明上气不接下气，在一堆爬来爬去的孩子里，差点儿哭死过去：“姐姐杀死了自己，哥哥在给她烧纸钱、唱丧歌！”

作为一个很有偶像包袱的前任花魁，贺知洲很生气。

他不说男团中心出道，直接组建个乘风破浪的AKB84，也总该有酒吧驻场的水平。此时此刻这番演唱却被熊孩子称作“唱丧歌”，艾莎女王模仿秀更是惨遭滑铁卢，成了劳什子“烧纸钱”。

贺知洲觉得自己的职业能力受到了侮辱，这比别人嘲笑他剑术滥竽充数更加难以接受。

当然，这句话只能在背后悄悄说，要是被师门里的人知道，估计又得接受一顿爱的教育。

小破孩们哭哭啼啼，巷子里的哥哥姐姐知道杀害他们的三百六十五种方法，对于如何止哭，却显得格外一筹莫展无能为力。

两相僵持之间，竟是裴寂往前走了几步。

他虽然模样生得极为漂亮，平日里却总是阴沉着脸。这会儿他微微蹙着眉，薄唇抿成小刀般平直锋利的直线，再搭配上腰间的长剑，潜台词昭然若揭。

——天凉了，这群吵闹的熊孩子是时候没命了。

陈月明离他最近，被吓得双腿发软不敢动弹。本以为会有把明晃晃的长剑倏地捅破自己脑袋瓜，没想到对方却并无动作，而是压低音量，很轻地说了声："别哭了。"

是清朗悦耳的少年音。

她的眼泪还在哗啦啦流，泪眼蒙眬之间，居然看见跟前凶神恶煞的黑衣哥哥弯下腰来，递给她一个不知道是什么的小东西。

透过迷蒙的泪光，陈月明勉强看清那玩意儿的模样。

居然是一只用草编成的小蝴蝶，随着裴寂指尖微动，翅膀还能悠悠地上下扇动。

裴寂仍旧是面无表情的模样，似乎并不擅长安慰人，语气干涩得像颗石头："送给你。"

陈月明咬了咬牙，没动。

她她她、她才不会被这种便宜的小玩意儿收买呢！她可是鹅城县令家的二小姐，是这么轻而易举就会服软的人吗？

——虽然绿色的小蝴蝶的确挺可爱啦。

裴寂看她撇着嘴，也没开口说话，而是又从储物袋里拿出一个同样碧绿的小小物件，递到陈月明眼前。

那是只长相圆滚滚的草编青蛙，被他轻轻一摁，就噌的一下朝半空中跳去，俄而倏然下坠，又被少年人纤长的五指握在手中。

这下哪怕陈月明要面子，她周围的小孩们也闲不住了，一窝蜂地凑上前来看热闹。

熊孩子的喜怒哀乐来得快，去得更快，当即被裴寂吸引了全部注意力，任由鼻涕眼泪像一锅菜似的挂在脸上。

"方才那两个哥哥姐姐是变戏法逗你们的。"他耐着性子，把蝴蝶和青蛙分别放在两个小孩手上，"这是向你们赔罪的礼物，抱歉。"

其实裴寂的表情一直算不上多么温柔，但比起之前好似闰土刺猹的郑薇绮、分分钟生吃小孩的宁宁和人间油物贺知洲，勉强算是个正常的人形生物。

那句话怎么说来着？多亏同行衬托得好。

熊孩子们的心被吓得稀巴烂，急需一个心理寄托。裴寂表现得越是冷淡生硬，他们就越觉得这位大哥哥好可靠、好沉着、好清纯、不做作。

简直出淤泥而不染，更何况他还送来了新奇可爱的小礼物。

一群小孩终于止了哭，巷子口的哥哥姐姐表情却比哭更难看。

贺知洲满脸难以置信，指向自己的手微微颤抖："我这张帅脸能比裴寂还吓人？为什么、为什么？是我的《一剪梅》站得还不够高吗？"

郑薇绮满目挫败，神情恍惚："我居然输了？在逗小孩上输给了裴寂？我的剑法还不如那只青蛙？难道我真是只猴？"

这两位陷入了深深的自我怀疑，只有宁宁觉得新奇，上前走到裴寂身边："这是在街头买的，还是你自己做的？"

她的声音清婉柔软，像一团棉花蹭在耳膜。裴寂薄唇抿得更紧，像是有点儿躁，不乐意回答这个问题。

"哦——"宁宁拖长了余音，把声音压得很低，忍不住噙了几分笑意，"那就是自己做的啰。"

哇，男主到底有多少惊喜是她不知道的？

不但是个纯情至极的小学鸡蛋壳，还打架、做饭、手工样样精通，看那只小蝴蝶上下扑腾的翅膀——

说不定裴寂也有少女心啊！

裴寂把脑袋转到另一边，喉结上下滚动："幼时闲来无事，便学了这个。"

"笨啊，裴小寂！"承影又开始喋喋不休地进行恋爱教学，"怎么能承认是自己编的！你见过哪个剑道大能编草蝴蝶玩吗？"

裴寂有些不耐烦，骨子里还是带着少年人的傲："前人不会，我怎么就不能当第一个？"

承影被他噎了一下，又加快语速道："这你就不懂了。要讨小姑娘欢心，你得学会编故事——比如你某天走在大街上，见到一个卖草编玩具的女孩被抢匪欺负，说时迟，那时快，你健步如飞上前一剑取贼人首级，女孩为了感谢你，送了那两个小玩意儿当作礼物。"

它被自己的脑回路折服得啧啧赞叹："英雄救美惩恶扬善，多有纪念意义！"

"既然这么有纪念意义，还把别人的礼物转手相让？"裴寂暗暗嗤笑，末了想到什么，眉间隐隐浮起一丝薄戾，"更何况我不想讨谁欢心。"

承影呵呵："当初在迦兰城吃了宁宁买的糖，回到门派之后，也不知道是哪个脑袋进了水的剑修半夜偷偷摸摸起床，迎着月亮亲手做些小玩意儿，手上还被扎了几条口子。唉，我记得当时他在迦兰城受的伤还没好，那叫一个身残志坚。"

它说着喟叹一声，那叫一个凄凄惨惨戚戚："只可惜第二天没送出去——不就是看见贺师兄送了她一本失传已久的剑谱，至于吗？"

裴寂敛了怒气，轻轻按揉眉心："不过是觉得那些玩具不值一提，送了师姐也不会喜欢，与贺师兄无关。”

脑子里中年男人的声音瞬间乐了：“那你还说不想讨她欢心！露馅了吧，裴小寂！”

裴寂懒得再向它解释“讨好”与“答谢”之间的区别。

他向来不愿意亏欠别人，当初宁宁费尽心思送来糖果，他便存了送礼答谢的心思。

裴寂自打记事以来，似乎从没特意给旁人送过礼物，思来想去，总觉得胭脂水粉太俗，传世剑谱和神兵利器自己又没有，干脆亲手做些小玩意儿送给她。

那天承影苦口婆心劝了一夜，说“礼轻情意重”这句话早就行不通，他这样迟早打一辈子光棍。

裴寂对这番话嗤之以鼻，和它打了一整晚的辩论赛，谁也没说服谁。

结果第二天，他就碰巧见到贺知洲塞给宁宁一本剑谱孤本，用贺师兄的原话来说，是“为了买它，差点儿就被迫去卖身，清白不保”。

裴寂看看不远处两道谈笑风生的影子，又垂头望一眼自己的蝴蝶青蛙小鸭子，什么也没说，拖着满身的伤，一言不发地回了房间。

承影那天憋了很久也没说出一句话，最后半带犹豫地来了句：“其实吧，我觉得你的蝴蝶青蛙小鸭子也挺可爱的。我就很喜欢。”

于是这件事从此不了了之。

裴寂不说，宁宁也就自始至终不会知道，他曾经忍着在迦兰城一战中受的伤，在某个静谧的月夜满脸认真地为她准备小礼物。

他的心思单纯得不可思议，甚至带了点儿傻气，不过执拗这一点倒是没变，像根石头做的柱子——

那些小玩意儿裴寂连看一眼都不想，放在储物袋里一直没拿出来过，回房之后更是沉着脸，看了整整一天一夜的剑谱。

虽然一个字都没看进去就是了。

“想什么呢？”宁宁见自家小师弟不知为何出了神，踮起脚朝他打了个响指，一双圆圆的杏眼带着笑，一下子就撞进裴寂眼底，“青蛙和蝴蝶都很可爱啊！我以前怎么没听说你会做这个？怎么，怕我知道后把它们全抢走？”

她顿了顿，又道：“会做兔子吗？”

裴寂身形一僵，从喉咙里低低应了声：“嗯。”

小姑娘双目浑圆地“哇”了一声，他冷着脸，像变戏法似的，从储物袋里拿出一只圆滚滚的胖兔子。

宁宁如获至宝，道了谢后将它接过，一边捏兔子耳朵，一边抬头看他：“小师弟，你这个手艺外不外传？什么时候也教教我吧！”

承影老母鸡般疯狂地尖叫：“她喜欢！裴寂你看见了吗，她喜欢！宁宁收到贺知洲那本剑谱的时候有笑得这么开心吗？裴寂你就是最棒的！”

承影把贺知洲当作头号敌手，奈何他没出息的程度远超常人想象，这会儿觍着脸笑个不停：“小师弟，你有鸟吗？我想玩玩鸟。”

旁白不愧是人工智障，闻言立马发出一阵嘎吱嘎吱的杂音。

旁白——

“检测到闯塔者有不良言行，将在哔声后发出严厉警告。请诸位端正态度，浮屠塔并非法外之地。”

郑薇绮满脸震惊地望着他，然后眼睁睁看着贺知洲从裴寂手里接过小鸟，俯身把玩具递给孩子们——

当然，递过去的并非那只鸟。

而是他不久前硬生生从熊孩子手里抢来的小蝴蝶。

一群孩子怒目圆瞪，敢怒不敢言。

陈露白从未见过如此厚颜无耻、竟和小孩争抢玩具之人，沉默许久，勉强出了声：“诸位不愧是修道之人，果然不同凡响。”

她话音刚落，忽然听见身后传来一阵噔噔脚步声，回头一望，竟是陈府家丁。

男人气喘吁吁，想必已奔波多时，见到众人后如释重负，一边喘息一边喊：“大小姐，不、不好了！府里出事了！”

陈府的确出了大事。

少夫人赵云落一睡不醒，无论旁人怎样出声或拍打，都再没有睁开眼睛。

听说她本来只是与陈摇光午间小憩，没想到等陈大少爷醒来，居然发现自家夫人面色苍白、眉头紧锁，浑身冰凉僵硬如铁块，尝试着叫她名姓或触碰肩膀，都得不到丝毫回应。

陈摇光大骇，赶忙遣了家仆找寻宁宁等人。陈露白被她爹唤去别处，四人走进房中，第一眼便见到他通红的眼眶。

“诸位少侠，救救我夫人吧！”

陈摇光长了副温文尔雅、俊秀高挑的模样，本该是个清风霁月的翩翩少年郎，可惜在被画魅囚禁后消瘦许多，如今更是忧心忡忡地急红了双眼，乍一看去总带了那么点儿落魄又可怜兮兮的意思，实在不像是个锦衣玉食的富家子弟。

看来这对夫妻的关系当真挺好。

只是运气不太好，别人是你挑水来我种田，这两位则是你受苦来我中邪，倒霉他妈给倒霉开门，倒霉到家了。

郑薇绮对妖魔种类了解得最多，在来的路上听罢家仆叙述，心中便已经有了数。

她收敛神色上前几步，只不过淡淡望一眼床上躺着的赵云落，就露出了“果然不出所料”的表情。

“是夜魇。”郑薇绮正色道，“这种妖以梦境和神识为食，一旦被夜魇附身，便会受到无穷尽的噩梦之苦，在不断的死亡与轮回中迷失意识，最终被吸干最后一丝精元，于睡梦中死去。”

玄虚剑派大师姐当然不可能是个干啥啥不行，偷懒第一名的草包，通常情况下都极为靠谱，此时也不例外。

她说着扬唇笑笑，颇有几分世外高人的风范：“这种妖不难解决。只要我将神识探入少夫人意识之中，并对它加以驱逐，夜魇便会自行离开。”

陈摇光听得连连点头，也不敢多说什么，乖乖偏过身子，后退几步：“那就多谢姑娘。”

今日阳光晴朗，室内景象不似上回所见的那般阴郁昏沉。

日光下泻，穿过大开着的木窗悠悠前行，行至赵云落精致的脸颊，便停了脚步，为她晕染出一分温柔的亮色。

只可惜，少夫人如今的情形与这番景致实在格格不入。

她一直在做噩梦，不过短短一段时间，就被折磨得面色发青、呼吸急促，眼底还有干涸的泪痕。郑薇绮不忍心看她这副模样，垂眸默念口诀，调动神识。

识海中源源不绝的气息滚动如潮，每一个角落都蕴藏着无比深厚且浓郁的灵力。一缕神识飘忽而起，无形亦无踪，却被她牢牢掌控，逐渐靠近床上的赵云落。

不知怎的，郑薇绮的表情陡然一怔。

“奇怪。”她没有多余动作，过了好一会儿，才愣怔着睁开双眼，颇为困惑地出声，“我的神识……无法感知到少夫人。”

要知道，不仅是人，连妖魔鬼怪都能与修道之人的神识产生共鸣。要说世上有什么无法被感知，唯有那些不具备意识的死物，例如桌椅茶碗、日光雨露。

赵云落显然不属于其中之一。

此言一出，在场众人皆是心生疑惑，贺知洲挠挠头，用传音入密讲悄悄话：“你们说，会不会因为浮屠塔里的一切都是幻境，他们作为幻境里虚构出来的人，所以才没有魂魄？”

这就比较尴尬了。

郑薇绮不久前还信誓旦旦地声称“不难解决”，结果自己却连夜魇的边都碰不到，更不用说让赵云落醒来，给陈摇光一个交代。

这个理由听上去的确有几分道理，宁宁思忖片刻，却皱了眉：“但如果真是如此，浮屠塔安排赵云落被魇住的目的是什么？这一层难度极大，每一段剧情里应该都藏着线索吧？”

“无法感知？”陈摇光面色煞白，“怎会如此？”

郑薇绮自然不可能脱口而出“因为你们都是幻境里的纸片人”，为了保全颜面，让场面不至于太过尴尬，只得先尝试转移话题：“我也不清楚此中缘由——不知陈公子对于夫人被魇住一事，可有什么线索？”

陈摇光的眉宇间蔓延出一抹恐惧之色，语气飘忽：“要说相关的事儿……不久前一名道长云游路过此地，断言鹅城风水有异，今年六月初五必定妖门大开，为祸一方。他无凭无据，加之衣衫褴褛，我们只当是胡言乱语，没想到近日城中怪事一件接着一件，恐怕那老道所言不假。”

他说着想到什么，眼睛里的血丝越发浓郁：“六月初五，那不就是明日吗？”

宁宁没说话，细细听他继续讲。

“我听闻诸位随时会走，但如今鹅城遭此劫难，若是没有你们——”

这话里的挽留之意再明显不过，该配合他演出的郑薇绮没有视而不见，而是故作正色应道：“陈公子莫要担心，我等必竭尽全力击退妖魔，护鹅城百姓安全。”

陈摇光赶紧点头：“摇光先行谢过各位，大恩大德，此生难忘。”

顿了顿，陈摇光又道：“内子……”

还真是三句话不离老婆。

郑薇绮识趣地接话：“我们定会想办法。”

陈摇光的表情这才总算有所缓和。

虽说“会想办法”，但众人都无法与幻境中的假人沟通神识，后来试了试一旁的陈摇光，同样没有得到任何回应。

看来幻境与现实的确有壁，往后究竟能不能让赵云落醒来，还得看剧情发展。

陈露白姗姗来迟，满面惊惶地留在房中照看嫂嫂，其余人则各怀心思地从屋里出来。

眼看宁宁还是板着脸皱着眉，贺知洲拿传音悄悄戳她：“怎么，我们的少年宁青天有话想说？”

“我就是觉得，多少有些奇怪。”

宁宁踢飞路上的一颗石子，没用传音："从最开始陈露白在街边刻意引起我们注意，到后来的山洪、画魅和夜魇，好像每当我们要从这个地方离开，都会被新的事情强迫着留下来。"

她想了想，声音很轻："还有那什么'六月初五必定妖门大开'，如果真有这回事儿，为什么不从一开始就告诉我们，而是拖到这个时候？跟临时编造似的。更何况——"

"更何况，你还是觉得无法动用神识这件事儿说不通。"郑薇绮眉眼弯弯地垂眸睨她，眼尾是漫不经心的笑，"就算一切都是他们的计，整个陈府的人都心怀鬼胎，那又如何？什么'六月初五必定妖门大开'，那些妖魔鬼怪出来一个，只要剑在手上，我们就能打回去一个。"

如今疑窦丛生，他们却完全处于被动的状态，没有任何可以主动出击的机会，于是关于这件事情的讨论不得不到此为止。

按照郑薇绮的话来说，是"等到午夜，出事就打，就算打不过，大不了被踢出浮屠塔再来一遭"。

真是非常有大师姐的作风。

一行人决定养精蓄锐，静候第二日的到来。宁宁闲来无事，一颗心总是悬在胸口，便独自离了房，在陈府中散步。

不久前的雨水散尽，却还残留着凉丝丝的水汽，氤氲在园林里的翠竹与青草之间，放眼望去是能掐出水的碧色，偶有鸟鸣应和着潺潺水声，一派宁静好风光。

她漫无目的地走了半晌，在池塘旁边的凉亭里见到一个熟悉的小姑娘的背影。

陈露白正懒洋洋地坐在环形长凳上，倚靠栏杆，侧着身子，一动不动地盯着水面看。大概是察觉到有人靠近，她倏地转过脑袋，嘴角仍保持着向下撇的状态。

"陈姑娘。"宁宁笑笑，"心情不好？"

"也不算吧。"陈露白终归是个小姑娘，脸上藏不住心思，听见宁宁的话，神色阴沉几分，颇有些气恼的意思，"只是我爹又在给我物色婆家——他就这么着急把我嫁出去吗？"

宁宁跟她一同坐在长凳上，趴在栏杆前端详一池碧绿水色："陈姑娘不想出嫁吗？"

"我才不想嫁人呢。"陈露白往池塘里扔了颗石子，左手撑着腮帮子，托起软软的一团肉来，"嫁人有什么好的？"

小石子落在波澜不惊的水面上，涟漪便一圈圈荡漾开来。女孩白净的倒影倏然破碎，在池塘里聚拢又散开，光影交叠间，有条红色的金鱼晃着尾巴游过，倏然又远远游去。

“陈府里可要快活多了。”陈露白的语气我行我素，一眼就能看出来，是个天真任性的千金大小姐，“爹爹虽然总催我成亲，但我的所有要求他都不会拒绝，还说明年生辰的时候，要送我一件绝对意想不到的大礼。

“兄长嫂嫂总是黏在一起真的很肉麻，但他们都对我特别特别好，嫂嫂不久前还送了我一幅小像。我以后也要跟着她学画画，如果老了还是嫁不出去，就卖些字画赚钱。”

她顿了顿，又一本正经地继续说：“月明看上去像个假小子，其实特别听我的话，毕竟是被我看着长大的嘛。还有府里的春媚、夏清、秋香、冬瑞姐姐，大家都可好啦！我一个也舍不得。”

宁宁只是笑道：“那的确叫人不愿离开。”

“对吧！我——”

陈露白好不容易找到了赞同自己的人，眼睛一下子就明晃晃地亮起来。然而她还没说完一句话，就被不远处的一道惊呼打断。

呼救的家仆宁宁从未见过，听声音亦是极为陌生，只听见那嗓音带了哭腔，飙得老高：“救命啊！马、马厩里的马全疯啦！”

万物有灵，正如同许多动物能提前感应到地震一样，如果妖魔气息过于浓郁，也会致使家禽受惊。

浮屠塔坑人很有一手，塔层越高，妖魔的气息就越是难以察觉，美其名曰“精通隐匿行踪与藏匿气息的邪修越来越多，弟子们理应学会与时俱进，用心感受，用爱发现”。

简而言之，人不如马。

等宁宁与陈露白赶到马厩前，周围已经聚集了不少人，其中就有她的师兄师姐，贺知洲和郑薇绮。

一匹匹马状若癫狂，不停地从嗓子里挤出刺耳的嘶吼，像是找不到方向的陀螺，横冲直撞，场面一片混乱。

郑薇绮抬手拔剑，气势汹汹地往前走，剑光所及之处，马匹皆伤痕累累地颓然倒下。

她正要处理最后一匹，一众家仆拼命拦下，撕心裂肺地叫嚷：“姑娘使不得，那是价值千金的名马啊！”

“宁宁！”吃瓜群众贺知洲见到宁宁，大大咧咧地笑笑，继而敛了神色沉声道，“这些马应该是被妖气侵染，迷了神志。不过你说，要想让它们疯成这样，得是多么恐怖的妖气啊——那妖门不是还没开吗？”

他话音刚落，耳旁就响起郑薇绮的声音：“有谁会骑马？”

他再抬眼看去，才发现大师姐骂骂咧咧地收回了剑，竟纵身一跃跳到马背之上，费力地勒紧缰绳。

她自幼修仙问道，出行皆是御剑飞行，不知多少年没碰过马匹，已经把骑马驯马的方式忘了个一干二净。

周围尽是家仆丫鬟，哪里有人敢上前帮忙，千金小姐陈露白目睹马儿们血流成河的景象，更是白眼一翻，险些昏倒。

一番僵持之下，突然有道熟悉的中年男音同时在三人耳边响起。

“贺知洲与宁宁看着眼前景象，竟不约而同地想起了自己曾经骑在马背上，肆意驰骋的场景。”

旁白颇具智能性，能够抓取当事人的心理活动，并进行实时播报。被指名道姓的两人皆是一愣，旁白所言不假，他们的确在回想自己骑马的经历，不过——

“我只骑过一次，而且……”

“我只骑过一次，但是……”

两人尴尬相望之间，话没说完，就遭郑薇绮横插一脚：“贺知洲，是男人就给我上马！”

贺知洲无语凝噎。

当年他在《是男人就下一百层》的小游戏里，第五层就没了命，早就不是个男人了。

但如今形势危急，那匹比他还贵的马疯得厉害，三番五次要将郑薇绮甩开。要是他不上前帮一帮，大师姐可能连半夜都还没熬到，就“创业未半而中道崩殂”了。

至于骑马，他没见过猪跑，好歹也吃过猪肉，古装电视剧看了那么多，骑马的姿势还学不会吗？

什么叫天降使命，什么叫最后的救星！

贺知洲丹田用力，大喊一声：“师姐别急，我来了！”

他说罢纵身跃起，用当初骑小电驴的姿势，先把左脚放在马镫之上，然后右腿凌空抬起，抡一个大圈，从后面往前一跨。

那动作，简直自然顺畅、虎虎生风，任谁看了都要尊称一声“电驴王子”。

不知为何，却听见身后传来一阵闷哼，紧接着是什么东西重重落地的声音。

以及，他的右腿往后抡时，好像碰到了什么东西。

贺知洲的笑容僵在脸上。

他听见宁宁惊慌失措地叫了声："师姐——！"

他单身惯了，从来没有仔细想过，原来做这套动作时，身后是不能坐人的。

因为右腿往后一抬，首先碰到的绝不是马鞍，而是后面那人的身体，一个扫堂腿过去的那种。

——救命啊！大师姐没被马摔下去，被他一脚直接抡下去啦！

旁白那厮绝对在憋笑，用一本正经的语气深情朗诵——

"她跳了，她跳了！来自玄虚剑派的郑薇绮在师弟协助下后空翻直接跳离了马背！

"一段短暂平移后，但见一个高难度空中转体全旋，再接一个分腿侧空翻——

"漂亮！摊大饼状完美落地！这简直不是人可以做到的操作，让我们恭喜郑薇绮和她的师弟贺知洲！他们真的做到了！同门情谊，感人至深！

"她翩翩坠落，如落花，似落蝶。郑薇绮的离去，是大地的追求，还是贺知洲的不挽留？情已殇，爱已忘，这场禁忌游戏，他们都是输家。"

贺知洲：滚啊！你有病吧！！！

他真想回头看一眼郑薇绮，顺便破口大骂无良旁白。偏偏身下的千金宝马不给机会，本来就疯疯癫癫，如今受了郑薇绮坠马的惊扰，就更像只脱了缰的疯狗，嘶吼着跳来跳去。

原来这马还能变异成青蛙，有钱人的世界，他真的想象不到。

贺知洲以前虽然穷了点儿，但至少过得开开心心。

现在是不仅穷，还不开心。

那马蹦蹦跳跳的模样都能去演《小跳蛙》的音乐短片，有家仆看不下去，痛心疾首地大喊："公子，你快勒马！"

贺知洲被颠来颠去，几乎变成了一堆靠在马背上不断扭动的橡皮泥，声音亦是抖成打桩机，一字一颤，宛如报丧，惨得不行："我……呃呃呃——我——不——快——乐——鹅欸鹅——"

旁白彻底放飞自我，循环播放起之前贺知洲在小巷里唱的那首"雪花飘飘，北风萧萧"，悠扬婉转，好不应景——

"少年侠士，白衣骏马，端的是俊逸非凡，引无数闺中小姐竞折腰。"

郑薇绮"哭"得好大声："哈哈哈，师弟，你好惨啊，哈哈哈！"

最后还是陈露白看不下去了，一边哭一边叫："把那马杀了吧，快杀了吧！贺公子都快不像个人了！"

这真是个大慈大悲的女菩萨，为了一坨只值一千灵石不到的肉，放弃了另一坨价值千金的肉。

千金宝马最终被宁宁一剑斩杀，郑薇绮好歹是个元婴修士，被同门师弟一脚从马背上踹下去，也不过受了点儿轻伤。

等罪马得诛，郑薇绮便和宁宁一同走上前，冷眼看着神色恍惚的贺知洲。

“宁宁啊。”他躺在马尸上，仿佛进入了无欲无求的贤者时间，极其干涩地勾起嘴角，“骑马真有意思，你骑的那次，一定也是印象深刻吧。”

“我那天和朋友骑着马你追我赶，等下了马，她跟我说，”宁宁长太息以掩涕兮，哀知洲之多艰，“她说，旋转木马真好玩啊。”

她不忍直视他满面沧桑的模样，垂眸别开视线：“你应该也是这样的吧？”

“不不不，不是旋转木马。你一定想象不到，我也有过肆意驰骋的时候。”贺知洲的神情越发迷离，喉咙像被什么人掐着似的，飘飘忽忽抖个不停，“那是大三上学期，我刚一上马，那马就开始不停地叫。它对我说——”

一旁的郑薇绮皱起眉头，很是不解。

马怎么能说话呢？

贺师弟难道摔坏了脑子？

宁宁放轻呼吸，看他双眼圆瞪，好像随时都会鼓胀着跳出眼眶。

贺知洲整个人宛如处在弥留之际，颤抖着说出最后一句话，气若游丝：“它说，爸爸的爸爸叫爷爷，爸爸的妈妈叫奶奶……”

宁宁：“……”

哦，原来是超市门口摆着的电动玩具马。

——那你一个成年大男人在上面还真是肆意驰骋啊！！！

马没了，陈露白跟黛玉葬花似的哀哀怨怨哭个不停，就差在大庭广众之下脱口而出一首《葬马吟》。

贺知洲与郑薇绮都是修道之人，不说达到了钢筋铁骨的程度，抗压抗揍的能力终归要比普通人优秀许多。

这回一前一后从马背上摔下来，除了贺知洲脆弱的小心脏受到严重伤害，其余并无大碍。

闻讯赶来的陈老爷痛心疾首，直晃脑袋，眼泪不争气地从嘴角落下来：“今晚咱们就吃马肉大宴吧！”

宁宁带着两个神情如奔丧的伤患回到客房，还没进屋，就望见裴寂的影子。

“小师姐，”他神色淡淡地将三人打量一番，最终将目光定格在宁宁身上，“打听到线索了。”

郑薇绮被旁白的那段坠马点评害得羞愤欲死，闻言好不容易又有了一些活力，两眼发亮地抬起脑袋："还是小师弟靠谱！求某位贺姓野人学学吧！"

贺知洲脸皮比城墙厚，没有理会她的拉踩，也顺势接话："什么线索？"

问完了，他又火急火燎地补充："裴师弟你不知道，方才马厩里的马全疯了，我和大师姐拼了命才把混乱平息。据我推断，陈府里应该藏着实力非常强横的妖物，否则它们不会有那么大反应。"

宁宁笑了笑："我们去房里慢慢说吧。"

虽然当初在陈摇光的房门前，他们经过一番讨论，最终打算守株待兔，静候子时妖门大开，届时再拔剑迎战——

但那只不过是明面上说说而已。

剑修虽然鲁莽，但绝大多数也是长了脑子的。

既然早就知道这层塔难度极高，要是还像青蛙一样戳一次动一下，那他们今晚除了吃马肉，或许还能把自己的脑袋摘下来炒一炒。

——反正留着也没太大用处，不如用来填饱肚子。

那时贺知洲用传音入密调侃了宁宁"宁青天"，她回答时，却直接发出了声音。

原因无他，正是为了让很可能在暗中监视的幕后黑手闻言放松警惕，减少对他们的防备。

——与此同时，她利用传音告诉其余人自己真正的思路。

"什么？幕后黑手暗中监视？"贺知洲听罢一头雾水，"谁是幕后黑手？"

郑薇绮伸了个懒腰，加入传音群聊："大概率是陈露白。"

裴寂点点头。

贺知洲："？"

等等，你们这群人真的没有暗中私聊吗？为什么现在的情形就跟他当年上数学课一样，本来大家都是相同的起跑线，等他把眼睛一闭一睁，就什么也听不懂了？

"我一直很在意，如果浮屠塔内无法探究神识，那为什么要安排一个赵云落被魇住的剧情？岂不是让我们眼睁睁看着她死掉却无能为力？"宁宁道，"这完全是无意义情节，完全可以摒弃不谈。换个角度想，如果问题并非出在浮屠塔，而是赵云落自己身上呢？"

三人都没有出声，安静地听她继续说："试想，有个东西长得与人一模一样，能动能笑能说话，就是没有神识。她当然不是桌椅一类的死物，除此之外，只有一种可能性。"

裴寂破天荒地接了话："幻觉。"

这两个字一出来，就惹得贺知洲一阵苦笑：“可宁宁之前不是分析过，问题不是出在浮屠塔——”

话说到这里，他便整个人陡然愣住。

如果说……陈府里的幻觉并非来自浮屠塔，而是幻境之内的另一场幻境呢？

“浮屠塔滋养天地灵气、实力雄厚至极，所谓做戏做全套，哪怕是造出的幻境，其中角色应该也会被赋予虚幻的神识——寻常妖物可远远达不到这种水平。”

宁宁想了一会儿，又正色道：“你们还记不记得？当时我们和陈露白一起回来，刚到大门口，她就被陈老爷叫走了。儿媳危在旦夕，父亲却把小女儿叫到一旁唠叨别的事情，怎么想都不正常。

“而且我们一告辞，陈露白就来房里看望她嫂嫂，未免太过巧合。”

郑薇绮听罢点点头：“或许她早就知道幻境里的假人不存在神识，也猜出我们一旦感知不到赵云落，就会在其他人身上继续尝试感应。如果她是整场幻境的制造者，神识应该能为我们所察觉，那样一来，所有谎言就不攻自破。”

贺知洲重重地“哦”了一声：“所以她才会在那时候故意离开，等我们出了房间，再来探查情况。”

他向来不爱动脑子，这会儿不可避免地化身为好奇宝宝：“但我有个地方不明白。如果幻境是由陈露白所造，那她大可不必用上夜魇，这玩意儿太容易让她暴露，换成别的妖物不是更好？”

这句话把郑薇绮也难住了。

对啊，设定一出夜魇附身的戏码，故意让赵云落没有神识的事情暴露——

陈露白图什么？

“应该和幻境的制造难度有关。”一片沉默间，竟是裴寂出了声，“我看过一些与此相关的书，书里声称布置幻境需要耗费极多灵力，寻常妖物无法承担，更何况鹅城面积不小，要想面面俱到，难度很高。”

这位在学宫里一直名列前茅，此时淡淡开口，轻而易举就秒杀了郑薇绮与贺知洲两个学渣。

宁宁还是头一回听到这种事情，带了几分新奇地抬眸看他，又听裴寂道：“这种情况下，最便捷的方法就是动用记忆，将幻术与回忆融合在一起，大幅减轻场景构建的难度。所以我们如今见到的景象，应该都是被陈露白记在脑子里，曾在鹅城真切发生过的事。”

所以陈府乃至鹅城里的所有人，陈摇光被画魅袭击、赵云落遭夜魇附体，甚至陈月明街边玩泥巴，都真实存在过。

“等等、等等，要是我们身边的一切都是回忆，那如今真正的鹅城——”贺知洲顿了顿，恍然大悟，“我明白了！你们还记得妖门大开那件事儿吗？说不定鹅城当真遭了劫难，陈露白思家心切，便造出这场幻境，睹物思人。”

这似乎是如今最有说服力的解释。

可宁宁总觉得哪里不对劲儿，比如——

“若是这样，陈露白将我们留在此地用意何在？她一个普普通通的小姑娘，又为何能有制造幻境的力量？”

裴寂冷声开口，语气听不出起伏：“最重要的是，如果幕后黑手当真只有她，这层浮屠塔又为何会被认为是极为困难的？只需要将她斩杀就能解决的事情，能让那样多的前辈为难吗？”

贺知洲愣愣地看着他，然后十分感动地对宁宁说：“裴寂不会也是个假人吧？他真能一口气讲这么多话？”

“不管怎样，这层塔里仍然有许多疑点。”郑薇绮按揉着眉心，“不如这样，我们先让一个人暗中调查鹅城里的猫腻，其余人留在陈府中降低陈露白的戒心。那人应该要离群索居，沉默寡言，就算没和我们待在一起，也不会让她起疑，你们推荐谁去？”

贺知洲沉默了片刻。

贺知洲说：“师姐，想支使裴寂就直说，真的不用按照他来找形容词。”

于是时间回到现在。

马厩风波有惊无险地过去，四人坐在裴寂房中，听他今日的收获。

“我总共发现三件事。”裴寂说，“其一，鹅城四周如有结界，御剑飞行一段距离，便无法继续往前。”

宁宁坐在椅子上，撑着腮帮子看他。

“……其二，”黑衣少年不动声色地垂下长睫，喉结微微一动，“城中百姓说，陈露白有些不对劲儿。”

承影诡异地嘿嘿笑了两声：“说正经事儿呢，怎么还害羞上了？嘻嘻嘻。她看你，你也就回看她呗。”

裴寂眉间闪过一丝愠色，语气仍旧波澜不惊：“传言有家仆曾在夜里见到她独自前往陈府后院，对着一棵老槐树自言自语。十分怪异的是，她当时分明背对着家仆，却不知怎的忽然转身，直直望向那人所在的方向。”

三更半夜，月黑风高。

你见到一个小女孩晃晃悠悠地去了人迹罕至的后院，还对着棵老树讲话，这本来就已经够吓人了，结果她还冷不丁地转过头，就那样直勾勾地盯着你看。

贺知洲听得头皮发麻，身旁的郑薇绮道：“槐树被称作树中之鬼，极易长成精怪，并夺取他人躯壳，为自身所用。”

她迟疑片刻，又低声补充：“莫非如今在我们眼前的陈露白亦非本人，而是由槐鬼幻化所成？这样一来，就能解释她一介凡人，为何会创造出这般幻境。”

“这陈府怎么回事儿啊？”贺知洲打了个冷战，颇有些嫌弃地四下打量一番，“画魅夜魇槐树精，不知道的还以为是妖界老巢呢。还有那什么‘妖门大开’，妖魔浩浩荡荡这么一来，这座城还能保住吗？”

这只不过是句心血来潮的话，没想到郑薇绮听罢忽然猛地一拍桌子，发出嘭的一声闷响：“你们还记不记得，我之前说过，好像曾经在哪儿听过鹅城的名字？”

贺知洲被吓了一跳，差点儿缩进裴寂怀里，引得承影叫苦连天，如同受了侮辱的花姑娘。

“我想起来了！鹅城啊！”郑薇绮语气激动，就差从椅子上站起来，“仙魔大战之际，妖魔两界肆无忌惮，其中有群邪道妖修为汲取血魄，竟联手攻入一个小县，引得生灵涂炭，县民无一幸存——那县城的名字，就叫‘鹅城’！”

此言一出，裴寂与宁宁皆露出了“原来如此”的了然神色。

“所以说，”只有贺知洲脸色煞白，“所谓的‘六月初五必定妖门大开’，很可能不是随口编造的传说，而是……”

他说着深深吸了口气：“在六月初五，鹅城被妖修完全攻占。那城里的人……”

他没再说下去了。

既然是汲取血魄，就必定无人能幸存。

烟雨朦胧的河堤，白墙青瓦的楼阁，园林一样的陈府，还有那群在巷子里玩泥巴水的小孩儿。

曾经的一切都不复存在，取而代之的，是肆无忌惮横行的妖魔与一具具死不瞑目的遗体，暗无天日，血流成河。

这番幻境虽是由当年记忆所构，却由于他们的介入，与真实情景大不相同。

从来没有谁从妖魔手中侥幸逃生，那些看似有惊无险的片段，其实再直白不过地预示了每个人的死亡。

陈摇光自始至终都没能获救，被画魅束缚于漆黑冰冷的山洞里，一点点吸去血魄与精元，在无尽的恐惧与绝望中渐渐闭上眼睛。

赵云落没能逃出夜魇的掌控，在梦境中经历了一遍又一遍死去活来的折磨，最终完全崩溃，再也没能醒过来。

陈露白被后院里的槐鬼引诱，逐渐神志模糊，只留下一具空壳，无论过程如何，都被夺去了性命，取而代之。

至于鹅城中的其他人，亦是葬身于血海之中，沦为妖魔增进修为的工具。

一切谜团似乎都在渐渐消散，如今还剩下最为重要的一个问题——

不管那人究竟是陈露白还是槐鬼，她将他们困在此地，究竟是出于何种目的？

第二章　萧萧露白浮现

他们的计划已经完成了大半。

陈露白在宣纸上重重落笔，毛笔上的墨团浓浓晕开，恍如漆黑夜色。

她从嘴角扯出一个淡淡的笑，把纸装进信封，起身向外走去。

幻境里的风和外面截然不同，虽然清新凉爽，却让她打从心底地感到厌恶。不过这场戏注定演不了多久，等子时一到——

念及此处，少女白净的皮囊之上闪过一丝阴狠之色。

她行色匆匆，借由沉沉暮色隐蔽了踪迹，径直来到后院。

后院里花草丛生，绿树林立，中央的位置立着棵年岁已久的古槐。

槐树属阴，如今分明入了夏，靠近时还是能感到一股冰冷刺骨的凉气。

细密枝叶吞噬了大半天光，为陈露白的脸庞笼上一层幽暗阴影，这回她没像传闻里那样对着槐树说话，而是把手掌放在树干之上，默念口诀。

树皮仿佛得了口令，竟从中间裂开一道笔直的缝隙。随即裂口越来越大，从她的角度看去，裂口后并非树干，而是与后院相差无几的另外一处地方。

陈露白没发出任何声音，抬手将信封向缝隙中投递。万万没想到，身后忽然袭来一道凛冽疾风。

——有人！

她毫无防备，躲闪不及，当即被那人夺了手中信件。

“陈姑娘好雅兴，给槐树写信这件事儿，恐怕前无古人，后无来者，只有你一人干过。”宁宁身法极快，夺过信封后迅速后退几步，灵巧地将封口撕开，“不如让我们也来一起看看，这信里究竟写了什么。”

陈露白怒目而视，咬着牙没说话。

“四人未觉有异，只等子时炼魂阵起，以其血祭。”宁宁念得大声，末了望一眼后院入口，“师姐，炼魂阵是什么？”

“将万千血魄炼制整整一年，再以生人为引，进行血祭，能使修道者修为大增，一步登天。”郑薇绮从竹林的阴影中缓缓走出，一袭白衣划破夜色，“以他人魂魄渡自身造化，是穷凶极恶之徒才会用到的法子，被列为十大禁术之一。”

陈露白自知实力不敌剑修，冷笑着后退一步。她明知道自己身份暴露，却并未表现出多么慌张的神色，不过淡淡开口：“我哪里露了馅？”

这居然还是个非常有职业操守的反派角色。

“我小师弟打听到了一件趣事儿，不知陈姑娘有没有兴趣听？”宁宁很有礼貌地回应她，“鹅城中人皆道陈家大小姐骄横跋扈，一个劲儿地想要远行他方，从而摆脱陈府里爹爹和兄长的束缚，自由自在地过活——可我分明记得，你当时并不是这样告诉我的。

“你只知陈露白脾性，却对她的生平经历一无所知。你之所以对我说出不愿离开陈府那番话，恐怕是因为她决意浪迹天涯，却又对家里人存了些许不舍，夜间偷偷摸摸找你倾诉——可你猜不透她的心思，把临别前的留恋误以为是永远不愿离开陈府。”

她下意识地握住腰间剑柄，为警惕对方突然暴起，做出了防备姿势：“我们应该叫你什么？陈姑娘？还是……槐鬼？”

一阵寂静。

槐树被冷风拂过，掀起一片哗啦响声，如同万千鬼魅潜藏在暗处的嗤笑，古怪至极。

占据了陈露白躯壳的槐妖似是终于放弃伪装，闻言仰天大笑：“所以呢？你们当真以为破了我这幻境，就能平安离开鹅城？炼魂阵今夜子时便能起效，城中妖魔个个能要你们的命，看你们能往哪儿逃！”

她笑得累了，忽然露出一丝遗憾与惋惜的神情：“城里的那群邪修本想直接把各位的骨头折断，关在阵法旁边等死。而我好心好意，创造了这场幻境，让你们就算死掉也不至于太过痛苦。诸位怎么就不明白我的苦心呢？”

这段话倒是真的。

鹅城一事传遍整个修真界，仙门大宗在大战中自顾不暇，无法将城中妖魔一一消灭，但为了防止妖魔入世，还是集齐各大门派的诸位长老一同布下天罗地网阵，将其禁锢在鹅城无法逃脱。

要想挣脱此阵，唯有利用炼魂阵提升修为，再协力将阵法攻破。奈何炼魂阵必须以活人作为引子，自从鹅城陷落，便再也没有生人愿意进来。

时隔将近一年，终于有四个不长眼的小辈闯入其中。

这是他们最好的机会。

若是用强，一旦遇见性情贞烈之人，对方自尽身亡，便难免功亏一篑。是槐鬼提出设下幻境，只要将几人困于幻象之中，自然无心逃离，一味沉迷于幻象。

“多说无益。”

郑薇绮一想到自己被这群妖物骗得团团转，当即火冒三丈，拔剑出鞘，直指身侧阴诡森然的老槐树。

这棵树不仅是槐鬼真身，还是它与外界传信的通道，十有八九就是整个幻境的阵眼所在。

剑光分化成数道白影，凛冽如风。

郑薇绮本以为槐鬼会不自量力地跟他们拼个鱼死网破，没想到后者不过勾起半边唇角，冷嗤一声。

如同变戏法般，槐鬼的身形很快消散于夜色之中，只有阴惨惨的声线留在风里：“你们可要做好准备——在幻境之外想要你们性命的，可不止我一个。”

郑薇绮的剑光璀璨如星月，宁宁从昏睡中猛然睁开眼，首先闻到一股恶臭扑鼻的血腥味。

那腥臭像是血液与骨肉融合在一起，长年累月渐渐腐烂，让她下意识地屏住呼吸，把注意力转移到眼前。

她居然还是在陈府的后院里，只不过境况与幻境中天差地别。

后院里那棵成了精怪的老槐树大得不可思议，根须与枝干几乎将整个空间填满，一根根粗壮的长须匍匐在地，一直蔓延到后院门口，且仍有不断滋生之势。

最令人毛骨悚然的，是那些根须仿佛成了某种能够呼吸的动物，深褐色外皮不停地上下起伏，在混浊的夜色里，像极了一条条蠕动的巨蟒，让她不由得感到阵阵恶心。

根须盘旋，如同绳索般将她的大半个身体捆绑在树干之上，只露出面颊、脖颈和胸前的一点位置，整个人动弹不得。

而当她抬起双眼，便看见真正的陈府。

血光撕裂天幕，夜色无尽无穷。一朵棉絮般的云朵遮掩大半月色，有月光从云层之间倾泻而出，竟是与腥血无异的暗红色，犹如自眉眼下淌出的血泪，自穹顶俯泣向下，杀意丛生。

血月凌空，天边隐有鬼火。其余树木皆被老槐吸去精魄，早已没了生息，只余下几副狰狞如鬼爪的残躯。

忽然妖风大作，拂过她漆黑的长发，发丝起落之间，在模糊的视野里，宁宁望见一具瘫倒在角落里的骨骸。

荒烟蔓草，墙瓦斑驳。沉默的楼阁遍布血迹，为森冷白骨遮下一层浓郁阴影，有细密青苔自骨节攀爬而上，将骨架染成淡淡青灰。

骨架很小，看上去应该是个年纪不大的小孩，蜷缩着皱成一团，用双手捂着脑袋。

一道道深入骨髓的裂痕在夜色中清晰可见，可想而知死者曾经遭受过多么难以忍耐的剧痛。

宁宁心头一沉，猜出了她的名字。

笼罩在残血上的云层缓缓西移，将最后一丝光亮悄然吞噬。宁宁浅浅地吸了口气，指尖暗中聚力。

凌厉剑光迅捷如电，须臾之间便刺穿缠绕在她身上的巨蔓，血液毫无征兆地从藤蔓里迸裂出来。

远处响起一道张扬恣睢的狂笑，伴随着连天火光。

近处是腥气弥漫，白骨森然。

子时将至。

“这一环套着一环，脑子快废了，手上居然也不得闲。”郑薇绮紧随其后，从藤蔓之间纵身跃下，难得地露出了一丝苦笑，“这一层塔……不会是要我们屠尽整座城的妖魔吧？”

“这就是真正的鹅城？”贺知洲抬头将四下端详一番，被阴冷至极的气氛吓得脊背发凉，“这也太——太那什么了吧。”

陈府里没有亮起灯光，只有远处更高一些的楼宇之上点了灯火，轻轻浅浅地渡来几抹光晕。

裴寂的一身黑衣倒与夜色极为相称，几乎融进黑暗之中，只露出白皙精致的面庞：“城中妖邪连诸位长老都难以诛杀，我们应该没多大胜算。”

“更何况还有两个时辰就到了子时，我们继续留在鹅城，很可能成为妖修布阵的祭品。到那时小命不保，还会阴差阳错地协助他们达到目的，为祸人间。”

郑薇绮正色接下话茬：“这城中的天罗地网阵虽能困住妖魔，却奈何不了人修。或许浮屠塔的意思，是要我们躲开层层追杀，在子时之前逃离鹅城。这样一来，就算那群邪修炼成了魂魄，没有生人作为引子，炼魂阵同样不能启动。”

这番话有理有据，贺知洲听罢轻轻点头。只有裴寂佯装不经意地垂眸，淡淡地看一眼宁宁所在的方向。

她平日里思绪最是活络，醒来后却始终一言不发。

他心里觉得奇怪，却又不好意思刻意问她，身形定了半晌，才微微动了动喉头，做出漫不经心的口吻低声道：“小师姐，怎么了？”

宁宁在夜色里抬头，杏眼里映了远处的幽幽火光，仿佛是没料到裴寂居然会出声问她，露出有些惊讶的神色。

裴寂被盯得耳根有些燥，沉默着将视线移开。

“也没什么大事儿。”她摸摸鼻尖，抿唇笑了笑，“你可能会觉得我想太多……我总觉得，事情好像有点儿怪怪的。”

贺知洲瞪大眼睛看过来：“不是吧，还怪？难道这层塔里还有猫腻，真是千层饼啊？”

“应该只是我想多了。”宁宁的话里带了几分迟疑，“但整个过程实在太顺利了，从寻找线索到揭露真相，全是一气呵成，没遇到任何阻碍——怎么说呢，槐鬼犯下的纰漏太多了，很容易就能识破。像槐树的存在，还有那封信，轻而易举就被我们知道了，一切都像是被事先安排好了似的。”

“浮屠塔里的剧情本来就是被安排好的啊。”贺知洲对此不以为意，用传音悄悄对她说，“这座塔不就像是网络游戏里的组团副本吗？大体剧情早被设定好了，玩家必须跟着剧情走，一路干掉小怪和 boss 才能通关。它要是把情节弄得花里胡哨，不给一丁点儿线索，有几个人能过？”

的确是这个理。

宁宁点点头，没再说话。

四人交谈之间，忽然听见近旁传来几声冷笑，循声望去，竟见后院门前树影婆娑，邪风一晃，走出十多个形态各异的妖魔。

走在最前面的，赫然是与陈露白相貌无异的槐鬼。

“我早就说过了。”她不复幻境中天真少女的模样，长袖轻掩唇边，眉目之间尽是娇柔妩媚，“出了幻境，你们的对手可不止我一个。”

她身后一名生有虎头的妖修朗声笑笑，打趣道：“怎么，这副小女孩的皮囊你用上瘾了？实在不如原本的模样好看。”

槐鬼勾唇望他一眼，不过转瞬之间，皮肤便腾起一片青灰。

只见她左臂与右侧脸颊上的皮肤尽数消失，取而代之的是一层深褐色枝条。枝条里含了几分碧绿翠色，生出小小的幼嫩叶子，在整副少女的皮囊之上，便显得怪异非常。

“那就拜托各位了。谁把他们抓回灵泉寺，谁就能被记上最大的一份功劳。”

女妖哧哧地笑：“那我先行告退，去阵前喝庆功酒了。我们灵泉寺见。”

她是鹅城里土生土长的妖，因乃古树成精，实力虽然不在顶尖，却也算不得太弱，此番做出幻境将四人困了这么多时日，地位自然也就水涨船高，被几名大妖请了去喝庆功酒。

槐鬼说罢便凌空跃起，足尖一点，落在后院的围墙之上。郑薇绮拔剑要追，却被另外几名邪修挡住去路。

旁白总算正常了一些，沉声念道——

“血月之下，妖影重重。跟前几人显然来者不善，但见其中一名男子负手腾空而起，形如蛟龙出海，气若——”

不对。

那妖修腾空之后……为什么整个身体都像被折断一样，好似扭曲的床单荡来荡去，往后面一直退？

哦，它总算看清了。

原来他不是自己想要腾空而起，而是被郑薇绮怒不可遏的剑气给震飞了。

——结果那群剑修才是真正的“来者不善”啊！

它痛定思痛，满心屈辱地继续道——

“形如蛟龙出海，气若泥鳅翻地，伴随着一声惨叫，重重撞在后院围墙之上！郑薇绮那贼人出其不意，用力极强，寻常妖物必然无法招架，今日他虽败，却仍是妖中霸王！”

这层塔专为金丹期与元婴期的弟子开设，塔中妖物自然也以金丹期为主，尤其是这种算不上重要的小喽啰，就更不是郑薇绮的对手。

四人都隐匿了气息，不易被察觉修为。

鹅城中的妖族虽然没与宁宁等人有过正面接触，但幻境里的景象在灵泉寺中实时放映，他们也就很容易知道，这群人不过是小门派的弟子，下山挣点儿零用钱花。

——那如今这凶残至极的剑气又是怎么回事儿？！

“想抓我？”郑薇绮已在暴怒边缘，拔剑出鞘，冷声一笑，“看你们有没有这个本事！”

霎时剑气冲天，惊得后院槐树哗啦作响，叶落如雨。

“女人眼底杀意涌动，周身散发出骇人至极的威压，仿佛这满城血光亦被她所震慑——而在她身后，同样拔剑的还有大魔头裴寂！”

旁白愣了一下。

然后有些尴尬地轻咳一声，努力不暴露其实它直接把反派剧本安在了这群人身上——

“不好意思，念岔了。”

“同样拔剑的，还有师弟裴寂！”

几名妖修看出他们实力不俗，当即收敛了势在必得的狞笑，将四人细细打量一通后，不约而同地一拥而上。

宁宁按住星痕剑剑柄，剑身出鞘时，听见铮然一声清响。

“虎妖凝神屏息，在黑暗里静静等待最佳的出击时刻。

“他杀人、放火、掳掠百姓，无恶不作，可他知道，他是个好男孩——他今天就要让这群正道修士看看，什么叫‘三十年河西，三十年河东，莫欺少年穷’！”

剑光纷然间，只有旁白仍在孜孜不倦地说——

“可恶！宁宁那毒妇竟毫不留情，一剑直入他心脏！他怎么能就此倒下？”

说到最后，旁白已是泣不成声、泪如雨下，跟主角团全员阵亡似的——

“那群杀妖不眨眼的剑修貌若恶鬼，在闭上双眼的瞬间，他看见身边的兄弟们也一一倒下。他想起那年夕阳下的奔跑，那是他们逝去的青春。”

城中妖魔不清楚他们的底细，因此派来的都是些修为不高的小喽啰。一旦喽啰没能及时复命，紧随其后的必然是更为强劲的敌手。

郑薇绮收了剑：“事不宜迟，我们快快离开此地。”

宁宁虽然下意识地点头，向前走了两步，却还是不由自主地望一眼角落中的小小骨骸。

即使在幻境里，她与陈月明也只见过寥寥数面，现实中的陈二小姐本人，更是从未与宁宁有过接触。

可如今阴风瑟瑟，蜷缩着的骸骨躺在无人问津的院落，身上衣物不见踪影，空洞无神的黝黑眼眶孤独又无助。

宁宁沉默着上前，从储物袋拿出一件衣服，轻轻盖在女孩身上。

她俯下腰时，正好看见地面上遗落了一本巴掌大小的册子。

她没做多想，伸手将册子捡起，小心翼翼地翻开，才发现是陈月明的日记。

被翻开的正好是最后一篇，用稚嫩的笔迹张牙舞爪地写着——

“姐姐说，她自幼时起就在后院结识了一位朋友，正是那棵很老很老的槐树。

“她还说，那树虽然成了妖，却是个善良的好妖。从几年前起，每到夜里，姐姐便会悄悄去找它。

“我想不明白，世上哪里会有好妖呢？可姐姐向来不会骗我，她这样说，那就一定是了。

“等明日夜里，她便会带我去见一见那位朋友。”

记下的日期正是六月初四。

在第二天夜里，陈月明便死在了后院之中。

“陈露白跟那槐树精认识了好几年？”贺知洲凑到她身后，看罢啧啧叹气，“那它还真是藏得够深，跟《潜伏》似的，想必忍了很久——它和陈露白这么多年的友谊，杀她时心里不会痛吗？”

郑薇绮摇头：“妖邪之事，常人通常难以揣测。”

顿了顿，郑薇绮又道："此地不宜久留，我们快些离开吧。"

他们猜得不错，察觉无人复命后，城中掌权的大妖总算明白这群小辈实力不凡，接连派出数名妖修满城搜捕，这些妖修个个修为有成。

御剑飞行太过招摇，宁宁等人只得脚步不停地往城门方向跑，眼看追上来的敌手越来越多，饶是实力最强的郑薇绮也有了几分力不从心。

旁白唉声叹气——

"就这，就这？你们这就不行了？如果只有这点儿能耐，干脆别逃了，直接回那什么灵泉寺当祭品吧。"

郑薇绮："闭嘴！"

又是一名金丹大成的妖修死于剑下，郑薇绮抹去脸颊上的血迹，颇为嫌恶地看他一眼："这妖真是走火入魔，居然将炼魂阵阵法文在了脸上。"

宁宁没见过炼魂阵的模样，闻言好奇地低下脑袋。

男人生得魁梧健硕，皮肤上皆是以青色笔触勾勒的细密纹路。她看得挑起眉头，似乎想到什么："这炼魂阵……看上去为何如此眼熟？"

"小师妹可是想到了佛家的渡魂阵法？"郑薇绮低声回应，"炼魂阵与渡魂阵同出一法，在阵法绘制上十分相似。但前者乃摄魂取魄的禁术，后者则是佛家普度亡灵、屠灭邪祟的大阵，虽然样子相近，且都要炼制整整一年的魂魄，用处却大相径庭。"

"还有这事儿？"贺知洲听得茅塞顿开，激动得一把握了拳，"这就是显而易见的线索啊！要是咱们能把阵法改一改，将炼魂阵变成渡魂阵，这关不就轻而易举过了吗？"

郑薇绮像看傻子一样看他。

"要启动渡魂阵，同样需要生人为引子，这是僧人与妖邪同归于尽的办法。"

裴寂与郑薇绮杀得最狠，他眼底浮起黯淡血丝，声线亦是喑哑许多："城中只有我们四人，总不能为了一层浮屠塔，白白丢了性命。"

浮屠塔内虽乃幻境，受到的损伤却是真真切切的。以命祭阵，未免得不偿失。

郑薇绮看得倒挺开："这次过不了就过不了吧，反正浮屠塔里的试炼没有次数限制，咱们这次失败了，下回继续便是。"

贺知洲叹了口气："想不到时隔多年，我又要见一次'胜败乃兵家常事，大侠请重新来过'。我觉得咱们推得挺好的啊，到底是哪里出了问题？"

渡魂阵，炼魂阵。

以活人为引子。

陈露白，槐鬼。

宁宁握紧剑柄，眉心一跳。

郑薇绮见她神色有异，缓声问道："小师妹，怎么了？"

大师姐的声音极清晰地落在耳畔，宁宁脑海中却是一团乱麻，连带着这道声音也模模糊糊，分辨不出究竟在说些什么。

她似乎明白了一些事情。

关于某个他们都没能参透的秘密。

之前的幻境有那么多纰漏，那么多不合理，可如今想来，一切漏洞都变得有迹可寻。

没有神识却用了夜魇的设定，只要稍作打听就能知道的槐树成精，以及幻境中陈露白与原身截然不同的性情。

这都是极易想到的事情，槐鬼既然是幻境制造者，必定也明白幻象中存在着这样或那样的疑点。她却迟迟未能矫正，而是静候在一旁，仿佛是……

仿佛是专门为了让他们发现一样。

正因为所有漏洞都太明显，所以才越发让人生疑。

——如果早在一开始，这就是槐鬼设下的局，特意想要他们走出幻境呢？

她受了监视，没办法明目张胆地将众人放出幻境，于是采取这种拐弯抹角的方法，告诉他们一切皆是假象。

最后那封书信，很可能也是知晓被宁宁等人跟踪，才大摇大摆毫无防备地亲自将其拿在手上，摆明了是要让他们明白真相，得知炼魂阵法一事。

至于为什么要帮助他们逃走，一来也许是良心未泯，不忍残害无辜，二来……

一旦祭品逃走，城中妖修自然会倾力抓捕，届时阵法旁少有看守，若是想要篡改炼魂阵，难度便降低许多。

她一介妖物，找不到活人为引，即便修改了阵法也毫无用处。可如果……

她不是妖呢？

"除了我们，城中或许还有一个人。"

心脏狂跳不止，宁宁的声音已有些发颤："你们清不清楚，若是妖灵附在人身上，那人是不是也就有了妖力？"

裴寂虽然话最少，但出乎意料地，每回都能最先明白她话里的意思。

少年闻言微微蹙眉，沉声应道："的确如此。你猜测我们见到的并非槐鬼，而是被它附身的陈露白本人？"

郑薇绮摇头："但妖灵附身，人的形体并不会有所变化。大家也都看到了，陈露白的手臂和脸颊分明已成了树木的模样。"

"或许是——"宁宁的音量小了许多，"那两个部分本就不复存在，她得了槐鬼协助，将槐树的躯干……移植在自己身上。”

“但这也不对劲儿啊！我们当时在幻境里见到的陈露白，分明是四肢健全的。”贺知洲说罢一顿，满目的难以置信，“不会吧！难道——”

裴寂与宁宁对视一眼，波澜不惊的瞳孔里极罕见地浮起一丝异色：“她被妖修所害，受了重伤，或是目睹鹅城被毁，于是亲自斩去手臂，佯装成妖物的模样。”

郑薇绮与贺知洲皆是一惊。

“那她如今——”

陈露白离去之时刻意说了什么？

阵法和宴席都在灵泉寺内，“灵泉寺见”。

方才旁白又看似阴阳怪气地说了什么？

别逃了，干脆回灵泉寺去充当祭品。

师姐说过，之所以加设旁白，是为了在必要时给予提示。这旁白从头到尾都在讲垃圾话，但会不会那句看似调侃的话，其实正是一种隐晦的暗示？

还有陈露白，她连续两次提起灵泉寺，究竟是无心之举，还是……

想要不露痕迹地告诉他们什么？

陈露白看着宴席之上不省人事的数名妖修，神色淡淡地放下酒杯。

妖邪倾巢而出，满城搜捕那几名修士，本该热热闹闹的灵泉寺内也就只剩下她，还有几个举觞称庆的大妖。

寺庙外或许还有些小喽啰，但哪敢进来捣乱，这几个杀伐无度的掌权者最是喜怒无常，若是惊扰酒席，恐怕小命不保。

他们曾经多么不可一世啊，如今却被简简单单一杯毒酒迷了神志。谁能想到平日里最为忠心耿耿的“槐鬼”，会在这种关键的时候往酒里下药。

妖修体格强健，这些药对常人来说足够致命，虽然杀不了他们，但迷晕一段时间总是够的。

她等这一刻，等了整整一年。

一年前的六月初五，妖邪于深夜自城外大举进犯，鹅城百姓皆遭屠戮，只有她藏在槐树之后幸存下来。

那时的陈露白拼命捂着嘴不让自己哭出声音，听见两名妖修从后院里走过，谈话声无比清晰。

“只要将这座城里的魂魄炼制一年，便能引出炼魂阵法，届时我们一步登天，就再不用忌惮所谓的名门正派。”

另一个朗声笑道：“绘制阵法可得当心。谁不晓得炼魂与渡魂极其相近，若是画错了，咱们谁都别想活。”

“哈哈哈！怎么可能画错？那些实力强横的元婴大妖不都在一旁守着吗？”

炼魂阵，渡魂阵，一年。

人，妖。

作为她仅存的故交，槐鬼劝她趁乱赶紧出城。

可有个天马行空的计划悄然浮上心头，向来胆小怕事、骄横、爱胡闹的陈露白抹去眼泪，第一次笃定地用力摇了摇头。

她要复仇。

“为何如此执拗呢？”槐鬼这样劝说她，“你的力量太小太小，要想击垮他们，无异于蚍蜉撼树。”

陈露白只是红着眼睛摇头。

为伪装成妖物，娇生惯养的小姑娘咬着牙卸去自己一只手臂，脸颊亦被损毁得不成样子。槐鬼栖息于她的神识之上，用树叶枝条填充肢体上的残缺，她疼得死去活来，所有泪水只能悄悄一个人咽。

然后她顺理成章地融入妖修之中。

她日复一日地等，套来了渡魂阵的画法，也等到四个闯入城中的人修。

陈露白想救他们，也需要他们吸引绝大多数妖魔的注意力。好不容易说服大妖用幻境将其困住，她便想方设法埋下线索，吸引那四人走出幻境，来到真正的鹅城。

子时将至。

大殿里的佛像被损毁，昏黄烛光映出几分破败萧条的味道。她站起身来，缓缓走出宴席，来到正殿的阵法之前。

阵法由血液所绘，阵眼处祭坛上燃着熊熊烈火，正是生人献祭所用。

炼魂与渡魂相差无几，她早已将绘制手法铭记于心，想必不出多时——

正这般想着，她忽然听闻身后传来一声哼笑。

仿佛有一道电流猛然蹿入身体，陈露白四肢发麻，僵在原地。

“我一直纳闷，那几个人修为何会大摇大摆地从幻境里出来，归根结底，还是你做了手脚。”

说话的是个男人，语气里带了几分嘲讽的嗤笑，完完全全是居高临下的上位者姿态：“还有最开始，说什么幻境万无一失——你就是不想让我们把那群人的手脚打断，方便他们后来出逃吧。”

陈露白手心皆是冷汗，心脏狂跳着转过身。

一名样貌俊朗的红衣男子似笑非笑地与她对视，来自高阶修士的威压越来越沉。

陈露白听见他继续说："我想看看你究竟在搞什么花样，所以特意没喝这杯酒——一口下肚的其他几个真是蠢货，居然还叫嚷什么再来一杯。我怎么会和这群人平起平坐，一群垃圾！"

"喂。"见她没有应答，男人不耐烦地靠近几步，"你倒是说话啊！"

她早就没了说话的力气。

在座妖修尽是元婴高手，实力个个不容小觑。如今醒来的这位名为明鎏，虽不是最强，性情却最是喜怒无常。

"没意思。你不想说就不说吧，反正我的目的只有炼魂阵而已。"明鎏晃了晃脖子，发出咔嚓一声细响，"至于你，还是直接说永别好了。"

话音落地的瞬间，杀气骤起。

浓郁邪气混杂着强烈威压扑面而来，逼得她即刻吐出一口鲜血。

陈露白不甘心。

明明等了整整一年，每日每夜都在无尽的仇恨中慢慢熬过，只差那么一点儿。

只差一点儿，她就能为城里的百姓报仇。

难道真如槐鬼所说，她所做的一切不过是蚍蜉撼树？

压迫感越来越强，几乎要碾碎她的五脏六腑。剧痛一点点吞噬神志，恍惚之间，陈露白忽然见到一束剑光。

……怎会有剑光？

刹那之间，电光石火。

一道熟悉的影子提着剑从门外闯入，长剑如瞬息万变的遥遥星河，径直刺向男人咽喉。

明鎏觉察剑风，转身迅速躲闪，眼一瞥，居然见到那名不知所终的剑修。

"自投罗网。"他哑声笑笑，"我喜欢。"

宁宁迅速与陈露白对视一眼，握紧手中的星痕剑，抬眸沉声道："别想动她。"

灵泉寺中恐怕有异，她与另外三人经过一番商议，决定由郑薇绮、贺知洲与裴寂继续吸引火力，而宁宁身法最快，擅长隐匿行迹，最适合潜入灵泉寺里探查情况。

明鎏不蠢，能看出她们都是为了破坏炼魂阵法而来，半路杀出的剑修并不重要，必须先解决陈露白。

他存了杀心，然而还没来得及攻上前去，眼前便又是一道剑光刺来。

……该死！

这女孩意想不到地难缠，剑影分化成几道势如破竹的疾电，道道直攻他的咽喉。明鎏匆忙避开，眼底血光乍现，竟一口咬破手腕，狂涌的鲜血汇成一把长刀。

刀剑相撞，发出刺耳的铮然巨响，宁宁的力道不及他，灵巧地翻身后跃，躲过扑面而来的血雾。

她虽然处于劣势，却能自始至终与明鎏缠斗在一起，剑法千变万化、迅捷无影，常常用了巧劲儿，并不刻意与对方争个你死我活，而是将他牢牢困在身边。

可怜明鎏虽有心制止篡改阵法，却已无暇顾及陈露白丝毫，只能全身心地投入战斗之中，以求尽快解决这不要命的剑修。

陈露白则趁机以木枝划破另一只手腕，用自己的鲜血，涂改这以鹅城百姓血液勾勒的大阵。

炼魂、渡魂，善恶一念之间，亦是几笔之间。

明鎏破口大骂，奈何城中绝大多数妖修在追捕逃亡中的祭品，守在寺外的几个喽啰早被宁宁解决，至于另外几个身中剧毒的同伴，就更加指望不上。

骂到最后，他竟带了几分慌乱与狼狈的语气，慌不择路地喊："求、求求你们，不要发动阵法！我的万两黄金全都给你们！这身修为若是想要，也可以一并拿去！"

消停了一会儿，明鎏又道："你这是何必，发动渡魂阵，你自己同样活不了！不如留在凡间享福——你别跳！"

宁宁深吸一口气，在迎战之余迅速回头，正巧对上陈露白的视线。

她已经改好了阵法，正站在熊熊燃烧着的祭坛前，脸庞被火光映照成浓郁的绯色，瞳孔里亦闪烁着荧荧星火，好似天边繁星坠落，藏在少女漆黑的眼眸。

陈露白后背在轻轻发着抖，目光却是从未有过的决然与笃定。她直直地望着宁宁，最终勾起嘴角，露出一个如释重负的笑。

"宁宁姑娘，其实当初在陈府里的那番话，我并未骗你。"她说，"我那时当真不想离开府里……多谢诸位，我在幻境里很开心。"

只有在那场由她编织的梦中，再度回到曾经烟雨蒙蒙的鹅城时，陈露白才能对宁宁说出那句藏在心里很久的话。

以一年前尚且天真懵懂的陈家大小姐的身份，而非后来面目全非的半妖。

曾经的她总想着浪迹天涯，做个无拘无束的女侠，可到了如今，陈露白真的、真的很喜欢鹅城，很喜欢陈府，一辈子都不想离开。

爹爹总催她成亲，却从来不会拒绝来自女儿的任何要求。

陈露白好想知道，他口中那个来年生辰时"意想不到的大礼"究竟是什么东西，可她等了一天又一天，始终没能等到答案。

总黏在一起的兄长嫂嫂肉麻死了，但谁让那对小夫妻对她特别好，陈露白宽宏大量地表示可以原谅。

嫂嫂总爱问她心里有没有中意的郎君，小姑娘每到那时都会一个劲儿地拼命摇头。她不想成亲嫁人，而且说老实话，等老了，一个人坐在街边卖字画，那种感觉她其实挺喜欢的。

可她再也没有老去的那天。

还有总爱玩泥巴、跟假小子没什么两样的月明。

因为被姐姐看着一点点长大，月明一直都乖乖地听她的话，就算有时从外面带了过家家的泥巴水回来，也会第一个跑到陈露白身边，两眼亮晶晶地把碗捧到她面前，傻乎乎地问她想不想吃饭。

那日邪修入城之时，她正和月明一同在后院与槐鬼谈天，听闻阵阵惨叫后心知不妙，便抱着小妹藏在那棵槐树之后。

陈府哭声四起，陈露白从未听闻过那样凄厉的哭号与求饶，可她对一切都无能为力，只能流着泪捂住月明的嘴巴。

她们的啜泣在夜色里隐隐可闻，眼看有两个浑身是血的妖邪一步步靠近，很快便会绕过槐树，来到她们跟前。

月明头一回没听她的话一动不动，而是猛地从陈露白怀里挣脱，撒腿往另一个方向跑去。

她向来乖巧听话的妹妹自始至终没有回头，直到死去，也没朝她所在的方向看上一眼。

然后血光连天，腥气四溢，月明身死，那两名妖修便没再继续往里搜查。

那是陈月明第一次自作主张，也是最后一回。

陈露白一直明白，自己胆小、娇纵、肆意妄为。

可哪怕是这样的她，也想为自己深深喜欢着的鹅城做些事。

他们的计划已经完成了大半。

只要再努力一点儿，再勇敢一点儿——

她和槐鬼就能为城里的所有人报仇。

少女静默无言地抬起头，最后深深地望一眼这片自己无比热爱的土地——或许她最爱的并非鹅城，而是城里那些再也不会相见的人。

爹爹、兄长、嫂嫂、月明、被马儿吓得到处跑的家仆、总会笑着招待她的小贩，还有蹲在街头巷尾玩泥巴的小孩。

他们都那样好，她一个也舍不得。

子时已至，钟鸣声起。

下一刻，便是衣袂翻飞，烈焰骤浓。

火光熊熊，自下往上高高蹿起。

地面上的血阵仿佛得了感应，本应是深红近黑的黯淡色泽，如今却浮起阵阵金光，刹那间照亮沉沉暮色，映出大殿之中佛陀被损毁大半的面庞。

金光徐徐升空，越来越多，越来越浓，最终汇成滔天之势，化作一道势如长龙的光束直冲云霄。

薄雾浓云被冲撞得荡然无存，夺目金光迅速将穹顶照亮，露出一轮鹅黄的静谧明月。

继而听得一声轰然嗡响，光束竟毫无预兆地朝四周爆开，化作无数亮金长线，如雨滴般倾洒在这座废弃已久的小城。

有如神佛临世，妖邪无所遁形，皆作烟尘散。

六月初五，渡魂阵起。

鹅城中数百妖邪，尽数死于自己苦心孤诣制造的阵法之下。

——在一个年轻女孩的局中。

渡魂阵作为佛家以身殉法的大阵，威力不容小觑。加之鹅城中封印着的数千魂魄被炼制了整整一年，阵法之力便更加势不可当。

漫天金光之下，满城妖魔无处遁形，连仓皇的哀号声都来不及发出，就化作尘埃与虚影消失不见。

宁宁独自站在颓败的佛堂之中，怅然环顾四周。

当初在幻境之中，陈露白带着他们一行人走街串巷时来过这里。

当年的灵泉寺佛光笼罩、佛像威严，香客熙熙攘攘，此时却萧条寂静，只剩下她一人。

祭坛上的火光仍在闪烁，立在那里的女孩却早已不见踪影。宁宁望着她之前站立的地方，听闻身后传来郑薇绮等人的嗵嗵脚步声，不着痕迹地抹去眼角的泪痕。

自毁容貌、引妖入体、日复一日套上虚伪的面具，变成截然不同的另一个人。

陈露白那样勇敢，不需要旁人的可怜或同情。

宁宁尊敬她。

陈露白身死，金光临世，浮屠塔这层的试炼便到了尽头。

旧日的鹅城，再没了影子。

此番试炼，众人皆是收获颇丰。

其实修道之人赚钱的门路非常之多，只不过宁宁等人作为门派弟子很少有下山的机会，多数时间待在师门内修习苦练，收入只有玄虚剑派每月给的零用钱。

可偏偏剑修锻剑买剑谱要钱、符修购置原料要钱，要说媚修吧，众所周知，化妆品和护肤品无论古今中外，一律价值不菲，若想固颜提神，也得花上一大笔钱。

这也就导致了很大一部分弟子入不敷出，尤其剑修最爱搞破坏，练剑时不是砍了山上的古树，就是毁了练武场里的石柱，暴脾气一上来，指不定还要跟谁干架。

维修费、医药费、保养费，美滋滋地这样一堆，立马就让贫困的家庭雪上加霜。

但如今不同了！

孩子们有了钱，终于站起来了！

宁宁不再是月月等着门派救济的小菜鸡，连喝水都有了底气，轻轻端起茶杯一抿，垂眸说出那几个优雅厚重的字："82 年，白开。"

天羡子听不懂这句话的意思，不过她时常说些让人想不通含义的句子，他便只当是小徒弟练剑太累，胡言乱语、自说自话。

他很没有世外高人风范地盘腿直接坐在地上："宁宁此番特意来找我，所为何事？"

"我和师姐、师弟一起通过了浮屠塔里的鹅城妖变。"宁宁轻声道，"师尊，既然历史上真有过鹅城，那它最终的结局究竟如何？"

她在幻境里与陈露白接触最多，后来破了幻境，也是宁宁亲眼见到那个小姑娘奋不顾身往火里跳去。

她没经历过太多生离死别，心里仍然留存着属于小女孩的天真，更何况陈露白牺牲的方式那样壮烈，自然做不到无动于衷。

"鹅城？"天羡子回想片刻，淡淡一笑，"那关挺难，你们居然过了？"

作为玄虚剑派特意为弟子们开设的历练场地，浮屠塔不但考验剑术，还兼顾了心术与智谋。要说其中典型，鹅城妖变一层当仁不让。

门派里的每名内门弟子、亲传弟子都能进入塔中，副本循环利用，就算之前有人通过，其余弟子也能继续参与闯关。只不过首次通过的那位，奖励会多出许多。

正如裴寂所言，构筑幻境所需要的灵力极多，通常会动用记忆，将回忆与幻象融合。浮屠塔也不例外，其中多数幻境选材自真实发生过的事例。

"要说鹅城一事，其实与咱们师门有很大关系。"瞥见跟前的小姑娘微微睁大眼睛，天羡子颇为神秘地笑了笑，"当时正值仙魔大战，每个宗门都忙得焦头烂额，根本没有多余精力去鹅城除妖，只能布下天罗地网阵，暂且困住他们。

正是那时候，玄虚剑派几名弟子主动请缨，要去鹅城探一探情况。”

浮屠塔里的景象都由真实事例幻化而成，那——

宁宁脱口而出：“那几位弟子，也经历了和我们一样的事情吗？”

“正是如此。”天羡子点头道，“先是落入了那位什么赵钱孙李……哦，陈露白小姐布下的迷阵，然后出阵降妖，协助她完成渡魂阵。”

顿了顿，天羡子仿佛喃喃自语般出声：“奇怪，过了这么多年，我居然还记得她的名字。”

所以在真实发生过的事件里，陈露白成功了。

宁宁松了口气，心里却仍有些难过，抿了口水继续问：“师尊，那棵老槐树怎么样了？”

“渡魂阵法之下，妖邪必诛。”

天羡子顿了顿，声音轻了一些：“从答应协助陈露白的那一刻起，它便已经明白了最终的结局。你也不用太过伤心，那是他们无愧于心的抉择，大仇得报，终归没留下遗憾。更何况因果相牵，六界轮回，总有再续前缘的时候。”

宁宁沉默了好一会儿，闷声开口：“当年请缨去往鹅城的弟子……如今也仍在玄虚吗？”

天羡子嘿嘿笑了一下。

“没想到吧。”他说，“当年识破迷局，协助陈露白完成渡魂阵法的——嘿，正是你大师兄孟诀。”

“不行不行！”小院幽静，猝不及防响起一道宛如走火入魔的女声，惊起一片鸟雀，“这道题是人能做出来的吗？孟诀，你是不是专门找了难题来诓我？”

然后是轻柔和缓，带了几分无奈笑意的温润青年嗓音：“师妹，这是前年的考题。做题之前，你要先行揣摩出题长老的意图。”

“他能有什么意图？他就是想让我死！”

宁宁闻声一愣，轻轻敲了敲房门。

鹅城关卡结束后，他们虽然收获了不少宝贝，但由于当时体力实在不支，更没有多余心思瓜分宝物，便先行将全部战利品寄存在大师姐的储物袋中，约定今日再做讨论。

听房间里的声音……师姐似乎正在备考。

屋子里的郑薇绮早就被试题烦得头晕眼花，如今听闻敲门声，心知是宁宁等人前来，整个人有如回光返照，垂死病中惊坐起，笑问客从何处来：“进来！”

宁宁推了门进去，身后跟着裴寂与贺知洲。

而在房内，除了郑薇绮，还坐着一名身如玉树的白衣男子。

正是大师兄孟诀。

孟诀天资聪颖，无论文试武斗，皆为首席，要是让天羡子选出一个最省心的徒弟，十有八九是这一位——

不知道为什么，在孟诀之后，他收的四个徒弟一个比一个古怪，本以为这孩子是师门辉煌的开始，没料到却是巅峰。

也许正应了那句话，遇见你，花光了我所有的运气。

在天羡子的所有弟子中，宁宁与这位大师兄接触最少，毕竟他一天到晚不是练剑闭关，就是下山降妖，连打卡刷脸的次数都寥寥无几，更不用说深入了解一番。

孟诀生得清瘦挺拔，目若朗星，所谓“积石如玉，列松如翠”，莫过于此，加之薄唇边时常噙了笑，便更是让人心生亲近之感。

——如果忽略这人是个不折不扣的黑心莲，连杀人时都会面带微笑的话。

宁宁很不合时宜地想，似乎在下一个剧情点，大师兄就会加入主角团。

而她兢兢业业的作死大计将更上一层楼，作得越狠，来日被孟诀报复得也就越惨。

好气，这难道就是恶毒女配的宿命吗？

贺知洲不见外，大大咧咧地打了招呼：“郑师姐，你还在准备学宫的文试啊？”

天羡子门下的二弟子早就名扬整个师门，拿通俗一点儿的话来讲，别人是《五年高考三年模拟》，她比较出淤泥而不染，硬生生学成了《五十年高考三十年模拟》。

当年一起上学宫的同僚，如今都成她老师了。

就非常尴尬。

“今日大家都来了，我哪能闷声念书？来来来，坐坐坐！你们很少见到孟诀吧？”

郑薇绮好不容易见到救星，能暂时脱离大师兄那张不停叭叭叭的小嘴，开心得不得了：“来，跟大师兄聊聊天！”

孟诀面色不改，剑眉星目间皆是笑意，朝他们点点头：“不久之后便是十方法会，不知诸位准备得如何？”

不愧是学神，一开口就是这件事儿。

十方法会，就是原著里的下一个重要剧情点。

与之前的小重山秘境不同，十方法会虽然也汇聚了各大门派的精英弟子，但比起只有金丹及以下境界的修士参加、目的仅限于搜寻天灵地宝的小重山，要显得正式许多，亦严峻不少。

届时各大门派的精英弟子纷纷到场，经过层层选拔后，最终会在擂台之上一决高下，属于真真正正实打实的战斗，放水、划水都不行。

原身为了夺魁，往裴寂身上使了不少绊子，导致矛盾彻底激化。

宁宁心头又是一梗。

郑薇绮瞪他一眼：“你怎么张口闭口都是这些事儿？”

末了郑薇绮又扭过头来，咧嘴笑笑：“师弟师妹好不容易来一趟我的院子，不如带你们看看我的宝贝存货！”

说是“存货”，其实就是卖不出去的物件。

她说罢离了木桌，闪身来到一个梨花木木箱前，轻车熟路地将其打开。

有阳光从窗外慢悠悠地踱步而来，宁宁看见了箱子上随光起舞的灰尘。

“卖不出去的东西，多是些衣物。”郑薇绮说着露出戚戚然的哀婉神色，掩唇长叹道，“只可惜无人情愿将它们穿在身上，我哪怕想要看看这些孩子上身的模样，也是种难以企及的奢望。”

那神态，那语气，活像个嫁不出女儿的老母亲。

贺知洲在这种事上最为热心，义不容辞地上前一步：“别担心，这不是有我们吗！”

郑薇绮垂下眼眸，袖子还是遮在嘴巴上：“当真？可它们不受喜欢，长得也不好看……”

“我绝对不嫌弃！”

郑薇绮幽幽地瞥他一眼。

不知道为什么，贺知洲总觉得心头一寒，隐约觉得有几分不对劲儿。

于是郑薇绮一言不发地转过身去。

再回过头来，她手里赫然拿着好几件衣裳，红的粉的绿的花的，就是没一件人能穿的。

而且，贺知洲发现——

这些全是天杀的女装。

他总算明白，郑薇绮在钓他上钩时为什么要用袖子捂住嘴了。

这个女人……她在狂笑啊！

偏偏那蛇蝎心肠的毒妇还笑得天真无害：“那就多谢诸位了。”

贺知洲：“呵呵。”

贺知洲：“我觉得——”

“同门之间，哪里需要多言感谢？”他话没说完，就听得一旁的孟诀开了口，那叫一个清风霁月，儒雅随和，“这些衣物，便交由我们试穿吧。”

贺知洲：“？”

不是吧，孟师兄，你读书读傻了？这是女装啊！女装！

他好想拒绝，却又听见孟诀的声音：“正如方才贺师弟所言，我们绝不会嫌弃。”

算你狠。

贺知洲努力深吸一口气，挤出一个比哭还难看的笑：“是的呢，哈哈。”

等他答应下来，在场几人便不约而同地望向裴寂。

沉默寡言的小少年如同误入狼窝的羊，哪怕冷着脸抱着剑，也逃不开待宰羔羊的身份。

郑薇绮：“小师弟……”

裴寂看看她，又看一眼宁宁满目期待的模样。

抱剑的指节略微用力，他垂眸应了声“嗯”。

于是宁宁、裴寂、孟诀与贺知洲一起走进院落里的一间小屋，郑薇绮留在房间里耐心等候。

贺知洲是第一个出来的。

他穿了条浅粉色的广袖月华裙，长裙褶皱众多，随着步伐轻移，宛如淡薄月色随风晃动，端的是轻软典雅，步步生姿。

郑薇绮拼命忍住扑哧笑出声的冲动，为了不让贺知洲发现自己上扬的嘴角，当场起身一个倒立。

当你嘴角忍不住要勾起来的时候，如果倒立起来，这样原本要往上弯的嘴唇，就会向下撇了。

有理有据，不服不行——个鬼啊！这种连掩耳盗铃都算不上好吗！是谁给你的勇气，在倒立之后笑得那么放肆啊！

贺知洲只想给这毒妇一剑，忽然一道推门声随风拂过耳边，让他下意识地转过头去。

宁宁与孟诀不知道在磨蹭些什么，第二个出来的居然是裴寂。

他显然不明白女子衣裙的穿法，一袭湖蓝色流仙裙被穿得歪歪扭扭。

不过这位皮相极佳，哪怕着了女装，衣衫不整，竟然也能显出几分勾人的媚态，脖颈间莹白一片，有如无瑕美玉。

裴寂面无表情，穿女装穿出了砍人的架势。

等他俩都出了房间，宁宁与孟诀竟然同时推开门。贺知洲本想看看那位惊才绝艳的孟师兄穿女装的模样，没想到满心欢喜地一扭头——

为什么你们两个混账东西根本没换衣服啊！！！

贺知洲听到了什么东西裂开的声音。

他神志恍惚，似乎问了一句："孟师兄，你的衣服……"

万万没想到，孟诀那厮面不改色地淡淡笑笑，用最漫不经心的话，说出最杀千刀的台词："我不那般说，你们怎会答应？"

宁宁也摸摸脑袋，有些不好意思："师兄师姐传音告诉我了，只要在房间里慢慢等你们俩出来就好——你们好漂亮啊！"

贺知洲："？"

贺知洲："？？？"

你们所谓清风霁月、谦谦君子的大师兄，原来就是这种人吗？啊？小家伙怎么还有两副面孔呢？

再看裴寂。

曾经多么冷漠炫酷的一个小男孩，此时却满脸无措地抓着裙摆站在原地，耳根还有浅浅的红。

他活像个被骗了房子、孩子和老婆，在冷风中瑟瑟发抖的可怜老实人。

太惨了，太惨了。

——你们不是人啊！居然欺负老实人！忍心吗！！你们心里欠他的用什么还！！！

"你怎么也换上了？"宁宁离裴寂最近，像阵轻轻的风走到他身边，虽然在努力憋笑，嘴角的弧度却再明显不过，"对不起啊，我还以为他们也传音告诉你了，这次是来合伙整贺知洲呢。"

最后实在没忍住，宁宁扑哧直接笑了出来。

裴寂皱着眉，只觉得动也不是，不动也不是，耳朵不知怎的燥热不止，心里的承影则大叫："他可不是为了你，不想让你孤零零穿那些丑丑的衣服吗！呜呜呜！你忍心这样对他吗，宁宁！他都这么努力地穿女——"

顿了顿，承影似乎实在装不下去，发出一声惊天爆笑："对不起，裴小寂，我真的尽力了哈哈哈！你现在的样子真挺美的，哈哈哈哈哈哈！"

裴寂："……"

"不过，这衣服可不是这么穿的。"

宁宁又朝他靠近一步，右手缓缓一抬，指尖落在少年白皙的脖颈上，拈起衣物一角，遮挡住他露在外面的皮肤。

"众所周知，只有妻子才会为丈夫整理衣装。"承影正色道，"你赚了，裴小寂。"

才不是。

裴寂想，整理衣装的不只有妻子，还有家里慈爱的娘。

更何况，他不想，小师姐也不会嫁他为妻，何来赚不赚一说？

“还有这里，”宁宁眨眨眼睛，视线向下，落在裴寂敞开的袖口上，“这个袖子有系带的设计，你要是不绑好，手臂就全部露出来了。”

她一边说一边俯身，灵巧的手指落在浅色系带上。透过敞开的长袖，能看见裴寂的手臂。

修长笔直，白得过分，仿佛许久没接触阳光，现出一条条淡青色血管。而在冷白色的皮肤之上，竟蔓延着数条陈年伤疤，多为鞭痕，亦有烧伤的痕迹，在少年人纤细的手臂映衬下，格外狰狞。

裴寂娘亲对他恨之入骨，原著里对此寥寥提过几句，但从这些伤疤来看，他小时候似乎并不只是“孤苦无依”这么简单。

宁宁心下微沉，察觉裴寂的手臂骤然一缩。

他方才被承影那句话吸引了注意，回神过来，才发现宁宁正从袖口望着自己满是伤疤的手臂。

……他不想让她见到那副模样。

“好啦好啦，袖子以后再教你——只不过是换了身衣服，怎么把头发也弄乱了？”

宁宁知晓他自尊心强，此时故作关切只会徒增尴尬，于是故作镇定地直起身子，抬眸看向裴寂乱糟糟的黑发。

谁能想到，原文男主会拔剑，会除魔，还会做饭，穿衣服却笨手笨脚，一顿操作下来，头发乱得跟鸡窝没两样。

现在毕竟不是21世纪，修真界虽然崇尚平等、自由交往，但终归是男女授受不亲。

而且她和裴寂也没亲近到可以乱摸脑袋的程度，只得轻轻笑笑，指了指自己头顶：“你这里乱掉啦。”

裴寂学着她的动作，摸一摸脑袋上同样的位置。

在他的印象里，从没有谁如此耐心地指导过自己穿衣系带。

幼时的记忆早已不甚清晰，只记得娘亲最厌烦他笨手笨脚，哪怕提点过几句，都是极为不耐烦，一不高兴就打。

如今宁宁却带着笑，轻言细语地告诉他应该怎样做好那样微不足道的事……总觉得有些奇怪。

连带他自己的心思，也变得不太对劲儿。

承影嘿嘿笑：“就说吧，你是不是赚了？”

“奇怪，孟诀平日不会轻易离房，要么在念书，要么在练剑，今日怎么不见了踪影？”山间树影斑驳，鸟雀鸣声阵阵，天羡子与另一名高挑青年并肩同行，侃侃而谈，“不过不着急，他总会回来。我先带阁下去薇绮院落看看，她近日潜心苦学，必然在房屋之中。”

那青年朗声笑道：“多谢天羡长老。长老对弟子实在上心，竟不辞辛劳，一一告知法会事宜。”

天羡子不愧厚脸皮，闻言并未反驳，而是哼笑着点头：“那可不是！”

身旁的青年人乃十方法会派来玄虚派的联络人，他作为师尊关照弟子，便领了对方一一告知。

没想到孟诀居然不在，两人吃了个闭门羹。

“我这二徒弟，生来就一股子执拗劲。如今临近学宫评测，她必定在勤学苦练。”临近郑薇绮小院，天羡子一乐，“哎哟，门没关！”

他说罢长腿一迈。

不用敲门或推门，两人便能清清楚楚见到屋子里的景象。

天羡子的笑，凝固在嘴角。

皇天大老爷哦。

这是什么群魔乱舞？？？

但见裴寂穿着长裙，衣衫不整，满脸通红，宁宁不停地对他动手动脚，左抓抓右碰碰，笑着不知道在说些什么。

可怜的小男孩敢怒不敢言，身体僵硬着一动不动。

——光天化日之下强抢民男，真真恶霸行径。

贺知洲身穿一袭浅粉月华裙，笑得那叫一个沉鱼落雁、闭月羞花，一旁的孟诀笑着对他讲：“贺师弟仙人之姿，不必羞于此道。在下很欣赏你。”

贺知洲翘着兰花指拍他：“讨厌，也没有啦。”

——你欣赏他什么？穿女装？孟诀乖徒，你清醒一点儿，万万不要啊！

而郑薇绮本人更加恐怖。

她双手撑地笔直倒立，整张脸皮抽搐在一起，嘴角扭曲成极其诡异的弧度，狂笑不止。

——天羡子不想对此发表任何看法。

苍白的手，微微颤抖。

天羡子面无表情地关上门。

“抱歉，方才似乎出现了一点儿幻觉。”天羡子忍住额角的抽搐，努力从唇边挤出一个痉挛般的微笑，“让我再开一次。”

声音落下，门便再度被推开。

院落里有如时间静止，与关门之前并无不同。

五双茫然的眼睛一齐直勾勾地盯着门口，安静如鸡。

强制扒衣。

粉色娇嫩。

狂笑倒立。

真好，一切还是最初的模样。

温柔的风穿堂过，天羡子的心也飘飘落。

这么多年的信任与时光，终究是错付了。

“天羡长老门下弟子……”联络人哪里受到过如此强烈的视觉冲击，抬手擦去额角汗珠，慌不择言，“果然情同手足，情深似海，卿卿我我，强抢民女，雌雄莫辨……哎哟，对不住！你看我这嘴！”

郑薇绮满心忐忑地去学宫参加文试了。

临走之前对孟诀、裴寂和宁宁拜了又拜，就差把这三位摆在房里上几炷香，以此来蹭一蹭各位学年第一的喜气。

宁宁温声细语地安慰她：“师姐别担心，皇天不负有心人，你近日学得那般刻苦，文试必然不会出岔子。”

裴寂不善与人交谈，想了半天才勉强憋出一句：“大师姐加油。”

小白龙林浔探亲归来，一本正经地从怀里掏出个祈愿符递给她，由金线编织而成的符面上，无比郑重地写了一个“过”字。

“大师姐，我听闻你要参加文试，特意从龙宫寻来此物。”林浔道，“这个祈愿符内层以龙绡织成，嵌有祈过七七四十九个时辰福的龙鳞与龙息，说不定能帮到一些忙。”

连祈愿符都要制作得如此大费周章，看来这位在龙宫里还是个花钱大手大脚的主，也难怪来了玄虚剑派后，会穷得一塌糊涂。

“这几日让你牢记的知识，不要忘了就好。”孟诀已经不知道是第多少次看着她去学宫考试，语气和神态都跟平日里谈天没有任何差别。

郑薇绮本人倒是十分紧张，一点儿没有破罐子破摔、自暴自弃的念头，生生做出了“风萧萧兮易水寒，壮士一去兮不复还”的姿态。

大风一吹，长发一扬，她连呼吸都带了那么点儿忐忑不安的意思，颤巍巍地抖个不停：“要是这次文试不过，我就再也没心思去参加十方法会了。你们不知道，万剑宗那群混账每次见我都要提起这一茬，现在大半个修真界都知道我年年考不过了！”

孟诀粗略将她端详片刻，瞥见郑薇绮眼角浓重的黑眼圈，仿佛食铁兽成了精，不免有些诧异：“昨夜仍在背书？”

郑薇绮苦着脸闷声应道：“看了一整晚的剑术通论。”

孟诀挑眉："看懂了？"

"不。"她面如死灰地仰望天空，眼神迷离，"我看开了。"

于是大师姐带着一堆祝福和运气去了学宫，其余人各忙各事，只等明日文试结束，放榜一探结果。

另外几个要么练剑，要么休息，宁宁身为主角身边唯一的恶毒女配，自然是朵不一样的烟火——

装死装了很久的系统再度出山，这回是要对温鹤眠出手。

按照原文里应该有的剧情，上回原主去清虚谷中假惺惺地拜师学艺，没想到却被温鹤眠看出别有用心，他不但没有多做理会，还毫不掩饰地表露出了厌恶之情。

原身一个被娇宠长大的小姐，哪里忍受得了这样的侮辱，一计不成，心生恨意，自迦兰城归来后，便打起了这位将星长老的主意。

她一方面想在温鹤眠面前表现得乖巧温和，好等他一时心软，将无数人艳羡的绝世剑谱收入囊中。

另一方面，原主对他的态度怒不可遏，只想狠狠地出一口气。一番思索之下，既然明着报复不行，她还可以玩阴的。

系统给出的原文描写是这样的：

不过是个再无用处的废人，却对自己如此冷漠疏离。宁宁气恼不已，咬牙切齿之间，忽然心生一计。

清虚谷中人迹罕至，灵兽的踪迹却极易找寻。如今温鹤眠体质虚弱，毫无还手之力，只要她捕来一只野兽，任其四处撕咬，在他狼狈之际出手相助，便能轻而易举获取信任。

够狠、够心机，不愧是原文里最烦人的反派角色，跟打不死的蟑螂似的，屡战屡败，屡败屡战，在作死之路上一去不还。

——虽然这次也非常符合套路地没有成功。

众所周知，在所有爽文里，反派那些钩心斗角的伎俩从来都没成功过。

灵兽出现的时机那般巧妙，她身为一个无事不登三宝殿的烦人精，又恰恰好地出现在事发地点英雄救美。

温鹤眠不傻，仔细那么一想，便能明白全是她的小把戏。

宁宁虽然已经知道了这个惨淡的结局，但碍于系统威严，还是不得不来到清虚谷里。

毕竟她充其量就是个打工仔，一旦老板不满意，别说工资，连这条借来的小命都难以保全。

从古到今，甲方永远是爸爸。

清虚谷受灵气滋养，四季如春。放眼望去，一派红情绿意，杏雨梨云，莺歌燕啼之下，山青花欲燃。

刚进入谷中时，树林盖下的阴影尚且单薄，枝头与地面上皆是黄白相间的小花，在浓郁翠色的映衬下，有如千百点繁星坠落其中。

这里就算有灵兽生存，也尽是些娇弱的小不点儿。

宁宁还没傻到拿兔子灵猫去吓唬人，否则这出戏就不是“恶毒女配作妖作死”，而应该改名为：热心学子携宠物探望孤寡老人，寂静小院再传温馨笑声。

想想就叫人头皮发麻。

她刻意走了偏僻的小路，避免出师不利撞见温鹤眠。

越往里走，清虚谷里的树丛就越茂密，直到亭亭如盖的青枝翠叶几乎将阳光尽数遮挡，只有几缕淡淡的光晕从缝隙里漏进来。

四周寂寥无人，悄怆幽邃，行走其中总能感觉到若有若无的凉意，像只无影无形的手攀附在脊背上。

宁宁性情外向，待了一会儿便觉得既凄清又无聊，而温鹤眠独自一人在谷里生活这么久，难以想象他每天都过着怎样的生活。

可惜，现在好不容易来了个能陪他的，也在心怀鬼胎地成天搞事情。

宁宁在心里默默叹了口气，凝神观察周边的异动。这会儿日光隐匿，风声倏然而过，带来一阵极其微弱的脚步声。

身后的野草悠悠晃了一下。

谷中灵兽吸取天地精华，久而久之便也有了充沛的灵力，越往里走，灵兽等级就越高。

宁宁行事不像原身那般心狠手辣，在来之前做了充分的考量。

虽说剧情要求袭击温鹤眠，但她毕竟存了几分恻隐之心，不愿真如原著里那样，让他被啃咬得遍体鳞伤。

一番思忖与考察之下，她只逗留在清虚谷中外层的位置，静静等候风吹草动，准备捕获一只不是那么凶狠的工具兽。

猎物来了。

在脚步声响起的刹那，宁宁身形迅速一转，面对着那道朝自己狂奔而来的深灰色影子，直接劈过去一个剑诀。

她力道很轻，剑诀正中对方额头，只见灰影悠悠一晃，就失去意识昏倒在地。

那居然是一头体格强健的狼，只不过似乎有些外强中干，不怎么禁打。

宁宁迈步上前，像原著里一样将它装进储物袋之中。

接下来，她只需要找到温鹤眠的所在，再出其不意地把狼放出来就好。

上天保佑，这回可千万别像之前几次那样，又出些乌龙。

反派不是浓墨重彩的主角，原著也不是地图导航，提及原身的这场计划时，只用了句简简单单的“经过一番搜寻，宁宁终于找到了坐在林中看书的温鹤眠”。

只为这一句话，宁宁就惨兮兮地在林子里打了不知道多久的转。

这回温鹤眠没弹琴，靠琴声分辨位置变得不再可行。她一边往林外走，一边四下张望，终于在一棵大树下看见了那人的身影。

如原文里描述的一样，他正垂着眼眸，靠坐在树旁安静读书。

古树盘根错节，根须有如虬龙，纵横交错的深棕色树皮好似裂岩，隐隐生着碧绿色青苔。

温鹤眠白衣出尘，乌发如墨，阳光落在苍白面庞之上，将下垂的鸦羽色长睫染成淡金色泽，像极了一动不动的翩翩画中人。

宁宁心下紧张得厉害，压根儿没心思欣赏这般美人美景，暗暗地向将星长老道了个歉。

她蹲在一片灌木丛后，放出那只灰狼前，便抬手抓着储物袋伸到另一边。

这样一来，非但温鹤眠看不见她，灰狼从储物袋离开后第一眼望到的，也只可能是坐在它正对面的白衣青年。

一顿操作下来绝对无懈可击。

宁宁不想让温鹤眠受伤，只得透过灌木之间的缝隙死死盯着另一边的景象。眼看储物袋暗光一闪，在灰狼被放出来的刹那——

本应该潜心研读古籍的温鹤眠不知道脑袋抽了什么风，居然在须臾之间抬起头来。

宁宁心头一梗。

她为了让灰狼能在第一时间看见温鹤眠，特意选了个与他正对的好位置。

不愧是好位置啊。

温鹤眠一抬头，就望见了她伸在灌木丛外的那只手，那个慌乱得无处可藏的储物袋，还有那双黑黝黝的圆眼睛。

宁宁心想，原著剧情根本不是这样的啊！温长老不是应该自始至终埋头看书吗！作死被当场抓包，这是什么教科书级别的翻车现场！

偏偏温鹤眠那厮看不懂她的尴尬，对着露在灌木外的右手淡淡开口：“宁小友。”

宁宁差点儿就被这三个字送走。

因为将星长老的存在，清虚谷是玄虚剑派弟子们约定俗成的禁地，平日基本没人会来。

再看那有着精致刺绣的储物袋、明显属于年轻女孩的白皙指节，除了她，好像也没别的什么人选。

那只灰狼发出一道绵长的呜咽，宁宁尴尬到窒息，脚趾抠出一座玄虚剑派梦幻豪宅。

好在她足够机灵，在慌乱之下仍有思考的余力，当即灵机一动，从灌木丛后站起身来："温长老，我今日来清虚谷，见到这只小狼格外可爱，便想着也让你见见它。"

耳边是一串震耳欲聋的恶狼咆哮，那只灰狼虽然修为不高，但气势有如君临天下，舍我其谁。

宁宁尽量忽略它狰狞的吼叫和尖利的獠牙，勉强继续笑道："真奇怪，它之前还挺乖的，这会儿怎么凶起来了？"

没错！就是这样！

既然温鹤眠目睹了这只狼是由她所放，拼命狡辩只会适得其反，不如亲口承认，再随便用个什么理由搪塞过去。

温鹤眠一定会忌惮它，届时灰狼冲上前发起袭击，宁宁再一举将它击晕。仔细想来，这似乎与原著里的剧情相差不大。

小姑娘在心里把算盘打得噼啪作响，杏眼中情不自禁浮起一抹浅笑。然而还没等这笑意蔓延到嘴角，她就突然听见温鹤眠柔声开口。

他的声线清冷如泉，在宁宁听来，却觉得有如地狱丧钟、魔鬼低语："小九生性怕人，许是见了生人，一时间有些紧张。"

宁宁："？"

见她略显困惑，温鹤眠继续笑道："这只小狼是我看着长大的，向来性情随和，就是调皮捣蛋了一些，总爱黏人。清虚谷里鲜有人来，它便是我唯一的同伴。"

缘，妙不可言。

哦，是你养的啊，那没事儿了。

——没事儿才怪啊！

宁宁难以掩饰眼底惊恐，故作镇定地望一眼灌木丛另一边的灰色影子。

真好。

那只狂暴版本的"灰太狼"还记着被一诀打晕的仇，龇牙咧嘴地狠狠瞪着她。

——这么大一坨，灰不溜秋，你确定是性情随和、调皮捣蛋的小狼？

可它是温鹤眠唯一的朋友，宁宁自己也说过，觉得这玩意儿“格外可爱”。

她要是按照预定计划直接将它打晕，儒雅随和的温长老说不准立马就会来一个川剧变脸，从此和她势不两立。

“温长老，”宁宁吸了口气，声音微微颤抖，“它怎么一直盯着我？”

温鹤眠喜不自胜：“妙哉！小九天性机敏，能识人善恶，连我当初试图与它亲近，也费了九牛二虎之力，如今它定是与小友相见如故，一时忘了胆怯。”

这哪里是相见如故？

分明是仇人相见，分外眼红。

那只叫作“小九”的灰狼死命地瞪着眼睛，往她跟前迈了一步，喉咙里发出野兽进餐前类似于咕噜咕噜的低吼声。

“这这这……它怎么离我越来越近？”宁宁后退一步，“温长老，它还在龇牙！”

哪知温鹤眠那厮更加兴奋，站在一旁事不关己高高挂起，笑得温润如玉：“宁小友别怕，它定是想要与你亲近——你不是也挺喜欢它？二位实乃有缘。”

宁宁：“……”

汝娘也，有缘你 ×。

玄虚剑派那么多人，这位出淤泥而不染的温长老，是唯一能把她回回逼到想骂人的狠角色。

一开始宁宁以为他只是黑心肠，万万没想到此人就是朵不谙世事的盛世白莲花，脑回路跟正常人完全不在同一条水平线上。

真是复杂的五官也掩饰不了他朴素的智商，鼎鼎大名的将星长老温鹤眠，无愧于“脑补帝”这三个字。

脑补一出，谁与争锋。

只要我的思路够骚，恶毒女配的套路就追不上我。

不愧是你。

绝望，宁宁现在就真的很绝望。

那只灰狼凶神恶煞地扑过来，唯一可以依靠的温鹤眠发动脑补神功，自行展开了一个《忠狼九公》的小剧场。

宁宁打也不是，不打也不是，只能迅速后退，在灰狼舞着爪子扑来时拔腿就逃。

暖阳融融，草地青青。

绿野晴天之间，纤细灵巧的少女与憨厚腼腆的小狼你追我赶，一派令人心旷神怡的好风光。

温鹤眠欣慰至极，轻轻咳嗽一声后，垂眸望一眼手里的古籍。

古籍泛黄的书页上，摆着封字迹张牙舞爪的信。

将星长老好！

天羡子门下的郑薇绮师姐又在山门摆摊，我路过时瞧了瞧，觉得这万花筒颇为有趣，便买下来随信寄给你。

只要从一头朝里看，用手转动圆环，就能看到非常漂亮的景象。

我已经学会了进阶剑法的第九式，想必再过不久，就能接触一些高阶剑法，到那时候，也就可以像师兄师姐一样下山历练了。

学宫的文试很快就要到了，希望我能顺利通过！

将星长老也请保重身体哦。

原来他之前并未看书，而是在细细揣摩这信件。

信里依旧是小女孩随心所欲的自言自语，修长手指在信纸上轻轻摩挲，温鹤眠薄唇一抿，露出浅浅的笑。

宁宁一直在匿名给他写信，从未断过。

她伪装成新入门派的小弟子，因此信中并未提及她下山历练。有时天羡子会来清虚谷里看望他，温鹤眠旁敲侧击，才知道她入了迦兰古城，击败了魔君玄烨。

那女孩正是少年人的年纪，理应过得潇潇洒洒，肆意张扬。

就像现在这样。

远处少女的身影渐渐隐匿在树荫之中，或许是由于太过开心，不时传来兴奋的喊叫。

虽然有些听不清晰，但迎着扑面而来的清风，温鹤眠还是听见了其中几个模糊的字眼。

九，追，我，不行，快来。

太急，糖。

她定是与小九玩得难舍难分，温鹤眠虽然看不见他们，脑海中却已然勾勒出了一人一狼此时温馨友爱的画面。

女孩笑得张扬，回头时云鬓如雾，随风而动："小九，追我啊！你行不行呀？快来！"

顿了顿，女孩又恍然大悟道："是我跑得太急了吗？追到了给你糖吃哦！哈哈！"

活蹦乱跳、憨厚朴实的小狼："汪汪汪！"

年轻真好。

宁宁哪里知道这人一天到晚都在想些什么。

她唯一明白的是，那匹杀气腾腾的狼随时都有可能扑上来，要是真像温鹤眠所说，宁宁与它能有什么亲密接触——

那对不起，只有可能是它用牙齿亲近她的脖子，然后一口咬断，彼此之间的距离为负五厘米。

宁宁虽然体力极佳，但已经跑得心烦意乱，没了耐心，慌不择路之下，只能求助于温鹤眠，扯着嗓子喊——

“温长老救命！这只狼一直追我，我快不行了！你快来！我真的没有太极急支糖浆——！”

宁宁面无表情地回了山。

她与那只狼周旋许久，温鹤眠自始至终像个死人。

最后还是她趁着那人不在现场，直接一道灵气把灰狼拍晕，带到温鹤眠身边后，只说是狼跑得飞快，一不留神撞在树干上，顿时没了意识。

温鹤眠颔首轻咳一声，似乎早已习惯这样的场景，淡淡应道：“无碍。小九时常如此，只可惜宁小友今日无法再与它嬉戏，不如改日再来。”

宁宁皮笑肉不笑。

那还真是多谢您啊，今天的嬉戏可真是永生难忘。

总而言之，当林浔用过晚餐归来，碰巧与宁宁面对面遇上时，着实被她的模样吓了一跳。

他曾经漂漂亮亮的小师姐衣衫褴褛，长发乱飞，像是被煮烂的面条，让他不由自主地又有点儿饿。

她面色惨白地独自走在树荫里，犹如心有不甘前来索命的女鬼，还是怨气极深的那种。

“小、小师姐，”小白龙吓得声音直抖，手里的西瓜皮哗啦一下掉在地上，“你讨饭回来了？”

番外

知洲有约：宁寂撒糖问答

贺知洲："大家好！欢迎来到一年一度的真心话环节！今天到场的两位重量级嘉宾分别是玄虚剑派弟子裴寂和玄虚剑派弟子宁宁，让我们热烈欢迎！"

宁宁给裴寂塞了一个草莓味小点心："其实就是打赌输了，来接受惩罚——而且'玄虚剑派弟子'这种头衔，好像没什么作为重量级嘉宾的震撼力。"

它还被重复了两遍。

"这不是重点，请二位认真听题。"贺知洲道，"第一问，初次与对方相见时，印象如何？"

宁宁抬头。

坐在她身侧的少年相貌隽秀、肤如美玉，虽有一股澄澈内敛的少年气，偏生眼尾纤长，多出几分冷冽的攻击性。

"有点凶，不爱理人。"她说得认真，察觉到裴寂长睫颤了颤，扑哧笑出声，"但是很好看。"

裴寂无声抿唇，微微侧过头去："她从门外进屋，挑衅与我同寝的弟子，后来明白自己认错人——"

他说着一顿，黑眸沉沉，目光落在宁宁面上，沁开一个清浅的笑。

宁宁只觉耳热，又迅速喂他一口小甜点："认错人也是没办法的事情！天那么黑，你看起来又那么厉害，一点儿都不像受伤的小可怜。"

她有些心虚，挺了挺胸："我的业务能力其实还不错的。"

贺知洲："好好好，咱们来第二个问题，相处了这么久，觉得对方最像什么动物？"

"动物啊，"宁宁一顿，旋即弯眼笑开，"我觉得裴寂像考拉。"

正在喝茶的贺知洲一口水全呛在嗓子里："啊？"

"因为他总是一动不动，也不爱叽叽叽地讲话呀。"宁宁用右手托住腮帮，侧着脑袋瞧他，杏眼弯出纤细的弧线，"考拉全身灰灰的，他恰好也喜欢穿黑衣服；考拉最爱呆呆地坐在树上，你看，像不像他方才坐着的模样？”

离谱。

贺知洲觉得，他居然有那么一点儿被说服了——但裴寂这种除魔不眨眼的剑修怪物，像考拉？

“再说，考拉看上去很可爱。”

宁宁说着眨眨眼，毫无征兆地仰起头来，靠近裴寂耳边。

这是只有两个人能听见的低语，极轻极快，温热呼吸包裹整个耳郭，激起酥酥的麻：“抱起来一定也很舒服。”

他们在家的时候，宁宁尤其喜欢抱着他。

即便结了道侣，她仍能轻而易举撩拨他心口，只消三言两语，便可引出耳根一片绯红。

裴寂不甘示弱般摸摸她脑袋，听一旁的贺知洲道：“我还以为你一定会答狼或猫猫狗狗……我觉得裴寂就挺像藏獒。”

表面凶巴巴的，遇上珍视之人，立马变得服服帖帖。

“那就是考拉狗狗。”宁宁扬唇笑，“裴寂，你觉得我像什么？”

裴寂：“考拉兔。”

宁宁睁圆双眼：“为什么我也是考拉？！”

裴寂无可奈何地与她对视，学着她的动作，递来一块白玉糕：“今日起床时，你说了什么？”

宁宁泄气一丢丢，咬住近在咫尺的点心：“那个……不想动，好想永远黏在床上。”

“用餐时，你又说了什么？”

宁宁又泄气一丢丢：“裴寂做的早餐真好吃。做饭好麻烦。遇见裴寂真好。”

裴寂：“……”

裴寂：“只要中间那句就好。”

贺知洲苦着一张脸：“成，多谢二位，让我觉得我最像一条吃饱喝足的狗。”

裴寂笑笑，为宁宁拭去嘴边的碎屑。

他未曾见过真正的考拉，宁宁时常向他说起家乡的事情，当初提起这种动物，还兴高采烈地画了简笔画。

考拉自是为逗她开心才道出的答案，裴寂不善言辞，做不到如她一般妙语连珠，在少年有限的认知里，宁宁最像兔子。

小小一团，能被轻易捧在手心，看上去柔软又脆弱，其实机灵得不得了，甚至有些小小的狡猾。

他身边的小姑娘生有一双玲珑眼，面上白皙精致，恍如凝脂，每至冬日，宁宁都会把自己裹成圆圆的球，小脸埋在斗篷的绒毛里，一蹦一蹦，他抱住时，像极了把兔子拥入怀中。

她亦是如兔子一样皎白无瑕——被魔气缠身的那段时间，裴寂常常思忖着不敢靠近她，唯恐将这份雪白染上脏污。

贺知洲整理一番心态重整旗鼓，轻咳一声："来来来，第三个问题，平日相处的时候，都会做些什么？"

"这个我知道！"宁宁举手，"嗯……裴寂比我早些起床，通常我醒来的时候，他都恰好把早餐做好，如果同时睡醒，我俩就一起做早餐。"

贺知洲面无表情，已经预知她接下来的回答，狠狠咬下一口莲花酥。

"裴寂很会做中式菜，早上大多煮面或做包子，还有小馄饨、小汤圆之类的——他煮的鸡汤面特别好吃，味道浓郁，汤底一绝！老鸭汤也非常不错，鸭肉搭配萝卜一起咽下去，之后一整天都能像打了鸡血一样。"

宁宁继续道："中午和下午，他就做修真界各地的菜肴，比如南方的荔枝肉、水煮鱼、烧鹅、烧鸭，北方的锅包肉和小鸡炖蘑菇，全都超——好吃！"

裴寂："宁宁晨间会做三明治，平日里时常烤制蛋糕。"

宁宁轻声笑："爆料，裴寂特别喜欢泡芙和焦糖布丁。"

贺知洲看一眼手里的莲花酥。

它还香吗？

彻底不了。

被分配到采访的任务时，他还满心欢喜，如今看来，妥妥就是一受罪的。

"吃过早餐以后，我俩就去后山散散步，然后看书练剑。"生活不易，宁宁叹气，"裴寂剑术太好，我身为师姐不能落后于他，被他带着日日夜夜勤学苦练。"

她在21世纪学习成绩就不错，从小到大养成了引以为傲的自制力和学习能力。

裴寂擅长剑法，她对符咒术法颇有心得，两人时常切磋，相互请教，修为提升的速度飞快。

用通俗易懂的话来说，修真版学习互助小组。

"练剑如果太累的话，我们就去喝喝茶，坐在书房休息一下。"宁宁扬扬下巴，面上多出点得意的笑，"我还特意学了穴位，经常给裴寂按摩，不过他总觉得太痒。"

裴寂："分明是你借机——"

未尽的言语停顿在舌尖，想起此处不止他们二人，少年长睫轻颤，将那句

“摸我”吞回喉中。

宁宁毫无愧疚：“你居然发现了我在故意挠你痒痒！”

贺知洲无奈：唉，我累了。

贺知洲：“还有吗？”

“再就是一起看书写字画画，吃喝玩乐啦。”宁宁眨眼，“我原本是个夜猫子，不到深夜绝对睡不着，如今遇上裴寂，每天早早就入睡了。”

裴寂接过她的眼神：“她还总爱等熄灯后讲些志怪故事，结果把自己吓到。”

他身旁的小姑娘心虚顿住。

“第四个问题，”贺知洲找准定位，化身毫无感情的提问机器，“会抵挡不住对方撒娇吗？对方是否经常撒娇？能否为我们示范一下？”

裴寂一语中的：“这一共有三个问题。”

宁宁倒是觉得无所谓，不知想到什么，用袖口遮了遮嘴角的弧度，努力压低声音：“悄悄说，裴寂也会撒娇哦。”

贺知洲瞳孔微震，下意识看向不远处的黑衣少年。

裴寂还是他熟悉的模样，沉默内敛，身侧永远带着剑，比修真界百分之九十九的剑修更像剑修，即便只是一声不吭坐在原地，也叫人觉得侵略性十足。

无论怎么想，裴寂都无法与“撒娇”两个字联系在一起。

“裴寂很少撒娇，不过撒娇的时候特别可爱。”宁宁晃晃纤细的小腿，裙摆翩跹，在脚踝旁荡漾开来，“要说示范的话——”

她停顿瞬息，抬眼对上少年的黑眸：“你想让他看看吗？”

不！快回答你不想！

贺知洲被狂塞满嘴狗粮，精神几近崩溃，拿着手里的小字条翻了个面。

这些问题并非由他所想，而是征集了其他人的意见，至于他手里这张，大大咧咧写着三个字——

天羡子。

师门悲剧啊。

裴寂脸皮薄，自是不会答应，被她一双干净的杏眼直勾勾盯着，耳边不由得泛起热气，摇了摇头。

宁宁双眼一弯，嗓音低不可闻：“可是，我也有一点点想看，怎么办？”

她的本意是逗逗裴寂，瞧瞧他面上矜持冷淡、耳朵却烧得绯红的模样，不承想对方闻言一怔，微微张了张唇。

裴寂本应直接拒绝的。

可他长睫轻垂，笼罩下一片浓郁阴影，黑漆漆的影子将她浑然包裹，面上则透着浅浅的粉色，自耳根蔓延到眼尾，蛊惑人心得很。

袖口被人轻轻扯了扯。

她听见裴寂的声音，带着点儿温顺的无可奈何："……回去让你看。"

啪嗒。

正中靶心，一举戳到她心口上。

贺知洲默默把手里的字条揉成团。

这是撒娇吧？这一定一定就是在互相撒娇吧？什么叫"回去让你看"，莫非还有什么事情，是他这个尊贵的主持人不配观赏的吗？

那边的宁宁已经满脸通红，手足无措地摸了摸裴寂的脑袋。

贺知洲："……"

毁灭吧，臭情侣。

图书在版编目（CIP）数据

一不小心成了白月光 / 纪婴著 . -- 成都 : 四川文艺出版社 , 2022.3（2022.4 重印）
ISBN 978-7-5411-6219-0

Ⅰ . ①一… Ⅱ . ①纪… Ⅲ . ①长篇小说—中国—当代
Ⅳ . ① I247.5

中国版本图书馆 CIP 数据核字 (2022) 第 010905 号

YI BU XIAO XIN CHENG LE BAIYUEGUANG

一不小心成了白月光

纪婴　著

出 品 人　张庆宁
特约监制　王传先　王　晶
责任编辑　邓　敏
责任校对　汪　平

出版发行　四川文艺出版社（成都市槐树街 2 号）
网　　址　www.scwys.com
电　　话　010-82068999（市场部）　028-86259303（编辑部）
传　　真　028-86259306

印　　刷　嘉业印刷（天津）有限公司
成品尺寸　160mm × 230mm　　开　　本　16 开
印　　张　22　　字　　数　410 千
版　　次　2022 年 3 月第一版　　印　　次　2022 年 4 月第二次印刷
书　　号　ISBN 978-7-5411-6219-0
定　　价　49.80 元

月亮在她眼前，星河在她眼底。

上架建议：畅销 · 小说

ISBN 978-7-5411-6219-0

9 787541 162190 >

定价：49.80 元